MELINDA MULLET

Whisky für den Mörder

atb aufbau taschenbuch

MELINDA MULLET hat britische Eltern, wurde aber in den USA geboren. Sie hat mehrere Jahre als Juristin gearbeitet, sich in den USA und im Ausland um Kinderrechte gekümmert und ist viel gereist. Sie lebt in der näheren Umgebung von Washington D. C. mit ihren beiden Töchtern und ihrem Mann, einem Whisky-Sammler aus Leidenschaft.

Bei Aufbau Taschenbuch ist ebenfalls ihr erster Roman »Whisky mit Mord« lieferbar.

Abigail Logan, Fotojournalistin und seit kurzer Zeit Besitzerin einer Whisky-Brennerei, erwartet Chaos, als sie in ihre Wahlheimat Schottland zurückkommt: Bei Bauarbeiten am Pub hat man eine Leiche ausgegraben. Ihr Freund Patrick plant ein Event mit japanischen Whisky-Herstellern – der Konkurrenz! Und dann hat sich auch noch ihr Teenieschwarm Rory von den einst so berühmten »Rebels« im Ort niedergelassen. Der alte Herzensbrecher befürchtet einen Mordanschlag auf sich, bittet Abigail um Hilfe und bringt sie mächtig ins Schleudern und in Erklärungsnot bei dem kühlen, aber doch so anziehenden Schotten Grant.

MELINDA MULLET

WHISKY FÜR DEN MÖRDER

KRIMINALROMAN

Aus dem Englischen von
Ulrike Seeberger

atb aufbau taschenbuch

Die Originalausgabe unter dem Titel
Death Distilled
erschien 2017 bei Alibi, an imprint of Random House,
a division of Penguin Random House LLC, New York.

FSC
www.fsc.org
MIX
Papier aus verantwortungsvollen Quellen
FSC® C083411

ISBN 978-3-7466-3516-3

Aufbau Taschenbuch ist eine Marke
der Aufbau Verlag GmbH & Co. KG

1. Auflage 2019

Published by Arrangement with THE LARK GROUP
Umschlaggestaltung www.buerosued.de, München
unter Verwendung eines Bildes von © mauritius images /
SO-Photography / Alamy und mauritius images / Stephen Finn / Alamy
Gesetzt aus der Whitman durch Greiner & Reichel, Köln
Druck und Binden CPI books GmbH, Leck, Germany
Printed in Germany

www.aufbau-verlag.de

Für meine Familie. Bleibt so toll!

KAPITEL 1

Leicht war es nicht, aber ich tat mein Möglichstes, um einem Wheaten Terrier von fünfzig Pfund Einhalt zu gebieten, der völlig wild darauf war, sich kopfüber in den Graben vor meinen Füßen zu stürzen. Dort wollte er die überaus verlockende Sammlung von Knochen in Augenschein nehmen, die aus der neu aufgewühlten Erde ragten.

»Aus, Liam!«, knurrte ich, zerrte ihn von der Kante weg und band ihn fest an das schmiedeeiserne Geländer, das den Garten unseres Pubs, des Goldenen Hirschs, von dem Fluss Alyn trennte, der gemächlich hier vorüberfloss.

»Wie kommt es bloß, dass Sie kaum in der Stadt zurück sind und ich gleich wieder eine Leiche vor der Nase habe?«, fragte jemand hinter mir. Ich drehte mich um und sah, wie Balfours Polizeichef Bill Rothes über den schlammigen Rasen auf mich zukam. Er funkelte mich unter seiner ramponierten grünen Jagdmütze wütend an. Seine abgewetzte marineblaue Barbour-Jacke und das Gesicht mit den Hängebacken, das mich immer an einen melancholischen Bluthund erinnerte, hatten sich in den drei Monaten meiner Abwesenheit kein bisschen verändert.

Ich ging vorsichtig über das feuchte Gras zu ihm. »Das hier hat nichts mit mir zu tun«, beharrte ich. »Ich bin erst gestern Abend spät mit dem Flugzeug angekommen und habe außer dem Flughafen von Glasgow und dem Rücksitz meines Taxis nichts gesehen. Außerdem ist das da höchstwahrscheinlich nur ein totes Reh«, fügte ich ohne große Überzeugung hinzu.

»Sie sind Kriegsberichterstatterin, Abigail Logan. Sie haben mehr Leichen gesehen, als ich heiße Mahlzeiten zu mir genommen habe. Sie wissen genau, dass das kein Reh ist«, blaffte Bill.

Er hatte recht, es waren eindeutig menschliche Knochen, aber zumindest waren sie nicht erst vor Kurzem hier vergraben worden. Ich war erleichtert, dass es nicht wieder so losging wie im letzten Frühjahr, als ich gerade neu in Balfour angekommen war. Ursprünglich wollte ich nur vierzehn Tage bleiben. Ich betrauerte den Verlust meines Onkels Ben, der mich aufgezogen hatte und mich mit seinem Tod zur wenig begeisterten Erbin einer nach mir benannten Destillerie für Single Malt Whisky in einem ländlichen Gebiet Schottlands gemacht hatte. Die gesamte örtliche Whisky-Bruderschaft strafte mich, die unerwartete und unerfahrene neue Besitzerin, mit Verachtung. Rasch eskalierte die Situation, als zu dem Besitzerwechsel noch ein wesentlich folgenreicherer Versuch kam, gefälschten Whisky auf dem Schwarzmarkt zu verkaufen. Das Ergebnis waren damals zwei Tote, eine Verhaftung und ich lebendig in einer Höhle begraben.

Es war eine Feuertaufe gewesen, aber meine hartnäckige Beharrlichkeit hatte die Mehrzahl der Einwohner auf meine Seite gebracht. Schließlich waren die meisten bereit, mich als Eigentümerin von einundfünfzig Prozent von Abbey Glen zu akzeptieren, solange unser begabter Chefbrenner Grant MacEwen die Produktion steuerte und die anderen neunundvierzig Prozent besaß.

Gott sei Dank hatte ich Grant. Was ich über das Whiskybrennen weiß, würde in ein Schnapsglas passen, mit ziemlich viel Luft nach oben. Sobald sich die Aufregung gelegt hatte, war ich nur zu froh, dem Meister den täglichen Betrieb zu überlassen und mich wieder meiner Arbeit als Bildreporterin zuzuwenden. Doch nachdem ich ein paar Monate in der trockenen Wüstenhitze von Nigeria geschmort und dort eine endlose Kette von Tod und Zerstörung betrachtet hatte, musste ich mir eingestehen, dass meine Arbeit mich erschöpfte. Ich ertappte mich dabei, dass ich von den kühlen, nebelverhangenen Tälern und lavendelfarbenen Hängen meiner neuen schottischen Heimat träumte, und zum ersten Mal in meinem Zigeunerleben verspürte ich einen Anflug von Heimweh.

Es war gut, wieder hier zu sein – trotz der Leiche zu meinen Füßen.

Bill kehrte gerade von seiner oberflächlichen Inspektion des Erdlochs zurück. »Sagen Sie bloß nicht, dass die Neuigkeit bereits über die Buschtrommel im Städtchen die Runde gemacht hat«, jammerte er. »Ich bin doch gerade erst vor Ort angekommen.«

»Überraschen würde es mich nicht«, antwortete ich, »aber ich habe den ganzen Morgen keine Menschenseele gesehen. Wir sind nur spazieren gewesen, und Liam hat mich hergeführt.«

Genau in diesem Augenblick kam Siobhán Morgan, die Besitzerin des Goldenen Hirschs, um die Ecke des Gebäudes. Sie bekreuzigte sich, während sie vorsichtig um den Aushub herumging und Bill mit einem wütenden Leuchten in den Augen entgegentrat. »Es ist ein böses Omen, ja wirklich.« Sie reichte Bill kaum bis zur Schulter, aber sie bot ihm trotzig die Stirn. Ihr Haar schimmerte im Licht in Ebenholz und Silber, während eine schwache Brise ihr die langen Locken aus dem Gesicht wehte. Wäre ich mutiger, so hätte ich angemerkt, sie sähe aus wie eine mächtige keltische Hexe, aber so viel Courage besaß ich nicht. Es war schon vorgekommen, dass ihr ungestümes irisches Temperament einen erwischte wie ein Orkan. Bill und ich sahen keine Fluchtmöglichkeit, machten uns also auf ihren Ansturm gefasst.

»Schlicht und ergreifend ein einziges verdammtes Loch in den Boden graben und mit Beton auffüllen, mehr habe ich nicht verlangt«, schimpfte Siobhán. »Aber nein, die mussten die letzte Ruhestätte von irgendeinem armen Schwein finden und die ganze verdammte Angelegenheit zum Stillstand bringen.« Sie funkelte Bill mit gerunzelter Stirn an. »Solltest du nicht was unternehmen, statt hier rumzulungern und zu tratschen wie 'ne alte Glucke?«

»Ich unternehme was. Ich warte, dass der Typ von der Staatsanwaltschaft auftaucht«, erklärte Bill. »Wenn der sich alles angeschaut hat, sollten wir das klären können.«

Siobhán verdrehte die Augen. »Komm mir nicht mit deinem ›sollten wir das können‹, klär's einfach. Die Jungs hier müssen so bald wie möglich weiterarbeiten.« Sie deutete auf die Bauarbeiter, die, an einen Bagger gelehnt, Sandwiches aus einer Papiertüte aßen. »Ich bezahle sie fürs Arbeiten und nicht fürs Essen.«

»Die Knochen sehen alt aus«, brachte ich vor und schaute von unserer höheren Warte auf die Überreste hinunter. »Aber der Schädel hat an der Seite ein paar ziemlich üble Dellen. Ich denke, wer immer das war, ist nicht an Altersschwäche gestorben.« Ich wollte es nicht laut zugeben, aber solche Fragen beschäftigten mich sehr. Wer war die arme Seele, und welches Unglück war diesem Menschen widerfahren, dass er hier seine letzte Ruhestätte gefunden hatte?

Siobhán kniff die Augen zusammen und schaute mich durchdringend an. »Leute, die keines natürlichen Todes gestorben sind, so was verfolgt Sie, nicht wahr, Mädel?«

Ich hätte gern gegen diese Bemerkung Einspruch erhoben, konnte es aber nicht. Siobhán und ich hatten einander zum ersten Mal bei der Beerdigung meines Onkels gesehen, obwohl die beiden schon einige Zeit ein Paar gewesen waren. Ihre erste Reaktion auf mich war bestenfalls lauwarm. Dass ich später an diesem Tag ihren Sohn Duff tot in meiner Destillerie gefunden hatte, trug nicht gerade zur Verbesserung unserer Beziehung bei. Ich konnte Gott nur danken, dass ich diesmal nichts mit den Problemen zu tun hatte.

Siobhán ließ den Blick über das Chaos schweifen und schüttelte den Kopf. »Selbst schuld, denke ich mal, weil ich mich von ihm zu dieser Sache habe überreden lassen. Eine Fremdenpension in meinem Alter, also ehrlich.«

»Wer hat Sie dazu überredet?«

»Na, Ihr schicker Freund, Patrick Cooke.«

»Patrick?« Patrick war mein ältester und liebster Freund: Londoner Journalist, kreativer Hacker, treuer Trinkkumpan und unendlich umtriebig. Plötzlich beschlich mich die Sorge, dass ich vielleicht doch etwas mit diesem Debakel zu tun hatte. Zögerlich erkundigte ich mich: »Was hat Patrick mit alldem zu tun?«

»Fragen Sie ihn doch selbst«, blaffte Siobhán und deutete auf den hoch aufgeschossenen Mann mit dem braunroten Haar, der gerade vom anderen Ende des Dorfangers auf uns zukam, die gut geschnittene Anzughose in ein Paar Dubarry-Allwetterstiefel gestopft. »Ich muss mich auf den Ansturm zum Lunch vorbereiten. Da wird bestimmt die ganze verdammte Stadt hier auftauchen und rumschnüffeln.« Sie warf Bill einen vernichtenden Blick zu. »Ticktack, Bill, Zeit ist Geld, und ich hab von beidem nicht gerade viel.«

Bill nahm die Mütze ab und wischte sich mit dem Taschentuch die Stirn, während Siobhán zum Pub zurückging. »Gott steh uns bei, wenn wir diese Knochen hier nicht bald wegkriegen. Sie wird uns ewig damit in den Ohren liegen.« Bill spazierte fort, um zu beaufsichtigen, dass das Absperrband der Polizei richtig um das Loch gespannt wurde. Ich konnte ihn verstehen: Das Allerletzte, was wir in Balfour brauchten, war eine weitere Morduntersuchung. Das Städtchen hatte sich kaum von den vorherigen erholt.

Ich wandte mich von der Szene ab und ging auf Patrick zu, der mit seinem Handy in der Luft herumwedelte und vergeblich versuchte, im Wind ein Signal zu erhaschen.

»Es ist eine Katastrophe«, sagte er.

»Freut mich auch, dich zu sehen«, konterte ich.

Patrick küsste mich zerstreut auf beide Wangen. »Tut mir leid. Willkommen daheim. Ich habe dich am Wochenende erwartet, und es ist erst Mittwoch.« Er streifte meine zerrissene Jeans und mein altes Sweatshirt mit einem säuerlichen Blick, hielt sich aber mit etwaigen Kommentaren über die Eleganz meiner Kleidung weise zurück. Stattdessen entschied er sich für: »Die längeren Haare stehen dir gut. Weniger Punk-Terrorist als Talkshowgastgeberin.«

Patrick gegenüber hätte ich das nie zugegeben, aber ich hatte entschieden, dass es an der Zeit wäre, den pflegeleichten Kurzhaarschnitt aufzugeben, den ich jahrelang bevorzugt hatte, und mit einer eher femininen Version zu experimentieren. Ich hatte mich mit Zähnen und Klauen durch die Presseränge hochgekämpft und mir Respekt und eine recht hohe Stellung verdient. Ich musste nicht mehr wie ein Mann aussehen, um wie einer zu arbeiten.

»Warum hast du mir nicht gesagt, dass du früher zurückkommen würdest?«, fragte Patrick.

»Es sollte eine Überraschung werden. Außerdem hatte ich keine Ahnung, dass du hier und nicht in London sein würdest.«

»Bin nur wegen eines kleinen Geschäfts hier«, antwortete er vage.

»Dieses ›Geschäft‹ hat nicht etwa mit Siobháns plötzlichem Interesse an einer Betätigung als Pensionswirtin zu tun?«, konterte ich.

Patrick legte die Stirn in Falten. »Ich habe ihr nur vorgeschlagen, dass es eine gute Investition wäre, den Hirsch auszubauen und Besuchern eine Übernachtungsmöglichkeit zu bieten. Ganz zu schweigen davon, dass sie sich auf etwas anderes konzentrieren könnte als den Verlust ihres Sohnes.«

»Und wie meinst du, soll das funktionieren, jetzt, wo sie eine Leiche in ihrem Garten gefunden haben?«

»Knochen, keine Leiche, laut Siobháns Mitteilung«, korrigierte mich Patrick rasch. »Ich bin mir sicher, die liegen schon ewig da. Man weiß doch, dass es in der Geschichte dieser Gegend nur so von Freibeutern und Schmugglern wimmelt. Es würde mich überraschen, wenn man hier irgendwo gräbt und nicht ein, zwei Geheimnisse zutage befördert.«

Patrick hatte wahrscheinlich recht, aber der Morgen war zu wunderbar, um sich mit uralten dunklen Geheimnissen zu beschäftigen, die vielleicht in Balfour verborgen waren. Ich band Liam vom Geländer los und verabschiedete mich, ging im großen Bogen um das Loch. Liam wirkte niedergeschmettert, weil ich ihn an der Ausübung seiner Hundegrundrechte hinderte. Er seufzte dramatisch und warf mir unter seinen buschigen Augenbrauen empörte Blicke zu, als wir aufbrachen. Ich packte Patrick im Vorübergehen beim Ellbogen und führte ihn vom Goldenen Hirsch fort, machte mich entschlossen auf den Weg zur High Street und einer dringend benötigten Tasse Kaffee.

Der Himmel war blau und wolkenlos, und das Städtchen zeigte sich in der ganzen Herrlichkeit seiner spätsommerlichen Farben. Die Unmengen von Wicken, die sich in einer strahlend wilden Mischung aus Farbklecksen in Lila, Rosa, Indigo und Weiß an der Mauer zwischen dem Friedhof und dem Dorfanger hinaufrankten, wirkten wie ein üppig gewebter Teppich. Ich musste kurz stehen bleiben, um ihren betäubenden Duft einzuatmen. Sofort war ich wieder das

Kind, das in Chelsea in Bens Garten hinter dem Haus im Fingerhut Kaninchen und Feen jagte.

Patrick fummelte weiter an seinem Mobiltelefon herum, schien das Drama ringsum nicht wahrzunehmen. »Du hast mir immer noch nicht verraten, was du hier machst«, sagte ich schließlich.

»Ich habe einen neuen Job«, verkündete er ohne Vorwarnung.

»Aber du hast deinen Job doch so geliebt.« Patrick war seit über fünf Jahren stellvertretender Chefredakteur beim *Wine and Spirit Monthly*. Er genoss großen Respekt als Experte für alles, was mit Alkohol zu tun hatte, und mochte seine häufigen Geschäftsreisen an exotische Ziele sehr. »Wieso solltest du kündigen?«

»Ich habe nicht eigentlich gekündigt, wir haben eher beschlossen, getrennte Wege zu gehen.«

»Was ist passiert?«

»Während du fort warst, sind wir von einer amerikanischen Verlagsgruppe gekauft worden«, sagte Patrick in einem Ton, als rede er über eine Abordnung der spanischen Inquisition. »Die neuen Besitzer sind aufgetaucht und haben uns alle, uns analoge Typen, die noch mit Tinte und Feder schreiben, rausgeworfen und durch einen Haufen Generation-X-Youngster ersetzt. Der Plan ist, denke ich, alles in ein rein digitales Format umzuwandeln«, sagte er bitter.

»Aua.« Ich drückte mitfühlend Patricks Hand. Es kam nur selten vor, dass er sich über irgendein Thema ganz ernst äußerte, aber ich konnte sehen, dass dies ein harter Schlag für ihn gewesen war. »Was machst du jetzt?«

»Ich habe einen Job beim *Whisky Journal* in Edinburgh angenommen. Die haben mir den Posten des Chefredakteurs angeboten.«

»Echt die Treppe raufgefallen. Das ist toll«, erwiderte ich

begeistert. »Aber ich kann nicht glauben, dass du London nach all den Jahren den Rücken gekehrt hast.«

»Dieser Chefposten ist eine Herausforderung. Die Hochglanzzeitschriften verkaufen sich nicht mehr so gut wie früher. Ich muss da sehr kreativ sein.«

Patrick tat mir leid, aber irgendwas an seinem Verhalten verursachte mir Unbehagen. Nach all den Jahren merkte ich immer gleich, wenn ich nicht die ganze Geschichte zu hören bekam. »Das stimmt wohl«, gestand ich ihm zu, »aber das erklärt nicht, was du hier in Balfour machst.«

Patrick spielte an seinem Telefon herum und wich meinem Blick aus. »Das *Whisky Journal* sponsert eine Reihe von Meisterkursen bei der Malt Whisky Society.«

»Was zum Teufel ist ein Meisterkurs?«

»Das ist ein besonderes Programm für Whisky-Liebhaber und Kenner und neue Brennereien. Für einen kleinen Beitrag können sie hier von den schlausten und innovativsten Leuten im Geschäft die Tricks dieses Gewerbes lernen.«

»So wie ich dich kenne, ist das kein kleiner Beitrag«, sagte ich mit einem leisen Lachen. »Aber wieso bist du hier?«

Endlich brachte Patrick den Mumm auf, mir in die Augen zu schauen. »Du musst schon zugeben, dass kaum jemand innovativer ist als Abbey Glen. Ihr seid das Musterbeispiel für handwerkliche Brennerkunst auf höchstem Niveau.«

»Du willst diese Leute nach Abbey Glen bringen?«, platzte ich heraus.

Patrick legte mir einen Arm um die Schultern und schaute mich an. Die goldenen Pünktchen in seinen braunen Augen glitzerten vor Aufregung. »Abbey Glen wäre perfekt – wenn du also mal mit Grant reden könntest …«

»O nein, mein Lieber«, antwortete ich, wand mich aus seiner Umarmung und ging mit raschen Schritten an den letzten kleinen Häuschen vorüber, immer auf ein verräterisches Zucken einer Gardine gefasst. »Mich kriegst du nicht dazu, ihn mit Süßholzraspeln von deinem Plan zu überzeugen. Auf keinen Fall.« Patrick war für mich so was wie ein Bruder, aber trotzdem oder vielleicht gerade deswegen hätte ich ihm manchmal liebend gern den Hals umgedreht. Er kam mit den verrücktesten Ideen, von denen viele hervorragend waren, aber je mehr ich über den Versuch nachdachte, Grant um den Bart zu gehen, damit er in seiner geliebten Destillerie ein Whiskyspektakel veranstalten würde, desto schrecklicher erschien mir das. Ich wandte mich um und blickte Patrick trotzig an. »Sag der Whisky Society, sie soll sich eine andere Destillerie suchen.«

»Kann ich nicht.« Patrick holte mich oben an der High Street ein und schaute mich mit Leidensmiene an. »Ich habe denen irgendwie schon zugesagt, dass ihr die Gastgeber für das erste Event sein werdet.«

»Was?« Ich trat einen Schritt näher an Patrick heran und starrte ihn an. »Du hast Abbey Glen dazu verdonnert, ohne uns zu fragen?«

»Du warst nicht da, und ich brauchte eine schnelle Antwort.« Patrick duckte sich unter meiner Faust weg, die auf seinen Arm zuschoss. »Außerdem verlange ich ja nicht von dir, dass du Grant verführst, sondern nur, dass du mit ihm sprichst. Ihn überzeugst, dass das genau das Richtige für euch ist.«

»Sprich gefälligst leiser«, zischte ich ihm zu, während ich meine Faust lockerte und die Hand hob, um die Leiterin des Postamts zu grüßen, die uns von der anderen Straßenseite neugierig anschaute. Ich war wieder im Aquarium und musste mich entsprechend verhalten. Ich zwang mir ein Lächeln aufs Gesicht und versuchte, so auszusehen, als hätten mich Patricks Worte nicht aus dem Gleichgewicht gebracht. Keine leichte Aufgabe, denn der Gedanke, dass ich

Grant verführen müsste, stellte sich als außerordentlich verwirrend heraus. Ich schüttelte ihn mit Mühe ab und sagte mit leiser Stimme zu Patrick: »Schau mal, ich glaube selbst nicht, dass es das Richtige für uns ist, wie kann ich dann Grant davon überzeugen? Vielleicht können wir irgendwann später einmal so etwas probieren, wenn wir festen Boden unter den Füßen haben, aber jetzt nicht.«

»Es muss aber jetzt sein«, beharrte Patrick. »Die Whisky Society bekommt nächste Woche Samstag offiziellen Besuch von einer Gruppe hochrangiger japanischer Brenner. Diese Jungs genießen in der Szene einen außerordentlich guten Ruf, und sie haben eigens darum gebeten, Abbey Glen zu sehen. Wichtiger noch: Sie haben lächerlich viel Geld, und es wäre für mich eine Supergelegenheit, sie davon zu überzeugen, dass sie in das *Whisky Journal* investieren. Ich muss sie für mich gewinnen, wenn wir überhaupt eine Chance haben sollen, die digitale Apokalypse zu überleben.«

»Na toll, du bekommst eine Finanzspritze für dein *Journal*. Die Whisky Society schmiert den Japanern Honig ums Maul und ersäuft sie in Whisky, und ich darf für die Festlichkeiten die Rechnung berappen.«

Patrick sah nun beinahe verzweifelt aus. »Es wäre eine tolle Werbung für euch und eine großartige Gelegenheit, den Ruf von Abbey Glen aufzubessern.«

»Wir müssen unseren Ruf nicht aufbessern«, gab ich zurück. »Wir haben bereits einen hervorragenden Ruf.«

Patrick unterbrach mich, indem er mir eine Hand auf den Arm legte. Einen Augenblick hatten wir die Straße für uns, und ich sah, dass Patrick nach Worten rang. »Als Whisky hat Abbey Glen einen wunderbaren Ruf, aber der Ruf der Besitzerin könnte eine kleine Aufbesserung gut gebrauchen.«

»Komm schon, ich dachte, wir hätten all diesen Unsinn hinter uns«, forderte ich ihn heraus.

Patrick schnitt eine Grimasse. »Nicht ganz. Die Leute sind gern bereit, dir zuzugestehen, dass die Probleme, die es in jüngster Zeit in der Destillerie gegeben hat, sich deiner Kontrolle entzogen. Aber dass man eine Leiche in einem Bottich mit Abbey Glens feinstem Tropfen gefunden hat, ist nicht gerade dein bester Einstieg in die Whiskygemeinde. Dazu kommt noch, dass einige deiner weniger begeisterten Fans die geradezu obszönen Gewinne hinterfragen, die du mit dem Verkauf des uralten Whiskys erzielst, den du auf deinem Gelände entdeckt hast. In der Society munkelt man, dass du dir eine goldene Nase verdienen und dann abhauen willst.«

Ich spürte, wie mir die Röte in die Wangen stieg. Zugegeben, der Whisky, den wir ans Tageslicht befördert hatten, war Millionen wert, aber er gehörte mir, und ich konnte damit tun und lassen, was ich wollte. »Jeder unserer Konkurrenten würde, wenn er nur könnte, genauso handeln«, argumentierte ich und versuchte, nicht laut zu werden. »Außerdem geht der Löwenanteil des Erlöses an wohltätige Einrichtungen.«

»Das weißt du, und ich weiß es, aber andere wissen es nicht. Wenn du den Mund nicht aufmachst, gibst du anderen die Gelegenheit, für dich zu sprechen. Was du brauchst, ist eine Gelegenheit, der Welt zu zeigen, was dich wirklich bewegt, und dafür wäre dieses Event perfekt. Zeig den Leuten, dass Abbey Glen noch immer so geführt wird wie früher, und erkläre ihnen, was die Bennett-Logan-Erinnerungsstiftung mit dem Erlös aus dem Verkauf des Whiskys vorhat.«

»Wieso können sich die Leute nicht einfach um ihre eigenen Angelegenheiten kümmern?« Aber was sagte ich da! In einem so eng verbrüderten Geschäft, wo jeder jeden kannte, war dergleichen schlicht unmöglich. »Weiß Grant, dass du Siobhán dazu rumgekriegt hast, am Goldenen Hirsch ein paar Gästezimmer anzubauen und so deine langfristigen Ziele zu unterstützen?«

»Es sind nur fünf mickrige Zimmer. Wir machen kein Hilton auf.«

Wir waren vor dem Café Chocolate Bar zum Stehen gekommen, und der Duft von Kaffee und Kakao wehte in verführerischen Wolken zu uns heraus. »Trotzdem«, sagte ich leise, »bringt das große Veränderungen mit sich. Dein Plan könnte dieses vollkommene Eckchen der Welt ruinieren. Ich möchte nicht, dass aus Balfour ein schäbiges Tourismuszentrum mit billigem chinesischem Mist und ach so reizenden Wollgeschäften wird.« Ich schaute voller Zuneigung die Straße hinunter, wie immer begeistert von den überbordenden Blumenkästen auf den Fensterbrettern und den liebevoll gepflegten Geschäften. Alle Läden waren so einzigartig wie die Männer und Frauen, denen sie gehörten.

Patrick legte mir die Hände auf die Ellbogen und drehte mich zu sich herum. »Ich lasse nicht zu, dass die Sache aus dem Ruder läuft«, versprach er mir. »Die Leute, die wir einladen, sind keine Durchschnittstouristen. Sie kommen wegen des Whiskys her.«

»Vielleicht schon«, erwiderte ich. »Aber wenn es einmal bekannt ist, kann ich mir nicht vorstellen, wie du verhindern willst, dass ihnen Busreisen und Starbucks-Filialen auf dem Fuß folgen.«

»Wir können es kleinhalten … und das werden wir. Bitte?«, flehte mich Patrick an.

Es war klar, dass Patrick seinen neuen Job gut machen musste, und er tat sein Bestes, um sich Freunde bei der Whisky Society zu schaffen. Ich bezweifelte nicht, dass er noch ein paar weitere verborgene Beweggründe hatte, aber zu seiner Ehrenrettung musste ich sagen, dass normalerweise einer davon war, sich um mich zu kümmern. In Anbetracht unserer langjährigen Freundschaft merkte ich, wie ich schwach wurde. »Na gut, ich rede mit Grant. Aber ich verspreche nichts.«

Floss Robinson schaute von ihrer Ladenkasse auf, als Patrick und ich die Chocolate Bar betraten. Sie war eine kleine, rundliche Frau in einer geblümten Schürze und kostete sichtlich nur zu gern von den hier angebotenen Waren.

»Sie haben also wieder nach Hause gefunden«, sagte sie mit einem warmen Lächeln.

»Erst gestern Abend«, antwortete ich.

»Ist viel geschehen in Ihrer Abwesenheit«, verkündete Floss, während sie sich, so gut sie eben konnte, bückte, um Liam den Kopf zu tätscheln. »Ihr Patrick ist ein richtiger Stammkunde geworden; der verträgt unsere Schokoladen-Martinis besser als jeder andere hier am Ort.«

»Oh, da gehe ich jede Wette ein«, erwiderte ich, setzte mich an einen Tisch bei der Theke und bestellte mir eine Tasse Kaffee.

»Bisschen früh am Tag für einen Martini, selbst für mich«, meinte Patrick mit einem Grinsen. »Aber ich hätte gern einen von den Ingwer-Zitronen-Scones, wenn Sie noch welche haben, Mrs R.«

Floss wuselte in die Küche, um unsere Bestellung zu holen. Sie hatte das Café am Ort schon jahrelang geführt, ehe sie ihre Jugendliebe Malcom Harold Robinson heiratete. Nach einer entbehrungsreichen Kindheit hatte Harold eine unerfüllte Liebe zu allem, was irgendwie mit Schokolade zu tun hatte. Nach der Hochzeit überredete er Floss, in ihrem Laden ein paar Schokoladenartikel anzubieten, und seine Obsession hatte sich zu dem ausgewachsen, was Floss liebevoll als »verdammten Vorratsschuppen in Willy Wonkas wundersamer Schokoladenfabrik« bezeichnete. Die Glasbehälter, die mit Pralinen jeglicher Art gefüllt waren, nahmen eine ganze Wand ein, und die Auswahl an Schokoladentafeln konnte es mit allem aufnehmen, was ich in der Art je in London gesehen hatte. Die Einrichtung aus naturbelassenem Holz und die Polster in Cadbury-Lila gaben dem Café eine gemütliche, geradezu königliche Atmosphäre.

Floss kehrte mit einem Teller voll warmer Scones und selbst gemachter Marmelade zurück und stellte ihn vor uns auf den Tisch. Harold kam hinter ihr her, nickte uns beiden fröhlich zu und begann, die ohnehin schon übervollen Regale weiter aufzufüllen.

Ich machte es mir für eine Stunde mit guten Klatschgeschichten gemütlich. »Also, was habe ich alles verpasst?«

»Na ja«, sagte Floss mit einem Funkeln in den Augen, »wir haben da anscheinend im Ort einen geheimnisvollen Fremden. Ist den ganzen weiten Weg von Südamerika gekommen, um die Fell Farm oben nördlich von der Stadt zu mieten. Kann man sich so was vorstellen?« Floss kam näher und senkte verschwörerisch die Stimme. »Er soll so eine Art Künstler sein. Hat die Scheune zu einem Atelier umgebaut, was man so hört. Ich vermute mal, bald haben wir hier jede Menge nackte Modelle rumlaufen.«

»Vielleicht ist er ja nicht *diese* Art von Künstler«, gab Patrick mit dem Hauch eines Lächelns zu bedenken.

»Ja, schon.« Floss wirkte ein wenig enttäuscht, aber nicht so enttäuscht wie Harold.

»Der ist den ganzen Weg von Südamerika hierhergekommen, um sich ein Haus zu mieten?«, fragte ich. »Wieso?«

»Das weiß niemand. Er ist ein echter Einsiedler. Zeigt sich kaum mal im Ort.«

»Hat er Familie hier?«, wollte Patrick wissen.

»Nicht dass ich wüsste«, steuerte Harold aus seiner Ecke bei. »Aber er hat ’nen schicken amerikanischen Schlitten mit so 'nem Dach, das man nach hinten klappen kann. Frank im Heimwerkerladen ist sicher, dass er einer von diesen Drogenbaronen ist, von denen sie immer im Fernsehen berichten. Er meint, der versteckt sich hier, um vor der Mafia sicher zu sein.«

»Was Sie nicht sagen.« Wenn ich jetzt zu Patrick schaute, würde ich es bestimmt nicht mehr lange schaffen, ein ernstes Gesicht zu wahren.

Floss wedelte mit ihrem Geschirrhandtuch in unsere Richtung, eindeutig erpicht darauf, ihren Part des Gesprächs fortzuführen. »Wie gesagt, er kommt kaum je mal in den Ort, aber raten Sie mal …« Sie machte eine kleine Pause, um der besseren Wirkung willen. »Neulich hat er auf einen Kaffee hier reingeschaut und sich nach *Ihnen* erkundigt«, fuhr sie mit einer eleganten Bewegung fort.

»Nach mir?«, fragte ich und verschluckte mich beinahe an meinem Scone.

»Ja. Er meinte, sie beide hätten einen gemeinsamen Freund.«

Ich ging in Gedanken rasch die Liste meiner fragwürdigen Bekannten durch, aber von denen war niemand in Südamerika zu Hause. »Ich kann mir nicht vorstellen, wer das sein könnte«, sagte ich mit einem Stirnrunzeln. »Oder was er wohl von mir wollen könnte.«

»Ich habe versucht, ihn dazu zu überreden, dass er eine Nachricht für Sie hinterlässt, aber das wollte er nicht. Er meinte, er würde sich schon mit Ihnen in Verbindung setzen, direkt sozusagen«, sagte Floss. »Sie müssen mal hingehen und ihn treffen. Ich meine, es wäre ja unhöflich, wenn Sie's nicht täten, oder?« Nach einer kleinen Denkpause fügte sie noch hinzu: »Aber seien Sie vorsichtig, hören Sie. Nehmen Sie besser Liam mit, für alle Fälle.«

Offensichtlich hatte Floss nichts dagegen, mich zum ortsansässigen Drogenbaron zu schicken, um die Neugier der Klatschtanten in der Stadt zu befriedigen, solange ich den Hund mitnahm – den Hund, der im Augenblick schnarchend zu meinen Füßen lag und auf meine Schuhe sabberte. Zum Glück für Floss hatte sie meine Reporterneugier angestachelt.

»Ich schau mal, was ich rausfinden kann«, versprach ich.

Wieder einmal stellte sich dieses ruhige verschlafene Städtchen als viel weniger ruhig heraus, als es den Anschein hatte. Ein geheimnisvolles Skelett beim Pub, ein Drogenhändler in den nahen Bergen und eine bevorstehende Invasion japanischer Konkurrenten. Wenn ich all das geregelt bekam, hätte ich vielleicht danach ein paar Augenblicke der Entspannung.

Andererseits vielleicht auch nicht.

KAPITEL 2

Ich hatte Patrick versprochen, so bald wie möglich mit Grant zu reden, aber ich freute mich nicht darauf. Ich trödelte über den Dorfanger, der friedlich dalag – bis auf die klaffende Wunde im Erdboden gleich neben dem Pub. Ich sah Bill Rothes, der sich mit einem untersetzten, kahlköpfigen Mann in schlammverkrusteten Gummistiefeln und einem hellblauen Laborkittel unterhielt. Der Mann deutete mit Händen, die in Plastikhandschuhen steckten, auf die Knochen zu ihren Füßen.

Ich verrenkte mir so sehr den Hals, um hören zu können, was die beiden sagten, dass ich Liam nicht richtig festhielt. Ehe ich mich versah, hatte er mir die Leine aus den Fingern gerissen und fetzte auf Bill zu, und der Lederstreifen flatterte wie eine Luftschlange hinter ihm her. Sogar Bills Brüllen konnte Liam nicht abbremsen, und so war ich schließlich gezwungen, ins Loch zu schlittern und meinen Hund beim Halsband zu packen. Getreu seiner sturen irischen Rasse reichte eine einfache Aufforderung nicht aus – ich musste ihn mit Gewalt aus dem Grab zerren. In kürzester Zeit waren wir beide von unserer Schlammschlacht völlig verdreckt.

Ich kletterte aus dem Loch und überlegte, dass ich mich lieber erst zu Hause umziehen sollte, ehe ich in Abbey Glen vorbeischaute. Doch das würde bedeuten, dass ich den Weg zweimal gehen musste, und ich wollte dieses unangenehme Gespräch mit Grant hinter mich bringen, ehe mich der Mut verließ. Es würde nicht lange dauern, und schließlich wollte ich ja bei niemandem Eindruck schinden. Also ging ich den Pfad am Fluss entlang, zog Liam hinter mir her und gab mir redlich Mühe, den antrocknenden Schlamm von meinen Jeans zu kratzen. Liams weiches, gewöhnlich sahneweißes Fell war ohnehin schon eine Herausforderung, und nun hatte er vier schwarze Pfoten und vom Wühlen im Dreck einen Schlammring um die Nase. Ich schickte ihn zum Pfotenwaschen in den Fluss, und er kam heraus und schüttelte sich. Er sah jetzt besser aus, aber dafür waren nun mein Gesicht und mein Sweatshirt mit nassen Schlammklecksen übersät. Tolles Timing.

Seit drei Monaten hatte ich Grant nicht gesehen. Ein Teil von mir konnte das Wiedersehen kaum erwarten. Der andere Teil fürchtete sich davor. Es würde nicht leicht sein, ihm Patricks Pläne schmackhaft zu machen. Mir gefiel der Gedanke gar nicht, dass ich vielleicht Zorn in diesen Augen entfachen würde, die so schnell von einem Grünton zum anderen umschlagen konnten und die meine Welt so gekonnt auf den Kopf gestellt hatten. Aber wenn denn schon Funken fliegen mussten, konnte ich zumindest sicher sein, dass ich emotional auf festerem Grund stand als bei meinem letzten Besuch. Diesmal war ich stärker, selbstbewusster und konnte Grant mit Gleichmut entgegentreten. Dieses Mantra betete ich unterwegs immer wieder vor mich hin; ich hoffte, wenn ich es oft genug aufsagte, könnte ich mich vielleicht davon überzeugen.

Als wir uns der Destillerie näherten, hörte ich das ferne Rauschen des Wasserfalls, der über die zerklüfteten Felsen hinter der gerade renovierten Mälzscheune in die Tiefe stürzte. Unten am Fuß des Felsens sammelte sich das klare kalte Wasser zu einem kleinen See und ergoss sich in einen Bach, der über in vielen Jahren glatt polierte Steine plätscherte, dann parallel zur High Street verlief und schließlich in den Alyn und mit ihm weiter zum Meer floss. Als ich über die Holzbrücke ging, die zum Hof der Destillerie führte, war ich wieder beeindruckt, wie idyllisch hier alles aussah.

Die alten Farmgebäude, die man für die Destillerie umgebaut hatte, hatte man seit meinem Abschied mit einem neuen weißen Anstrich versehen. Ein Dutzend ausgesonderte Whiskyfässer waren halb durchgesägt, über den Hof verteilt und mit leuchtend roten kleinen Rosensträuchern bepflanzt worden. Die plötzliche Farbpracht bildete einen zauberhaften Kontrast zu den scharfen, klaren Linien der Gebäude. Die Messingschilder an den Gebäuden waren auf Hochglanz poliert, sodass sie im Sonnenlicht strahlend hell glänzten, genau wie die Messingspitzen oben auf dem neuen pagodenförmigen Rauchabzug auf dem Dach der Darrscheune.

Ich überlegte, ob ich nicht doch erst nach Hause gehen sollte. Doch als ich an der offenen Tür des Brennhauses vorüberkam, rief mir Cameron Lewis, der Manager der Brennerei, einen Gruß zu. Es war zu spät, um jetzt noch vorbeizuschleichen. Cam lächelte von seiner erhöhten Warte auf dem Metallsteg, der rings um den Raum führte, zu uns herunter.

»Höchste Zeit, dass Sie kommen und mal wieder nach unserem alten Mädel Abbey Glen sehen.«

»Ich versuche schon den ganzen Morgen, mich hier sehen zu lassen, aber irgendwas ist mir immer dazwischengekommen.« Ich lächelte dem drahtigen Herrn mit dem verwitterten Gesicht und dem kurz geschnittenen grau-weiß gesprenkelten Haar freundlich zu. Seit meiner Ankunft war Cam eine Art Mentor für mich. Er besaß ein enzyklopädisches Wissen über das Whiskygeschäft und brachte erstaunliche Geduld mit meiner Unwissenheit auf.

»Sieht aus, als hätten Sie ein bisschen beim Goldenen

Hirsch rumgeschnüffelt«, meinte er in seinem knorrigen schottischen Tonfall.

Die Buschtrommeln von Balfour funktionierten offenbar prächtig. Es waren kaum zwei Stunden vergangen, und die Nachricht hatte es schon bis Abbey Glen geschafft. »Eher Liam als ich«, antwortete ich.

»Irgendeine Ahnung, wer der arme Teufel ist?«

»Das kann ich nicht mal raten.« Ich seufzte. Warum stellten die Leute *mir* diese Fragen? Ich war schließlich nicht die ortsansässige Expertin in Sachen Todesfälle. Ich schaute mich nach Liam um und sah, dass er sich an einem warmen Fleckchen neben der Heizung des großen kupfernen Destillierkessels niedergelassen hatte. »Irgendeine Ahnung, wo Grant ist?«

»Im Büro«, antwortete Cam. »Er hat wohl ein paar Sachen mit Ihnen zu besprechen.«

»Kann Liam hier bei Ihnen bleiben?«

»Ja. Ich pass auf, dass er nichts anstellt.«

Ich ging erneut über das Steinpflaster des Hofs und klopfte an, ehe ich das Büro der Destillerie betrat. Grant saß am Schreibtisch und sah gerade einen Stapel Kalkulationstabellen durch. Ich hatte mir einzureden versucht, dass er unmöglich so attraktiv sein konnte, wie ich ihn in Erinnerung hatte. Denn wenn einen jemand vor dem nahen Tod durch den Angriff eines Mörders rettet, musste das ja einen lebhaften Eindruck hinterlassen. Da würde derjenige einem natürlich überlebensgroß und wesentlich schneidiger vorkommen, als er in Wirklichkeit war. Ich war mir sicher, dass ich jetzt gleich einen ziemlich mürrischen Schotten von durchschnittlichem Aussehen und begrenztem Charisma begrüßen würde.

Grant schaute von seinen Papieren auf, und ich fiel gleich wieder ins Bodenlose. Seine Augen waren genauso faszinierend, wie ich sie in Erinnerung hatte, wechselten die Farbe von einem strahlenden Smaragdgrün, wenn er mit Leidenschaft von seinem Lieblingsthema redete, zum dunklen Graugrün einer stürmischen See, wenn er wütend war. Im Augenblick wirkten sie wie eine tröstliche Waldlichtung inmitten des Chaos, das in seinem Büro herrschte. Er stand auf, und ich streckte den Arm über den Schreibtisch, um ihm die Hand zu schütteln. Eine etwas unangemessene Geste, aber eine Umarmung wäre mir peinlich vorgekommen, und außerdem war ich völlig verdreckt.

»Gut, dass du wieder hier bist«, sagte Grant.

Seiner ausführlichen Musterung meiner Person entgingen die verschmutzte Jeans und das schlammbespritzte Sweatshirt natürlich nicht. Leider hatten meine Bemühungen, Liams Schlammpackung von meinem Gesicht zu wischen, braune Streifen auf Stirn und Kinn hinterlassen.

»Was hast du denn getrieben?«, erkundigte er sich leicht belustigt.

»Ich war drüben beim Goldenen Hirsch und habe mir den neuen Anbau angeschaut. Die Arbeiter haben da heute früh menschliche Überreste ausgegraben. Bill versucht gerade, die Sache zu klären, aber im Augenblick ist alles zum Stillstand gekommen.« Grants Augenbrauen schossen in die Höhe. »Sieht aus, als lägen die Knochen schon einige Zeit da, aber Liam hat sich, wie erwartet, sehr dafür interessiert, und ich musste ihn auf die altmodische Art und Weise, will sagen: mit Gewalt, da wegholen.«

»Die Probleme scheinen dich zu verfolgen, was?«

Ich runzelte die Stirn. »Warum sagen das alle? Siobhán sieht mich auch an, als hätte ich Typhus, und Patrick …«

Grants Augen verdunkelten sich. »Patrick ist wieder hier?«

Verdammt, nicht gerade die subtile Überleitung, die ich geplant hatte.

»Wusstest du, dass er Abbey Glen zu einer Art Schule für ahnungslose Brennmeister machen will?«, knurrte Grant, und seine Augen verdunkelten sich besorgniserregend.

»Ich habe es eben erst erfahren«, antwortete ich und ließ mich auf den Holzstuhl ihm gegenüber auf der anderen Seite des Schreibtisches fallen. »Du weißt, dass ich in den letzten drei Monaten keinen Kontakt zu ihm hatte. Ich wusste nicht einmal, dass er einen neuen Arbeitsplatz hat.«

»Und was hältst du von dieser Idee?«, fragte Grant mit gepresster Stimme.

»Erst war ich nicht so begeistert davon.«

»Und jetzt?«

»Bin ich bereit, sie in Erwägung zu ziehen.« Ich sah, wie sich Grants Kiefer anspannte. »Man bittet uns ja im Augenblick nicht darum, uns an den Meisterkursen zu beteiligen. Es geht nur um eine Gruppe sehr angesehener japanischer Brenner, die einen VIP-Rundgang durch Abbey Glen möchten. Das ist eigentlich ziemlich schmeichelhaft, wenn man es recht bedenkt«, erklärte ich.

»Du sagst mir, dass ich eine Gruppe von Männern nach Abbey Glen einladen soll, die auf dem besten Wege sind, meine schärfsten Konkurrenten zu werden, und dass ich denen zeigen soll, wie wir hier arbeiten«, knurrte Grant. »Das ist wirklich allerhand.«

»Wenn du es so siehst, dann ja, aber du hast doch selbst gesagt, dass es die geheimnisvolle Alchemie ist, dieses Zusammenspiel von Gerste und Wasser und den einzigartigen Fertigkeiten des Brenners und Verschneiders, die einen Whisky ausmacht. Deine Arbeit ist eine Kunst, keine Wissenschaft.« Ich dachte, Schmeichelei würde mir vielleicht nicht weiterhelfen, aber Grant mit seinen eigenen Worten zu kommen, das konnte immerhin nicht schaden.

»Er hat dich rumgekriegt«, blaffte Grant. »Ich denke,

dann hat es wohl keinen Zweck, mit der Besitzerin zu streiten.«

»Mitbesitzerin«, korrigierte ich ihn. »Und in dieser Beziehung sind wir keine Gegner. Wir wollen beide das Beste für Abbey Glen.«

»Du findest, dass diese Idee das Beste für Abbey Glen ist?«, wollte Grant wissen, sprang auf und ging mit großen Schritten zum Fenster.

Das Gespräch lief in die völlig falsche Richtung. »Ich muss nicht unbedingt wissen, was am besten für Abbey Glen ist, aber ich versuche, für alle das Beste herauszuholen. Einschließlich meiner eigenen Person.«

Grant ließ den Blick weiter über sein Reich schweifen. »Was bringt dich dazu, diese Unternehmung für das Beste für irgendwen hier zu halten?«

»Die Pläne für den Verkauf von Martin Fergusons uraltem Malt laufen gut, ja?«, fragte ich.

Grant drehte sich zu mir um, schien über diesen plötzlichen Themenwechsel verwirrt zu sein. »Ja. Sie erwarten, dass wir bei den Auktionen achttausend pro Flasche erzielen, aber was hat das mit den Japanern zu tun?«

»Laut Patrick munkelt man in der Whisky Society, dass ich Abbey Glen ausnehmen will. Dass ich nur hier bin, um den größten Teil unseres alten Whiskys zu verscherbeln und mich gleich wieder aus dem Staub zu machen.«

»Das ist ja lächerlich.« Grant schüttelte den Kopf. »Du willst doch nicht etwa auf billige Sticheleien wie diese hören.«

»Stimmt.« Ich wollte auf dieses gemeine Geschwätz nicht eingehen, aber ich musste zugeben, dass es mich trotzdem wütend machte und mir unter dem dicken Fell, das ich mir als Journalistin zugelegt hatte, auch wehtat. Ich hatte nicht viel über das Whiskygeschäft gewusst, als ich anfing, aber ich lernte dazu. Und zu meiner Überraschung wollte ich dazulernen. Mir war diese Verbindung zu Ben und dem Teil seines Lebens, an dem ich nicht teilnehmen konnte, sehr kostbar. Ich hatte das Gefühl, zu einer Sache zu gehören, die größer war als ich, und dieses Gefühl ermöglichte es mir, inmitten meines chaotischen Berufslebens festen Boden unter den Füßen zu spüren. Wenn jemand sagte, ich sei allein wegen des Geldes oder nur für kurze Zeit an Abbey Glen interessiert, so war das unfair, und das konnte ich so nicht stehen lassen. »Es ist vielleicht lächerlich«, sagte ich leise, »aber es tut weh. Und wenn die Leute mir Übles nachsagen, sagen sie damit auch Abbey Glen Übles nach.«

»Der größte Teil des Erlöses geht an wohltätige Einrichtungen«, argumentierte Grant. »Also können sie dir da keine Vorwürfe machen.«

»Nein, aber irgendwie kriegen sie es doch hin.« Ich spürte, wie mir Tränen in die Augen stiegen, doch ich unterdrückte sie. Grant musterte mich mit seinem nervenzerrüttend durchdringenden Blick.

»Und du meinst, diese VIP-Tour würde da helfen?«

»Ich bin mir nicht sicher, aber es wäre eine gute Gelegenheit, zu zeigen, dass sich hier nichts geändert hat. Und mir würde es die Chance geben, die Arbeit der Bennett-Logan-Erinnerungsstiftung vorzustellen. Alles offiziell zu machen, sozusagen.« Ich holte tief Luft. »Außerdem hat Patrick uns wohl bereits zu dieser Sache verpflichtet.«

Grant fing an, unruhig im Büro auf und ab zu gehen, versuchte eindeutig, so sein Temperament zu zügeln. »Du und ich, wir beide führen dieses Geschäft, nicht Patrick. Das muss er lernen.«

»Zugegeben, es war auf jeden Fall ziemlich frech«, erwiderte ich. »Aber er ist mein bester Freund, und er unternimmt alle Anstrengungen, um sich hier in Schottland ein neues Leben aufzubauen. Ich weiß, dass er davon profitieren wird, aber er denkt *auch* an meine Interessen. Das war schon immer so.«

Grant schaute drein, als hätte er mit der ganzen Situation schwer zu kämpfen. »Wie willst du zeigen, was du mit der Stiftung machst? Die ist ja noch nicht mal richtig eingerichtet?«

»Das ist eine der Sachen, die ich vorhabe, während ich hier zu Hause bin«, sagte ich, erleichtert über den Themenwechsel.

»Und wie lange bleibst du zu Hause?«

»Bis ich wieder weggehe«, antwortete ich. In meinem ganzen Erwachsenenleben war ich immer ein ungebundener Geist gewesen, und ich legte gar nicht gern jemand anderem Rechenschaft ab, besonders wenn ich selbst die Antwort nicht wusste. Ich brauchte Zeit, um mich zu entspannen, um wieder einen eigenen Blick auf mein Leben zu bekommen. Ich konnte nicht sagen, wie lange das dauern würde, und ich hätte es selbst dann nicht gesagt, wenn ich es gewusst hätte. »Ich bleibe zumindest so lange hier, bis das Büro für die Stiftung eingerichtet ist. Ich habe mir vorgestellt, einen kleinen Laden in der High Street anzumieten und die Geschäfte von dort zu führen. Das bedeutet auch, dass es ein, zwei Arbeitsplätze für Leute im Ort gibt.«

Grant nickte stumm, war mit den Gedanken ganz woanders. »Meinst du, du könntest ein paar Unterlagen über die Stiftung fertig haben, bis wir dieses VIP-Event veranstalten?«

Ich nickte.

»Und es bleibt fürs Erste bei einer einzigen Tour dieser Art?«

»Ja.«

Grant seufzte tief. »Dann denke ich, wir können es probieren.« Er zog seinen Kalender heraus. »Schauen wir mal, wann es klappen könnte.«

»Es ist nächste Woche Samstag.«

»Nächste Woche Samstag?« Grant starrte wütend auf den Kalender. »Heute ist Mittwoch. Das ist in weniger als zehn Tagen!«

»Es muss in der Zeit sein, wenn die japanischen Brenner hier sind. Und das Datum steht fest.«

»Na großartig!« Grant fuhr sich mit den Händen durch das sandblonde Haar, bis es wie eine struppige Bürste aussah. »Na gut, na gut, bringen wir die Sache hinter uns. Sag Patrick, er soll es schlicht halten. Ein schneller Rundgang und eine Verkostung. Rein, raus. Nichts Aufwendiges.«

»Das sage ich ihm«, versprach ich und hoffte, er würde zuhören.

Liam und ich kehrten zum Abendessen nach Hause zurück und trafen dort meinen ständig anwesenden Handwerker Hunter Mann, der sich in der Küche gerade eine Cottage Pie in der Mikrowelle aufwärmte.

»Sie haben keine HP-Soße mehr«, verkündete er mir statt einer Begrüßung.

Ich schenkte mir ein Glas Wein aus der Flasche auf der Arbeitsfläche ein und setzte mich an den Küchentisch. Hunter hantierte wie immer so, als wäre er hier zu Hause. In den letzten neun Jahren hatte er meinem Onkel geholfen, dieses Haus, das Ben The Haven getauft hatte, zu renovieren und neu auszustatten. Hunters Fertigkeiten bei allen Holzarbeiten waren legendär, genau wie die seines Vaters und Großvaters. Das Kaminsims und die Leisten, die er in der Bibliothek angebracht hatte, waren einfach atemberaubend. Doch ich hegte den Verdacht, dass er, sobald sein letztes Projekt abgeschlossen war, immer wieder eine Stelle finden würde, wo er noch einmal von vorn anfangen konnte. Ein endloser Kreislauf von Ausbauen, Renovieren und Ersetzen.

Er machte jedenfalls keinerlei Anstalten, hier in der nächsten Zeit zu verschwinden. Mit seinem schäbigen Pullover und der farbverspritzten Jeans war er Teil meines Lebens in Balfour geworden, und ich konnte mir einen Tag ohne seinen grauen Bart und sein verschmitztes Grinsen gar nicht vorstellen. Ganz zu schweigen davon, dass ich, wenn es ihn nicht gäbe, jedes Mal in die Chocolate Bar traben müsste, wenn ich etwas vom örtlichen Klatsch und Tratsch mitkriegen wollte.

Während Liam Hunter wie üblich überschwänglich begrüßte, sich wie ein Welpe auf den Rücken warf und auf ein Bauchkraulen wartete, fragte ich: »Was gibt's Neues?«

»Nicht viel. Bin mit den Reparaturen an dem Stück Geländer oben fertig. Oh, und der Typ, der in der Fell Farm wohnt, war da und hat nach Ihnen gefragt. Hendricks heißt der.«

Der geheimnisvolle Fremde. Mein Herz setzte einen Schlag aus. Der ließ ja nichts anbrennen. »Hat er gesagt, warum er mich sehen wollte?«

»Nö, Mädel. Nur gefragt, ob Sie mal bei ihm vorbeikommen.«

»Wann?«

»Sobald Sie können, denke ich. Der schien mir ziemlich scharf drauf zu sein.«

»Gut. Dann gehe ich morgen früh auf einen Sprung hin«, sagte ich und zermarterte mir das Hirn. Hendricks, Hendricks … Ich strengte all meine grauen Zellen an, aber es fiel mir nichts zu dem Namen ein. Auf keinen Fall ein Freund, und ich konnte mich auch an keinen Kollegen dieses Namens erinnern. Es musste wohl jemand sein, über den ich mal eine Reportage gemacht hatte. Harolds Kommentar von vorhin hatte mich dazu angeregt, all die Leute in Gedanken durchzugehen, die ich vor ein paar Jahren in Kolumbien für einen Bericht über Drogenkartelle fotografiert hatte. Eine gewalttätige und unbarmherzige Truppe, vorsichtig ausgedrückt, aber was sollte einer von denen hier wollen? Und was könnte der von mir wollen?

Ich gab den Namen Hendricks in die Suchmaschine auf meinem Computer ein, bekam aber als Ergebnis nur einen Gin, Jimmy und irgendeinen amerikanischen Baseballspieler. Nichts davon war sonderlich hilfreich. Ich fütterte Liam, sagte Hunter Gute Nacht und ging hoch, um mir ein Bad einzulassen. Von Schaum umgeben, lag ich da, schaute zu, wie meine Finger wie Backpflaumen schrumpelten, und dachte über meinen ersten ganzen Tag zu Hause nach. Bisher nicht unbedingt die friedvolle Erholung, die ich mir erhofft hatte. Patricks Kommentare über Freibeuter und Schmuggler ließen mich wieder über die Leiche nachgrübeln, die beim Goldenen Hirsch begraben war, so nah am Friedhof, aber nicht auf dem Friedhof. Wer war das? Ein berüchtigter Verbrecher oder womöglich das Opfer einer schrecklichen Untat? Vielleicht war es nur die Journalistin in mir, aber diese Knochen schienen mir etwas aus der fernen Vergangenheit des Städtchens zuzuflüstern. Sie hatten eine Geschichte zu erzählen, und, ehrlich gesagt, schien mir eine Untersuchung der Vergangenheit wesentlich reizvoller als die Schrecken der Gegenwart, die ich gerade hinter mir gelassen hatte. Wenn der Fremde in der Fell Farm nicht gewesen wäre, so hätten die Knochen beim Goldenen Hirsch meine Phantasie völlig mit Beschlag belegt.

Na ja, vielleicht nicht völlig. Grants markantes Gesicht und seine eindringlichen Augen tauchten auch immer wieder ungebeten in meinen Gedanken auf.

Er war immer noch verdammt attraktiv und noch genauso geheimnisvoll wie an dem Tag, als ich vor drei Monaten aus

Schottland geflohen war. Jawohl, geflohen. Ich war in meinem Leben noch nie einer Herausforderung aus dem Weg gegangen, aber ich hatte nach Bens Tod und wegen der Gewalt und des Chaos im Zusammenhang mit meinem Erbe eine wahre Achterbahn der Gefühle durchlebt, fühlte mich verletzlich und war versucht, bei Grant Trost zu suchen. Doch das wäre ein Fehler gewesen. Wir kannten einander kaum, und sosehr ich mich auch anstrengte, ich konnte ihn einfach nicht ergründen. Wegzugehen, das war zu diesem Zeitpunkt die richtige Entscheidung gewesen. Ich konnte nur hoffen, dass es nicht die falsche Entscheidung gewesen war, so bald wieder hierher zurückzukehren.

KAPITEL 3

Am nächsten Morgen ging ich nach dem Frühstück vor die Tür, um mir das neue Auto anzuschauen, das ich mir rechtzeitig für meine Heimkehr angeschafft hatte. Ich konnte mir nicht jedes Mal, wenn ich irgendwohin fahren musste, von Grant den Wagen von seinem Landgut leihen. Für mich und Liam brauchte ich keine Staatskarosse. In einem Anfall von Übermut hatte ich mir einen marineblauen Mini Cooper mit weißen Seitenstreifen bestellt. Einen kompakten, zuverlässigen kleinen Wagen. Nur hatte man mir ein Cabrio geliefert. Das war der Gipfel des Optimismus' in diesem ewig feuchten Teil der Welt. Ich war versucht gewesen, Hunter zu bitten, er solle den Wagen zurückgeben, aber, ehrlich gesagt, ich wollte das ganze Theater nicht. Ich würde den Wagen ohnehin nicht viel benutzen.

Ich machte die Tür auf, und Liam sprang ohne das geringste Zögern auf den Beifahrersitz und blickte mich erwartungsvoll an. Ich stieg ein und ließ den Motor an. Der Wagen fuhr hervorragend, jetzt brauchte er nur noch einen Namen. Ben und ich gaben unseren Autos immer Namen. Es war ein Ritual, auf das wir uns freuten. Ein neues Leben, ein neues Auto und ein Sonnenverdeck in einem Land, das im Schnitt über zweihundert Regentage im Jahr hat, da schien mir »Hope« die richtige Wahl zu sein.

Ich folgte Hunters Wegbeschreibung durch das Tal zur Fell Farm. Als ich dort in die Einfahrt einbog, sah ich den strahlend blauen Ford Mustang-Cabrio, der Harold so fasziniert hatte. Er war wirklich schick. Daneben wirkte Hope wie ein Spielzeugauto. Der Mustang parkte vor einem alten, aus Stein gemauerten Gebäude mit einem Schieferdach, das eindeutig einmal ein Stall gewesen war. Der gegenwärtige Besitzer hatte den oberen Teil der Stalltüren in verglaste Fenster mit großen, dekorativen Klappläden umgestaltet. Das angrenzende Haus war niedrig, aus demselben Stein, und hatte sichtbares Balkenwerk. Es stand auf einer Anhöhe, die nach Osten einen weiten Blick auf die von Dunst bedeckten Berge auf der anderen Seite des Tals freigab. Im diffusen Licht wirkte alles wie ein Aquarell in gedämpften Lavendel- und Erdtönen. Liam machte eine schnelle Runde durch die Blumenbeete, schnüffelte an dem Teppich aus weißem Phlox und hinterließ seine Visitenkarte, ehe er sich am Windfang vor dem Hauseingang zu mir gesellte.

Auf mein Klopfen öffnete mir ein Mann, der dunkles, schulterlanges, zotteliges Haar hatte mit einer Spur von Silber darin. Ein einige Tage alter Stoppelbart zierte sein Kinn, und er sah aus, als wäre er noch nicht allzu lange auf. Er trug ein Flanellhemd, dessen Ärmel er bis zu den Ellbogen hochgerollt hatte, und eine abgewetzte Jeans, die eindeutig einmal teuer gewesen war. Seine blassblauen Augen musterten mich vorsichtig durch den schmalen Türspalt, und ich bemerkte auf einer Anrichte gleich hinter der Tür den Kolben eines Revolvers, der unter einer zusammengefalteten Zeitung hervorlugte. Liam drückte sich eng an meine Seite, spürte wohl den Adrenalinstoß in meinem Körper, aber er knurrte nicht. Als ich den Revolver sah, schoss mir der Gedanke durch den Kopf, ob ich nicht doch besser einen Zeugen hätte mitbringen sollen und nicht nur die Pelzkavallerie. Doch ich konnte mich des Gefühls nicht ganz erwehren, dass ich nicht in die Augen eines völlig Fremden schaute.

»Mr Hendricks? Ich bin Abigail Logan«, sagte ich. »Ich habe gehört, Sie wollen mich sprechen?«

»Ja, tut mir leid.« Er machte einen Schritt zurück und zog die Tür weit auf. »Kommen Sie rein, und lassen Sie das mit dem Mister. Rory reicht.«

Ich zögerte ein wenig, aber Liam war mein Barometer, und der schien mit Hendricks keine Probleme zu haben, war weder hocherfreut noch übervorsichtig. »Kommen Sie mit dem Hund klar?«, fragte ich. Er nickte, und wir folgten unserem Gastgeber ins Haus. Das Innere spiegelte das Äußere wider: unbehandelte Steinböden und sichtbare Deckenbalken, wenn auch der rustikale Hintergrund durch die minimalistischen modernen dänischen Möbel in sattem Pflaumenblau und Kiefernholz betont wurde. Ich war kein Fan von zeitgenössischer Kunst. Mir waren die Details des Realismus lieber, aber ich konnte Qualität erkennen, wenn ich sie sah. Die beiden großen Gemälde im Esszimmer hatten sicher locker sechsstellige Summen gekostet.

Ein aufgeklappter Computer thronte auf dem Küchentisch auf einem Zeitungsstapel von mehreren Tagen, und ein Dutzend Keramikbecher waren neben der Spüle aufgereiht wie Soldaten zu einer Parade. Den größten Teil der Seitenwand nahm ein Weinregal ein, eine Metallskulptur in Form eines Baumes. Es war nur halb gefüllt, zumeist mit Rotweinflaschen, und auf der Kücheninsel stand ein Korb, der vor Korken überquoll.

»Kaffee?«, fragte Rory.

»Ja, bitte.« Ich hockte mich auf die Kante eines Hockers, der neben der Küchentheke stand, und beobachtete Hendricks, wie er die Espressomaschine in Gang setzte. Er schaute auf, und aus irgendeinem Grund errötete ich unter seinem Blick.

»Es tut mir leid, ich wollte Sie nicht anstarren, aber Sie

erinnern mich an … na ja, hat Ihnen mal jemand gesagt, dass Sie Mickey Dawson, dem früheren Frontsänger der *Rebels*, zum Verwechseln ähnlich sehen?«, platzte ich heraus und fühlte mich sofort lächerlich albern.

Er wandte sich ab und wühlte in einem Schrank nach Kaffee. »Mickey Dawson ist längst tot und begraben. Ich benutze jetzt wieder meinen bürgerlichen Namen.«

Ich spürte, wie Erleichterung mich durchflutete, doch es kostete mich größte Anstrengung, das aufgeregte Quietschen zu unterdrücken, das mir in die Kehle stieg. Hendricks war kein Krimineller, aber er war von Kopf bis Fuß der böse Bube des Rock and Roll, der Gegenstand vieler weiblicher Phantasien, meine eingeschlossen. Die *Rebels* waren eine legendäre Band mit einem gehörigen Schuss Rythm and Blues gewesen. Sie waren damals für ihre intelligenten Texte und innovativen Instrumentierungen berühmt, in einer Zeit, in der es jede Menge flauschige Kaugummi-Pop-Balladen gegeben hatte. Auf der Höhe ihres Ruhms hatten sie überall auf der Welt vor ausverkauften Häusern gespielt. Mickey Dawson war der heißeste Feger dieser Truppe gewesen. Frontsänger und oft Textschreiber mit einem jungenhaften Charme und einem sexuellen Charisma, das selbst die cleversten Frauen überwältigte.

Eine Gabe, die er in seiner Jugend ausgiebig ausgenutzt hatte, wenn man den Gerüchten Glauben schenken durfte.

Sein Freund aus Kindertagen, der Komponist und Keyboarder der Band, Ian Waters, war der liebe Junge. Ian war der, den die Mütter mochten, und er wirkte inmitten der Exzesse seiner Bandkollegen oft ein wenig verloren. Der Drummer Hamish Dunne war als »Trippy Hippie« bekannt und Stewart Forbes am Bass als der Wilde, der Risikofreudige. Zusammen waren sie Rock-Götter, hingen mit Bands wie den Stones und The Who rum, waren berühmt-berüchtigt für alles, was das Sex-Drogen-Rock-and-Roll-Leben ausmachte, das sie beispielhaft verkörperten. Ihr Stern leuchtete auf wie eine wilde Flamme und verlosch genauso plötzlich wieder, als die Band auseinanderbrach.

In meinen Universitätsjahren war ich völlig in Mickey Dawson verschossen gewesen und war der Band, soweit es meine Finanzen zuließen, durch das gesamte Vereinigte Königreich gefolgt. Ich konnte nicht glauben, dass ich jetzt so nah bei Mickey … äh, Rory saß und zusah, wie er für mich Kaffee machte.

Ich holte tief Luft, um mich zu beruhigen, und setzte mein bestes Ich-bin-Reporterin-und-nichts-bringt-mich-aus-der-Ruhe-Gesicht auf. »Was machen Sie denn hier am Ende der Welt?«, würgte ich mühsam hervor.

»Den Leuten aus dem Weg gehen.«

»Dafür ist es keine schlechte Wahl, aber zuletzt hatte ich gehört, dass Sie in Südamerika leben.«

Rory drehte sich um und lehnte sich auf die Theke zwischen uns, die Schultern hochgezogen, den Blick gesenkt. »Das stimmt auch. Die letzten zwölf Jahre habe ich mich in Brasilien aufgehalten, um den *Rebels* zu entkommen.«

»Wieso?«, platzte ich heraus.

»Vierzehn Jahre mit der Band haben uns allen viel abverlangt. Und Mickey war völlig von der Rolle. Er musste weg.«

»Aber Sie haben den doch geschaffen«, sagte ich.

Rory schüttelte heftig den Kopf. »Nein, nicht ich. Mickey Dawson war das Geschöpf unserer Plattenfirma. Die haben beschlossen, dass ich einen Künstlernamen brauchte. Eine schillerndere Persönlichkeit, und so wurde Mickey geboren. Mick the Dick, Mick der Weiberheld, so haben wir ihn genannt. Er war alles, was man damals vom Rock and Roll erwartete, und da ging es nicht um die Musik.«

»Mag schon sein, aber die Musik, die Sie und Ian geschrieben haben, die war großartig. Euer erstes Album war brillant. Das ist noch heute ein Klassiker.«

»Ja, das war nicht schlecht«, gab er zu. »Damals hatten wir echt Feuer.« Rorys Augen blickten in die Ferne. »Aber dann ist alles rasant den Bach runtergegangen. Als wir *A Jerk in Progress* rausgebracht haben, haben wir kaum noch als Menschen funktioniert, geschweige denn als Musiker.«

Rory reichte mir meinen Kaffee in einem Keramikbecher mit burgunterroten und grauen Wirbelmustern.

»Sie haben einen gemeinsamen Freund erwähnt?«, fragte ich mit einem leisen Beben in der Stimme.

»Ja, da habe ich wohl ein bisschen geflunkert«, gestand Rory. »Ich war mir nicht sicher, ob die preisgekrönte Fotoreporterin den fremden Mann am Berg besuchen würde, wenn ich einfach nur fragte.«

»Aber woher wussten Sie, dass ich hier bin?«

»Ich habe, als ich hier ankam, einen Handwerker aus dem Ort angeheuert, der ein paar Arbeiten im Haus gemacht hat. Der hat mir erzählt, dass Sie hier ansässig sind.«

Hunter. Es war ein abgekartetes Spiel. »Was kann ich für Sie tun?«

Rorys Blick wandte sich erneut mir zu, und ich spürte, wie es mir eiskalt über den Rücken lief. »Ich spiele morgen Abend in Stirling bei einem Benefizkonzert für Kriegsveteranen, Sie wissen schon: Falkland, Golfkriege, Afghanistan und so. Das sollte eigentlich Ian Waters machen, aber der kann natürlich nicht, also habe ich mich bereit erklärt, weil ich ja sowieso schon hier bin.«

»Das ist toll, aber wo komme ich da ins Spiel?«

»Das Konzert ist ein richtig teures Benefizkonzert, und es wird auf dem Paradeplatz der Burg von Stirling stattfinden. Ich brauche eine offizielle Fotografin.«

»Wow. Ich meine, ich würde das sehr gern machen, aber es gibt doch sicher besser qualifizierte Tour-Fotografen?«

»Ich will Sie«, drängte Rory.

»Klar, wenn Sie mich wirklich wollen«, sagte ich und grinste dümmlich. Etwas zu spät fiel mir die Frage ein: »Warum tritt Ian nicht auf?«

»Sie haben nichts von dem Unfall gehört?«

Ich schüttelte den Kopf. »Ich war drei Monate nicht im Land.«

»Ian ist vor zwei Wochen das Opfer eines Unfalls mit Fahrerflucht geworden. Er liegt noch im Koma.«

»Das ist ja schrecklich.« Ich hatte Ian Waters einmal in Afrika auf einer Tour mit der AIDS-Hilfe getroffen. Was für eine erschütternde Tragödie für dieses ungeheure Talent. »Er war so ein netter Mann«, sagte ich traurig.

Rory nickte. »Er war in letzter Zeit mehr für sein soziales Engagement als für die Musik unterwegs, obwohl sich das gerade wieder änderte.«

»Sie und Ian sind in Kontakt geblieben, nachdem die Band sich getrennt hat?« Ich meinte die Antwort zu kennen, wollte sie aber aus seinem Mund hören.

Rory schien diese Frage unangenehm zu sein. Er war nie dafür bekannt gewesen, dass er gern Presse-Interviews gab, und diese Art von persönlicher Aussage fiel ihm offensichtlich schwer. »Ian und ich sind schon seit der Schulzeit Kumpel, aber das Ende der Band bedeutete mehr oder weniger auch das Ende unserer Freundschaft. Wir haben jahrelang nicht miteinander geredet. Es waren zu viele Dinge gesagt worden, zu viele Brücken verbrannt.«

»Was ist mit dem Rest der Band? Stewart Forbes ist vor etwa fünf Jahren gestorben, nicht wahr?«, fragte ich.

Rory nickte. »Stew ist bei einem Bootsunfall ums Leben gekommen. Er war schon immer ein Geschwindigkeitsfreak.

Schnelle Autos und noch schnellere Boote. Ein Wunder, dass er überhaupt so lange gelebt hat.«

Ich erinnerte mich an den Unfall. Er hatte endgültig die ständig wieder aufkeimenden Hoffnungen der Fans zunichtegemacht, dass es irgendwann einmal eine Versöhnung geben und die *Rebels* wieder auftreten würden. »Und was macht Hamish Dunne heute so?«

»Hamish ist vor etwa acht Wochen gestorben. Kurz nach meiner Rückkehr nach London.«

»Hamish auch? Wie ist das passiert?«

»Den Zeitungen zufolge war es ein Herzinfarkt.«

Ich schaute Rory über den Rand meiner Kaffeetasse hinweg durchdringend an. »Klingt nicht so, als glaubten Sie das.«

»Die Polizei hat in Hamishs Blut Spuren von reinem Heroin gefunden. Nicht viel, aber genug.«

»Versehentliche Überdosis oder Selbstmord?«, fragte die Journalistin in mir sofort nach.

»Ich bin mir nicht sicher, ob das die Polizei überhaupt interessiert hat. Ehrlich gesagt, ich glaube, die hätten gern ›versehentliche Überdosis‹ stehen lassen, wenn das möglich gewesen wäre. Doch in Anbetracht von Ians Unfall mit Fahrerflucht haben sie die Ermittlungen wieder aufgenommen.«

Es gefiel mir gar nicht, worauf das hinauslief. Ich beugte mich vor: »Die *Rebels* waren vier Leute, und jetzt sind Sie praktisch der einzige Überlebende. Das kommt mir nicht mehr wie Zufall vor.«

»Nicht viele Leute kennen die ganze Geschichte. Ians Frau hat ihr Möglichstes getan, um die Presse in Schach zu halten, aber die Polizei findet die Sache verdächtig. Sollte es eine Art Rachefeldzug gegen die Band sein, würde der Logik nach ich als Nächster an die Reihe kommen.«

Mein Instinkt sagte mir, dass dahinter eine Story steckte. Sogar eine Riesenstory. Eine Band mit einer wilden Vergangenheit, deren Mitglieder systematisch eines nach dem anderen umgebracht werden. Warum? Wichtiger: »Warum gerade jetzt?«, fragte ich laut. »Was könnte das nach all den Jahren ausgelöst haben?«

Rory zuckte mit den Achseln. »Ich habe keine Ahnung. Außer dass ich wieder nach Großbritannien zurückgekommen bin.«

»Hat die Polizei in London schon Anhaltspunkte?«, fragte ich.

»Ein paar Leute beschäftigen sich mit dem Fall, aber die erzählen mir nicht viel. Das letzte Vorkommnis war ein Einbruch in der Carmichael Gallery in London. Dabei wurden ein paar teure Gemälde gestohlen.«

Der Zusammenhang zwischen einer Londoner Gemäldegalerie und unserem Gespräch war mir nicht ganz klar. »Haben ein paar von den Gemälden Ihnen gehört?«, äußerte ich meine Vermutung.

»Nein.« Rory zog ein Gitarrenplektrum aus der Tasche und rieb mit dem Daumennagel über die glatte Oberfläche wie über einen Talisman. »Summer Carmichael ist meine Tochter. Ihretwegen bin ich eigentlich nach Großbritannien zurückgekommen.«

Noch eine Exklusivstory. Ich hatte keine Ahnung, dass Rory Kinder hat. Eine tolle Leistung, diese Nachricht all die Jahre aus der Presse herauszuhalten. »Sind auch andere Familienmitglieder von Bandleuten in die Schusslinie geraten?«

Er schüttelte den Kopf.

»Dann sind Sie sicher, dass das ebenfalls mit den Angriffen auf die Band zu tun hat?«

»Wer immer da eingebrochen ist, hat auf die Wand, an der

die Gemälde hingen, gekritzelt: ›*In tears of rage you're going down for the last time*‹*.«

Ich ging in meinem Gedächtnis die Songtexte durch, die ich mir seltsamerweise immer viel genauer merken konnte als alles andere. »Der Song hieß ›*Drowning*‹**, nicht wahr? Vom ersten Album der *Rebels*.« Hier gab sich jemand allergrößte Mühe, überaus deutlich eine Beziehung zu den *Rebels* aufzuzeigen. »Wahnsinnig viele Begebenheiten, wenn man bedenkt, dass die Band seit über einem Dutzend Jahren nicht mehr gemeinsam aufgetreten ist«, merkte ich an.

»Das findet die Polizei auch. Jetzt versucht man, mich davon abzubringen, morgen in dieser Show aufzutreten. Ich hoffe aber, dass ich damit den Mörder aus der Reserve locken kann.«

»Klingt riskant«, sagte ich voller Zweifel.

»Es wird da von Polente nur so wimmeln, obwohl ich zu denen nicht besonders viel Vertrauen habe. Ihnen dagegen sagt man nach, dass Sie zäh und diskret sind. Ich möchte, dass Sie für mich die Augen und Ohren aufhalten. Finden Sie heraus, wer hinter den *Rebels* her ist und warum.«

Rory Hendricks wollte, dass ich für ihn die Augen und Ohren aufhielt! Irgendwann früher in meinem Leben hätte ich für ihn alles getan, was er wollte, aber Privatdetektivin spielen? Ein lächerlicher Gedanke. »Ich würde die Show wirklich sehr gern sehen, und es wäre mir eine Ehre, Fotos für Sie zu machen, aber ich bin mir nicht sicher, wie sehr ich Ihnen bei der Suche nach einem Mörder helfen kann.«

»Ziehen Sie einfach Ihr Reporterding durch. Interviewen Sie Leute. Vertrauen Sie mir, die werden Ihnen viel eher etwas erzählen als der Polente. Ein paar Drinks, und die sagen

* (engl.) Mit Tränen der Wut gehst du zum letzten Mal unter.

** (engl.) Ertrinken.

Ihnen mehr, als Sie je wissen wollten. Wenn Sie möchten, können Sie die Fotos meinetwegen sogar verkaufen. Helfen Sie mir nur, Licht in diese Sache zu bringen.«

Ehrlich gesagt, mir fehlten die Worte. Das Ganze erschien mir verrückt und ein bisschen gefährlich, also so ähnlich wie meine üblichen Jobs. Doch ich sollte mich erholen und das erledigen, weswegen ich hergekommen war. Ich versuchte, eine passende Formulierung für meine Ablehnung zu finden. Aber wem machte ich da eigentlich was vor? Vor mir stand Mickey Dawson, der Six-Pack-König, der heiße Schwarm meiner Jugend, und bedachte mich mit seinem irrsinnig intensiven Blick. Auf keinen Fall würde ich ihm etwas abschlagen, selbst wenn ich ihm nicht groß helfen konnte.

»Gut, ich versuch's«, sagte ich. Ich überlegte kurz. »Verdächtigt die Polizei schon jemanden?«

»Soweit ich weiß, nur die, deren Namen ich ihnen gegeben habe.« Rory wühlte den Zeitungsstapel auf dem Küchentisch durch und reichte mir ein zerknülltes Blatt Papier. »Die haben mich gefragt, wer einen Groll gegen die *Rebels* hegen könnte ...«

»Wow, das ist aber eine lange Liste.« Es waren mindestens dreißig Namen. Ich schaute zu Rory auf. »Sind das *alles* ernsthafte Kandidaten?«

»Die Polizei nimmt sie sich alle vor.«

»Haben Sie jemanden besonders im Verdacht?«

»Sie wollen wissen, wer mich am meisten hasst?«

»So kann man es auch sehen.«

Rory nahm mir die Liste aus der Hand und machte einen Kringel um den Namen Bruce Penrose. »Der war der Manager der *Rebels*, bis wir ihn rausgeschmissen haben, weil er die Bücher frisiert hatte. Er ist schließlich in den Knast gewandert. Hat fünf Jahre von einer Zehnjahresstrafe abgesessen und sich dann in die Staaten verpisst. Die Polizei interessiert sich für ihn, weil er Anfang des Jahres nach Großbritannien zurückgekommen ist. Und dann ist da noch Tina Doyle« – er umrahmte einen weiteren Namen –, »meine Ex-Frau.«

»Ich kann verstehen, dass sie was gegen Sie hat, aber was für Probleme hat sie mit dem Rest der Band?«

»Mitgefangen, mitgehangen?« Rory nahm erneut das Plektrum und ließ es in einer Kreisbewegung von einem Finger zum anderen wandern. »Im Scheidungsurteil hat man ihr das Anrecht auf beinahe die Hälfte meines Anteils an den Verdiensten der *Rebels* zugesprochen. Als die Band auseinandergegangen ist, hat sie vierzig Prozent von null Komma nix bekommen. Sie hat uns beschuldigt, wir hätten ihren Goldesel absichtlich geschlachtet.«

»Ob jemand wirklich so lange eine stille Wut wegen einer Geldangelegenheit hegt? Wie gesagt: Warum bis jetzt warten?«

Rory zuckte mit den Achseln und kringelte einen weiteren Namen ein. »Simon Moye. Er war bis kurz vor dem Abschluss unseres Vertrags mit der Plattenfirma Mitglied der Band. Keine Ahnung, was der in den letzten Jahren so getrieben hat.« Rory malte noch ein Fragezeichen hinter Moyes Namen. »Wir haben nicht miteinander geredet, seit er die Band verlassen hat. Die restlichen Namen, das sind Leute, die vielleicht mal irgendwelche kleinen beruflichen Streitereien mit uns hatten. Wer weiß, wie viele von denen überhaupt noch am Leben sind.«

»Haben Sie eine Vorstellung, wer morgen Abend alles dabei sein wird?«

»Keine Ahnung, aber ich kann Ihnen eine Liste der Ausweise für den Backstage-Bereich besorgen.«

»Das wäre eine Hilfe. Hat die Londoner Polizei hier jemanden mit dem Fall betraut?«

Rory verdrehte die Augen. »Einen Typ namens Michaelson. Das ist irgend so ein Detective Inspector aus Stirling.«

»Den kenne ich«, sagte ich. »Er ist ein bisschen mürrisch, aber ein guter Mann.« Michaelson hatte im Frühjahr die Leitung der Morduntersuchung in Abbey Glen übernommen. Da Balfour so winzig klein ist, müssen wir uns in den seltenen Fällen, bei denen wir einmal die Forensik oder einen Gerichtsmediziner brauchen, auf die Regionalbehörde in Stirling verlassen. In den Wochen nach seiner Mordermittlung hatten wir eine vorsichtige Beziehung aufgebaut, die zu gleichen Teilen aus gegenseitigem Respekt und vagem Misstrauen bestand. Michaelson hatte mich unbedingt davon abhalten wollen, mich selbst in die Ermittlungen einzumischen, obwohl ich diejenige war, für die am meisten auf dem Spiel stand. Doch letztlich hatte ich dann zufällig mitgehört, wie er Bill Rothes gegenüber zugegeben hatte, dass meine scharfen Augen und mein gesunder Instinkt sehr hilfreich gewesen waren.

Ich schaute noch einmal auf die Liste. »Gibt es jemanden, den Sie der Polizei nicht genannt haben? Andere verflossene Freundinnen, Ex-Geliebte?«

»Wenn Sie damit anfangen, kriegen Sie richtig viel zu tun.«

»Können Sie mir eine Liste derjenigen geben, die Ihnen besonders in Erinnerung geblieben sind?«

Rory zog eine Augenbraue in die Höhe und legte den Kopf schief, warf mir den Blick zu, der eine ganze Generation von Frauen aufgeheizt hatte. »In Erinnerung geblieben?«

»Nicht währenddessen«, ergänzte ich und errötete vom Scheitel bis zur Sohle, obwohl ich mir größte Mühe gab, das zu unterdrücken. »Nachher. Erbitterte Trennungen, wütende Drohungen, Gerichtsverfahren, Vaterschaftsklagen, Sie wissen schon.«

»Ich denke mal drüber nach und lasse es Sie wissen.«

Als ich vom Haus wegfuhr, sah ich Rory im Rückspiegel, wie er im Türrahmen lehnte, als trüge er das Gewicht der ganzen Welt auf den Schultern.

Für ein so abgelegenes kleines Städtchen hatte Balfour wirklich sein gerütteltes Maß an verlorenen und leidgeplagten Seelen. Und alle schienen sie sich zu mir hingezogen zu fühlen.

KAPITEL 4

Als ich mit Liam durch das Städtchen zurückfuhr, war die Sonne hinter Wolken verschwunden. Ein kalter Wind wehte von den Berghängen herunter und blies mir einen dünnen Dunstnebel ins Gesicht. Heute Morgen hatte es sich noch beinahe wie Sommer angefühlt, und jetzt flüsterte die Kühle in der Luft eindeutig schon vom nahenden Herbst. Ich schlang mir den Schal fester um den Hals, fuhr aber weiter mit offenen Fenstern, um Liam entgegenzukommen, der es liebte, beim Fahren mit dem halben Körper aus dem Auto zu hängen.

Ich musste mich immer mal wieder zwicken, um mir sicher zu sein, dass mein Treffen mit Mickey Dawson kein Traum gewesen war. »Was meinst du, mein Junge? Daraus könnte eine ganz neue Karriere als Rockfotografin werden.« Liam schien wenig beeindruckt. »Du findest das vielleicht nicht besonders aufregend, ich aber schon. Morgen Abend – ich und Mickey Dawson!« Plötzlich wurde mir schlagartig die brutale Wahrheit bewusst, dass dieses Zusammentreffen durchaus tödlich enden konnte, und ich bibberte in der Kälte. Hatte ich mich gerade in ein Albtraumszenario katapultiert, nur weil ich ein begeisterter *Rebels*-Fan gewesen war? Und wenn nun die Polizei nicht in der Lage war, Rory zu schützen? Welche Hilfe konnte ich da schon leisten?

Ich war gerade tief in mein eigenes Krisenszenario versunken, als wir uns dem Tor zwischen den Feldern meines Nachbarn und der hinteren Grenze des Geländes von Abbey Glen näherten. Ein großer schwarzer Pick-up war mitten auf der schmalen Straße stehen geblieben und zwang mich, das Auto anzuhalten. In London hätte man diese Art Hindernis mit einem Konzert von Hupen und Flüchen quittiert, aber in Balfour sah man es als eine Aufforderung zu einem Gespräch. Ein untersetzter Mann in einem Overall und mit abgewetzten grünen Gummistiefeln hievte ein großes Holzschild mit der Aufschrift »Zu verkaufen« hinten vom Wagen und lehnte es an den Zaun.

Ich hatte meinen älteren Nachbarn nie persönlich kennengelernt, aber Hunter hatte erwähnt, dass er kürzlich gestorben war. »Die Familie verkauft also?«, fragte ich, als ich neben dem Mann stehen blieb.

»Da gibt's keine nennenswerte Familie«, antwortete der Grüngestiefelte. »Das alles wird nächste Woche versteigert.«

»Kein Privatverkauf?«

Er schüttelte den Kopf, lehnte sich an seinen Pick-up, keuchte ein bisschen und wischte mit einem Taschentuch seine beschlagene Brille. »Es gibt heutzutage nicht gerade viel Nachfrage nach alten Farmen. Die können von Glück sagen, wenn sie die überhaupt loskriegen.«

Ich schaute über die kurz gemähte Wiese auf die Schwarzkopfschafe, die in friedlicher Ahnungslosigkeit dort grasten. »Kauft der neue Besitzer auch die Schafe?«

»Ach nein. Der Abdecker sollte jeden Augenblick da sein und die hier abtransportieren.«

»Der Abdecker … wieso?«, flüsterte ich.

»Weil niemand sonst da ist, der sie übernehmen will, na klar. Jedenfalls sind ja nur noch weniger als ein Dutzend von den kleinen Scheißern übrig. Ich nehme mal an, die sind nicht mal mehr gut genug für Hammelfleisch«, antwortete er und machte sich wieder an die Arbeit.

»Aber die sind doch so süß …«

Der Grüngestiefelte schaute mich an, als wäre ich von Sinnen. Er hatte wahrscheinlich schon so einiges über die verrückte Londonerin von nebenan gehört. »Vielleicht wäre ja jemand bereit, sie zu adoptieren«, brachte ich vor.

»Wir sind Bauern, Miss. Wir halten uns keine Haustiere. So ist es einfach. Jensen hier kann Ihnen das bestätigen«, meinte er und deutete auf den Fahrer des Lastwagens, der gerade neben uns hielt.

Der Fahrer lehnte sich über den Beifahrersitz und sagte durchs offene Fenster: »Hallo, Jim. Tut mir leid, dass ich ein bisschen spät dran bin. Ich hab die hier im Nu verladen.«

»Moment«, meldete ich mich. »Die können doch bestimmt woanders hingebracht werden. In einen Streichelzoo oder irgendeinen Tierpark hier in der Nähe?«

»Die sind alt, alle miteinander. Sind nicht mal die Wolle auf dem Rücken wert«, antwortete Jensen.

»Aber …« Mir fehlten die Worte. Ich habe eine lächerliche Vorliebe für Schafe mit ihren dicken, runden Wattebauschkörpern und den kleinen Schwänzen, die im Takt mit den Hufen wippen, wenn sie rennen.

»Nichts zu machen, Mädel, es sei denn, Sie nehmen sie selbst«, wandte der Mann namens Jim vernünftig ein.

Ich hatte in der letzten Zeit viel zu viel Tod und Zerstörung mit angesehen; da wollte ich nicht vor meiner Haustür noch mehr davon erleben. In stressigen Situationen – in Kriegsgebieten, auf Minenfeldern, bei Scharfschützenangriffen – bin ich ein Vorbild an Vernunft und geistiger Klarheit, aber in diesem Augenblick verließ mich der letzte Rest gesunder Menschenverstand, und ich hörte mich sagen: »Okay, ich nehme sie.«

Jensen runzelte die Stirn, kratzte sich an seinem stoppeligen Kinnbart. »Aber ich habe meine Anweisungen, ich werde dafür bezahlt, dass ich die Schafe hier abhole.«

»Na gut. Ich zahle Ihnen das Doppelte, wenn Sie sie aufladen und zu meinem Haus rüberfahren.«

»Das kann nicht Ihr Ernst sein, Mädel.«

Ich starrte ihn mit einem bösen Blick an, den ich mir bei Liam abgeguckt hatte. »Wetten, dass…«

Jensen zuckte angesichts der Verrücktheit der Städter die Achseln. »Also gut.« Er manövrierte seinen Lastwagen an das Tor zum Feld und begann die Schafe zusammenzutreiben. Liam sprang aus dem Auto und gesellte sich zu ihm, als sei er für diese Aufgabe geboren. Was er wahrscheinlich auch war. Ich stand an der Seite, zählte acht wollige Rücken und versuchte verzweifelt, mir zu überlegen, wo ich meine neuen Schützlinge unterbringen sollte.

»Was jetzt?«, fragte Jensen.

»Folgen Sie mir zu The Haven, und da stelle ich Ihnen einen Scheck aus.«

Ich war erleichtert, dass weder Grant noch Cam zu sehen waren, als wir über den Hof der Destillerie rumpelten. Die wären sich nun absolut sicher, dass ich den Verstand verloren hatte.

Zu Hause blieb mir nichts anderes übrig, als die Schafe im Garten herumlaufen zu lassen. Das war bestenfalls eine Zwischenlösung, aber etwas anderes fiel mir im Augenblick nicht ein. Hunter hatte dort einen kleinen Zaun gezogen, damit ich Liam nah beim Haus kurz rauslassen konnte. Diese Einzäunung müsste fürs Erste für meine Herde reichen.

Ich ließ Liam und seine neuen Freunde im Garten hinter dem Haus zurück und ging Hunter holen, der gerade in der Bibliothek sauber machte.

»Wie sind Sie mit dem Uralt-Rocker klargekommen?«, fragte er.

»Sie haben die ganze Zeit gewusst, wer er war, nicht?«

»Wir hatten hier auch Rock and Roll, Fräuleinchen. Wir sind nicht völlig im Mittelalter stehen geblieben.«

Ich verdrehte die Augen zum Himmel. »Sie hätten mich aber warnen können.«

»Er hat nichts gesagt. Ich dachte, er wollte vielleicht nicht erkannt werden.«

Jetzt, fern der erregenden Wirkung von Rorys Persönlichkeit, fiel mir die Frage ein: »Wieso hat er sich dafür entschieden, hierherzukommen?«

»Er hat mir gesagt, er suche ein bisschen Ruhe und Frieden. Er war als kleiner Junge mit seiner Familie öfter mal hier. Erinnerungen an glücklichere Zeiten, denke ich.«

»Floss hat gesagt, er wäre so eine Art Künstler?«

»Ja, er hat sich einen Brennofen in die Scheune liefern lassen. Ich hab vor ein paar Wochen geholfen, den da aufzustellen. Er macht Keramik. Kaffeebecher und so.«

»Hm.« Es kam mir immer noch seltsam vor, dass Rory sich ausgerechnet hier verstecken wollte. In Gedanken versunken, brauchte ich einen Augenblick, bis ich merkte, dass Hunter mich erwartungsvoll ansah.

Ich führte ihn zum Fenster und deutete mit dem Kopf auf das Mutterschaf, das an einem meiner Hortensienbüsche kaute. »Haben Sie morgen Zeit für ein bisschen Zaunbauen?«

»Großer Gott, ich treib die kleinen Mistkerle zusammen und bring sie gleich zu Potter zurück.«

»Da kommen wir gerade her«, gestand ich ihm. »Und die gehen da nicht wieder hin. Ich habe sie gekauft.«

Hunter schaute mich skeptisch an. »Was Sie nicht sagen. Und wer kümmert sich hier drum?«

»Eins nach dem anderen, Hunter, eins nach dem anderen.«

Ich ließ Hunter einen Bereich mit Rasen abstecken, den er einzäunen sollte, und fuhr zum Futtermittelgeschäft in Balfour, um Fressen für meine Mannschaft, eine Tränke und Leckerli für Schafe zu besorgen. Schon jetzt ahnte ich, dass es ein teures Hobby werden würde. Es war so, als müsste ich zusätzlich mehrere Hunde von Monsterausmaßen füttern. Schlimmer noch, die Nachricht über mein neues Hobby würde innerhalb von Minuten in Balfour die Runde machen und mich spätestens bis zum Abendessen zum Gespött des Städtchens werden lassen. Allerdings nicht zum ersten Mal und wahrscheinlich auch nicht zum letzten.

Ich quetschte also den Grundbedarf für Schafhaltung auf Hopes Rücksitz, ehe ich noch beim Tierarzt vorbeischaute und Dr. McRae bat, zu mir zu kommen und meine neuen Gäste in Augenschein zu nehmen. Ich hatte bemerkt, dass eines der Schafe stark hustete, und war mir gar nicht sicher, was da zu tun war. Einem Impuls folgend, hielt ich auch noch bei der Drogerie an und kaufte einen Luftbefeuchter. Das half vielleicht nicht, aber schaden konnte es auch nicht.

Als ich beim Goldenen Hirsch vorbeifuhr, sah ich Patricks Auto auf dem Parkplatz stehen und hielt an. Die Baugrube war noch mit gelbem Band abgeflattert. Jetzt standen zwei Leute über die menschlichen Überreste gebeugt, machten sich Notizen und fotografierten. Siobháns Alptraum dauerte also noch einen zweiten Tag an. Ich hakte die Leine an Liams Halsband fest und zerrte ihn in den Pub, fort von der Fundstelle.

Als sich meine Augen an das Dämmerlicht im Hirsch gewöhnt hatten, erkannte ich Patrick, der am Tresen der herrlich geschnitzten Mahagonibar lehnte. Sie war eine von Hunters frühen Arbeiten und eine echte Sensation mit Spiralsäulen und wehenden Bahnen von Schottenstoff, die von Zweigen und Laub eingerahmt waren.

Ich nickte einigen Stammgästen freundlich zu, die in geselliger Runde um den offenen Kamin herumsaßen. Der Duft eines würzigen Currys wehte mir in die Nase und ließ meinen Magen knurren.

»Ich dachte, du bist in Edinburgh«, sagte ich und versetzte Patrick einen Rippenstoß.

»War ich auch«, erwiderte er und beugte sich über Liams Kopf. »Bin nur kurz hergekommen, um ein, zwei Stunden hier nach dem Rechten zu schauen.«

»Hast du Zeit für ein spätes Mittagessen? Ich muss mit dir reden.«

Wir bestellten uns bei der jungen Frau hinter dem Tresen ein Curry und belegten draußen einen Tisch mit Blick auf den Fluss. Liam warf mir einen bösen Blick zu, als ich ihn am Geländer festband, anstatt ihn wie sonst frei herumlaufen zu lassen. Er streunte nie zu weit weg, wenn Essen in Aussicht war, aber heute konnte ich es nicht riskieren, bevor man nicht die Knochen endgültig weggebracht hatte.

»Hast du bei Grant was erreicht?«, fragte Patrick, ehe auch nur die Getränke gekommen waren.

»Du schuldest mir was.«

Patrick sprang vom Tisch auf, kam zu mir herum und umarmte mich. »Du bist die Allerbeste!«

»Nur eine einzige Veranstaltung und bloß nichts Übertriebenes«, sagte ich und deutete mit dem Finger in seine Richtung. »Und du schuldest mir wirklich was.«

»Eine Veranstaltung, das ist schon mal ein Anfang. Und wie immer ist dein Wunsch mein Befehl.«

»Gut, denn ich werde den Gefallen gleich einfordern.« Ich erzählte Patrick von meinem Treffen mit Rory Hendricks.

»Das von Ian Waters hatte ich gehört, aber mir war nicht klar, dass es Zweifel an Hamish Dunns Todesursache gibt. Alle hatten wohl geglaubt, der Trippy Hippie würde früher oder später mal den Drogen zum Opfer fallen«, sinnierte Patrick. »Aber Mord?«

Ich verbarg den Kopf in den Händen und seufzte. »Allmählich frage ich mich, warum ich diesen Job bloß angenommen habe. Ich muss den Verstand verloren haben.«

»Wie konntest du da Nein sagen?«, erwiderte Patrick mit einem Seufzer. »Von Rory ging schon immer diese animalische Anziehungskraft aus. Hat er die noch? Wie sieht er heute aus?«

»Älter, und es schleicht sich ein bisschen Grau in sein Haar, aber er ist immer noch charismatisch, sehr sexy und ein bisschen geheimnisvoll.«

»Wieso geheimnisvoll?«

»Ich weiß es nicht. Ich habe das Gefühl, dass er mir nicht alles erzählt hat. Er sah sich vielleicht gezwungen, mich um Hilfe zu bitten, aber er traut mir nicht ganz. Das habe ich in seinen Augen gesehen.«

»Wie lauten seine drei Wörter?«

Patrick verließ sich, wenn auch manchmal zu sehr, auf meine Wortskizzen. Wenn ich jemanden interviewe oder fotografiere, notiere ich mir stets in Gedanken die ersten drei Wörter, die mir zu diesem Menschen in den Sinn kommen. Die Bedeutung dieser Wörter verstehe ich selbst nicht immer sofort, aber gewöhnlich wird sie mir später klar. Instinkt oder Scharfblick, bisher hat mich diese Fähigkeit nicht im Stich gelassen, und meine besten Porträtaufnahmen fangen stets die Essenz dieser grundlegenden drei Wörter ein.

Bisher war Grant der einzige Mensch, der mir je begegnet war, zu dem mir die drei Wörter nicht einfallen wollten. Für ihn hatte ich bisher nur ein einziges Wort: *leidenschaftlich.*

Für Rory waren mir die Wörter *begabt, sprunghaft* und *verlebt* eingefallen.

Patrick nickte nachdenklich. »Zweifellos begabt. Trotz all

des Mickey-Dawson-Rummels war er ein großartiger Gitarrist. Aber die Regenbogenpresse hat ihn all die Jahre so unbarmherzig verfolgt, dass es mich nicht überrascht, dass er abgehauen ist.«

»Und da kommst du ins Spiel. Du musst mir helfen, ein paar Lücken aufzufüllen. Damit ich begreife, worauf ich mich eingelassen habe.« Selbst früher, als wir zusammen bei der Presse arbeiteten, war Patricks Geschick für Recherche legendär gewesen. Es gibt eine hauchfeine Trennlinie zwischen Recherchieren und Hacken, und wenn es sein musste, tanzte Patrick ein fröhliches Menuett auf beiden Seiten dieser Linie. »Versuche rauszufinden, warum Rory wieder nach Großbritannien zurückgekommen ist. Er behauptet, es sei wegen seiner Tochter, aber wir wollen mal sehen, ob es vielleicht in Brasilien Probleme gegeben hat, vor denen er weggelaufen ist – und die ihm womöglich hierher gefolgt sind. Ich hätte auch gern ein paar Informationen über einen Typ namens Bruce Penrose und alles, was du über Hamishs Tod und Ians Unfall rauskriegen kannst.«

Patrick verdrehte die Augen. »Sonst nichts?«

»Oh, ich bin mir sicher, dass nach der Show morgen Abend noch mehr Fragen folgen, aber du schuldest mir was, vergiss das nicht.« Ich grinste Patrick an, als die junge Frau aus dem Pub uns zwei dampfende Schüsseln Curry und ein Roast-Beef-Sandwich ohne Brot für Liam sowie zwei Gläser Bier brachte. Wir machten uns mit Begeisterung über all das her. Liam war durch den Leckerbissen besänftigt und hatte seine gute Laune wiedergefunden, als wir Grant über den Rasen auf uns zukommen sahen.

»Was heckt ihr beiden jetzt wieder aus?«, fragte er.

»Den Sturz der westlichen Zivilisation«, antwortete ich. »Und du?«

»Ich habe mal nach Siobhán geschaut.«

»Wie geht's ihr?«

»Sie war schon glücklicher, aber laut dem Gerichtsmediziner sind die Knochen ein paar hundert Jahre alt. Der Tote war ein Mann mittleren Alters. Und er hat, als er noch auf Erden wandelte, eine ordentliche Tracht Prügel abbekommen. Gute Nachrichten für Bill, aber nicht für Siobhán. Jetzt hat die Universität jemanden geschickt, der sich das alles ansehen soll, falls es irgendwie archäologisch von Bedeutung sein sollte.«

»Sind das die beiden da?«, fragte ich und deutete auf die Männer, die in der Grube herumliefen.

»Ich glaube, ja. Sie haben Siobhán gesagt, sie müssten ein paar Fotos machen und Abdrücke anfertigen. Wenn sie fertig sind, kann weitergebaut werden. Ihr kann das gar nicht früh genug sein.«

Patrick stand auf und streckte Grant die Hand hin. »Danke, dass du dich bereit erklärt hast, uns diese Veranstaltung in Abbey Glen zu genehmigen. Das bedeutet mir viel.«

»Ich mache das für Abi.« Grant runzelte die Stirn. »Das nächste Mal fragst du erst, ehe du meine Destillerie für irgendwas fest einplanst.«

Patrick hatte den Anstand, wenigstens so zu tun, als sei er verlegen, wenn auch nicht lange. »Wir müssen noch einige Dinge durchsprechen, wenn du mal Zeit hast.«

»Na gut, Louisa kriegt am Samstag vom Wildhüter frischen Lachs«, sagte Grant. »Kommt doch zum Abendessen, alle beide, und dann können wir reden.«

»Das wäre toll«, sagte ich. Die Haushälterin auf dem Anwesen der MacEwens war eine der besten Köchinnen der Gegend und dazu noch eine wirklich nette junge Frau. Das Abendessen würde köstlich werden und mir die Chance bieten, zu beweisen, dass ich nicht immer wie ein schlammbespritztes Gör aussehe.

Grant ging in Richtung High Street davon, und wir beide betrachteten seine geschmeidigen Hüftbewegungen mit Wohlgefallen. Ich schlug Patrick mit dem Handrücken leicht tadelnd auf den Arm. Er zuckte zusammen. »He! Der spielt vielleicht für deine Mannschaft, aber du kannst mich nicht daran hindern, so ein Sahneschnittchen zu beäugen.«

»Besorg mir einfach alles, was du über Rory rausfinden kannst, und zwar so bald wie möglich.«

Wir beendeten unser Mittagessen, und Patrick machte sich auf die einstündige Autofahrt zurück nach Edinburgh. Ich hätte gleich nach Hause flitzen und Recherchen für die Show morgen Abend machen sollen, aber mir schwirrte noch alles Mögliche im Kopf herum, was in den letzten vierundzwanzig Stunden auf mich eingestürmt war: Dass wir die Tore von Glen Abbey für mögliche ausländische Konkurrenten weit öffneten, dass ich die Bennet-Logan-Gedächtnis-Stiftung zum Laufen bringen musste, dass ich nun eine kleine Herde von Pullovern auf Beinen zu betreuen hatte und zu guter Letzt herausfinden musste, wer die *Rebels* einen nach dem anderen abmurkste.

Ich blickte über den Dorfanger auf die massive eckige Fassade von St. Jude's. St. Jude war der Schutzheilige aller hoffnungslosen Fälle, und obwohl ich keine irgendwie gearteten spirituellen Neigungen habe, fühlte ich mich unwiderstehlich zu der offenen Tür hingezogen. Liam und ich traten in das kühle, dunkle Innere der Kirche und standen eine Weile da, während ich darauf wartete, dass sich meine Augen an das Dämmerlicht gewöhnten.

Die romanische Kirche war schlicht und doch elegant, und das Licht, das am anderen Ende des Kirchenschiffs durch das Buntglasfenster fiel, malte Edelsteinfarben auf die Mauern ringsum. Die Kirchenbänke waren aus kunstvoll geschnitztem massivem Ahornholz, und jedes Bankende war von einem mit Kletterrosen umwundenen Kreuz gekrönt.

Eine von Floss' neuesten Nachrichten war gestern die von der Ankunft eines neuen Pfarrers gewesen. Der letzte, ein verstaubter alter Vogel, war kurz nach den unangenehmen Ereignissen nach Bens Tod in den Ruhestand gegangen. Der neue brachte, laut Floss, frischen Wind in die Gemeinde. Ich war neugierig, was das wohl zu bedeuten hatte. Liam und ich liefen durch den Seitengang auf den Altar zu, und das Klicken von Liams Pfoten hallte in dem stillen Raum wider.

»Hallo!«, ertönte da eine Stimme aus dem Querschiff, und ein Mann tauchte auf, der eine Taschenlampe und einen Rucksack voller Werkzeug trug. »Craig Andersen«, sagte er, klemmte sich die Taschenlampe unter den Arm und streckte mir die Hand entgegen. »Aber mir reicht auch Reverend Craig oder einfach Craig.«

Ich stellte mich vor und versuchte nicht allzu überrascht zu wirken. Unser neuer Pfarrer sah aus, als könnte er höchstens Ende dreißig sein. Sein Haaransatz wich eine Winzigkeit zurück, aber er war fit, und sein federnder Schritt vermittelte den Eindruck, als platzte er beinahe vor Energie. Er trug alte Jeans und ein T-Shirt und sah eher wie ein Handwerker als wie ein Mitglied des geistlichen Standes aus.

»Ich habe schon Geschichten über Ihre wandernden Schafe gehört«, sagte Reverend Craig lächelnd. »Es ist mir ein Vergnügen, Sie beide endlich kennenzulernen.« Er beugte sich hinunter, um Liam zur Begrüßung unter dem Kinn zu kraulen.

Hier wehte eindeutig ein frischer Wind, aber ich fragte mich, wie seine Schäfchen mit seinem entspannten Ansatz in Sachen Seelsorge klarkamen.

»Ich habe nur mal kurz reingeschaut«, sagte ich lahm. Ich

konnte den Grund dafür nicht nennen. Vielleicht hatte ich einfach für den Aufruhr von Gedanken, die in meinem Kopf herumwirbelten, einen beruhigenden Balsam gesucht.

Reverend Craig lächelte mich freundlich an. »Wir heißen alle Wanderer willkommen.«

»Wozu das Stemmeisen?«, fragte ich.

Er errötete ganz leicht. »Ich würde ja gern antworten, dass ich ein paar Reparaturarbeiten an der Kirche vornehme, aber ehrlich gesagt klopfe ich hier ein bisschen rum. Ich bin ein Geschichtsfanatiker, und eines der Dinge, die ich erfahren habe, seit ich in Balfour bin, ist, dass St. Jude's einmal Teil des florierenden Schmugglernetzwerks hier im Tal war.« Unverhohlene Begeisterung schwang in seiner Stimme mit. »Bei den Bauarbeiten am Goldenen Hirsch ist der Eingang zu einem Tunnel zum Vorschein gekommen, der zur Kirche führt«, fuhr Reverend Craig fort und machte ein Gesicht wie ein Kind, das zum ersten Mal vor der Chocolate Bar steht.

»Wieso brauchte die Kirche einen Tunnel?«

»In der dunklen Zeit nach dem misslungenen Jakobitenraufstand von 1745 waren die Leute am Ort auf Schwarzbrennen und Schmuggel angewiesen, um überhaupt Essen auf dem Tisch zu haben. Die Kirchen hier in der Gegend haben im Allgemeinen die Augen vor diesen Aktivitäten verschlossen, doch St. Jude's steckte etwas tiefer drin als die meisten. Mein Vorgänger in dieser Zeit hat damals das Kreuz auf dem Hof mit einem roten Tuch verhüllt, wenn man die Steuereintreiber des Königs in den Bergen gesehen hatte. Es war das Signal für alle, sich so unauffällig wie möglich zu verhalten.«

»Steuereintreiber?«

»Die wurden von den Engländern ausgeschickt, um nicht abgeführte Steuern einzutreiben und Schwarzbrennereien aufzustöbern.«

Ich war mit den Höhlen und Gängen oberhalb von Balfour vertraut, die damals als Versteck für den schwarzgebrannten Whisky gedient hatten. Ich versuchte nicht zu schaudern, als ich an das kleine, feuchte Loch dachte, wo man mich eingemauert hatte, um mich da sterben zu lassen. Doch ich musste auch zugeben, dass mich die Geschichten über die Schmuggler faszinierten. »Und Sie meinen, der Tunnel hat hier irgendwo angefangen?«, fragte ich.

»Ich weiß, dass so manches Fass Whisky durch diese Kirche gerollt wurde. Und wenn ich jetzt von der Tunnelöffnung drüben beim Goldenen Hirsch ausgehe, glaube ich, dass ich genau das gefunden habe, was ich gesucht habe.« Seine blauen Augen funkelten vor Begeisterung.

»Kann ich mir das mal anschauen?«, fragte ich.

»Na klar, kommen Sie mit.«

Liam und ich folgten dem Pfarrer am Altar vorbei in den Chorraum, wo eine Schaufensterleuchte die Steinmauer auf der linken Seite erhellte.

»Es war gar nicht so schwer, den Drücker zu finden, sobald ich wusste, wo ich suchen musste, aber nach all den Jahren sind die Steine ein wenig widerborstig.« Reverend Craig setzte das Stemmeisen in einem schmalen Spalt zwischen zwei der größten Steine an. Seine Muskeln spannten sich an, als er große Kraft auf die riesigen Steinplatten ausübte. Nach einigen Versuchen hallte ein knirschendes Geräusch durch die Kirche, ein kleiner Teil der Mauer wich ein wenig zurück, schob sich langsam zur Seite und gab eine Öffnung frei, durch die ein erwachsener Mann gerade eben hindurchpassen würde.

KAPITEL 5

Mir lief ein Schauer über den Rücken, als wäre ich ein Schatzsucher, der eine vergrabene Schatulle findet. Ich trat näher heran und spähte in den dunklen Raum hinter der Mauer. Eisige Luft schlug mir aus der Öffnung entgegen, und ich zitterte vor Kälte und Erwartung. »Etwas dicker zu sein, das wäre damals wohl nicht so gut gewesen, was?«, merkte ich an.

Reverend Craig bürstete sich den Steinstaub von der Kleidung und sah zu, wie sich der wie Schnee rings um ihn herum auf dem Fußboden verteilte. »Unsere Schwestern und Brüder im achtzehnten Jahrhundert waren ja außerdem auch noch ein bisschen kleiner.«

»Wenn damals so viel geschmuggelt wurde, meinen Sie, die menschlichen Überreste, die da heute Morgen ausgegraben wurden, könnten die eines ermordeten Whiskyschmugglers sein?«

»Möglich ist es auf jeden Fall, aber vielleicht erfahren wir das nie, es sei denn, es wurde irgendetwas mit ihm da beerdigt, das uns hilft, ihn zu identifizieren.«

Durch alles, was sich seither ereignet hatte, waren die menschlichen Überreste beim Goldenen Hirsch mir ein wenig aus dem Kopf gekommen, aber nun wanderten meine Gedanken wieder zu den legendären Brüdern Brodie und Angus Fletcher. Die beiden Männer stammten aus Balfour und waren zwei der berühmt-berüchtigtsten Schwarzbrenner Schottlands gewesen. Sie hatten die Destillerien am Ort gegründet, aus denen schließlich Abbey Glen hervorgegangen war. Brodie betrieb eine Schwarzbrennerei, die in einer Scheune unten am Fluss verborgen war, ungefähr da, wo heute der Goldene Hirsch steht. Eines Nachts war diese Scheune aus ungeklärten Gründen bis auf die Grundmauern niedergebrannt mitsamt Brennblase und Whisky. Man hatte das Feuer im Umkreis von Meilen sehen können. Vor Ort erzählte man sich, Brodie hätte öffentlich seinen Bruder Angus beschuldigt, das Feuer gelegt zu haben. Angus bestritt das, aber Brodie war wütend auf ihn und sann auf Rache. Eine Woche später folgte er Angus in die Berge hinauf, wo der seine Konkurrenzbrennerei betrieb. Brodie kehrte am nächsten Morgen zurück, Angus jedoch wurde nie wieder gesehen. Keine Leiche, kein Prozess, und so entkam Brodie der Schlinge des Henkers.

Könnten die menschlichen Überreste beim Goldenen Hirsch die von Angus Fletcher sein, die nun nach all den Jahren auftauchten? Hatte Brodie seinen Bruder aus Rachsucht ermordet und ihn in der Asche seiner Scheune begraben?

Reverend Craig nahm die Schaufensterlampe von der Wand, und ich schaute ihm über die Schulter, als er damit in den dunklen Raum hineinleuchtete. Liam rannte schnüffelnd zuerst hinein, irgendeinem kleinen Nager auf der Spur. Gleich hinter ihm folgte Reverend Craig, und ich kam als Letzte. Wir traten in einen sehr beengten Raum von etwa zwei mal drei Metern. Spinnweben hingen in langen klebrigen Strähnen von der Decke, und unsere Schritte hinterließen im dicken Staub auf dem Boden deutliche Abdrücke. Es sah aus, als hätte seit Jahrzehnten niemand einen Fuß hier hereingesetzt.

Der Raum war leer bis auf ein Steinkreuz über einer kunstvoll verzierten Granitplatte. Craig zog ein Taschentuch heraus und wischte den Staub und Schmutz von der Oberfläche. Zum Vorschein kam eine Inschrift:

Angus Fletcher
Ehemann, Vater und geliebter Bruder
1777–1814
Unvergessen

»Ist das *der* Angus Fletcher, einer der Fletcher-Brüder?«, fragte ich. »Oder vielleicht der Vater der beiden?«

»Die Daten würden für den Vater nicht passen«, antwortete Craig. »Außerdem hieß der Daniel und nicht Angus.«

Ich streckte die Hand aus und fuhr mit den Fingerspitzen über die Schrift. »Ich verstehe das nicht«, sagte ich, ehrlich erstaunt. »Man hat mir immer wieder erzählt, man hätte die Leiche von Angus nie gefunden. Ich habe diese Geschichte mit aufgenommen, als ich das Buch über die *Geschichte von Abbey Glen in Fotografien* zusammengestellt habe, so als ein bisschen Lokalkolorit.«

»Sieht ganz so aus, als müssten Sie den Abschnitt überarbeiten.«

»Keine Leiche«, sinnierte ich. »Nur das hat Brodie Fletcher vor dem Galgen gerettet. Wieso sollte man Angus Fletcher hier begraben haben und nicht auf dem Friedhof, nachdem man seine sterblichen Überreste gefunden hatte?« Es ergab alles keinen Sinn. Sicher hätte doch seine Familie darauf bestanden, oder lag hier neben der Kirche ein noch viel tieferes Geheimnis verborgen?

Jetzt hatten wir innerhalb von vierundzwanzig Stunden zwei Leichen entdeckt, eine an jedem Ende eines Schmugglertunnels. Einer der Männer war angeblich vermisst oder sollte nicht gefunden werden. Und der andere? Gab es eine Verbindung zwischen den beiden? Oder war es purer Zufall?

Reverend Craig wandte seine Aufmerksamkeit der steilen Treppe zu, die in der hinteren Ecke des Raumes nach unten führte.

»Vorsichtig«, sagte ich und schob Liam vor mir her in das dunkle Loch.

»Die Treppe ist erstaunlich gut erhalten, wenn man bedenkt, dass sie beinahe dreihundert Jahre alt ist«, hallte Craigs Stimme in dem engen Gang wider.

Der Tunnel, auf den wir stießen, war schmal, hatte aber einen sandigen Boden, und die Seiten und die Decke waren mit Mauerwerk und Holzstreben abgesichert. Man hatte ihn für die Ewigkeit angelegt. Wir gingen weiter, bis wir vor uns einen schwachen Lichtschein erblickten, der durch ein kleines Loch im Geröll hereinfiel, das uns zu dem Graben beim Goldenen Hirsch führte. Der Bagger hatte die Tunnelstützen eingerissen, und hier hinderte uns jetzt nur noch ein Haufen Dreck und Geröll am Weitergehen.

Wir Menschen passten nicht durch das Loch, Liam jedoch sehr wohl. Ihm war der staubige Tunnel unter der Erde nicht geheuer. Bestimmt waren da zu viele Erinnerungen an unser letztes Abenteuer im Untergrund. Ehe ich ihn zurückhalten konnte, hatte er sich schon durch das Loch in die schlammige Grube gezwängt und schnüffelte aufgeregt dort herum.

»Der gottverdammte Hund. Verzeihung, Herr Pfarrer«, sagte ich und schlug mir die Hand vor den Mund. »Ich muss gehen.« Der Reverend winkte mir fröhlich zu und trat zur Seite, damit ich durch den Tunnel, durch das Kirchenschiff und über den Rasen sprinten konnte, um Liam wieder einzufangen. Zum Glück passte in der Grube ein junger Mann mit einem Sweatshirt der Universität Glasgow auf. Er hatte Liam beim Halsband gepackt und schaute sich erwartungsvoll um.

»Es tut mir so leid«, sagte ich und nahm Liam wieder an die Leine. »Böser Hund!«, tadelte ich ihn, weil ich dachte, das würde vielleicht von mir erwartet.

»Schon in Ordnung. Die Knochen sind weg. Die Paläo-Anthro-Leute haben sie mitgenommen, aber sie lassen uns Archäologen noch ein bisschen weiter rumschnüffeln.«

»Ich hätte nicht gedacht, dass das hier für Archäologen so ergiebig ist.«

»Deswegen lassen sie ja auch einen Studenten rumbuddeln. Ist aber 'ne gute Übung. Ich siebe das hier mal durch, um rauszufinden, ob noch was von Interesse dabei ist.«

»Schon was gefunden?«

»Nicht viel. Ein paar Kleinteile.« Er hielt mir eine Plastiktüte mit zwei runden Messingknöpfen hin. Auf die Knöpfe war ein Militärwappen eingeprägt. »Englische Standard-Militärknöpfe. Sehen aus, als wären sie vom Rock eines Füsiliers.«

»Wieso könnten die hier sein?«

»Hier in der Gegend waren jede Menge englische Soldaten. Manche sollten die Rebellen ausrotten, andere Schmuggler jagen. Zweifellos sind ziemlich viele hier vorbeigekommen.«

»Ich würde gern erfahren, was Sie sonst noch rauskriegen«, sagte ich. »Ich habe mich ein bisschen mit der Geschichte des Ortes beschäftigt.«

»Das sollte kein Problem sein. Hier haben Sie die Visitenkarte unseres Instituts. Schicken Sie mir Ihre E-Mail-Adresse, und ich schau mal, was ich Ihnen weiterleiten kann.«

Ich dankte dem jungen Mann und überließ ihn wieder seiner Arbeit, packte Liam ins Auto und zog mich eilig zurück, ehe einer von uns beiden in noch mehr Schwierigkeiten geriet.

Als ich mich endlich in der relativen Ruhe von The Haven befand, kam mir das morgige Konzert wieder in den Sinn. Es war ja eine sehr wichtige Angelegenheit. Einen Killer in einer so großen Menschenmenge aufzuspüren, das wäre allerdings, als wollte man im rebellischen Brixton einen Tory finden. Ich spürte, wie mich die Panik packte. Was war, wenn ich nicht Rorys Comeback auf Film bannte, sondern seinen Untergang? Der Gedanke ließ mir das Blut in den Adern gefrieren. Ich beschloss, mich gründlich vorzubereiten.

Außer Patrick hatte ich keine Hilfstruppen zu verzeichnen, ich entschied mich also, dass es wenig Sinn hatte, Rorys gesamte Liste von Verdächtigen durchzugehen. Das würde ich der Polizei überlassen. Ich sollte mich besser auf die Namen konzentrieren, die er hervorgehoben hatte. Die Leute, die Mickey am meisten hassten: Seinen ehemaligen Manager Bruce Penrose, seine Ex-Frau Tina Doyle und den Mann mit dem großen Fragezeichen, Simon Moye.

Ich suchte in meinem E-Mail-Fach nach der Liste von Backstage-Ausweisen, die Rory mir versprochen hatte, fand aber nichts. Ich war mir nicht sicher, ob meine Gedanken irgendwie auf einer mystischen Ebene bei ihm Resonanz gefunden hatten, denn ehe ich mich versah, klopfte es an der Tür. Ich machte auf und stand dem Mann höchstpersönlich auf meiner Türschwelle gegenüber. Sein Ford Mustang parkte neben meiner Hope. Wenn Autos andere anhimmeln könnten, dann himmelte Hope den Mustang an. Ich wusste, wie sie sich fühlte. Ich zog die Tür weiter auf und bat ihn mit einer Geste ins Haus.

»Ich habe die Liste mit den Backstage-Ausweisen, die Sie wollten«, sagte er.

»Danke.« Ich überflog das Blatt Papier. Es standen die Namen von über fünfzig Leuten drauf, die Zugang zum Backstage-Bereich hatten. Es sah aus, als würde es hinter der Bühne recht chaotisch zugehen, und das würde sicherlich weder meine Arbeit noch die der Polizei erleichtern. Aber Rory hatte recht: Wenn jemand es wirklich auf den zurückgezogen lebenden »Mickey Dawson« abgesehen hatte, war diese Veranstaltung zu verlockend, um sie zu verpassen.

»Kann ich Ihnen was zu trinken anbieten?«, fragte ich.

»Zu einem Abbey Glen in Fassstärke würde ich nicht Nein sagen.«

Ich schenkte uns beiden einen Whisky ein und gesellte mich zu Rory, um mir die Liste von Namen und Geburtsdaten genauer anzuschauen. »Viele junge Leute.«

»Rock and Roll ist was für junge Leute«, sagte er und prostete mir zu.

Mir machte der Gedanke zu schaffen, dass ich Kontakt zu all diesen Menschen aufnehmen sollte. Es waren zu viele. »Ich will niemanden beleidigen, aber ich kann mir nicht vorstellen, dass jemand von denen unter dreißig sich groß an die *Rebels* erinnert, geschweige denn seit über fünfzehn Jahren einen Groll gegen sie hegt.«

»Stimmt schon«, erwiderte Rory. »Wenn man die unter dreißig wegnimmt, was bleibt dann übrig?«

Ich schaute die Liste kurz durch. »Weniger als ein Dutzend einschließlich Tina Doyle und Simon Moye.«

Rory rückte näher und schaute mir über die Schulter. Ich spürte, wie mir eine unwillkommene Wärme über den Körper kroch. Merkte er das wohl? Spielte er mit mir, oder war er sich über seine unveränderte Anziehungskraft gar nicht im Klaren?

»Die meisten davon kenne ich« fuhr er fort. »Patty Waters ist Ians Frau. Und diese Typen da sind erfahrene Mitarbeiter in der Technik und beim Video«, sagte er und deutete auf sechs Namen. »Die sollten keine Probleme mit mir haben, aber ich sorge dafür, dass Sie sie alle kennenlernen.«

»Keine Spur von Bruce Penrose.«

»Ich bezweifle, dass der noch die Verbindungen hat, um einen Backstage-Ausweis zu kriegen.«

Rory trank sein Glas leer, und ich bot ihm ein zweites an. Er schien noch etwas auf dem Herzen zu haben. Er hätte mir ja die Liste leicht per E-Mail schicken können, und doch saß er jetzt heute schon zum zweiten Mal neben mir. Ich machte mir nichts vor, an meiner faszinierenden Ausstrahlung konnte es nicht liegen.

»Was beschäftigt Sie sonst noch?«, fragte ich und schenkte ihm einen weiteren doppelten Abbey Glen ein.

»Ist das so offensichtlich?«

»Sie haben mich angeheuert, weil ich so gut beobachte«, merkte ich an.

»Stimmt genau.« Rory nippte gedankenverloren an seinem Glas. »Es geht um Summer. Ich habe sie eingeladen, bei mir zu wohnen, solange die Galerie renoviert wird. Morgen kommt sie. Und jetzt frage ich mich, ob ich da nicht einen Riesenfehler gemacht habe.«

»Wieso?«

»Es wird verdammt ungemütlich werden. Ich meine, sie ist sechsundzwanzig, und wir haben bisher nie mehr als ein, zwei Stunden miteinander verbracht. Ich habe keinerlei Begabung als Vater und keine Ahnung, was ich mit ihr machen soll.«

»Was ich so gesehen habe, macht man als Vater oder Mutter einfach, was einem gerade sinnvoll erscheint. Das kriegen Sie schon raus. Dass sie überhaupt bereit ist, Sie zu besuchen, ist doch schon mal ein gutes Zeichen.«

»Na ja, dass sie dazu bereit ist, das ist vielleicht ein bisschen übertrieben. Ich habe sie zusammen mit ihrer Patentante ganz schön bequatschen müssen. Aber ich will, dass sie aus London weg ist.«

»Sind Sie sicher, dass sie hier eher in Sicherheit ist?«, fragte ich betont. »Wenn es jemand wirklich auf Sie abgesehen hat, gerät sie vielleicht hier bei Ihnen vom Regen in die Traufe. Und ich bezweifle, dass die Pistole im Flur als Schutz ausreicht.«

»Das ist die andere Sache, die mir Sorgen macht. Was ist, wenn die Polizei morgen beim Konzert den Kerl nicht erwischt? Was ist, wenn er immer noch frei rumläuft und jetzt weiß, dass ich hier wohne? Das bringt Summer in noch größere Gefahr.«

Plötzlich sah Rory sehr viel älter aus. Die Anspannung zeichnete sich in den Krähenfüßen um seine Augen und den fest zusammengepressten Lippen deutlich ab. Er schwieg eine Weile, ehe er fortfuhr: »Ich war gerade mal neunzehn, als ihre Mutter und ich uns kennengelernt haben. Bonnie kam genau wie ich aus einer Sozialsiedlung. Mein Talent hat mir da rausgeholfen. Sie hat ein paar Jobs als Model an Land gezogen, nachdem sie aus der Schule war, und schließlich in den Ravenscourt Studios als Terminplanerin gearbeitet.« Rory fuhr mit der Fingerspitze, die Schwielen vom jahrelangen Gitarrespielen hatte, über den Rand seines Whiskyglases. »Als ich erfahren habe, dass sie angebumst war, wollte ich gut und richtig handeln und sie heiraten, aber das Management der Plattenfirma hat voll durchgedreht. Ein Baby, das passte so gar nicht zum Image von Mickey Dawson, das die sich ausgedacht hatten. Sie wollten unter keinen Umständen zulassen, dass ich die großen Pläne, die sie mit den *Rebels* hatten, versaute. Also haben sie Penrose darauf angesetzt, den Schlamassel zu bereinigen, wie immer.«

»Und was war mit Bonnie?«

»Penrose hat sie in dem Studio untergebracht, wo die Videos produziert wurden, irgendwo in Kent, und er hat sie ausgezahlt. Aber Bonnie ist vor etwa einem Jahr gestorben, und danach habe ich mich bei Summer gemeldet. Sie hatte gerade erst erfahren, dass ich ihr Vater bin. Sie war wütend und verletzt. Ich meine, das ist ja nur natürlich. Zuerst wollte sie gar nichts mit mir zu tun haben, aber ich habe es immer weiter versucht.«

Ich runzelte die Stirn. »Weiß Summer, was mit den anderen Mitgliedern der Band passiert ist?«

»Sie weiß das mit Ian, aber wir haben versucht, die Sache mit Hamish geheim zu halten. Ich habe ihr nichts davon erzählt, kann allerdings nicht schwören, dass sie nicht trotzdem was mitbekommen hat, als sie bei Ian im Krankenhaus war oder als die Polizei den Einbruch in ihrer Galerie untersucht hat.«

»Sie ist mit anderen Bandmitgliedern befreundet?«, fragte ich überrascht. Das schien mir merkwürdig, wenn sie wirklich nicht gewusst hatte, wer ihr leiblicher Vater war.

»Bonnie und Ians Frau Patty waren beste Freundinnen. Ian und Patty sind Summers Paten.«

Das sind ja total kuschelige Verhältnisse, dachte ich. Rory schien in seine eigenen Gedanken versunken, trank weiter in großen Schlucken.

»Kann ich Ihnen etwas zu essen anbieten?«

»Hm? Nein, ich sollte gehen. Ich habe noch einiges zu tun vor der Show morgen.« Er leerte sein Glas und stand auf, um zu gehen. An der Schwelle blieb er kurz stehen. »Wenn mir morgen Abend bei der Show etwas zustößt, kümmert sich Patty um Summer«, meinte er leise. »Aber sagen Sie ihr bitte, dass ich versucht habe …, na ja, sagen Sie ihr, dass ich es versucht habe.«

Ich begleitete Rory zur Tür und sah dem Mustang hinterher, wie er in einer Staubwolke davonfuhr. Ich hatte keine Ahnung, was das alles sollte. Wollte er von mir Mitgefühl oder Trost? Oder wollte er nur mit jemandem reden? Und warum dann ausgerechnet mit mir? Wir kannten einander doch kaum. Könnte es sein, dass er mir mehr vertraute, als ich dachte?

Ich ging in die Küche zurück und holte mein Glas. Vor sechs Monaten hätte ich niemals Whisky als mein Getränk der Wahl bezeichnet. Nun war er mir zur zweiten Natur geworden. Ich stand da und genoss das komplexe Aroma, während ich meine wollige Herde beobachtete, die friedlich im Garten hinter dem Haus herumspazierte. Da bemerkte ich den Schatten einer Gestalt am Zaun.

Ich ging zur anderen Seite des Hauses und sah Grant, der am Gartentor lehnte.

»Ich habe gehört, dass du dir ein neues Hobby zugelegt hast.«

Ich war nicht zum Scherzen aufgelegt. »Hast du ein Problem damit?«

»Natürlich nicht. Du kannst machen, was du willst«, erwiderte Grant milde. »Störe ich?«

»Mein Freund ist gerade weg.«

»Kein Witz. Der hätte mich fast über den Haufen gefahren«, murmelte Grant.

Er verstummte und beobachtete die Schafe, die im schwächer werdenden Abendlicht dösten. Ich spürte, dass er gern eine nähere Erklärung von mir gehabt hätte, war aber nicht gewillt, über Rory zu reden und schon gar nicht mit Grant. Ich presste die Hände an die Wangen und überlegte, ob sie noch gerötet waren.

»Jedenfalls«, sagte er endlich, »bin ich nur vorbeigekommen, um dir den Namen der Maklerin zu bringen, die dir beim Anmieten des Büros für die Stiftung helfen kann.«

Ich schaute auf das Blatt Papier, das er mir gereicht hatte und auf dem Kontaktdaten für eine gewisse Nora Baker standen. »Die Frau vom Postamt?«

»Sie hat zwei Jobs, und sie braucht die Provision.«

»Gut, dann rufe ich sie an.« Ich zögerte kurz und fragte: »Kann ich dich noch um einen Gefallen bitten?«

»Bloß nicht um weitere Veranstaltungen bei Abbey Glen«, erwiderte Grant sofort.

»Natürlich nicht, aber wenn wir am Samstag nach wie vor bei dir zum Abendessen eingeladen sind, darf ich dann jemanden mitbringen?«

Grants Augen verdunkelten sich. »Ja schon, wenn du meinst, dass er sich nicht langweilt.«

»Es ist eine Sie.«

Grant wirkte seltsam erleichtert. »Oh, in Ordnung. Das geht schon. Ich sage Louisa, dass wir zu viert sein werden.«

Ich schaute Grant hinterher, als er zu seinem Wagen zurückging. Zwei seltsame Besuche hintereinander. Auch Grant hatte keinen Grund, persönlich vorbeizukommen. Er hätte mir Noras Kontaktdaten leicht per E-Mail schicken oder telefonisch durchgeben können. Kontrollierte er mich? Schaute er bei mir nach dem Rechten? Spionierte er hinter mir her? Noch war ich mir nicht sicher, ob mir das schmeichelte oder ob es mich ärgerte.

Und doch verglich ich in Gedanken unwillkürlich die beiden Männer miteinander. Grant war wie ein ruhig glimmendes Feuer. Ein Abgrund komplexer Gefühle, die man wahrscheinlich in einem ganzen Leben nicht ausloten konnte. Rory andererseits strahlte eine unmittelbare, aufregende sexuelle Energie aus, mit einer unterschwelligen Strömung von Gefahr. Niemand würde Rory anschauen und zu dem Schluss kommen, dass es klug wäre, mit ihm etwas anzufangen, aber es gab sicherlich jede Menge Frauen, die bereit wären, dieses Risiko auf sich zu nehmen. Frauen, die Nervenkitzel und Ruhm liebten. War ich eine von ihnen?

KAPITEL 6

Freitagmorgen, Tag zwei als Schafhirtin. Schon jetzt musste ich zugeben, dass mein Wissen über Tierhaltung womöglich noch lückenhafter war als mein Wissen über das Whiskybrennen. Das Schaf, das ich Oscar genannt hatte, hustete immer noch, obwohl es mit Liam im Wintergarten übernachtet hatte. Dr. McRae kam gleich frühmorgens, um die Herde zu begutachten, nur war es nicht McRae senior, sondern seine Tochter Katherine.

»Dad kommt langsam in die Jahre«, sagte sie. »Er macht jetzt hauptsächlich die Kleintierpraxis in der Stadt. Ich habe mich auf Pferde spezialisiert, aber ich behandele auch Schafe und Rinder und andere Großtiere.«

»Danke, dass Sie Zeit gefunden haben«, antwortete ich. Ich konnte mir nur sehr schwer vorstellen, wie diese zarte Brünette mit einem massigen Ochsen umging. Aber sie war auf jeden Fall gut in Form, ihre Schultern waren entschlossen gestrafft, und in ihren braunen Augen spiegelte sich ein völlig unsentimentales Mitgefühl, sodass ich glaubte, dass sie sich bei ihren Patienten durchsetzen würde.

»Haben Sie Erfahrung mit der Nutztierhaltung?«, fragte sie.

»Gar keine«, gab ich zu.

»Das sind keine Schoßtiere, müssen Sie wissen.«

»Das ist mir klar, aber ich konnte sie nicht einfach zum Abdecker wegkarren lassen. Sehen Sie das Ganze als eine Art Seniorenheim für ältere Wollträger.«

»Wenn Sie darauf bestehen. Doch Sie müssen die Tiere

auf richtiges Weideland bringen und ihnen Schutz vor den Elementen bieten.«

»Hunter arbeitet schon daran. Inzwischen scheint aber Oscar hier einen schlimmen Husten zu haben.« Ich führte Katherine in den Wintergarten, wo Liam auf dem Steinboden lag und zusah, wie Oscar Getreide aus einem Eimer fraß.

»Ich sehe, Sie haben bereits einen Hütehund«, meinte Dr. McRae und kraulte Liam die Ohren. »Er hat sich wohl schon mit Oscar angefreundet.« Katherine setzte ihr Stethoskop auf Oscars Brust, und er kooperierte, in dem er hohl hustete. »Na ja, er frisst jedenfalls«, sagte sie, als sie sich aufrichtete. »Und er scheint recht munter zu sein. Wirkt er manchmal lethargisch?«

»Ein bisschen«, erwiderte ich und versuchte, den Eindruck zu erwecken, als könnte ich ein lethargisches von einem nichtlethargischen Schaf unterscheiden.

»Ich denke, es ist eine kleine Lungenentzündung. Sie sollten ihn noch ein paar Tage von den anderen getrennt halten, und ich gebe ihm jetzt mal Antibiotika.«

»Ich habe einen Luftbefeuchter … der scheint dem Husten gutgetan zu haben.«

Katherine sah aus, als müsste sie sich ein herzhaftes Lachen verkneifen. »Schaden kann das nicht, denke ich mal«, sagte sie und räusperte sich. »Aber vergessen Sie nicht, das sind Nutztiere und keine kleinen Leute in Wollpullovern.«

»Ja klar«, antwortete ich und schaute selbst ein bisschen schafsdämlich drein.

»Geben Sie ihm abends etwas warmen Getreidebrei, und zermahlen Sie zwei von diesen Tabletten und mischen sie unter. Ich komme in ein paar Tagen noch mal vorbei.«

Als ich Dr. McRae zur Tür begleitete, fuhr gerade Patrick in die Einfahrt. Wenn das so weiterging, würde sich der Einbau einer Drehtür lohnen.

»Lebst du wirklich in Edinburgh, oder pendelst du in Wirklichkeit?«, erkundigte ich mich, während ich ihn in die Küche führte.

»Spricht man so mit jemandem, der einem Informationen bringt? Und extra schnell, wenn ich das anmerken darf.«

»Dann zeig mal her. Kaffee?«

»Ja, bitte.« Patrick ließ sich am Küchentisch nieder. »Warum ist da ein Schaf in deinem Wintergarten?«, fragte Patrick, als redete er mit einem schwierigen Kind.

»Die sind gestern angekommen.«

»Die? Mehr als eines?«

Ich deutete mit dem Kopf auf den Garten hinter dem Haus, wo Oscars Gefährten fröhlich in den Staudenrabatten grasten.

»Woher hast du die Schafe?«

»Vom Bauernhof nebenan. Kannst du dir das vorstellen, der Makler wollte die doch tatsächlich wegschicken und zu K-O-T-E-L-E-T-T-S verarbeiten lassen!«

»Das ist doch bei Schafen ab einem gewissen Alter nichts Ungewöhnliches«, meinte Patrick sanft.

»Ich bin unzählige Male auf dem Weg in die Stadt über ihre Weide gelaufen. Ich kann die nicht einfach abholen lassen, nur weil ihr Besitzer gestorben ist. Das verstehst du sicher.«

»Nö, kann ich nicht behaupten.« Patrick schüttelte den Kopf. »Wieso Oscar?«, fragte er schließlich.

»Du musst zugeben, dass er wie Oscar Wilde aussieht. Dieses lange, schmale Gesicht. Die traurigen Augen.«

»Daran gemessen, sehen die meisten Schafe wie Oscar Wilde aus. Ich nehme an, du hast die anderen auch schon getauft?«

»Oscar, Fitz, Hemingway, Beatrix, Orwell, Theo, Tolkien und Agatha.« Ich zählte sie an den Fingern ab.

»Schriftsteller?«

»Natürlich.«

»Theo?«

»Theo Geisel alias Dr. Seuss. Ein absolut unterschätztes literarisches Genie.«

»Du bist völlig verrückt.«

»Um mir das zu sagen, bist du hergekommen?«

»Nein, ich habe ein bisschen im Leben deines neuen Freundes herumgeschnüffelt.« Patrick zog ein kleines Notizbuch aus der Tasche und blätterte zur richtigen Seite. »Rory ist am 12. Mai aus São Paulo zurückgekommen.«

»Vor beinahe vier Monaten.«

»Er hat versucht, unerkannt einzufliegen, aber jemand muss den Paparazzi einen Tipp gegeben haben, denn in den ersten paar Wochen nach seiner Rückkehr ist sein Name recht häufig in der Presse aufgetaucht. Man hat ihn ein paarmal in der Carmichael Gallery gesehen. Da hat er wohl Summer besucht, denke ich, aber kurz nach Ians Unfall ist er völlig von der Bildfläche verschwunden. Damals ist er hier in Balfour aufgetaucht.«

Ich stellte zwei Tassen Kaffee und einen Teller mit Croissants auf den Tisch. »Hunter zufolge ist er als Junge mit seinen Eltern öfter hergekommen.«

»Das würde erklären, warum er hier aufgetaucht ist.« Patrick löffelte Zucker in seinen Kaffee und rührte langsam um.

»Hast du was über seine Zeit in Brasilien rausgefunden? Gab's da Probleme?«

»Er scheint den Ball flach gehalten zu haben. Hat sich ein Haus in den Außenbezirken von São Paulo gekauft und im Keller ein Studio eingerichtet. Er hat mit einer Reihe von Bands vor Ort gearbeitet, Aufnahmen gemacht und als Produzent fungiert.«

»Wie steht er finanziell da?«

»Lebt immer noch von den Einkünften der *Rebels*. Er hat im letzten Jahrzehnt nicht wahnsinnig viel ausgegeben und hatte gut investiert. Er hat keine Geldsorgen, das ist mal klar.«

»Verglichen mit den alten Zeiten ist es jetzt also ziemlich langweilig. Was ist mit Ian Waters? Hast du es geschafft, einen Unfallbericht in die Finger zu kriegen?«

»Den eigentlichen Polizeibericht habe ich nicht gesehen, den halten sie unter Verschluss, aber laut meinem Freund bei der Mordkommission ist Ian von der Bordsteinkante aus direkt in ein Taxi hineingelaufen. Wurde angefahren und ist zu Boden gegangen.«

Ich dachte eine Sekunde nach. »Dann hätte es durchaus ein Unfall gewesen sein können.«

»Eher nicht. Zwei Augenzeugen haben berichtet, sie hätten einen Mann in einem dunklen Kapuzenpullover gesehen, der Ian von hinten einen Schubs gegeben hat, als das Taxi sich näherte. In dem Gewühl nach dem Unfall hat er sich aus dem Staub gemacht, und die Polizei hat ihn bisher nicht finden können.«

»Was ist mit Hamish Dunn? Irgendwas zu seinem Tod?«

Patrick blätterte in seinem Notizbuch ein paar Seiten weiter. »Genau wie Hendricks es gesagt hat: Erst hat man auf Unfall entschieden, aber meine Kontakte bei der Londoner Polizei sagen, dass man nach Ian Waters' Unfall den Fall sofort wieder aufgerollt hat. Hamish war spät in der Nacht noch im Studio und hat an einem neuen Soloprojekt gearbeitet. Er hatte den Rest seiner Mannschaft nach Hause geschickt, damit er was in Ruhe fertig machen konnte. Früher am Abend hatte er ein paar Gläser Wodka getrunken, sagt der Produzent. Dann hat er mit Red Bull weitergemacht. Es war allgemein bekannt, dass er in einem Schrank im Studio einen Vorrat an Red Bull und Wodka gebunkert hatte. Laut Polizeibericht wussten alle darüber Bescheid. Diese Mischung allein kann das Herz extrem strapazieren, und Hamish war nicht gerade topfit. Außerdem hat man noch Spuren von reinem Heroin in seinem Blut gefunden. Er hatte schon ein paar Jahre Methadon genommen, aber die Menge von Opiaten in seinem Blut war deutlich höher als die Erhaltungsdosis.«

»Hat die Polizei das Red Bull getestet?«

»Nachdem der Fall wieder aufgerollt worden war. Und ja, man hat oben in einer Dose Spuren von flüssigem Heroin gefunden und zudem ein kleines Loch von einer Nadel.«

Ich pellte die oberste, mürbe Schicht von meinem Croissant ab, steckte sie in den Mund und ließ sie mir langsam auf der Zunge zergehen. »Jeder, der sich im Studio auskannte, hätte das Red Bull mit dem Heroin impfen können. Danach musste er einfach nur darauf warten, bis Hamish sich seinen üblichen Wodka-Cocktail mixte – und rums!«

»Genau. Und der Mörder konnte davon ausgehen, dass das Methadon, das sich bereits in Hamishs Blut befand, das zusätzliche Heroin maskieren würde.«

»Schlau. Das bedeutet, dass wir jemanden suchen, der sich in Ravenscourt auskennt und mit Hamishs Gewohnheiten vertraut war.« Ich biss in mein Croissant. »Noch was?«

»Mickey Dawson und seine Kumpel haben in den glorreichsten Zeiten der *Rebels* einiges an Unfug angestellt. Sie hatten ein paar Aufpasser, aber die Nummer eins von denen war ihr ehemaliger Manager Bruce Penrose. Er ist immer hinter den Jungs her und hat aufgeräumt. All die zerlegten Hotelzimmer und Anzeigen wegen Drogenbesitz. Sie haben ihn Vertusch-Es-Bruce genannt.«

»Er steht auch auf Rorys Liste möglicher Verdächtiger«, merkte ich an.

»Es hat damals ziemlichen Ärger gegeben. Ich habe mal schnell die Protokolle vom Prozess gegen Penrose durchgeschaut. Er hatte Nebenabsprachen mit der Plattenfirma und hat erst mal ordentlich selbst abgesahnt, ehe die Band Geld sah. Er wurde wegen Betrugs verurteilt und ist ins Gefängnis gewandert. Hat sich schließlich Bankrott erklärt. Seine Frau hat sich von ihm scheiden lassen, also war wirklich alles den Bach runter.«

»Ein starkes Motiv dafür, die Jungs zu hassen. Sonst noch jemand?«

»Rorys Ex war auch ein ziemlich giftiges Biest. Und die Presseberichte über die Scheidung sind eine außerordentlich gepfefferte, aber höchst unterhaltsame Lektüre. Tina hat Mickey Dawson als herzlosen, prügelnden Trunkenbold dargestellt, der sich durch eine endlose Reihe von Groupies gevögelt hat. Die Boulevardblätter waren damals voll davon.«

»Körperliche Gewalt?«

»Laut Tina ja, aber es finden sich keine Beweise dafür in den Akten.«

»Nach all der Zeit sehe ich das nicht als eindeutiges Motiv.«

»Geld geht immer«, sagte Patrick philosophisch. »Nach dem Scheidungsurteil stand ihr ein Anteil an den Einkünften der Band zu. Achtzehn Monate später haben sich die *Rebels* getrennt. Keine Band, keine Einkünfte, obwohl sie es geschafft hat, als Texterin für einen der großen Hits der *Rebels* genannt zu werden. Dafür kriegt sie immer noch Tantiemen.«

»Also bekommt sie auch mehr Geld, wenn die *Rebels* wieder in der Öffentlichkeit auftauchen, zum Beispiel wenn einer von ihnen stirbt.«

Patrick grinste. »Ich finde es toll, wie dein Hirn funktioniert! Ja, die Verkaufszahlen steigen immer, wenn ein Sänger stirbt.«

»Aber bringt man deswegen jemanden um? Lohnt sich das?«

»Gute Frage. Ich habe beantragt, die restlichen Protokolle vom Prozess gegen Penrose einsehen zu dürfen. Ich lass es dich wissen, wenn ich was Interessantes finde.« Patrick schaute mich über seine Kaffeetasse hinweg an. »Und du, pass heute Abend gut auf dich auf! Sobald man dich mit Rory Hendricks zusammen sieht, bist du nicht mehr die Reporterin, die über die neuesten Ereignisse berichtet, sondern machst selbst Schlagzeilen. Ich bin mir nicht sicher, ob du dafür schon bereit bist.«

Pünktlich um vier Uhr fuhr Rorys Chauffeur vor The Haven vor. Er lud meine Kameraausrüstung in den Kofferraum, und ich stieg ein und setzte mich auf den Rücksitz neben den Mann der Stunde, der von Kopf bis Fuß schwarz gekleidet war und schon den größten Teil eines ziemlich großen Highballs getrunken hatte.

»Bedienen Sie sich«, sagte Rory und musterte die bernsteingelbe Flüssigkeit in seinem Glas. »Ich war mir erst nicht sicher, was ich von Abbey Glen halten soll, aber das hier ist pures Gold, nicht? Weich, elegant, angenehm und mit einer überaus sanften Note.« Rory wandte sich mir zu und warf mir ein träges Lächeln zu: »Genau wie die Frau, die ihn macht.«

Normalerweise trinke ich nicht viel, wenn ich arbeite, doch der leicht anzügliche Unterton dieser Bemerkung ließ mich sofort nach der Flasche auf dem Boden greifen. Ich schenkte mir einen Whisky ein und trank einen großen beruhigenden Schluck, hoffte damit die Röte zu mildern, die mir wieder in die Wangen gestiegen war. Das warme Leuchten des Whiskys breitete sich in mir aus, löste meine Anspannung und milderte meine Nervosität.

Auf meine Fähigkeiten als Fotografin konnte ich mich verlassen, weniger allerdings auf meine Fähigkeit, mit Rory Hendricks klarzukommen.

»Wie ist der Plan für heute Abend?«, fragte ich, um das Gespräch in sicherere Bahnen zu lenken.

»So 'ne Art Empfang mit Drinks um halb sieben im Rittersaal der Burg. Die Show fängt um halb acht mit einer Band vom Ort namens *Celtic Riot* an. Ich kann nicht behaupten, dass ich viel über die weiß. Danach tritt *Mayhem* auf, und ich bin am Schluss dran.«

»Was mache ich, bis die Show anfängt?«

»Ich habe um fünf Soundcheck. Dann Presseinterviews, wenn ich es nicht hinkriege, denen davonzulaufen. Schließlich noch eine persönliche Begegnung mit ein paar von den verwundeten Kriegsveteranen.« Rory lehnte sich zurück, schloss die Augen und verstummte. Die Anspannung im Wagen war mit Händen zu greifen. Ich schaute aus dem Fenster, als wir die Vorgebirge hinter uns ließen und uns über das weit ausgedehnte Hochplateau auf Stirling zubewegten.

Die Stadt war nur eine halbe Autostunde von Balfour entfernt, aber die Landschaft änderte sich nun dramatisch. Hinter uns wichen die Berge zurück, und jetzt erstreckten sich meilenweit Kornfelder, schienen gegen den Hang des erloschenen Vulkans zu fluten, auf dem Stirling steht. Hoch über den modernen Supermärkten und Tankstellen thronte majestätisch die Burg von Stirling über ihrer neuzeitlichen Nachbarschaft, von drei Seiten von steilen Felskanten umgeben. Der Anblick war spektakulär, und allmählich ergriff mich die Vorfreude darauf, dass ich vor dem Hintergrund der Burg, in der Maria Stuart ihre Kindheit verbracht hatte,

Fotos von einem Konzert machen würde. Ich mochte diese Art von visuellem Paradox sehr.

Inzwischen fuhr das Auto durch die historische Altstadt und dann durch eine Lieferanteneinfahrt in den Burgbezirk. Rory steckte die halb volle Flasche Abbey Glen in seinen Rucksack und wirkte beim Aussteigen so, als sei er für einen Frontalangriff gewappnet. Wir wurden von einer überschwänglichen Assistentin begrüßt und gleich mit einer Reihe von Tragebändern, Ansteckern und Armbändchen verziert. Rory wurde unverzüglich zur Probe weggeschleppt, und ich stand allein da und packte meine Sachen aus. Ich nutzte die Gelegenheit, um ein bisschen herumzuspazieren und auf meinen Bildern festzuhalten, wie die Burg gerade aus einer Festung aus dem fünfzehnten Jahrhundert in die Kulisse für ein Musikvideo verwandelt wurde.

Man hatte die Esplanade abgesperrt und vorn an der Wiese eine einfache Bühne hingebaut, mit dem Haupteingang der Burg und dem kürzlich renovierten Großen Saal als Kulisse dahinter. Mitarbeiter aus der Burg wuselten hin und her und stellten Klappstühle in Reihen auf. Mitten auf der Wiese hatte man auf einer Betonfläche einen zweigeschossigen Stahlturm errichtet, der etwa zehn Meter in die Höhe ragte, wohl so unauffällig wie möglich aussehen sollte und als zentrale Schaltstelle für die gesamte Beleuchtungs- und Tontechnik diente.

All das faszinierte mich so sehr, dass ich zusammenschrak, als eine zierliche Frau in Jeans und knappem violettem Seidentop sich mir näherte. Ihr kurzes braunes Haar war an den Spitzen mit Magenta-Akzenten betont, aber sie trug diesen etwas kantigen Look mit Anmut, zumal sie wohl schon über vierzig war. »Sind Sie Abi?«, brüllte sie über den Krach von Rorys Soundcheck hinweg.

Ich nickte.

»Patty Waters, Ians Frau. Rory hat mich gebeten, Sie rumzuführen.«

»Danke, das wäre toll«, brüllte ich zurück. Ich beobachtete Patty aus den Augenwinkeln, während sie mich von dem ohrenbetäubenden Lärm des Lautsprecherturms wegzerrte. Sie hatte feine Fältchen an den Augenwinkeln, die nicht mit Botox weggespritzt worden waren, und die zugehörigen dunklen Augenringe zeugten von den schlaflosen Nächten der letzten Zeit. »Es tut mir leid, was ich von Ihrem Mann gehört habe«, sagte ich, als der Krach auf der Bühne mal für kurze Zeit abebbte.

»Schreibt den bloß noch nicht ab«, antwortete sie mit Bestimmtheit. »Ian ist ein Kämpfer.« Patty drehte sich um und schaute mir in die Augen. »Ich weiß nicht, was Rory vorhat, aber wenn Sie was tun können, irgendwas, um herauszufinden, wer Ian das angetan hat, wäre ich Ihnen ewig dankbar.«

»Ich bin mir nicht sicher, ob ich da helfen kann«, antwortete ich ehrlich. »Aber ich werde es versuchen.« Ich hatte plötzlich ein schlechtes Gewissen, weil ich meiner persönlichen Schwärmerei für Mickey Dawson nachgegeben hatte, anstatt mich auf das viel harschere Schicksal von Ian Waters und Hamish Dunn zu konzentrieren.

Patty ging weiter von der Bühne weg, und ich folgte ihr, ließ in Gedanken die drei Wörter nachhallen, die mir zu ihr einfielen: *zäh*, *quicklebendig* und *zurückhaltend*.

»Mit wem möchten Sie zuerst sprechen?«, fragte sie.

»Wie wäre es mit den Leitern der verschiedenen Crews, Johnnie Reynolds und Leo Moore? Rory sagt, die sind beide seit den allerersten Tagen dabei.«

»Lion Man alias Leo Moore und JR sind gute Kerle«, sagte Parry mit einem Stirnrunzeln. »Sie glauben doch sicher nicht…?«

»Dass sie Mörder sind? Wahrscheinlich nicht, aber sie sind schon lange dabei und haben jede Menge mitbekommen. Wenn überhaupt jemand die Geheimnisse hinter der Fassade der *Rebels* kennt, dann die beiden«, erwiderte ich, weil mir gerade nichts Besseres einfiel. Aber Leute in der Crew sehen ja tatsächlich alles Mögliche, und es konnte nicht verkehrt sein, bei ihnen anzufangen.

KAPITEL 7

Patty führte mich zwischen den Stuhlreihen hindurch zum Turm der Beleuchtungs- und Tontechnik, winkte einem gedrungenen Mann mit einem langen Gesicht und einem fast kahlen Kopf freundlich zu. Was noch von seinem Haar übrig war, hatte sicherlich viele Jahre keine Schere gesehen, und so fiel ihm ein langer dunkler Zopf ein gutes Drittel den Rücken hinunter. Wir kletterten auf die untere Plattform, und ich schaute mich neugierig um.

»JR, das ist Abi Logan. Sie ist als offizielle Fotografin für die Show hier.«

JR nickte und deutete hinter sich. »Willkommen in der Beleuchtungszentrale. Ich steure das Licht von hier unten, und Lion Man macht seinen Ton von da oben. Er kann ein bisschen grantig werden, wenn es hektisch wird, aber Sie wissen ja: Hunde, die bellen, beißen nicht.«

»Mach du mich bloß nicht bei der hübschen Dame schlecht«, ertönte eine Stimme hinter mir. Ich drehte mich um und sah einen großen dünnen Mann mit scharfen braunen Augen und Dreadlocks, die ihm unter einer orange-gelb gestreiften Strickmütze über die Schultern fielen. Ich war gerade eben mal eins siebzig, aber Lion Man, im normalen Leben Leo Moore, war einen guten Kopf größer als ich, also ein ganzes Stück über eins achtzig. Als ich näher zu ihm hintrat, bemerkte er die Kamera, die ich um den Hals trug, und grinste mir zu.

»Na, höchste Zeit, dass mal jemand kommt und Bilder von den eigentlichen Stars der Show macht.«

»Genau«, erwiderte ich, zog die Kamera heraus und schoss ein paar ungezwungene Fotos von JR und Lion Man, die herumalberten. »Sie beide waren doch auch schon in den schlechten alten Zeiten mit den *Rebels* unterwegs, nicht?«

»Soweit ich mich dran erinnern kann«, sagte Lion Man lachend. »JR und Rory waren ja richtige Saufkumpane. Ab und zu haben sie mich mal mitgenommen, aber, Mann, mit denen konnte ich nicht mithalten.«

Ich knipste weiter Bilder von JR, wie er die Scheinwerfereinstellungen für die Bühne ausprobierte. »Sind Sie überrascht, dass Roy wieder hier ist?«

»Ja, aber das ist gut so.«

»Ist irgendjemand vielleicht nicht so erfreut, dass er zurück ist?«

»Ich bin sicher, das sind einige nicht, aber auf die scheiß ich. Hören Sie sich nur den Sound an. Der Typ ist immer noch ein Genie auf der Gitarre«, schwärmte Lion Man.

Ich trat einen Schritt zurück und wäre beinahe über ein dickes Kabel gefallen, das hinter mir mit Klebeband auf dem Boden befestigt war. »Das ist ja jede Menge Verkabelung. Für so eine Show brauchen Sie sicher ungeheuer viel Strom.«

»Viel zu viel. Wir müssen deswegen immer unseren eigenen Strom mitbringen«, erklärte JR. »Einen Generator auf der Bühne für die Mikros, die Lautsprecher und das ganze Zeug der Band. Und zwei auf dem Turm, einen hier unten für die Lichtshow und einen kleineren oben für die Jungs vom Sound.«

»Echt eindrucksvoll.« Der Rest meiner Kommentare wurde von einem Brüller von Lion Man unterbrochen, der von seiner Mannschaft verlangte, sie sollten sich gefälligst um ein Problem mit den Lautsprechern auf der rechten Seite kümmern. Ich konnte, ehrlich gesagt, keinen hörbaren Unterschied feststellen, aber Lion Man offensichtlich schon. Er ging mit Riesenschritten fort. Ich merkte, dass auch JR irrsinnig viel zu tun hatte. Weitere Fragen mussten einfach warten. Ich trat zur Seite und hielt Ausschau nach Patty, die im hinteren Teil des Turms stand und einen dicklichen älteren Herrn umarmte, der eine leichte Sommerjacke und alte Jeans trug. Sein Gesicht hatte etwas Verlebtes, aber seine Haltung spiegelte einen gewissen Status wider, der ihn über Patty und die Crew ringsum erhob.

»Abi, das ist Papa Bear.«

»Gerry Wilson«, sagte der Mann, und ein warmes Lächeln milderte die strengen Falten in seinem Gesicht.

»Gerry ist mein Boss«, sagte Patty. »Und er ist eine Art Vaterersatz für diesen Haufen Außenseiter.«

»Ich beneide Sie nicht«, neckte ich ihn. »Arbeiten Sie für die Ravenscourt Studios?«

»Ich bin verantwortlich für eine Abteilung namens Southfields. Wir machen alle Musikvideos und Aufnahmen bei Livekonzerten für die Künstler, die das Studio unter Vertrag hat.«

»Filmen Sie auch heute Abend die Show?«

»Teile.«

»Das muss ja eine echte Herausforderung sein, so hier draußen Open Air.«

»Es ist wirklich nicht gerade der einfachste Veranstaltungsort, aber wir sind im Laufe der Jahre immer besser geworden. Wir probieren heute Abend eine völlig neue Leinwand aus, die allerletzte Technik.« Gerry deutete auf einen Vorhang aus feinmaschigem Metallgitter, der hinter der Bühne hing. »Jetzt gerade ist sie durchsichtig, und man hat einen ungehinderten Blick auf die Burg, aber später projizieren wir von hinten darauf, und es wird eine opake Leinwand daraus.«

»Großartig. Was für ein tolles Gegenüber von Alt und Neu.«

»Kommen Sie nach der Show mal hoch und schauen sich alles an, wenn es Sie interessiert«, sagte Gerry. »Aber jetzt im Augenblick muss ich die Jungs im Auge behalten.«

Überraschend flink für einen Mann seines Alters kletterte Gerry die Leiter zur nächsthöheren Plattform hinauf. »Gerry scheint ja ein netter Typ zu sein.«

»Er ist der Allerbeste«, erwiderte Patty. »Ich arbeite nun schon über fünfundzwanzig Jahre für ihn. Er und seine Frau Stella waren in den frühen Tagen der Band für Bonnie und mich wie Eltern. Und er ist völlig vernarrt in Summer.«

Ich zog meine Liste heraus, auf der die Leute standen, die ich kennenlernen wollte, und hakte JR, Lion Man und Gerry ab. Ich wünschte, ich könnte sie als Verdächtige auch so schnell abhaken. Aber zumindest hatte ich nun Gesichter zu den Namen. Das war schon mal ein Anfang.

»Wohin jetzt?«

»Ich muss leider wieder weitermachen«, entschuldigte sich Patty. »Allmählich trudeln die Gäste ein, und ich muss beim Empfang vorbeischauen. Sie können gern mitkommen und sehen, ob Sie mit jemandem reden möchten.«

Während wir vor der Bühne standen, war die Anzahl der Leute, die hinter der Bühne herumwuselten, enorm gewachsen. Caterer, Floristen, Presse. Die jungen Leute schienen hier bei der Veranstaltung das Sagen zu haben. Die meisten waren klapperdürr und schwarz gekleidet. Sie hatten bleiche Gesichter und gaben sich alle Mühe, hochnäsig und unersetzlich zu wirken. Zwischen einigen Songs für den Soundcheck dröhnte Led Zeppelin aus der Wand aus schwarzen Lautsprechern, die zum Publikum gerichtet waren. Insgesamt herrschte entspannt organisiertes Chaos.

Patty beugte sich zu mir herüber und sagte: »Die Bar ist

im Großen Saal aufgebaut. Falls Tina Doyle hier ist, finden Sie sie dort.«

»Was können Sie mir über Tina erzählen?«, fragte ich.

»Ihr neuer Ehemann Richie Doyle ist einer der Promoter dieser Benefizveranstaltung heute. Das heißt, ich muss höflich zu ihm sein. Er ist einer von den Top-Direktoren der Ravenscourt Studios.«

»Was macht Tina?«

»Meistens hängt sie nur rum und geht den Leuten auf den Wecker. Allerdings ist sie clever genug, immer gut für sich zu sorgen. Sie heiratet Geld. Damals hat sie es sogar so gedreht, dass sie für ›Hell on Heels‹ als Texterin genannt wurde, obwohl sie kein einziges Wort geschrieben hatte. Rory hat einfach nachgegeben, damit sie endlich die Klappe hält. Die kriegt also Tantiemen dafür, dass sie die Inspiration zu dem bissigsten Porträt einer keifenden Schlampe war, das je geschrieben wurde. Wenn Sie 'ne halbwegs vernünftige Antwort von ihr bekommen wollen, müssten Sie das machen, ehe sie zu lange an der Bar war.«

Der Große Saal war außerordentlich eindrucksvoll: ein massiver, aus Stein gemauerter Speisesaal, fünfzehn Meter hoch und mit einer wunderschönen Hammerbalkendecke. Das ursprüngliche Gebäude stammte aus dem Mittelalter, aber in jüngster Zeit hatte man es umfassend renoviert. Das Licht, das durch die hohen Buntglasfenster hereinströmte, tauchte alles in einen warmen Schein. An den Seitenwänden halfen fünf offene Kamine, in denen trotz des milden Wetters Feuer brannten, die Kälte zu vertreiben, die von dem Steinboden aufstieg. Einige Dutzend Stehtische mit schwarz-silbernen Decken waren über den Raum verteilt, und an beiden Enden des Saals waren zwei bestens bestückte Bars aufgebaut.

»Da ist Tina.« Patty deutete zum anderen Ende des Raums.

»Die versoffene Kuh. Sagen Sie ihr einfach, Sie kommen von der Modepresse, dann frisst sie Ihnen aus der Hand.«

Tina lehnte an der vom Eingang entferntesten Ecke an der Bar. Sie trug scharlachrote Lederleggings und eine wallende gemusterte Bluse, die bis zum Nabel offen war und den Blick auf unnatürlich straffes Fleisch freigab, das jemanden ein Vermögen gekostet haben musste. Dass die Bluse nicht ganz aufsprang, konnte ich mir nur mit dem Einsatz von doppeltem Klebeband erklären. Tina wankte auf ihren zwölf Zentimeter hohen Louboutin-Absätzen und schaute sich ein Video an, das auf die kremweißen Steinmauern des Saals projiziert wurde und Rorys Warm-up von vorhin zeigte.

»Ms Doyle?«

Tina drehte sich um und sah mich an. Einen Augenblick hatte sie Probleme, sich auf mein Gesicht zu konzentrieren. Ihr sicher kürzlich noch perfekter Eyeliner war schon verwischt, und scharlachroter Lipgloss klebte am Rand ihres Glases und war über ihre Zähne verschmiert. Wie so viele Frauen ihres Typs war sie klapperdürr, irgendwie ungesund. In ihrem überstrapazierten blondierten Haar war kein bisschen Leben, und ihre haselnussbraunen Augen waren ausdruckslos. Ein schwacher blauer Schatten zog sich um ihr linkes Auge, und ich überlegte, ob das womöglich eine Erinnerung an eine frühere betrunkene Eskapade war. »Kenne ich Sie?«, nuschelte sie.

»Ich heiße Abi. Presse aus London.« Ich drückte mich so vage wie möglich aus. »Super, super, super Outfit!«, sprudelte ich begeistert hervor. »Darf ich Sie behelligen und ein paar schnelle Bilder für unsere Leser machen?«

»Sind Sie etwa von *Obsession*?«, fragte Tina. Der Alkohol brachte ihren Ostlondoner Akzent deutlich zum Vorschein.

Ich lächelte ein bisschen und zwinkerte ihr zu. »Ich wollte

eigentlich lieber nicht auffallen. Ist mir wohl nicht so richtig gelungen.« Tina warf ihre Haarmähne über die Schulter und hob ihr Glas zum Gruß. Ich machte ein paar Bilder von ihr. »Super!«, sagte ich begeistert. »Sie und ihr Ehemann sind echte Helden, dass Sie so viel Geld für die Kriegsveteranen sammeln.«

»Wie? Ich meine, ja klar, machen wir«, sagte Tina. »Ist 'ne echt gute Sache!« Tinas Blick huschte nach wie vor nervös durch den Raum, kehrte immer wieder zu dem Video an der Wand zurück.

»Alle sind so beeindruckt, dass Sie es geschafft haben, Mickey Dawson dazu zu überreden, für diese Show mal wieder auf die Bühne zu kommen.«

Tina gab sich redlich Mühe, sich gerade hinzustellen und sich auf mein Gesicht zu konzentrieren. »Mickey war manchmal echt ein Arsch, aber es war nicht alles schlecht«, sagte sie mit einem Grinsen. »Da war 'ne supertolle Chemie zwischen uns. Nur konnten wir uns außerhalb vom Schlafzimmer überhaupt nicht ausstehen.« Sie zog einen gekünstelten Schmollmund. »Aber für mich würde er immer noch alles tun.«

Ich sah deutlich, dass sie log. Die Wörter *labil, hohl* und *verlottert* tauchten in meinem Kopf auf. Tina hatte zu kämpfen, um in diesem Musikzirkus überhaupt noch irgendwie wichtig zu sein. Die Jahre waren nicht freundlich zu ihr gewesen, und jetzt war sie nur noch der jämmerliche Abklatsch einer einstmals quicklebendigen jungen Frau. Ich wäre jede Wette eingegangen, dass sie und Rory seit Jahren nicht mehr miteinander geredet hatten.

»Hatten Sie schon Gelegenheit, ihn seit seiner Rückkehr aus Südamerika zu treffen?«

»Er war mal im Studio«, sagte sie und wedelte vage mit ihrem leeren Glas in Richtung des Barmanns. Er kam, um ihr nachzuschenken, und schaute mich fragend an. Ich schüttelte den Kopf und beobachtete Tina, die kurzen Prozess mit einem Wodka-Soda machte. »Der bringt's immer noch voll, was?«, schwärmte sie, während sie Rory in dem Video betrachtete, wie er sich mit einem unglaublich fingerfertigen Bassisten die tollsten Riffs zuspielte.

»Glauben Sie, dass es Pläne für eine Reunion Tour gibt?«, warf ich hin.

»Das hängt von Ian ab. Der ist ja wohl das Haupthindernis. So viel böses Blut…«

Tina sah aus, als wollte sie das noch näher erläutern, doch dann erstarrte sie plötzlich. Ich folgte ihrem Blick und sah einen Mann in einem dreiteiligen Anzug und mit blutrotem Schlips in Riesenschritten durch den Raum auf uns zukommen. Hastig schüttete Tina die letzten Tropfen ihres Drinks in sich hinein und wandte sich von mir ab, sobald der Mann vor uns stand.

»Keine Presse«, sagte er, schob meine Kamera unsanft zur Seite und packte Tina grob am Arm. »Komm endlich in die Gänge, du Schlampe. Heute lass ich nicht zu, dass du mich blamierst.« Er zerrte Tina wie eine Lumpenpuppe weg, und in ihren Augen spiegelte sich eine Angst, die mir den Verdacht aufdrängte, dass der verblasste Bluterguss an ihrem Auge vielleicht diesem Mann, ihrem Ehemann Richie Doyle, geschuldet war.

Patty hatte mit dem Caterer zu tun, also wanderte ich wieder zur Bühne draußen und schaute zu, wie dort die Crew herumwuselte, Kabel am Boden festklebte und Instrumente miteinander abstimmte. Eine Reihe bunter elektrischer Gitarren, die an einer alten Kanone lehnten, erregte meine Aufmerksamkeit, und ich machte ein paar Fotos.

Der letzte Soundcheck war nun auch abgeschlossen, und jetzt dröhnte hämmernd »Satisfaction« in Megalautstärke aus dem Soundsystem auf der Bühne. Ich hatte Rory nicht mehr gesehen, seit man ihn unmittelbar nach dem Aufwärmen zu Interviews abgeschleppt hatte, doch nun erhaschte ich einen Blick auf ihn. Er stand hinter der Bühne und plauderte mit vier Kriegsveteranen in Rollstühlen. Ich bahnte mir durch die Menschenmenge einen Weg zu ihm und fing an zu fotografieren. Rory lächelte immer weiter für seine begeisterten Fans, aber seine Augen lächelten nicht mit.

Nachdem er die letzte Hand geschüttelt hatte, kam er auf mich zu und legte mir den Arm um die Schulter, ehe er seinen Sicherheitsleuten zuwinkte, die eine Schutzmauer um uns bildeten und uns durch den geschäftigen Backstage-Bereich zu den Kasematten in der Nähe des Haupteingangs geleiteten, die man zu Garderoben umfunktioniert hatte. Mein Herz raste. Ich erlebte zum ersten Mal, wie es war, im Zentrum der Aufmerksamkeit zu stehen. Normalerweise verlangte mein Job, dass ich mit dem Hintergrund verschmolz und so unbemerkt wie möglich blieb. Dass mich nun jeder anstarrte und sich näher zu uns drängelte, war ein seltsames und ein bisschen berauschendes Gefühl, das zweifellos noch durch Rorys Arm um meine Schultern verstärkt wurde.

Rory redete noch kurz mit seinen Sicherheitsleuten, ehe er die Tür seiner Garderobe schloss und sich dagegenlehnte wie ein Tier, das in der Falle sitzt. »Herrgott, da hat sich rein gar nichts geändert. Wenn überhaupt, ist es schlimmer geworden.«

Ich schaute mich in der Garderobe um. Einst waren hier die schweren Kanonen zur Verteidigung der Burg untergebracht gewesen. Heute war der Lagerraum mit seinem Tonnengewölbe mit einer Ledercouch, ein paar Sesseln und einem Tisch bestückt, auf dem Obstkörbe und Platten mit Snacks sowie eine eindrucksvolle Auswahl an alkoholischen Getränken angeordnet waren. Ich wandte mich zu Rory um, schaute ihm über die Schulter, japste nach Luft und deutete hinter ihn.

Dort hatte man die Worte *Death Awaits** mit roter Farbe auf die Rückseite der schweren Holztür gesprüht.

* (engl.) Der Tod wartet.

KAPITEL 8

Rory drehte sich um. »Jetzt geht's los«, sagte er mit einer Art grimmiger Befriedigung.

»Sie müssen sofort die Polizei holen«, erwiderte ich und war schon auf dem Weg zur Tür.

»Auf keinen Fall«, beharrte Rory. »Die wollen mich dann nur von meinem Auftritt abhalten.«

»Das will ich meinen. Herrgott noch mal, wer immer das ist, spricht keine leeren Drohungen aus.« Ich blickte ihm fest in die Augen. »Heute auf die Bühne zu gehen wäre der reine Selbstmord.«

»Versucht mich doch aufzuhalten«, erwiderte Rory trotzig.

Ich schüttelte entnervt den Kopf. »Sind Sie eben zum ersten Mal in diese Garderobe gekommen?«, fragte ich.

»Ich hab meine Sachen hier abgestellt, ehe wir zu den Interviews gegangen sind.«

»Wann?«

»Vor etwa einer Stunde.«

Das bedeutete, dass jemand vor weniger als einer Stunde hier war. Doch nach der Unmenge von Essen und Trinken in der Garderobe zu urteilen, mussten jede Menge Leute während dieser Zeit hier ein und aus gegangen sein.

»Wer immer das da geschrieben hat, ist noch nicht lange weg«, drängte ich ihn. »Die Polizei muss ihn finden, solange das noch möglich ist.«

Rory sah aus, als wolle er trotzig Widerstand leisten, gab aber plötzlich nach. »Wahrscheinlich haben Sie recht. Dann holen Sie mal den Bullen vom Ort.«

»Danke«, antwortete ich und machte mich auf die Suche nach Detective Inspector Michaelson. Ich fand ihn am anderen Ende der Bühne. Seine Augen verengten sich ein wenig, als ich mich ihm näherte. Selbst aus einiger Entfernung erkannte ich, dass er keineswegs erfreut war, mich zu sehen. Er war dem Anlass entsprechend gekleidet: graue Jeans, ausgewaschenes T-Shirt, schwarze Lederjacke. Er passte blendend in die Menge, strahlte aber trotzdem unverkennbar Autorität aus. Er war genauso, wie ein Polizist sein sollte: *stahlhart, beharrlich, gewissenhaft.*

Im Augenblick tobte *Celtic Riot* auf der Bühne, und ich konnte mich nur mit größter Mühe verständlich machen. Schließlich schaffte ich es, Michaelson zu erklären, dass Rory ihn brauchte, und wir setzten uns im Dauerlauf in Richtung Kasematten in Bewegung. Die Nachricht prangte immer noch auf der Tür, aber Rory war nirgends zu sehen.

Verdammt! Das hätte ich mir denken können; er hatte sich zu leicht geschlagen gegeben. Dass er mich wegschickte, um die Polizei zu holen, war nur ein Trick gewesen, um mich loszuwerden. Michaelson zerrte die Sicherheitsleute von der anderen Seite der Tür in den Raum, aber die konnten uns auch nicht weiterhelfen. Rory hatte ihnen nicht verraten, wohin er ging, und man hatte sie nicht angewiesen, vor seiner Ankunft niemanden in die Garderobe zu lassen. Es hätte jeder hier ein und aus gehen können, ohne Aufmerksamkeit zu erregen.

»›Death Awaits‹, das war der Titel eines Songs, nicht wahr?«, fragte Michaelson.

Es überraschte mich, dass er das wusste. »Ja, stimmt«, antwortete ich. »Einer von den Songs, die Rory und Ian für das Album *War* geschrieben haben.«

Michaelson nickte und wandte sich mir direkt zu. »Also gut, Logan, warum sind Sie wirklich hier?«

»Ich bin Mickey Dawsons offizielle Fotografin«, sagte ich und deutete auf die Kamera, die mir noch um den Hals hing. »Ich bin hier, um sein Comeback auf Fotos zu verewigen.«

Das schien Michaelson nicht zu überzeugen, aber er bedrängte mich nicht weiter. »Wann haben Sie das hier gefunden?«

»Vor etwa einer Viertelstunde. Ich wollte Rory dazu überreden, der Polizei dieses Graffiti zu melden, aber er hat auf seinem Auftritt bestanden. Er war sich sicher, dass die Sicherheitsleute ihn davon abhalten würden.«

»Da hat er recht«, sagte Michaelson, zog sein Telefon heraus und wies einen seiner Leute an: »Such Rory Hendricks und bring ihn hierher.«

Patty streckte den Kopf zur Tür herein und schaute mich fragend an.

»Rory versteckt sich irgendwo. Wir müssen ihn finden.« Ich deutete auf die Botschaft hinten auf der Tür.

Patty wurde kreidebleich. »Der verdammte Mistkerl. Er denkt, es dreht sich immer alles nur um ihn, aber er gefährdet auch das Publikum«, sagte Patty, und Anspannung schwang in ihrer Stimme mit.

»Dann helfen Sie uns, ihn zu finden«, erwiderte ich.

Wir schwärmten aus und begannen das Gelände nach Rory abzusuchen. Als ich fünfzehn Minuten zuvor mit Mickey Dawson durch die Menge gegangen war, hatten alle Augen auf mir geruht. Die Leute hatten überlegt, was hier wohl meine Position sein könnte und ob ich ihnen nützlich sein könnte. Doch nun, da ich allein war, hätte ich genauso gut auch unsichtbar sein können. Patty war gerade aus dem Großen Saal gekommen, also ging ich in die entgegengesetzte Richtung auf die Befestigungsanlagen zu, die sich hinter der Bühne erhoben, und schaute in jede Ecke.

Keine Spur von Rory, aber hinter einer der Absperrungen erhaschte ich einen Blick auf Tina Doyles feuerrote Leggings. Ich lief ein wenig nach rechts, um besser sehen zu können, und machte mit dem Teleobjektiv ein paar Aufnahmen von dem jungen Mann, mit dem sie redete. Er war groß, dunkelhaarig und muskulös, und er hatte den Kopf gebeugt, um zu hören, was sie ihm erzählte. Sie schwankte ein wenig, und er hielt sie aufrecht, tätschelte ihr dabei ziemlich intim das Hinterteil. Als die beiden sich voneinander verabschiedeten, knipste ich noch eine Nahaufnahme von seinem Gesicht. Eindeutig eine Verbindung, der man nachgehen sollte. Tina mochte ziemlich nutzlos sein, aber er war das bestimmt nicht.

Ich suchte weiter, machte einen großen Bogen rings um den hinteren Bereich der Bühne. Der Bassist von *Celtic Riot*, der scharlachrote Haare hatte, spielte gerade zum Ende des Auftritts in voller Lautstärke einen elektronischen Dudelsack. Meine Augen hielten immer noch hinter der Bühne nach Bewegung Ausschau. Weit konnte Rory nicht sein. Wenn er vorhatte, auf die Bühne zu gehen, musste er sich irgendwo in der Nähe aufhalten. Ich suchte hinter jeder Absperrung, hinter jedem Lautsprecher, in Geräteschränken und sogar in mobilen Klohäuschen. Rory war nirgends zu finden.

Die Sonne hatte sich bereits hinter die fernen Berge verzogen, und die Burg war in einen rosigen Schein getaucht, während der Himmel in der Abenddämmerung von Rosatönen zu Lavendel und tiefem Violett changierte. Uns lief die Zeit davon. Die Beleuchter hatten im Verteidigungsgraben der Burg rote Flutlichter montiert, und als die Gruppe *Mayhem* auf die Bühne ging, leuchteten die Mauern der Burg plötzlich in einem schrillen Blutrot auf. Das kam mir wie ein böses Omen vor, und mir wurde mulmig bei dem Gedanken, was wohl als Nächstes geschehen würde.

Ich wanderte weiter umher, fotografierte alles, was meine Aufmerksamkeit erregte. Patty erschien an meiner Seite, schüttelte den Kopf, als ich mich tonlos nach Rory erkundigte. Sie trug Kopfhörer und reichte mir auch welche. Ich setzte sie auf, und die intensive Musik von der Bühne wurde so ein wenig abgeschwächt. Jetzt konnte ich die Gespräche zwischen der Bühnen-Crew, der Beleuchter- und Sound-Crew auf dem Turm und der Video-Crew vor der Bühne mithören. Alle Teile dieses komplexen Systems griffen nahtlos ineinander, um vor unseren Augen eine extravagante Show auf die Bühne zu bringen, während das Publikum keine Ahnung von den Puppenspielern hatte, die hier ihre Strippen zogen.

Als die Jungs von *Mayhem* endlich ihren Frontalangriff auf sämtliche Sinne beendet hatten, hörte ich in meinem Kopfhörer Rorys Stimme. Er wartete irgendwo hier in der Nähe auf das Signal von JR. Ich forderte Patty mit einer Geste auf, nach links zu gehen, während ich mich rechts durch die Menge drängte und so in den Bereich unmittelbar vor der Bühne gelangte, verzweifelt auf der Suche nach Michaelson. Die Musiker von *Mayhem* verbeugten sich zum letzten Mal, und die Menge war aufgesprungen und schrie nach Rory. Trockeneisnebel wallte über die Bühne, verdeckte den Boden und ergoss sich über die ersten Reihen des Publikums. Ich hörte, wie JRs Stimme vom Turm mitten im Publikum ein Startsignal gab, und schon hallten die ersten Töne von *Fanfare for a Common Man* über den Rasen.

Begeisterte Rufe erschallten aus der Menge, als sich auf der Bühne eine Falltür auftat und Rory heraufstieg, um seine Leute zu begrüßen. Hinter der Bühne konnte ich Michaelson sehen. Er war fuchsteufelswild, aber nun war es zu spät. Rory hatte bereits mit den ersten Akkorden von *Music to My Fears* angefangen. Michaelson hob resigniert die Hände. Mickey Dawson stand auf der Bühne. Jetzt konnte man nichts mehr machen, um ihn vor dem zu schützen, was immer da auf ihn warten mochte.

Mickeys Persönlichkeit auf der Bühne war reifer geworden. Er war immer noch eine grübelnde, gequälte Seele, hatte aber seine theatralische Art stark zurückgenommen. Die Gefühle kamen nicht mehr so nackt und bloß rüber wie in den frühen Jahren, doch seine Stimme hatte einen satten, weichen Klang bekommen, der sogar noch aufregender war.

Während der Show sah ich, dass Michaelson Rory von seinem Posten hinter der Bühne wachsam im Auge behielt. Vielleicht war die Drohung an der Tür nicht wortwörtlich gemeint gewesen, sollte Rory einfach nur aus der Fassung bringen und so sein Comeback beeinträchtigen. Ich drehte mich um und fing an, die Zuschauermenge zu fotografieren, benutzte mein stärkstes Teleobjektiv, um zu sehen, ob jemand bedrohlich wirkte. Es war unmöglich. Ich machte ein paar Aufnahmen von den Jungs auf dem Turm bei der Arbeit. JR auf der unteren Plattform dirigierte die Lichtshow wie ein Maestro; Gerry auf der oberen spielte eine Videosequenz ein, die den Song *War* begleiten sollte. Die neue Leinwand war großartig. Hinter Gerry konnte ich sehen, wie Leo Moore auf und ab ging und der Sound-Crew Anweisungen gab.

Patty gesellte sich vor der Bühne wieder zu mir, und wir standen zusammen da und schauten uns die Show an. Die Bühnen-Crew traf gerade die Vorbereitungen für eine Art Feuerwerkfinale. Das Publikum war aufgesprungen und sang lauthals mit. Plötzlich wurde die Leinwand hinter Rory schwarz. Ich hörte in meinem Kopfhörer Gerry vom Sound-Deck fluchen. Als das Video wieder online erschien, war es nicht mehr das, was wir gerade angeschaut hatten. Stattdessen zeigte es ein riesiges Bild von Rory, ein hageres, verzerrtes Gesicht in Schwarz-Weiß, über das langsam eine rote Flüssigkeit zu sickern begann wie Blut aus einer klaffenden Wunde.

Rory spielte weiter, war sich nicht bewusst, was hinter ihm passierte. Ich schaute zu Patty und deutete fragend auf die Leinwand. Sie schüttelte mit schreckensweit aufgerissenen Augen verwirrt den Kopf. Offensichtlich war dies nicht Teil des geplanten Programms. Das Publikum japste auf, als das Wort *Mörder* in zwei Meter hohen Buchstaben über die Leinwand flimmerte, ehe alles in völliger Dunkelheit versank.

Die Menge schrie auf. Ich konnte im Kopfhörer die Stimme von Leo Moore hören: »Ich hab's gleich, ich hab's gleich.« Eine Ansage forderte die Leute auf, ruhig sitzen zu bleiben, aber in der Dunkelheit war eine ungeheure Welle der Bewegung zu spüren, und der Lärm war groß. Einen Augenblick zuckten die Lichter grell auf, dann hörte man einen Knall wie einen Gewehrschuss, und alles lag erneut im Dunklen. Rory redete von der Bühne herunter auf die Zuschauer ein, die Ruhe zu bewahren. Endlich gingen mit einem grellen Blitz die Scheinwerfer wieder an. Die Menge war in der Dunkelheit in Panik geraten, wuselte überall herum. Über das Chaos hinweg dankte Rory den Zuschauern noch für ihre Unterstützung der Kriegsveteranen und für all die Genesungswünsche für Ian Waters und seine Familie, ehe Michaelsons Leute ihn mit Gewalt von der Bühne holten.

Polizisten mischten sich unter das Publikum und begannen die Leute zum anderen Ende der Esplanade und zu den Parkplätzen hinunterzugeleiten.

Plötzlich war hinter uns ein markerschütternder Schrei zu hören. Patty und ich drehten uns um und sahen, wie Sicherheitsleute auf eine Gruppe von Leuten zurannten, die sich die Hälse verrenkten, um etwas am Fuß des Technikturms zu begaffen.

Patty und ich bahnten uns einen Weg zum Turm und reckten unsere Ausweise vor. Wir drängten uns zum Ort des Geschehens, und es verschlug uns beiden den Atem, als wir sahen, was geschehen war.

Dort lag der Körper eines Mannes. Sein Leben hatte ein jähes Ende genommen: Er war vom Sound-Deck oben auf den kalten Beton gestürzt.

KAPITEL 9

Lion Man alias Leo Moore lag auf dem Rücken. Eine dunkle Blutlache breitete sich wie ein Heiligenschein um seinen Kopf herum aus. Die quicklebendigen, lachenden Augen starrten nun leblos in den Himmel. Ich schaute zum Sound-Deck hoch, das etwa zehn Meter über uns hing, holte bebend Luft und packte die Kamera, die mir um den Hals hing, noch fester. Hatte Siobhán recht, und ich zog Tod und Zerstörung geradezu magisch an? Ich schüttelte den Kopf und versuchte mich auf die eigentliche Frage zu konzentrieren. War dies der Tod, der bevorgestanden hatte? Hatte es irgendwas mit den *Rebels* und mit den Bildern auf der Leinwand zu tun, oder war es einfach ein Unfall in der Dunkelheit gewesen?

Patty zitterte wie Espenlaub, und JR gab sich alle Mühe, sie zu trösten. Das hier musste nach Ians Unfall nun wirklich niederschmetternd für sie sein. Mir fehlten die Worte. Der freundliche Mann, der noch vor Kurzem mit uns herumgealbert hatte, war nicht mehr. Ich hatte ihn kaum gekannt, aber ich hatte das Gefühl, ich hätte ihn irgendwie im Stich gelassen. Ich konnte nicht einfach hier stehen und mit dem Brechreiz kämpfen, ich musste etwas unternehmen. Michaelson stand etwa drei Meter von uns entfernt, hatte dem Turm den Rücken zugekehrt und sprach mit zwei Männern aus dem Publikum. Ich nutzte die Gelegenheit, um rasch die Leiter zum Deck über uns hochzuklettern.

Gerry Wilson saß an seiner Computerkonsole und war grau im Gesicht. »Was für ein verdammter Schlamassel«, sagte er, als er mich erblickte. Er zog ein schmuddeliges Taschentuch heraus und schnäuzte sich lautstark.

Irgendwas an seinem Verhalten erinnerte mich an Cam: grantige, stachelige Schale, butterweicher Kern. »Was ist passiert?«, fragte ich.

»Scheiße, keine Ahnung. Ich lass gerade noch ein Diagnoseprogramm über das System laufen.«

Ich ging zum Geländer bei Gerrys Arbeitsplatz und schaute auf die leeren Stühle unten. »Ich vermute mal, dass das blutüberströmte Bild nicht Teil der Show war.«

»Ganz bestimmt nicht.« Gerry stützte die Stirn in die Hand. »Ich habe die Kontrolle über das Video verloren, kurz bevor die Bilder auf der Leinwand erschienen sind.«

»Hacker?«

»Sieht ganz so aus.«

»Wer sonst hatte vor der Show noch Zugriff auf die Videos?«

»Es war keine verschlüsselte Datei, wenn Sie das meinen. Bis zur letzten Minute werden da noch Sachen hinzugefügt und gelöscht. Jeder von der Video-Crew von Ravenscourt oder Southfields hätte in die Datei reingekonnt.«

Ich schaute zu den blutroten Flutlichtern, die immer noch die Burgmauern beleuchteten, und schauderte. Es war tatsächlich ein böses Omen gewesen. Ich blickte auf den Kopfhörer, den ich nach wie vor umklammert hielt. »Ich habe gehört, wie Leo Moore gesagt hat: ›Ich hab's gleich.‹ Was hat er damit gemeint?«

»Er hat den Generator hier oben überprüft, wollte rauskriegen, was passiert war. Als das System versucht hat, wieder hochzufahren, hat es eine riesige Spannungsspitze gegeben, die hat den Generator total überlastet. Da sind die Funken nur so gesprüht.«

»Und Leo hat die Spannungsspitze abgekriegt?«

Gerry verzog das Gesicht. »Muss wohl so gewesen sein. Er war gerade noch da drüben, und im nächsten Moment war er weg. Der Schlag hat ihn anscheinend glatt übers Geländer geschleudert.«

Wir drehten uns beide um, als hinter uns auf der Leiter ein Geräusch zu hören war. Patty kletterte auf die Plattform und rannte zu Gerry.

»Alles in Ordnung, Schätzchen?«, fragte er und umarmte sie.

»Okay«, sagte Patty, aber ihre Augen waren rot geweint. »Ich kann es einfach nicht glauben.«

Ich beobachtete Gerry, und mir kamen die Wörter *engagiert, aufrichtig* und *prinzipientreu* in den Sinn.

Er murmelte mitfühlende Worte. Ich ging zum Geländer auf der anderen Seite der Plattform, wo Leo kurz vor der Spannungsspitze gestanden haben musste. Das Gehäuse des Generators war offen, und auf dem Metall waren dunkelgraue Brandflecke zu sehen. Ich stellte den Fuß auf die Querstange auf Kniehöhe und lehnte mich über das Geländer, hatte nun einen schwindelerregenden Blick auf die Boxen unten, wo der Gerichtsmediziner sich gerade um den Leichnam kümmerte.

»Machen Sie, verdammt noch mal, sofort, dass Sie da runterkommen«, bellte hinter mir eine vertraute Stimme, jemand packte mich bei der Gürtelschlaufe und zerrte mich ohne Wenn und Aber auf die Plattform zurück. »Mrs Waters«, sagte Michaelson und begrüßte Patty. »Und Sie müssen Gerry Wilson sein«, sagte er, als er sich dem Steuerpult näherte.

Gerry nickte argwöhnisch.

»Detective Inspector Michaelson. Ich muss Ihnen ein paar Fragen stellen.« Michaelson wandte sich mir zu. »Logan, wenn Sie so freundlich wären, Mrs Waters nach unten zu helfen«, sagte er mit Nachdruck. »Und dann gehen Sie in den Großen Saal und warten da mit den anderen. Ich möchte mit Ihnen beiden reden, sobald ich hier fertig bin.«

Patty und ich kletterten langsam vom Turm herunter und gingen zum Großen Saal zurück. Rory hatte man getrennt im Küchenbereich untergebracht, fern von den Menschenhorden im Nebenraum.

Als wir eintraten, ging er unruhig auf und ab.

»Er hatte mich doch vor der Nase, in aller Öffentlichkeit«, bellte er. »Der hätte einfach auf mich schießen können. Wieso hat der es auf die Leute um mich herum abgesehen?«

»Hast immer noch diesen Todeswunsch, was?«, blaffte Patty. »Lion Mans Tod war ein Unfall, das hat mit dir nichts zu tun.«

»Wenn die mich nicht bedroht hätten, wäre es nicht dunkel geworden«, erwiderte Rory. »Alle anderen werden frontal angegangen. Warum nicht auch ich?«

Das war eine gute Frage, aber ich hatte keine Antwort darauf. Der Mörder hatte bei seinen Angriffen auf Hamish und Ian nicht lange gefackelt, aber mit Rory schien er Katz und Maus spielen zu wollen. Bedeutete das etwa, dass der Killer nun endlich beim eigentlichen Ziel seines Rachefeldzugs angelangt war? Und wieso beschuldigte er Rory, ein Mörder zu sein?

»Was meinen Sie, wieso hat er ›Mörder‹ geschrieben?«, fragte ich Rory geradeheraus.

»Mörder?« Er wirkte überrascht.

»Ja, das Wort ›Mörder‹ ist auf der Leinwand aufgeblitzt, als das Blut gerade über Ihr Gesicht zu laufen schien.«

Patty schauderte. »Es war schrecklich.«

Rory hörte auf, durch den Raum zu rennen, und schaute Patty voller Elend an. Er machte einen Schritt auf sie zu, trat dann zur Seite, als sie vor ihm zurückwich. Zwischen ihnen war eine Mauer, aber ich konnte nicht erkennen, ob es eine alte oder eine neue war.

»Ich habe in meinem Leben jede Menge dumme, rücksichtslose Sachen gemacht«, sagte Rory, »aber ein Mörder bin ich nicht.«

»Nicht mit Absicht«, stimmte ich ihm zu, »aber hat es vielleicht einen Autounfall gegeben, einen Todesfall während eines Konzerts, den Selbstmord einer Ex-Geliebten? Eine Wunde, die all die Jahre geschwärt hat?«

Rory trat so heftig gegen eine Metallkarre, dass die über den Boden rollte und gegen die Wand krachte. Dann stützte er die Ellbogen auf die Küchentheke und barg den Kopf in den Händen. »Ich würde gern Nein sagen«, antwortete er schließlich, »aber da sind zu viele Filmrisse. Dinge, an die ich mich einfach nicht erinnere.«

Du vielleicht nicht, dachte ich, andere schon.

»Ich gehe besser mal nach den Gästen schauen, die noch da sind«, meinte Patty mit einem Seufzer.

»Ich komme mit«, sagte ich. Rory war zu sehr mit Selbstvorwürfen beschäftigt, als dass er uns im Augenblick hätte helfen können. »Rory, weil ich Sie suchen musste, habe ich ein paar Gespräche verpasst. Ich möchte noch mit einigen Leuten reden, ehe wir hier fertig sind.«

Ich musterte die Gruppe, die im Großen Saal wartete, und sah, dass die meisten Leute aus dem Backstage-Bereich und die Licht- und Sound-Crew sich dort aufhielten. Beinahe alle im Raum hatten Ausweise irgendeiner Art um den Hals hängen. Der Leadsänger von *Mayhem* stand in einer Ecke und redete mit einem älteren Mann mit aschblonder Igelfrisur, die einen scharfen Kontrast zu seinen beinahe schwarzen Augen bildete. Er warf grimmige Blicke auf das Getriebe ringsum und ignorierte die Rauchverbotsschilder.

Ich beobachtete die beiden, bis sein Gesprächspartner sich verabschiedete, ehe ich mich durch den Raum auf ihn zubewegte. Er funkelte mich wütend an.

»Ich mache meine Zigarette nicht aus.«

»Das verlange ich gar nicht von Ihnen.«

Er grunzte als Antwort und musterte mein Gesicht durch den Rauchnebel. Ich bemerkte, dass seine Finger einen komplizierten Rhythmus auf die Wand hinter ihm trommelten. »Simon Moye, hab ich recht?« Es war eher eine Feststellung als eine Frage. »Sie waren der Drummer von *Punk Junk*.«

Sein Stirnrunzeln verstärkte sich. »Sie haben ja ein gutes Gedächtnis für die alten Geschichten«, murmelte er.

»So alt sind sie nun auch wieder nicht«, protestierte ich. »Ihre Musik war ein wichtiger Bestandteil meiner wild bewegten Jugend. Sie und Rory und Ian waren doch die Band, aus der schließlich die *Rebels* hervorgegangen sind.«

Simon blickte auf die Menge, die sich rastlos hin und her bewegte. »So kann man es auch sehen.«

»Warum haben Sie die Band verlassen?«, drängte ich ihn.

»Berufliche Differenzen«, blaffte er.

»Aber Sie hatten doch gerade erst angefangen.«

Diesen Kommentar ignorierte Simon.

»Berufliche Differenzen mit der Band … oder mit dem Management?«, fragte ich beharrlich nach.

Simon zog lange an seiner Zigarette. »Wieso beschäftigt Sie das?«

»Beschäftigt Sie das nicht?«

»Oh, das hat es mal. Aber jetzt ist es Schnee von gestern. Die Band hat ihre Ausrichtung geändert, und das war's.«

»Sie waren eine Punk-Band.«

»Sagen Sie das Bruce Penrose. Ihm schwebte eher so was wie Rock and Blues vor, und ich wollte mich nicht verbiegen, im Gegensatz zu einigen anderen.«

»Aber die anderen in der Band waren bereit, sich zu verändern, um einen Studiovertrag zu bekommen?«

»Alles für die große Kohle«, knurrte Simon. »Penrose hat mich über Bord geworfen, und schon waren die *Rebels* geboren.«

»Aber Sie haben so viele Songs auf dem ersten Album mitgeschrieben. Es überrascht mich, dass Rory und Ian das zugelassen haben.«

»Hat mich auch überrascht«, erwiderte Simon. Die Bitterkeit in seiner Stimme war beinahe mit Händen zu greifen. »Wenn die am Anfang Penrose Paroli geboten hätten, hätte er sie nicht derart in der Hand gehabt.«

»Hatte Bruce Penrose wirklich so viel Einfluss auf die Jungs?«

»Dieser Geldhai hat alles kontrolliert, absolut alles. Die konnten ohne Bruce nicht mal Luft holen.«

»Drogen beeinträchtigen das Urteilsvermögen, und es waren ja in diesen Tagen viele Drogen im Spiel«, warf ich ein.

»Die hat ihnen Bruce geliefert. Er hat dafür gesorgt, dass alle immer was hatten. Hat sein eigenes Rock-and-Roll-Monster aufgebaut. Mickey Dawson hat gerade genug Drogen gekriegt, um immer high zu sein, aber nie genug, um wirklich abzustürzen.«

»Stuart ist abgestürzt … und Hamish«, merkte ich an.

Simon zuckte mit den Achseln. »Erstaunlich, dass das nicht schon früher passiert ist. Die hatten 'nen guten Lauf, alles in allem. Hamish hat ausgesehen wie der Tod in Latschen, als ich ihn das letzte Mal getroffen habe.«

»Wann war das?«

»Etwa eine Woche vor seinem Tod.«

»Sie waren nach allem, was geschehen war, noch Freunde?«

»Keineswegs«, blaffte Simon. Er zog ein letztes Mal an seiner Zigarette.

»Ist Rory ein Mörder?«, fragte ich.

Simon schaute verwirrt, weil meine Frage so direkt war. »Der Rory, den ich kannte, war keiner. Aber die Zeiten ändern sich und die Leute auch.«

Simon trat seine Zigarette mit dem Absatz aus. *Verschlossen, misstrauisch* und *angespannt* waren die Wörter, die mir zu ihm einfielen. Ein Mann, dessen berufliche Träume man zerstört hatte. Ein Mann mit Grund zu Rachegefühlen. »Sie müssen mich entschuldigen, ich bin jetzt dran«, sagte er und folgte dem Sergeant, der ihn quer durch den Raum zu sich winkte.

Michaelson hatte am anderen Ende des Saals ein paar Tische mit Beschlag belegt, und er und seine Leute waren dabei, von den Leuten Aussagen aufzunehmen, ehe sie sie gehen ließen. Die Menge wurde allmählich ein wenig kleiner.

»Abi.« Ich zuckte zusammen, als Patty hinter mich trat und mich am Arm berührte. »Ich habe von einem von den Jungs bei Ravenscourt gehört, dass Bruce Penrose hier ist. Er übernachtet in einem Hotel am anderen Ende der Stadt.«

»Was macht er da?«

»Anscheinend ist er auf der Suche nach Band-Souvenirs. Hier ist seine Visitenkarte.«

Ich steckte sie in meine Kameratasche. Von Anfang an hatte ich mir gedacht, Bruce Penrose könnte vielleicht derjenige sein, der am meisten Grund hatte, der Band Schaden zuzufügen. Ich war enttäuscht, dass er heute Abend nicht hier war, aber ich wollte ihn noch nicht völlig als möglichen Täter abschreiben. Er arbeitete ja vielleicht nicht allein.

Ich wanderte weiter durch die Menge und wartete darauf, dass die Polizei auch mich befragte. Ich redete mit so vielen Leuten, wie ich konnte, und versuchte, ihre Reaktion auf Rory auszuloten. Ich konzentrierte mich auf die älteren Leute, die schon dabei waren, als die *Rebels* noch eine heiße Nummer waren. Es herrschte allgemeine Übereinstimmung darüber, dass das Management die Band ausgenommen hatte und dass die Jungs von der Naturgewalt, zu der die *Rebels* sich entwickelt hatten, völlig überfordert waren. Die meisten, mit denen ich sprach, standen noch unter Schock wegen der Vorkommnisse während der Show. Manche äußerten den Verdacht, dass das Video ein PR-Gag war, aber niemand bestritt, dass Rory immer noch ein unglaublich toller Musiker war. Ich hörte jede Menge Erinnerungen an die eine oder andere abgefahrene Sauftour. Stets war Bruce Penrose dabei zur Stelle: Reinigungsmannschaft, »Müllmann«, »Vertusch-Es-Bruce«. Er war das fehlende Glied in der Kette. Simon Moye hatte ein Motiv, doch warum hätte er so lange warten sollen? Penroses Groll war auch alt, aber er hatte im Gefängnis gesessen und sich in den Vereinigten Staaten aufgehalten und war erst Anfang des Jahres nach Großbritannien zurückgekehrt. Vier Monate vor Rory – ich hätte zu gern den Grund dafür gewusst.

Als immer weniger Leute im Großen Saal übrig waren, kehrten Patty und ich in die Küche zu Rory zurück. Der tigerte wie gehabt auf und ab wie ein Tier im Käfig. Als endlich Michaelson auftauchte, war Rory bereits äußerst schlecht gelaunt.

»Das war ja 'ne tolle Nummer, die Sie da abgezogen haben, Hendricks. Wenn Sie nicht unbedingt auf die Bühne gemusst hätten, wäre das alles nicht passiert.«

»Wenn Ihre Leute ihre Arbeit anständig gemacht hätten, wäre das alles nicht passiert«, konterte Rory wütend.

Ich schritt ein und versuchte, die Wogen zu glätten. »Anschuldigungen helfen jetzt nicht weiter. Könnten wir uns einfach darauf konzentrieren, was mit Leo Moore geschehen ist?«

»Es scheint ein Unfall gewesen zu sein«, gestand Michaelson ein. »Niemand hat den Vorfall beobachtet – es war zu dunkel –, aber wenn man von den Verbrennungen an seinen Händen ausgeht, hat er wohl den Generator berührt, als die Spannungsspitze kam und die Explosion verursacht hat. Die Gewalt des Stromschlags hat ihn über das Geländer geschleudert. Es ist zwar ein schwacher Trost, aber der Gerichtsmediziner meint, er wäre sofort tot gewesen.«

»Das ist wenigstens was«, merkte Rory grimmig an.

»Haben Sie Mr Moore vor der Show gesehen?«, fragte Michaelson.

Rory nickte. »Er hat mir geholfen, mich unter der Bühne zu verstecken. Ich bin während des ganzen Auftritts von *Mayhem* da geblieben. Die Jungs haben über Kopfhörer mit mir geredet.«

»Hat er was über Probleme mit der Stromversorgung oder dem Systemaufbau gesagt?«

Rory schüttelte den Kopf. »Nein, nichts. Wir haben nur rumgealbert, wie immer.«

Michaelson wandte sich an Patty. »Und wo waren Sie während der Show?«

»Hinter der Bühne, auf der Suche nach Rory, und ich hatte mit dem Caterer und den Sponsoren zu tun. Später bin ich vor die Bühne gekommen und habe mir zusammen mit Abi das Ende von Rorys Show angeschaut.«

»Ist Ihnen hinter der Bühne jemand aufgefallen, der sich irgendwie merkwürdig verhalten hat? Der nervös oder angespannt wirkte?«

»Machen Sie Witze?«, erwiderte Patty. »Dieser ganze Haufen benimmt sich doch immer nur merkwürdig.«

»Na gut. Sie können jetzt erst mal gehen, aber Sie beide

müssen sich in den nächsten paar Tagen zur Verfügung halten. Und jetzt«, sagte er zu mir gewandt, »würde ich gern kurz unter vier Augen mit Ihnen reden.«

Rory schaute zu mir auf. »Ich warte im Auto auf Sie.«

Ich folgte Michaelson aus der Küche und in den Großen Saal zurück, der inzwischen leer war bis auf das Reinigungspersonal und ein paar Sicherheitsleute, die noch dort herumlungerten.

»›Ich warte im Auto auf Sie?‹ Wie würden Sie Ihr Verhältnis zu Rory Hendricks definieren?«

»Er ist mein« – ich suchte nach dem richtigen Wort und entschied mich für »Kunde«.

Michaelson musterte mich misstrauisch. »Und Sie sind nur hier, um Fotos zu machen?«

»Größtenteils, ja. Rory hat mich gebeten, Bilder von allem zu machen, mit Leuten zu reden, meine berufliche Beobachtungsgabe einzusetzen.«

Michaelson wandte sich um und ging ein paar Schritte weg, kehrte dann zurück, hatte eindeutig mit etwas zu kämpfen. »So ungern ich es zugebe«, sagte er schließlich, »aber das ist keine schlechte Idee. Sie haben ein scharfes Auge, Logan, und mit Ihnen als Pressefrau haben die Leute wahrscheinlich wesentlich besser kooperiert als mit meinen Leuten.«

Ich merkte, dass Michaelson nur zu gern herausfinden wollte, was ich wusste, doch da musste er mich erst ein bisschen bitten.

»Ich habe gesehen, wie Sie sich vorhin mit Rorys Ex-Frau Tina Doyle unterhalten haben. Was hatte sie zu sagen?«

Ich überlegte, ob ich Ausflüchte machen sollte, aber ich wollte ja, dass Michaelson mir auch dies und das weitersagte, das musste also in beide Richtungen gehen. Außerdem hatte ich nichts zu verbergen. »Sie ist voll durchgeknallt«, antwortete ich offen. »Ich bin sicher, sie hat ein, zwei Hühnchen mit Rory zu rupfen, aber ich bezweifle, dass sie genug im Hirn hat, um so was wie heute Abend abzuziehen. Sie hat höllische Angst vor ihrem Ehemann, und zudem ist sie Alkoholikerin, würde ich vermuten.«

Michaelson nickte. »Ist Ihnen noch jemand aufgefallen?«

Mir fiel Bruce Penrose ein, aber der war ja ganz offensichtlich ein Kandidat. Michaelson hatte sich sicher schon mit ihm beschäftigt. »Ich habe mit einem ehemaligen Bandmitglied namens Simon Moye geredet. Den hat der zwielichtige Manager der Band rausgeschmissen, ehe die *Rebels* groß rauskamen, und er ist zu Recht verbittert. Wenn ich einen Artikel über die Angriffe auf die *Rebels* schreiben müsste, würde ich ab heute Abend seinen Hinweisen nachgehen.«

»Welchen Eindruck hat Rory Hendricks auf Sie gemacht?«, fragte Michaelson und beobachtete mein Gesicht ganz genau.

»Er scheint mir sehr viel ruhiger geworden zu sein. Versucht, nicht ins Rampenlicht zu kommen, und möchte eine Beziehung zu seiner Tochter aufbauen.«

»Könnte er ein Mörder sein?«

Ich weigerte mich, das auch nur zu denken, aber Michaelson hatte damit anscheinend keine Probleme. Ich gab mir redlich Mühe, auf meinen Instinkt zu hören, aber der wurde von meiner obsessiven Schwärmerei für Rory übertönt. »Nicht absichtlich«, antwortete ich schließlich. Das stimmte zumindest.

»Die Band ist mit großem Krach auseinandergegangen, ehe Hendricks das Land verlassen hat«, merkte Michaelson an. »Vielleicht hat unser Hacker rausbekommen, dass er wieder hier ist und sich an seinen ehemaligen Bandkumpels rächen will?«

»Wenn Rory hinter diesem Wahnsinn steckt, warum

sollte er dann ›Death Awaits‹ an seine eigene Garderobentür schreiben?«

»Um von der Tatsache abzulenken, dass er das einzige überlebende Mitglied der ursprünglichen Band ist, auf das noch kein Angriff verübt wurde, seit er wieder im Land ist.«

»Nein, das glaube ich nicht. Ich habe länger mit ihm geredet. Er macht sich ehrlich Sorgen um seine Tochter, und er ist bereit, jedes Risiko einzugehen, damit das alles aufhört.«

Michaelson zuckte mit den Achseln. »Das werden wir sehen.« Er schaute mir direkt in die Augen, ehe er sagte: »Ich weiß, dass ich Ihnen nicht befehlen kann, sich nicht in die Untersuchungen einzumischen, Logan, denn Sie würden sich ja ohnehin nicht daran halten. Aber spielen Sie mit offenen Karten. Ich erwarte, dass Sie mir alles weitergeben, was Sie herausfinden, wie unbedeutend es Ihnen auch erscheinen mag.«

»Ich schicke Ihnen Kopien aller meiner Fotos, wenn Ihnen das was hilft? Kann ich aber auch im Gegenzug Informationen von Ihnen erwarten?«

»Kein Kommentar«, murmelte Michaelson.

KAPITEL 10

Es war nach zwei Uhr morgens, als wir von der Burg in Richtung Heimat aufbrachen. Meine Ohren dröhnten noch von der schieren Lautstärke der Show. Ich war ganz benebelt im Kopf und hatte das Gefühl, mich selbst aus weiter Ferne zu betrachten. Rory hatte den Rest aus der Flasche Abbey Glen ausgetrunken, während er im Auto auf mich wartete, und döste nun unruhig an meiner Schulter. Ich war auch völlig erschöpft, aber mir schwirrten noch die Gedanken an all die Ereignisse des Abends wie Teile eines Kaleidoskops durch das Hirn.

Informationsfetzen wirbelten durcheinander, waren mal deutlich, mal verschwommen, setzten sich zu Zufallsmustern zusammen. Rory als Killer. Das war einfach nicht logisch, aber das war Leo Moores Unfall auch nicht. Dreißig Jahre Erfahrung mit Stromversorgung und Tonsystemen. Wieso sollte er sich in die Gefahr begeben, möglicherweise einen Stromschlag zu erwischen? Mein Bauchgefühl sagte mir, dass hinter dieser Geschichte mehr steckte. Hatte sich jemand am Generator zu schaffen gemacht? Hatte Leo gesehen, wie jemand an den Videogeräten herumwerkelte, ehe Gerry ankam? Hat er dann zwei und zwei zusammengezählt, als das blutige Bild auf der Leinwand erschien? Könnte jemand diese Spannungsspitze absichtlich herbeigeführt haben? Möglicherweise war es tatsächlich ein Unfall gewesen, aber so richtig überzeugte mich diese Lesart nicht.

Ich schaute auf den schlafenden Mann an meiner Seite. Mein Bauchfühl sagte mir, dass er nicht schuldig war, doch hier in der Dunkelheit reagierte mein Herzschlag ziemlich heftig auf seine Nähe. Ob mich meine Schwärmerei für diesen Mann blind machte? Könnte er etwas mit Hamishs Tod oder Ians Unfall zu tun gehabt haben? Sie hatten sich gestritten, sie hatten ihre persönlichen und beruflichen Differenzen, aber warum sollte man so lange warten, um sich für irgendwelche weit in der Vergangenheit liegenden Taten zu rächen? Das passte einfach alles nicht zusammen. Ich war überzeugt, dass das Wort *Mörder* da gestanden hatte, um Rory zu quälen. Der Killer wollte ihn wissen lassen, dass er verletzlich ist. In seiner Garderobe, auf der Bühne, sogar in der Galerie seiner Tochter. Das war für Rory sicher erst der Anfang, und ich konnte nur hoffen, dass die Polizei darauf vorbereitet war.

Patrick blickte von seiner Zeitung auf, als ich spät am Morgen in die Küche torkelte, verschlafen und immer noch völlig verstört von einer Nacht des Lärms und der Verwirrung.

»Ich sehe, du fühlst dich schon ganz wie zu Hause«, grummelte ich, als ich das Omelett mit Speck sah, das er für sich zubereitet hatte.

»Es ist elf Uhr vorbei«, erklärte Patrick. »Ich war schon zwei Stunden im Büro, ehe ich hergekommen bin. Aber ich wollte mir die Nachrichten aus erster Hand abholen. Sieht so aus, als wäre das 'ne tolle Nacht gewesen.« Patrick drehte mir die Zeitung hin. »Ihr habt es in die Schlagzeilen geschafft.«

»Zumindest steht es auf der unteren Hälfte der Titelseite«, sagte ich mit einem Seufzer. Das Bild zeigte Rory, der ganz in einen Gitarrenriff versunken war, während das blutüberströmte Bild und das Wort *Mörder* hinter ihm übergroß zu sehen waren.

»Ein gefundenes Fressen für die Presse. Reporter stellen

wieder Fragen zu Hamish und Ian, und sämtliche Einzelheiten werden aufgewärmt.«

»Ich vermute, genau das hat der Täter beabsichtigt.« Ich schenkte mir eine Tasse Kaffee ein und stahl Patrick ein Stück Speck von seinem Teller, das ich mir mit Liam teilte.

»Er wollte mehr Publicity bekommen?«

»Teils schon. Wenn man gegen jemanden einen Rachefeldzug unternimmt, will man doch bemerkt werden. Außerdem hat er Rory auf diese Weise wissen lassen, dass er nirgendwo in Sicherheit ist. Weder auf der Bühne noch sonst wo.«

»Was sagt die Polizei zu diesem Videoeinspieler?«

»Der Top-Techniker meint, dass sich jemand ins System gehackt hat, aber der Hacker könnte überall sein.«

»Das stimmt«, meinte Patrick. »So was kann man nur sehr schwer orten.«

»Hat die Zeitung was über die Botschaft geschrieben, die jemand an die Innenseite der Tür zu Rorys Garderobe gesprüht hat?«

»Davon habe ich nichts gelesen. Was stand denn da?«

»›Death Awaits‹.«

»Dann war der Killer also persönlich vor Ort. Hat Rory mit seiner eigenen Liedzeile bedroht.«

»Genau, oder es war ein Komplize. Im Augenblick interessiert mich am meisten, wer sich von Rory so verraten fühlt. Wie er sagt, ist man die anderen Mitglieder der Band ja rasch und sehr direkt angegangen. Wer immer dahintersteckt, spielt jetzt Katz und Maus mit Rory. Daraus schließe ich, dass Rory das eigentliche Ziel all dieser Angriffe ist«, sagte ich. »Aber Rory meint, er kann sich an nichts aus der Vergangenheit erinnern, was diese Art von Feindseligkeit hervorgerufen haben könnte.«

»Ich wette, Rory erinnert sich überhaupt nicht an viel,

was in den achtziger Jahren passiert ist«, meinte Patrick bitter.

»Wer tut das schon?«, erwiderte ich und holte meine Tasche vom Tisch im Flur.

»Während du gestern Abend aus warst und dich ohne mich amüsiert hast, habe ich die restlichen Unterlagen des Verfahrens Hendricks und andere gegen Penrose angeschaut. Der Mann hat sich in seinem Leben viele Feinde gemacht. Dieser hier ist mir besonders aufgefallen.« Patrick schob mir ein Blatt Papier über den Tisch zu, und ich sah ein vertrautes Gesicht, das mich stirnrunzelnd anschaute.

»Simon Moye. Mit dem habe ich gestern Abend geredet.«

»Hätte nicht gedacht, dass der da sein würde«, antwortete Patrick überrascht. »Was meinst du?«

Ich zog ganz unten aus meiner Handtasche ein Päckchen Karteikarten hervor und schrieb auf die erste Karte Simons Namen, dazu die Wörter *verschlossen, misstrauisch* und *angespannt.* »Er war in seiner Eigenschaft als Produzent von *Mayhem* da. Zweifellos war er verbittert, was die Vergangenheit betrifft, aber ich bin mir nicht sicher, ob erst das Wiedersehen mit Rory alles wieder hochgespült hat oder ob er eigentlich nie über das Gefühl hinweggekommen ist, dass man ihn betrogen hat.«

Patrick schaute über meine Schulter auf Simons drei Wörter. »Interessant, aber wohl kaum ein gefährlicher Krimineller. Ich habe ein bisschen mehr zu Moye recherchiert, weil er mich irgendwie angerührt hat. Penrose hat ihn total über den Tisch gezogen. Hat ihm einen Apfel und ein Ei für einen Vertrag gezahlt, in dem er ihm all seine Rechte auf die Musik übertragen hat, die er mit den *Rebels* geschrieben hatte. Das hat er damals wohl für eine ziemlich anständige Summe gehalten, aber nachdem die *Rebels* groß rausgekommen waren, sah das ganz anders aus.«

»So was kann einen ja wirklich sehr aufbringen. Nach meinem Gespräch mit ihm würde ich sagen, dass er den Jungs vor allem übelgenommen hat, dass sie einfach zugeschaut haben, als das passiert ist.«

»Ganz sicher ist ihm der Ruhm und das große Geld deswegen entgangen.«

»Nicht nur das. Hamish Dunn ist für ihn in die Band gekommen, und Hamish war der Erste, der umgebracht wurde. Simon hat zugegeben, dass er ihn in der Woche vor seinem Tod getroffen hat«, sagte ich und machte eine Notiz auf Simons Karteikarte.

»Man sollte meinen, dass er sich Penrose als Ersten vorgeknöpft hätte«, meinte Patrick.

»Vielleicht ist der als Nächster dran. Ich habe gehört, dass er in der Stadt ist und für sein Rock-and-Roll-Souvenir-Geschäft die Trommel rührt.« Ich reichte Patrick Penroses Visitenkarte. »Ich werde versuchen, ihn zu treffen; mal sehen, ob ich ihn für ein paar signierte Abzüge von Fotos aus der Show interessieren kann.«

Patrick klappte seinen Computer auf und begann zu tippen. »Eindrucksvolle Sammlung« – er drehte mir den Bildschirm hin –, »wenn das Zeug alles echt ist. Eine 1979er Stratocaster, Sonderanfertigung, signiert von Jeff Beck. Die Gitarre selbst wäre ja schon ein Vermögen wert. Signiert … wer weiß.«

»Laut Penrose etwa viertausend Pfund«, merkte ich an. Ich klickte mich weiter durch das Angebot. »Plant, Page, Stewart, Clapton, Bono, Kinks. Wie kriegt der das nur alles in die Finger?«

»Das sind vielleicht Überbleibsel von Sammlungen aus seiner Zeit im Rock-Geschäft«, antwortete Patrick. »Außerdem, würde ich vermuten, kommen da Digitaldrucker und Filzschreiber kreativ zum Einsatz.«

»Ich wüsste zu gern, wo Penrose in der Nacht war, als in der Galerie von Rorys Tochter eingebrochen wurde. Und wo am Tag von Ians Autounfall.«

»Ich schau mal, was ich rauskriegen kann. Ich bin mir allerdings nicht so sicher, ob die Polizei ihn wegen dieser Sachen befragt hat.«

»Dann ist es höchste Zeit, dass das mal jemand macht.« Ich schnappte mir eine zweite Karteikarte und schrieb Penroses Namen und die Wörter *Fälschungen* und *Alibis* darauf.

Patrick tunkte den letzten Rest seines Spiegeleis mit einem Stück Toast auf. »Penrose ist innerhalb von sechs Monaten ziemlich tief abgestürzt – erst hoch bezahlter Manager einer Plattenfirma mit allen Schikanen und dann ab ins Gefängnis. Er hat sich vielleicht in den Vereinigten Staaten neu erfunden, aber er wirkt nicht wie jemand, der alles verzeiht und vergisst.«

»Das ist mal sicher.«

»Was ist mit Rorys Ex, Tina Doyle? Hast du die gesehen?«

Ich legte die Karten zur Seite und nahm mir das letzte Stück Toast aus dem Ständer auf dem Tisch. »Die ist eigentlich eine ziemlich jämmerliche Gestalt. Säuft wie ein Loch, und auch das dick aufgetragene Make-up konnte das Veilchen an ihrem Auge nicht ganz überdecken. Es könnte sein, dass sie hingefallen ist, als sie betrunken war, aber so wie ihr Mann mit ihr umgesprungen ist, würde ich da nicht drauf wetten.«

»Was für einen Eindruck hat sie als Person auf dich gemacht?«

»*Labil, hohl* und *verlottert*. Nicht schlau genug, um sich einen Rachefeldzug dieser Art allein auszudenken, aber mit fremder Hilfe vielleicht schon.« Ich wischte mir die Krümel von den Fingern und zog eine dritte Karteikarte heraus. »Ich habe gesehen, wie sie sich hinter der Bühne mit jemandem unterhalten hat. Die Körpersprache wirkte ziemlich intim. Ich weiß nicht, wer der Mann war, aber ich zeige Michaelson das Foto. Mal sehen, was der herauskriegt.«

»Michaelson ist der Detective Inspector, der den Fall bearbeitet? Wie kommt ihr klar?«

»Bis jetzt nicht schlecht. Wenn ich meine Karten richtig ausspiele, können wir einander vielleicht wirklich helfen.«

Nach seinem Brunch machte sich Patrick auf den Weg nach Abbey Glen, um dort mit Cam und Grant zu sprechen. Ich hinterließ eine Nachricht auf Bruce Penroses Anrufbeantworter und bat ihn um einen Termin. Dann ging ich hinters Haus, wo Hunter gerade Holz für den neuen Zaun um die Weide meiner Herde ablud. Ich brauchte dringend eine Pause von der abgefahrenen Welt des Rock and Roll. Ich reichte Hunter einen Kaffee mit jeder Menge Zucker und Sahne, und wir standen auf den Steinplatten der Veranda und beobachteten die Schafe.

»Wussten Sie, dass man einen Tunnel gefunden hat, der von der Kirche bis zum Goldenen Hirsch führt?«, fragte ich. »Reverend Craig meint, man hätte den wohl als Versteck für Whisky und Schmuggler genutzt.«

»Ja, überrascht mich kein bisschen«, erwiderte Hunter. »Jeder hatte damals so seine Verstecke, sogar die Kirche. Mein Ururgroßvater hat blendende Geschäfte mit Särgen und Bibelschreinen mit doppeltem Boden gemacht und mit Schreibtischen mit Geheimfächern. Die hat man seinerzeit Schnapsschubladen genannt.«

Es war schlicht unmöglich, Hunter mit Neuigkeiten aus dem Dorf zu übertrumpfen. Ich wusste nicht, warum ich es überhaupt versuchte. »Dann hat Ihnen die Buschtrommel von Balfour sicher auch schon mitgeteilt, dass wir das Grab von Angus Fletcher gefunden haben?«

Hunter schaute mich an. »Was Sie nicht sagen.«

Zum ersten Mal, seit ich Hunter kannte, fehlten ihm die Worte. »Hinter dem Altarraum der Kirche versteckt«, erklärte ich weiter.

»Nach all der Zeit«, sagte er und schaute nachdenklich auf die fernen Berge. »Der arme Kerl.«

»Der Pfarrer hat keine Ahnung, wie er da hingekommen ist, aber diese Geschichte würde ich sehr gern ausgraben. Ich habe das Gefühl, sie könnte uns einiges über Balfours Vergangenheit verraten und natürlich auch über die Fletcher-Jungs.«

»Na ja, wenn jemand das Geheimnis rauskriegen kann, dann Sie, Mädel. Allerdings ist seither viel Wasser den Bach runtergeflossen.« Es schien mir, als schaute Hunter ein bisschen traurig, und ich entschied mich für einen Themenwechsel.

Auf gut Glück sagte ich: »Wenn alle damals ein Versteck hatten, hat es wohl hier auch eins gegeben?«

Hunter nickte. »Ganz bestimmt.«

»Könnten Sie mir helfen, es zu finden?«

»Das hat man höchstwahrscheinlich zerstört, als das alte Häuschen renoviert wurde«, antwortete Hunter philosophisch.

Bens Haus war, seit er es vor fünfzehn Jahren gekauft hatte, umfassend erweitert und umgebaut worden. Nur die Steinplatten und der Kamin im Eingangsflur waren noch vom ursprünglichen Bauernhof übrig, der einmal Angus Fletcher gehört hatte und irgendwann der erste Standort von Fletcher's Brennerei gewesen war, der Vorgängerin von Abbey Glen. »Das alte Bauernhaus war nicht groß, oder?«

»Nö, nur zwei Zimmer.«

»Wenn es ein Versteck gegeben hat, wo wäre das wohl gewesen?«

»Meist unter dem Fußboden oder beim Herd.«

»Der Kamin im Eingangsflur ist noch original erhalten«, sagte ich begeistert.

»Ja.« Hunter schaute skeptisch drein.

»Kommen Sie schon«, sagte ich und schob ihn vor mir ins Haus. »Zeigen Sie mir, wonach ich suchen muss.«

»Halten Sie Ausschau nach einer Delle im Stein – oder nach einem kleinen Loch.«

Hunter und ich fuhren mit den Händen über jeden Stein in der Kaminumrandung und rollten die Kelimteppiche auf, um uns die Steinplatten auf dem Fußboden gründlich anzuschauen. Nach all den Jahren war nicht einmal eine abgeplatzte Stelle zu finden.

»Die Fletchers waren eine Familie von Steinmetzen«, erklärte Hunter. »Whisky war für sie zunächst nur eine Art Hobby. Sie haben Steine für Zäune, Fußböden und Kamine behauen. Natürlich gab's damals hier außer Landwirtschaft nicht viel, und ab und zu haben sie ein bisschen was mit Holz oder Stein gemacht. Das ist einer der Gründe, warum das Haus hier so solide gebaut ist.«

Etwas enttäuscht war ich schon. Ich hätte so gern meinen eigenen geheimnisvollen Tunnel gehabt. Hunter ging zu seinem Zaun zurück, und ich kramte aus Bens Musiksammlung die erste CD der *Rebels* hervor. Während Mickey Dawsons mächtige Gitarrensolos durch das Haus hallten, ging ich zurück und untersuchte noch einmal die Steine im Eingangsflur. Es war nur logisch, dass die Fletchers damals ein Versteck hatten – das Haus gehörte doch einem der berühmt-berüchtigtsten Schmuggler im Tal. Doch wo könnte es sein? Als Steinmetze wollten sie ja sicher nicht, dass irgendwas die elegante Form des Kamins störte. Das würde nicht gut aussehen, es wäre ein Makel, etwas, das sie auf keinen Fall jeden Tag anschauen wollten.

Ich ging wieder zum Kamin und tastete ihn innen ab, ließ die Finger über die Steine innerhalb der Feuerstelle gleiten. Die Seitenwände fühlten sich glatt an, und sie waren schwarz vor Ruß. Ich nahm mir eine Taschenlampe und leuchtete damit den Schornstein hinauf, suchte nach etwas, das aus der Reihe fiel. Etwa dreißig Zentimeter über der Öffnung der Feuerstelle entdeckte ich eine schmale Spalte. Sie war sicherlich nicht breit genug, um etwas darin zu verbergen, aber es war bisher die einzige Unregelmäßigkeit. Ich rief Hunter wieder her.

»Kommen Sie mal und sehen sich das an.«

»Ja, das könnte das sein, was Sie suchen. Momentchen mal.« Er ging seinen Werkzeugkasten holen und kramte einen schmalen Meißel heraus. Den setzte er in der Spalte an. Nun klopfte Hunter leicht auf den Meißel, bis wir das Klirren von Metall auf Metall hörten. Jetzt übte er etwas mehr Druck aus, und sogleich war im Eingangsflur ein aufregendes Schleifgeräusch zu hören, und einer der Steine des Kamins bewegte sich langsam nach vorn. Er war etwa in Schulterhöhe eingeschoben und hervorragend eingepasst, aber als er vorrutschte, wurden an den Ecken Aussparungen sichtbar, wo man ihn anfassen und weiter nach vorn ziehen konnte.

Hunter packte den Stein und ruckelte ihn aus seiner Position, taumelte ein wenig, bis er ihn ganz entfernt hatte und so sanft wie möglich vor uns auf den Boden legte. Der Hohlraum dahinter maß nicht mehr als fünfundzwanzig mal fünfundzwanzig Zentimeter, war kaum groß genug, um eine Flasche Whisky darin unterzubringen. Der Respekt vor dem, was in diesem Loch wohl so alles herumkrabbeln mochte, ließ mich ein wenig zögern. Aber dann holte ich tief Luft und tastete vorsichtig mit den Fingern den Hohlraum ab. In der hintersten Ecke stieß meine Hand auf ein kleines, in Tuch eingeschlagenes Päckchen.

»Was ist das?«, fragte Hunter, der mir zusah, wie ich ein in Leder gebundenes Buch auswickelte.

Ich blätterte die vergilbten Seiten vorsichtig um. »Sieht aus wie ein Tagebuch. Das muss dem ursprünglichen Hausbesitzer gehört haben.«

»Das war wohl Daniel Fletcher«, meinte Hunter und spähte mir stirnrunzelnd über die Schulter. »Das war der Vater von Angus und Brodie. Daniel ist 1790 gestorben.«

Das Datum auf der ersten Seite war jedoch Januar 1816. »Dann hat das nicht Daniel gehört. Es muss von einem seiner Söhne sein.«

Ich überflog die ungelenke Handschrift. Das Tagebuch war in Englisch, na ja, in einer Art Englisch geschrieben, und es war sehr mühsam, die Schrift zu entziffern. »*… Eine wilde Nacht. Die Fenster klappern. Tiefe Schneewehen sammeln sich. So manch Tier wird verloren gehen heut Nacht, das ist gewiss.*«

»Wenn man vom Datum ausgeht, hat das wahrscheinlich Brodie geschrieben, obwohl das Haus ja Angus gehört hat«, meinte Hunter. »Brodie war hier überall als Geschichtenerzähler bekannt. Das Meiste, was wir über die Zeit nach Culloden wissen, stammt aus den Erzählungen, die er hinterlassen hat, und aus dem, was mein Ururgroßvater aufgeschrieben hat.«

Ich würde mich unterstehen, Witze über die bis heute andauernde schottische Wut über die ungeheure Niederlage von Culloden zu reißen, jene letzte schicksalhafte Schlacht, die von den Jakobiten geschlagen wurde, um die schottische Linie der Stuarts wieder auf den englischen Thron zu bringen. »Hatten die Jakobiten in Balfour viel Unterstützung?«, fragte ich.

»Klar, vom ganzen Städtchen. Daniel Fletcher war da keine Ausnahme, aber er war ein pragmatischer Mann.

Er wusste, dass wir nicht genug Leute hatten, um auf dem Schlachtfeld gegen die Engländer zu bestehen. Er war für eine Art Guerillakrieg. Wir kannten ja unser Land, müssen Sie wissen. Bei Angriffen aus dem Hinterhalt waren wir im Vorteil. Daniel meinte, wir sollten unsere Stärken nutzen, anstatt uns auf die des Gegners einzulassen.«

»Klingt vernünftig«, sagte ich und dachte an das unwegsame Gelände, das Glen Abbey umgab. »Hat es funktioniert?«

»Eine Weile schon. Daniel hat einen Trupp Männer angeführt, der zahllose kleine Überfälle auf die englischen Truppen verübt hat. Ich hab als kleiner Junge immer zu gern die Geschichten angehört, die mein Opa von Daniels Tricks erzählt hat. Er hat Pferde der Engländer losgebunden, ihnen Lebensmittel gestohlen und ganz allgemein so viel Ärger wie möglich gemacht.«

»Und die Engländer haben ihn nie geschnappt?«

»Oh, einen Verdacht hatten sie schon. Aber Daniel und seine Jungs haben sich wie die Gespenster durch die Glens bewegt. Man sagte, sie wären immer verschwunden wie der Nebel vor einer Brise, die vom Meer herüberweht. Sie haben im Dunkeln gruselige Geräusche gemacht und Gerüchte über Gespenster und seltsame Rituale verbreitet.« Hunter wedelte mit einem teuflischen Grinsen den Finger vor mir hin und her. »Die Engländer konnten gar nicht schnell genug hier wegkommen.«

»Faszinierend«, meinte ich, während ich vorsichtig im Tagebuch weiterblätterte. »Dieses Buch verrät uns vielleicht, was mit Angus passiert ist. Aber bei den meisten Sätzen habe ich echt Probleme, alles zu verstehen. Die Sprache ist doch ziemlich altmodisch.«

»Da brauchen Sie Fiona.«

»Fiona?«

»Ja, unsere Bibliothekarin Fiona Harper. Die hat diese alte Sprache auf der Uni studiert. Reden Sie mit ihr, sie hilft Ihnen bestimmt gern weiter.«

Ich wusste, dass ich spätestens um fünf wieder zu Hause sein musste, damit ich noch genug Zeit hatte, mich für das Abendessen um sechs bei Grant aufzuhübschen. Ich wollte einen besseren Eindruck machen als bei unserem letzten Zusammentreffen, besonders da ich endlich Rory davon überzeugt hatte, dass Summer uns begleiten durfte. Ich hatte andeuten müssen, Grant könnte vielleicht daran interessiert sein, ein paar Gemälde aus dem Familienbesitz über ihre Galerie zu verkaufen, ehe Rory sich endlich damit einverstanden erklärte. Ich schaute auf die Uhr. Es war kurz nach drei. Noch war ausreichend Zeit, um mit Liam nach Balfour zu gehen und Fiona Harper zu besuchen.

Liam und ich spazierten die High Street entlang, schauten beim Gemüsehändler vorbei, um frische Erdbeeren und Schwarze Johannisbeeren zu kaufen. Die Kisten vor dem Laden quollen über von den letzten Früchten des Sommers, und der Duft erinnerte mich an Einladungen zum Tee mit Sahnetörtchen und Johannisbeerschnitten. Im Schaufenster des Buchladens waren Reiseführer ausgestellt, um Leute anzulocken, die am kommenden langen Wochenende mit dem Bankfeiertag wegfahren wollten. Hochglanzbände über Vancouver, New York und Paris teilten sich den Platz mit Wanderkarten für die Routen in der Gegend und Broschüren über die Blumenfestivals in der Region. Endlich mal was erfreulich anderes als Morddrohungen und Rachefeldzüge!

Am anderen Ende der Straße befand sich, von einem kleinen Garten umgeben, die Bibliothek. Das umgebaute zweistöckige Haus aus viktorianischer Zeit war wohl einmal eines der schönsten im Städtchen gewesen. Vier große Erkerfenster ragten zur Straße hin vor, zwei im Erdgeschoss und zwei im ersten Stock. In allen vier Fenstern lagen Kissen und Decken aufgestapelt, sodass man es sich dort an einem regnerischen Tag zum Lesen gemütlich machen konnte.

Den Briefschlitz an der zweiflügeligen Eingangstür hatte man so erweitert, dass auch nach der Schließung noch Bücher zurückgegeben werden konnten. Die Klappe schepperte leise, als ich jetzt die schwere Eichentür aufzog. Ich hängte meine Jacke an einen uralten Garderobenständer, der im Eingangsflur neben einem alten Whiskyfass stand, in dem man nasse Schirme abstellen konnte. Es war niemand am Empfangstisch, aber ich konnte aus dem oberen Stockwerk Stimmen hören.

Ich schaute rasch in die Räume zu beiden Seiten des Flurs. Die Wände waren mit gut bestückten Bücherregalen bedeckt. Im linken Zimmer standen in der Mitte ein alter Esstisch und Stühle, in dem Zimmer auf der anderen Seite waren ein paar bequeme Sessel rings um eine alte geschnitzte und bemalte Kamineinfassung gruppiert, in die ein Gasfeuer eingepasst war. Ich ging die mit einem dicken Teppich belegten Stufen zum ersten Stock hinauf. Einen großen Teil des oberen Geschosses hatte man in einen Bereich für Kinder umgewandelt. Die Bücherregale und alle anderen Holzteile waren weiß gestrichen. Über den Boden lagen große Kissen in strahlenden Farben verstreut, auf die man sich einfach fallen lassen konnte. Eine junge Frau in einem lavendelfarbenen Pullover saß auf dem Fenstersitz und las einem Kind vor, das ihr mit weit aufgerissenen Augen lauschte und einen riesigen Paddington Bear an sich drückte.

Ich lächelte und zog mich über den Flur in die Abteilung Heimatgeschichte zurück, um zu warten, bis ich an der Reihe war. Ich blätterte mindestens ein halbes Dutzend Bücher über die Lowlands durch und fand ein paar Hinweise auf die

Fletcher-Jungs und ihre Schmuggelei sowie auf ihre Rolle als Gründer der ersten legalen Destillerie in Balfour. Aber was hier über ihr Leben und ihre Familie aufgezeichnet war, hielt sich sehr in Grenzen.

Ich hörte kleine Füße die Treppe hinunterrennen, und dann steckte Fiona Harper den Kopf zur Tür herein. »Tut mir leid, dass Sie warten mussten«, sagte sie mit einem schüchternen Lächeln. Ihre Augen hatten beinahe dieselbe Farbe wie ihr Pullover. Ihr üppiges rotbraunes Haar hatte sie am Hinterkopf zu einem losen Knoten zusammengedreht, den ein Bleistift zusammenhielt. Sie mochte kaum größer als eins fünfundfünfzig sein, aber ich merkte sofort, dass sie voller grenzenloser Energie und Begeisterung steckte. *Anständig*, *klug* und *wach*.

Ich zeigte ihr das Buch, das Hunter und ich gefunden hatten, und schaute ihr zu, während sie ehrfürchtig darin blätterte.

»Sicher, es wäre aufregend, das für Sie in ein etwas verständlicheres Englisch zu übersetzen«, sagte sie leise. »Faszinierend.« Sie schüttelte langsam den Kopf, als könnte sie nicht ganz fassen, was sie da sah. »Brodie Fletchers Tagebuch. Was für ein unglaublicher Fund! Da werden wir jede Menge über das alltägliche Leben im Städtchen erfahren. Ich bin sehr in Versuchung, alles stehen und liegen zu lassen und gleich mit der Arbeit anzufangen, aber ich muss noch ein paar Projekte für die Schule betreuen. Ich sehe mir das Tagebuch heute Abend an und schicke Ihnen ein paar Abschnitte, sobald ich sie fertig habe. Wäre Ihnen das recht?«

»Das wäre toll. Ich hoffe, wir finden etwas darüber heraus, was mit Brodies Bruder Angus passiert ist. Welches Buch würden Sie mir inzwischen empfehlen, um etwas über die Geschichte der Gegend hier zu erfahren?«

Fiona zog ein schmales rotes Bändchen aus dem Regal.

Balfour: Erbe und Legenden von Eldon Mann. »Versuchen Sie's mal hiermit.«

»Wenn der irgendwie mit Hunter Mann verwandt ist, sollte er sich bestens auskennen.«

»Ganz genau«, stimmte mir Fiona zu. »Die Hunters sind kaum zu überschätzen. Dieser Band hier beschreibt die Jakobitenaufstände und die Zeit danach. Da bekommen Sie eine ziemlich gute Vorstellung davon, was alles in der Zeit vor diesem Tagebuch geschehen ist.«

»Laut Hunter gab es hier sehr viele Jakobiten, aber was war mit den MacEwens?« Ich wusste, dass viele der reicheren Familien im Süden des Landes die englische Krone unterstützt hatten, aber besonders neugierig war ich auf Grants Vorfahren.

»Die MacEwens waren zunächst Loyalisten, also Königstreue«, erwiderte Fiona. »Aber nach der blutigen Niederschlagung des 45er Aufstandes* haben sie ihre Haltung geändert. Leider haben sie teuer dafür bezahlen müssen, dass sie sich den englischen Truppen entgegenstellten und ihre Nachbarn verteidigten. Sie haben die Rechte auf mehr als die Hälfte ihres Landes verloren.«

»Tatsächlich?«

»Ja. Die Engländer haben die Ländereien und das Geld von jakobitischen Landbesitzern konfisziert und an ihre Unterstützer weitergegeben, um diejenigen, die sich ihnen entgegenstellten, zu bestrafen. Sie waren wild entschlossen, uns Schotten nicht nur militärisch zu besiegen, sondern auch unsere Kultur mit Stumpf und Stiel auszurotten. Das war für Leute wie die MacEwens zu viel, denn sie verstanden sich in erster Linie als Schotten.«

* Aufstand der Jakobiten unter Charles Edward Stuart gegen die Engländer, der im April 1746 in der Sachlacht von Culloden endgültig niedergeschlagen wurde.

»Aus dem Schulunterricht erinnere ich mich vage, dass die Engländer es verboten, den karierten Schottenstoff, den Tartan, zu tragen.«

»Nicht nur das, sie haben die Hochländer gezwungen, ihnen ihre Waffen abzuliefern und die Treuegelübde zu ihren Clans aufzulösen. Alles, wovon sie vermuteten, dass es unsere Identität als Nation festigen könnte. Dazu haben sie noch die legalen Whiskybrennereien mit einer enorm hohen Steuer belegt, um ihre Kriege gegen die Spanier und Franzosen zu bezahlen. Der Preis für Whisky schoss dadurch weit über alles hinaus, was sich normale Menschen leisten konnten. Wenn man einem Schotten seinen täglichen kleinen Whisky verwehrt, findet er schon eine Methode, ihn sich zu beschaffen, komme, was da wolle.«

»Und da haben die Fletcher-Jungs angefangen, schwarz Whisky zu brennen?«

»Damals ist für sie ein wirklich gutes Geschäft daraus geworden. Daniels Vater war sein Leben lang ein begabter Brenner und noch begabterer Schmuggler.«

»Also haben Daniel und seine Söhne die Familientradition am Leben erhalten.«

Fiona lächelte leise. »Sie waren Rebellen und kämpften für ihre gute Sache. Sie haben dem Schatzmeister des Königs geraubt, was er von ihnen haben wollte, indem sie ihr gottgegebenes Recht ausübten, aus dem Getreide ihres Landes Whisky zu brennen.«

Ich schaute auf die Wanduhr und merkte, dass ich spät dran war. Höchste Zeit, dass ich mich wieder an die Arbeit für meinen eigenen neuzeitlichen Rebellen machte.

KAPITEL 11

Patrick und ich kamen nur wenige Augenblicke vor Summer bei Grant an. Wir warteten auf der Treppe auf sie, fühlten uns ein bisschen wie bescheidene Bedienstete, die eine Prinzessin willkommen heißen, während Rorys Sicherheitsleute ihr aus dem Wagen halfen. Ich stöhnte innerlich, zog den Bauch ein und strich mir über die vom Wind zerzausten Locken. Man hatte Mickey Dawson in seinen besten Zeiten mit einer Reihe von atemberaubenden Schönheiten in Verbindung gebracht. Zweifellos war Bonnie eine von ihnen gewesen. Summer hatte Rorys Augen, aber die zarten Gesichtszüge, das rotgoldene Haar und die langen, schmalen Gliedmaßen stammten zweifellos von ihrer Mutter.

Für solches Haar würde ich Morde begehen. Es war nicht schreiend rot, sondern von zartem Goldrot, das Summers Teint betonte: blass und durchscheinend und von einem inneren Feuer erleuchtet, das ihren Wangen einen natürlichen rosigen Schimmer verlieh. Sie trug ein blassblaues Wollkleid, das sich wie ein Handschuh um ihre Mittzwanzigerfigur schmiegte. Alle meine Bemühungen, Grants Erinnerung an meine schlammbespritzte Erscheinung von neulich zu verdrängen, waren völlig überflüssig gewesen. Ich würde von Glück sagen können, wenn er es überhaupt schaffte, einen Blick in meine Richtung zu werfen.

»Vielen Dank für die Einladung«, sagte Summer, während sie die Treppe hinaufstieg. Ihre Stimme war rauchig, aber wohlklingend, und in ihrem Akzent schwang keine Spur von der bescheidenen Herkunft ihrer Mutter mit. »Das ist ja ein sehr beeindruckendes Haus«, sagte sie und musterte mit geschultem Blick die Fassade von The Larches. Das Haus war ein klassisches Beispiel für den schottischen Baroniestil des frühen neunzehnten Jahrhunderts: Es hatte runde Türme zu beiden Seiten und zwischendrin entlang des Dachfirsts noch hier und da kleinere Türmchen. Von außen wirkte es finster und daher ein wenig feindselig, doch Summer schien das nicht abzuschrecken.

»Es ist wunderschön, aber ein ziemliches Groschengrab«, stimmte ich zu. Ich versuchte immer noch, meine spontane Einladung zu rechtfertigen: »Wie ich Ihrem Vater gesagt habe, glaube ich, dass der Besitzer eventuell einen Teil der Kunstsammlung der Familie veräußern würde, wenn Sie daran interessiert sind.«

Patrick zog hinter Summers Rücken fragend eine Augenbraue in die Höhe, aber was immer er auch hatte anmerken wollen, wurde unterbunden, als Grant die Tür öffnete. Er hatte diesmal auf den üblichen Kilt verzichtet und sich für ein hellgraues Leinenhemd und eine dunkle Hose entschieden. Ich machte alle miteinander bekannt und musste zusehen, wie sich Summers Aufmerksamkeit sofort ganz auf Grant konzentrierte. Patrick und ich hätten uns ebenso gut in Luft auflösen können.

Grant führte uns in den sehr kühlen Eingangsbereich, wo im Kamin ein Feuer loderte. Summer hakte sich bei ihm unter und drängte ihn zum Tablett mit den Getränken. Dann bestand sie auf einem Rundgang zu jedem einzelnen Gemälde im Raum. Patrick und ich blieben uns selbst überlassen. Von unserem Aussichtspunkt beim Kamin konnte ich sehen, dass Summer unnötig nah an Grant herangetreten war, ihm eine Hand auf den Arm gelegt hatte und ihm gebannt in die Augen starrte, während sie angeregt über das Porträt sprach, das sie gerade begutachtet hatten. Er schien etwas benommen von diesem Frontalangriff, aber ich bemerkte, dass er sich keineswegs zurückzog.

»Was höre ich da? Grant will sein Familienerbe verscherbeln?«, murmelte Patrick.

»Ich musste doch einen Vorwand dafür finden, sie heute Abend einzuladen. Sonst hätte es seltsam ausgesehen.« Ich runzelte die Stirn, als von der anderen Seite des Raums Summers kehliges Lachen ertönte.

»Du siehst übrigens großartig aus«, sagte Patrick. »Rot steht dir.«

»Nicht so gut wie ihr«, grummelte ich. Ich strich den dunkelroten Pullover mit dem großen V-Ausschnitt glatt, den ich mit einem schwarzen Lederrock kombiniert hatte. Ich war ein wenig verlegen und gleichzeitig ziemlich wütend über meine Eitelkeit.

»Eifersüchtig?«, murmelte mir Patrick ins Ohr.

»Sei nicht albern«, blaffte ich zurück. »Grant ist erwachsen. Der kann selbst auf sich aufpassen.«

»Da bin ich mir nicht so sicher«, erwiderte Patrick mit einem leisen Lachen. »Er wirkt leicht überfordert. Hast du *ihm* auch gesagt, dass er vielleicht daran interessiert wäre, das Familienerbe zu verscherbeln?«

»Natürlich nicht. Das würde ihn nur wütend machen.«

»Du musst schon zugeben, dass es lustig ist«, meinte Patrick. »Grant sieht aus wie ein Fuchs, den die Hunde in die Enge getrieben haben.«

Wenn man es objektiv betrachtete, war es komisch, aber aus Gründen, auf die ich lieber nicht eingehen wollte, hatte ich da wohl etwas Dämliches gemacht. Es war dämlich, Summer überhaupt hierherzubringen, und es war dämlich, mir einzubilden, ich könnte mit ihr mithalten. Nicht dass ich mit ihr wetteifern wollte, natürlich nicht. Grant war mein Geschäftspartner und nicht mehr. Alles andere wäre unverantwortlich und nicht praktikabel. Denn die Trennung, die unvermeidlich folgen würde, wäre eine Katastrophe, vom geschäftlichen Standpunkt aus und weil ich mich danach hier nicht mehr wohlfühlen würde, an dem einzigen Ort, der seit meiner Kinderzeit für mich ein Zuhause geworden war. Das war es nicht wert, redete ich mir immer wieder ein. Nicht dass es wichtig gewesen wäre. Wie immer meine eigenen Wünsche und Begierden aussehen mochten, die glamouröse junge Kunsthändlerin spielte mich ohnehin gerade mit Leichtigkeit an die Wand.

Louisa kam mit einem Tablett voller Appetithäppchen herein, und ich ging zu ihr und umarmte sie. Sie und ihr kleiner Sohn Luke gehörten einfach zum Leben auf dem Landgut der MacEwens. Als Haushälterin war Louisa dafür verantwortlich, Grant und The Larches in Schuss zu halten, und das war keine leichte Aufgabe. Louisa war eine attraktive Brünette Ende dreißig, von üppiger Figur und voller ansteckender Begeisterung. Neben Summers magersüchtiger Gestalt wirkte sie ein wenig pummelig, aber ich wusste, dass ihr das nicht das Geringste ausmachte. Sie war selbstbewusst und ungekünstelt. In The Larches ging es im Allgemeinen recht locker zu, und ich bemerkte, wie Summer Louisas Jeans und Pullover kritisch beäugte. Doch nachdem sie die marinierten Jakobsmuscheln gekostet hatte, änderte sie wohl ihre Meinung.

Mir fiel auf, dass Grant eine Reihe von Fotos aufgehängt hatte, die ich für ihn während der Frühjahrsstürme vom Himmel über dem Tal gemacht hatte. Patrick und ich gingen hin, um sie näher zu betrachten, und als Grant sich entschuldigen musste, um ein Telefonat mit Cam zu führen, gesellte sich Summer zu uns.

»Haben Sie je darüber nachgedacht, eine Ausstellung Ihrer neueren Arbeiten zu zeigen?«, fragte sie. »Ich meine, ich weiß, dass Sie bereits eine Reihe von Ausstellungen mit Ihren berühmten Aufnahmen aus dem Nahen Osten und so hatten, aber diese neueren Sachen aus jüngerer Zeit sind irgendwie weicher, eher nach innen gerichtet. Die würden sich gut verkaufen.«

»Die hier sind persönlicher«, sagte ich. »Das war meine Art, meine neue Heimat kennenzulernen. Ich glaube nicht, dass ich schon bereit wäre, die Aufnahmen mit anderen zu teilen.«

Summer zog eine Visitenkarte aus der Tasche. »Sagen Sie mir Bescheid, wenn Sie es sich anders überlegen. Wir könnten mit diesen Bildern ganz was Besonderes machen.«

»Wie lange haben Sie die Galerie schon?«

»Dies ist unser viertes Jahr.«

»Hat Ihr Stiefvater auch damit zu tun?«

»Überhaupt nicht. John Carmichael hat meine Mutter verlassen, sobald sie ihre Krebsdiagnose erhalten hatte. Ich habe ihn in diesem Augenblick aus meinem Leben gestrichen und das nie bereut. Ich nenne mich jetzt Summer Lindley. Das war der Mädchenname meiner Mutter.«

»Aber für die Galerie haben Sie seinen Namen verwendet?«

»John war ein berühmter Produzent von Musikvideos für MTV, und in London ist Carmichael ein bekannter Name. Am Anfang hat das meinem Geschäft wirklich geholfen. Gott weiß, sonst hat er im Laufe der Jahre nicht viel für mich getan. Da war es das Mindeste, dass er mich seinen Namen benutzen ließ.«

»Wie lange dauert es noch, bis die Galerie wieder öffnet?«, fragte Patrick.

»Das weiß der Himmel. Die Leute von der Versicherung kriechen noch immer in allen Ecken rum. Ich hatte für diese Woche eine Ausstellung auf dem Programm; ich musste sie verschieben. Und eine andere in vierzehn Tagen ist auch noch nicht sicher. Ich verliere am laufenden Band jede Menge Geld.« Summer klopfte mit einem ihrer langen manikürten Nägel ungeduldig an ihr Glas. »Und jetzt stehe ich dank Rory hier oben praktisch unter Hausarrest.«

»Er sorgt sich um Ihre Sicherheit«, betonte ich.

»Sie meinen, er sorgt sich um seinen guten Ruf.«

Naiv war Summer nicht. Rory würde da noch einige Überraschungen erleben. »Waren die Gemälde, die gestohlen wurden, sehr wertvoll?«, fragte ich.

Summer seufzte. »Natürlich. Die haben die drei teuersten Stücke mitgenommen, die ich hatte. Die müssen genau gewusst haben, wonach sie gesucht haben. Und dann hat der Einbrecher noch seine Visitenkarte mit Farbe auf die Wand gesprüht.«

»Er?«, fragte ich nach. »Haben Sie Aufnahmen von der Überwachungskamera?«

»Nein, die Kameras waren gerade in der Reparatur, also haben wir keine Videos. Ich bin einfach davon ausgegangen, dass es ein Er war. Das macht man doch, oder? Hier.« Sie zog ihr Mobiltelefon heraus und zeigte mir das Bild einer kahlen blauen Wand, auf die jemand mit roter Farbe einen Songtext gesprüht hatte. Die Schrift sah genauso aus wie die in Rorys Garderobe; aber war unser Killer denn auch Experte für zeitgenössische Kunst? Ich hoffte, dass wir nicht nach ein und derselben Person suchten, doch sicher konnte man da nicht sein.

»Hat die Polizei schon Verdächtige?«

»Mir haben sie jedenfalls nichts gesagt. Ich habe nur zwei Angestellte. Eine Frau am Empfang und einen Mann, der halbtags kommt und beim Packen und Auf- und Abbau und so hilft. Ich kenne beide schon seit Jahren, und ich glaube nicht, dass einer von denen etwas damit zu tun hat. Sie hätten nichts dabei zu gewinnen. Ich denke, es war jemand, der einen Groll gegen Rory hat und dem eingefallen ist, dass wir ja miteinander verwandt sind. Machen wir uns nichts vor, ich bezahle jetzt für die Sünden meines Vaters. Genau wie Ian.«

»Wieso glauben Sie, dass das alles mit Ihrem Vater zu tun hat?«

»Die Polizei sucht nach Leuten, die vielleicht was gegen Rory oder die *Rebels* haben. Aber es war doch so, dass Rory gleichbedeutend mit den *Rebels* war. Nach allem, was ich so gehört habe, hat er rechts und links des Weges jede Menge geknickte und gebrochene Herzen hinterlassen«, sagte Summer bitter. »Sie haben doch gesehen, was gestern Abend passiert ist. Jetzt rächt sich das alles.«

»Aber wer könnte Ihren Vater nach all den Jahren so hassen?«, fragte ich.

»Meine Mutter hätte ihn hassen sollen«, sagte Summer wütend. »Und zweifellos gibt es noch jede Menge andere Frauen, die auf der Strecke geblieben sind.«

»Es ist aber doch schon so lange her. Und immer noch sollen die einen Groll hegen?«, meinte Patrick sanft.

Summer kippte ihren Drink hinunter und reichte Patrick das Glas, damit er ihr nachschenkte. »Vielleicht hat es nach dem Motto ›Aus den Augen, aus dem Sinn‹ funktioniert?« Sie stellte sich näher an den Kamin und schlang die Arme um ihren schmalen Körper. »Rory war zwölf Jahre weg, möglicherweise ist jemand wütend darüber, dass er zurückgekommen ist. Man kann nicht einfach weglaufen und alle im Stich lassen und dann erwarten, dass man mit offenen Armen empfangen wird, wenn man plötzlich wieder auftaucht.«

Summer war eindeutig sehr wütend auf ihren Vater.

»Es muss schwierig für Sie sein, dass er nach all den Jahren erneut auf der Bildfläche erschienen ist«, äußerte ich meine Vermutung.

Summer zuckte mit den Achseln und bemühte sich, Gleichgültigkeit an den Tag zu legen. »Ich wusste bis letztes Jahr ja nicht mal, dass er mein Vater ist. Die ganze Zeit dachte ich, er wäre tot. Wäre einfacher gewesen, wenn er für mich tot geblieben wäre.«

Es war verständlich, dass sie ihrem Vater seine Abwesenheit übelnahm. Könnte es sein, dass sie versuchte, ihn zu bestrafen? Sie hätte ja mehr Grund als die meisten, wütend auf ihn zu sein und alles zu hassen, wofür er und die *Rebels* standen. Mir fiel es schwer, den Einbruch in der Galerie mit den anderen Angriffen auf die *Rebels* unter einen Hut zu bringen. Bei niemandem sonst war man auch die Familie angegangen, und keiner der anderen Anschläge hatte sich gegen persönliches Eigentum gerichtet. Könnte es sein, dass Summer diesen Diebstahl selbst inszeniert hatte? Wollte sie vielleicht die Attacken auf die *Rebels* dazu ausnutzen, sich ein bisschen Geld von der Versicherung zu erschwindeln? Sie hatte ja gesagt, dass die Galerie Geld verlor, und schließlich waren die drei teuersten Bilder verschwunden.

»Ich will nicht unhöflich sein«, sagte Summer, während ihre Augen durch den Raum huschten. »Aber könnten wir von was anderem sprechen? Ich habe die Nase voll von den *Rebels* und der Polizei und dem ganzen Unsinn.«

»Natürlich«, antwortete ich, während mir die drei Wörter für Summer klar und deutlich im Kopf widerhallten: *quicklebendig, berechnend* und *lädiert*. Hinter lädiert stand noch ein Fragezeichen. Es war zu früh, mich da festzulegen.

»Wie werden Sie denn Ihre Zeit hier verbringen?«, fragte Patrick.

»Keine Ahnung«, antwortete Summer und wandte sich sofort zu Grant um, als der wieder zur Tür hereinkam. »Ich bin gerade dabei, ein paar neue Künstler herauszubringen, aber das beschränkt sich im Augenblick auf Telefonate und so.« Sie schaute Grant unter ihren dichten braunen Wimpern hervor an. »Was würden Sie denn vorschlagen?«

Patrick mischte sich ein, ehe Grant auch nur die Chance zum Reden hatte. »Haben Sie nicht gesagt, dass Sie auch schon Events geplant haben?« Die Recherchen, die er für mich angestellt hatte, hatten sich offensichtlich ausgezahlt, denn Summer selbst hatte ihren früheren Beruf nicht erwähnt. »Zufällig haben wir nächsten Samstagabend eine Gruppe von VIPs zu Gast, die einen Rundgang durch Abbey Glen machen. Vielleicht könnten Sie uns beraten? Ich bin sicher, Sie haben jede Menge gute Ideen, und so könnten Sie sich die Zeit vertreiben, solange Sie hier oben festsitzen. Allerdings würde das bedeuten, dass Sie eng mit Grant zusammenarbeiten ...«

Ich funkelte Patrick hinter Summers Rücken wütend an. »Ich bin sicher, Summer will keine Zeit auf dein Miniprojekt verschwenden.«

»Aber sicher doch«, erwiderte sie und strahlte Grant an. »Ich würde mich sehr freuen zu helfen, wo ich kann.«

»Grant versucht allerdings, die Veranstaltung so klein und bescheiden wie möglich zu halten«, warf ich ein.

»Warum denn?« Summer rückte nah an Grant heran und nutzte den Größenunterschied zwischen ihnen aus, um ihn erneut unter den Wimpern hervor anzuschauen.

Grant räusperte sich. »Na ja, wir sind ein kleiner Laden. Solche Sachen machen gewöhnlich nur die ganz Großen.«

»Sie stellen ein Eliteprodukt her«, sagte Summer und richtete die volle Power ihres sexy Blicks auf Grant. »Auf Ihre Art sind Sie doch einer von den Großen.«

»Das stimmt wohl, denke ich«, gestand ihr Grant lächelnd

zu. »Sie wissen über solche Events sehr viel mehr als ich. Ich bin bereit, mich Ihrer Expertenmeinung zu beugen.«

Und schon war der stolze Baum gefallen. Summers Reize hatten ihn gefällt, ganz und gar niedergestreckt. Ich hatte Grant nur mit Mühe zu diesem Event überreden können, und jetzt legte er einer wildfremden Frau bereitwillig die Zügel in die Hände.

Patricks Augen funkelten erregt. Ihm war klar, dass er in Summer eine verwandte Seele getroffen hatte.

»Ich kann für Ihre VIPs ein Event organisieren, das sie völlig umhaut«, bot Summer an. »Eine geschmackvolle Präsentation des Besten, was Schottland zu bieten hat.«

»Das wäre großartig!«, meinte Patrick begeistert.

»Das könnte genau das Richtige sein, um mich von all dem Wahnsinn zu Hause abzulenken«, sagte Summer, die sich für die Idee zu erwärmen begann. »Kommen Sie schon, das wird ein Spaß.« Summer hakte sich wieder bei Grant unter. Kurz darauf zeigte er ihr Bilder von Abbey Glen und bot ihr Kostproben seiner Lieblingswhiskys an.

Patrick war entzückt über die neuesten Entwicklungen, nur ich fühlte mich wie die Schotten nach der Schlacht von Culloden.

KAPITEL 12

Es war Viertel vor eins am Sonntagmittag. Das Old Vic in Stirling hatte gerade vor einer Viertelstunde geöffnet, und schon jetzt hielt mein Gesprächspartner ein nur noch halb volles Glas Stout in den Händen. Am späten Morgen hatte mich Bruce Penrose angerufen und hierherzitiert. Ich war wie ein Wirbelwind aus dem Haus gesaust und hatte es geschafft, nur zehn Minuten zu spät hier zur Tür hereinzustürmen. Der ehemalige Manager der *Rebels* war nicht schwer zu erkennen gewesen. Sein schütter werdendes Haar war an den Seiten kurz geschnitten, nur einige dünne Strähnen waren mühsam über den kahlen Kopf gekämmt und zogen unnötige Aufmerksamkeit auf ihre merkwürdige schuhcremebraune Farbe. Zweifellos war hier ein häuslicher Färbeversuch schiefgegangen. Penrose trug ein gestreiftes Nylonhemd und eine unnötig enge Jeans, über die sein mächtiger Bauch hing.

Er musterte mich vom Scheitel bis zur Sohle. »Und Sie sind jetzt Rorys Lieblingspaparazzo?«

»Ich bin die offizielle Tour-Fotografin«, erwiderte ich und zog mir einen Stuhl heran.

»Hoffentlich haben Sie Weichzeichner verwendet. Sein Gesicht ist nicht besonders gut gealtert.«

»Da würden Ihnen viele Frauen widersprechen«, antwortete ich und dachte mir, dass die Jahre Rorys berühmt-berüchtigten Augen nur eine größere und vielschichtigere Tiefe verliehen und die perfekten Wangenknochen noch etwas schärfer gemeißelt hatten.

»Was haben Sie denn so für mich?«

Ich zog meinen Computer hervor und zeigte ihm wenige vorab ausgewählte Fotos.

Penrose nickte. »Und Sie können die signieren lassen?«

»Klar.«

Penrose kippte den Rest seines Biers hinunter und winkte das nächste heran, ohne mir irgendetwas anzubieten. »Was ist mit ein paar Fotos von Mickey vor dem blutigen Hintergrund? Oder irgendwas von dem Vorfall am Turm?«

»Solche Aufnahmen mache ich nicht.«

Penrose zuckte mit den Achseln. »Ihr Pech. Die würden richtig gut gehen. Ich würde ja meine eigenen Fotos verwenden, aber die Menge hat so gedrängelt, dass sie ganz unscharf sind.«

»Sie waren beim Konzert?«

»Natürlich. In meinem Geschäft muss man nah dranbleiben, immer da sein, wo die Action ist.«

Wie nah dran?, fragte ich mich. »Was verkaufen Sie denn sonst noch so?«, erkundigte ich mich.

»Alles, was die Leute bezahlen wollen. Alte Tour-Plakate, Gitarren, Kaffeebecher, Mick Jaggers gebrauchte Kleenex-Tücher, alles, wofür die Fans bereit sind, Geld auszugeben. Und die Fans sind bereit, für alles Geld auszugeben. Wenn es signiert ist, noch umso mehr. Die besten Kunden sind die Golden Oldies. Die haben das Geld, und sie wollen sich ein Stückchen von ihrer Jugend zurückkaufen. Sachen von Jagger, von Bowie, von Rod Stewart – die sind bares Geld wert. Allerdings bringen die natürlich noch mehr, wenn die früheren Besitzer tot sind.«

»Sie kriegen mehr für das Zeug, wenn die tot sind?«, fragte ich.

»Da schnellt die Nachfrage in die Höhe. Da machst du ein Mordsgeschäft.«

Penrose schien das geschmacklose Wortspiel gar nicht zu bemerken. »Haben Sie nach Hamish Dunns Tod auch ein Mordsgeschäft gemacht?«, erkundigte ich mich.

Penrose schaute ein wenig verlegen drein.

»Und ich denke mal, wenn Ian Waters nicht wieder aus dem Koma aufwacht, ist das eine echte Goldgrube«, sagte ich und gab mir alle Mühe, die Verachtung, die ich für ihn empfand, nicht in meiner Stimme mitschwingen zu lassen.

Penrose blickte finster drein, und seine Augen huschten nervös hin und her. »Darauf habe ich keinen Einfluss«, blaffte er, »aber ich wäre ja schön blöd, wenn ich das nicht nutzen würde.«

Hatte er wirklich keinen Einfluss darauf? Rory und Ian hatten ihn persönlich und beruflich in den Ruin getrieben, indem sie ihn vor Gericht zerrten. Sicherlich ein gutes Motiv für einen Rachefeldzug. Brachte Penrose die *Rebels* einen nach dem anderen um und profitierte von ihrem Tod? Wenn ja, warum machte er sich dann die Mühe, mit dem Finger auf Rory zu deuten? Warum beseitigte er ihn nicht sofort? »Sie kannten die *Rebels* doch damals«, merkte ich an. »Ist Rory ein Mörder?«

Penrose schaute einen Augenblick verdutzt, lachte dann laut los. »Ja, vielleicht ein Ladykiller, aber er hat nicht die Eier, um jemanden umzubringen. Den verarscht jemand. Vielleicht sogar jemand vom Studio. Ist schließlich Super-PR. Jetzt reden alle von der Show oder etwa nicht?«

Das Hetzvideo vom Freitagabend würde sicherlich die Preise für Souvenirs von der Show gewaltig in die Höhe treiben. Penrose hätte technische Unterstützung benötigt, aber ich konnte mir gut vorstellen, dass er so was probierte. Kein Wunder, dass er so scharf auf die Fotos war. »Wie lange sind Sie noch hier, ehe Sie wieder nach London aufbrechen?«

»Sicher noch ein paar Tage.« Penrose stürzte das zweite

Bier runter und rülpste laut. »Wie bald können Sie mir die signierten Abzüge zukommen lassen?«

»Geben Sie mir ein, zwei Tage.«

»Achten Sie aber drauf, dass er mit Mickey Dawson unterschreibt. Diesen Hendricks-Scheiß will ich nicht.«

»Er muss die Fotos nur signieren?«

»Das ist alles.«

»Sie brauchen keine Beweise, dass es seine Unterschrift ist?«

»Wozu das denn?«, schnaufte Penrose. »Mehr als die Hälfte von dem Zeug ist doch ohnehin gefälscht. Aber ich habe einen Ruf zu verlieren. Ich verkaufe nur echte Sachen.«

O ja, sicher doch, dachte ich. Ich grübelte, wie ich mich am besten erkundigen könnte, wo er war, als Ian angefahren wurde, aber es fiel mir nichts ein, was keinen Verdacht erregen würde. Da müsste ich mich auf Patrick verlassen. Inzwischen kam mir das Wort *charakterlos* in den Sinn, rasch gefolgt von *eigennützig* und *unsicher.*

Einen besseren Verdächtigen konnte man so leicht nicht finden.

Als ich wieder in The Haven war, spazierte ich zu Hunters improvisiertem Schafpferch hinaus und suchte Trost in den süßen wolligen Gesichtern meiner neuen Schützlinge. Oscar war immer noch im Wintergarten eingesperrt, aber die restliche Herde schien zufrieden zu sein. Sie hatten rasch begriffen, dass ich immer Leckerli für Schafe in der Tasche hatte, und kamen begeistert zum Zaun getrabt, sobald sie mich kommen sahen. Dabei wippten ihre weißen Stummelschwänze im Rhythmus ihres federnden Gangs auf und ab. Fitz und Beatrix waren stets die ersten und wetteiferten um meine Aufmerksamkeit. Orwell und Tolkien hielten sich ein wenig abseits, als seien sie ins Gespräch vertieft, und Hemingway, Agatha und Theo bildeten die Nachhut und warteten geduldig, bis auch sie an der Reihe waren.

Jedenfalls waren die Schafe die Investition schon allein wegen ihres beruhigenden Einflusses wert gewesen. In ihrer Nähe verspürte ich ein Gefühl des Glücks und des Friedens. Und Ruhe genug, um leidenschaftslos über die absonderlichen Vorkommnisse in Summers Galerie nachdenken zu können. Seit gestern Abend beschäftigte mich das immer wieder. Der Diebstahl entsprach nicht der Vorgehensweise bei den anderen Anschlägen. Hier war man nicht direkt gegen ein Mitglied der Band vorgegangen, und hier ging es um Eigentum und nicht um einen Angriff auf eine Person. Ich würde der wunderschönen Summer zu gern einen Versicherungsbetrug anhängen, aber so lästig ich sie auch fand, sagte mir doch mein Bauchgefühl, dass sie die Wahrheit sprach, wenn sie versicherte, nichts mit dem Einbruch zu tun zu haben. Wenn es nicht Summer war, wer dann? Wer immer es gewesen war, Summers Geldproblem bereiteten ihm offenbar Sorgen, und er musste wissen, welchen Wert die Bilder hatten, die er stahl.

Die einzige Person, auf die beides zutraf, war Rory. Er musste der Täter sein. Nach den Kunstwerken zu urteilen, die in der Fell Farm an den Wänden hingen, kannte er sich mit Malerei aus. Ich hätte gewettet, dass sich Summer geweigert hatte, von ihrem Vater Geld anzunehmen, obwohl ihr Unternehmen in Schwierigkeiten steckte. Wenn Rory einen Diebstahl inszenierte, konnte Summer das Geld von der Versicherung fordern, ohne zu wissen, dass er etwas damit zu tun gehabt hatte. Die angebliche Verbindung zu den Angriffen auf die *Rebels* würde bei der Versicherung jeden Betrugsverdacht im Keim ersticken. Ich wusste, dass Rory etwas vor mir verbarg, aber das warf die Frage nach der bedrohlichen Botschaft in Rorys Garderobe auf. War er auch dafür selbst verantwortlich? Das ergab viel weniger Sinn, doch so schnell wollte ich meine Theorie nicht unter den Tisch fallen lassen. Über den Kunstraub hatte ziemlich viel in der Zeitung gestanden. Der Mörder konnte das Sprühen eines Songtextes mit roter Farbe auf eine Wand einfach übernommen haben, um Rory vor der Show aus der Fassung zu bringen. Und bestürzt war Rory auf jeden Fall gewesen.

Vielleicht stellte ich mich bei kriminalistischen Recherchen geschickter an, als ich dachte. Es würde sicher einfacher werden, sich im Folgenden auf den Mörder zu konzentrieren, wenn ich nicht immer noch den Vorfall in der Galerie mit den anderen Angriffen unter einen Hut bringen musste. Natürlich würde ich der Versicherung keinen Tipp geben. Das sollten die schön selbst herausfinden – oder auch nicht.

Ich kraulte Theo ein letztes Mal hinter den Ohren und ging wieder nach vorn ins Haus. Ich war ziemlich zufrieden mit mir.

Ein großer brauner, an mich adressierter Umschlag lehnte an der Tür. Ich riss ihn auf und fand darin den ersten Teil der Übersetzung, die Fiona Harper von Brodie Fletchers Tagebuch angefertigt hatte. Ich kochte mir eine Tasse Tee und kramte eine Packung Kekse hervor. Digestive Biscuits, Liams Lieblingskekse. Einen für mich, einen für ihn und drei für Oscar, der bei der Tür zum Wintergarten in der Sonne ruhte. Ich zog den Liegestuhl zu den beiden hin und begann zu lesen.

Liebe Abi,
gestern bin ich ein wenig zu lange aufgeblieben, um an Ihrem Manuskript zu arbeiten. Es ist ungeheuer faszinierend. Wenn man dem Vorsatzblatt Glauben schenken darf, ist es ein Buch mit Geschichten, die Brodie Fletcher für seinen Neffen Cooper aufgeschrieben hat. Obwohl im Städtchen

die Legende umgeht, dass Brodie Coopers Vater umgebracht hat, kann ich in diesen Geschichten keine Beweise für diese Lesart finden. Keine Entfremdung, keine Feindseligkeit zwischen Angus und Brodie oder ihren Familien. Es ist ein echtes Geheimnis.

Ich weiß, dass Sie sicher gern lesen möchten, was Brodie zu sagen hatte, also schicke ich Ihnen die erste Lieferung schon einmal, während ich am Rest noch weiterarbeite. Wenn Sie Fragen haben, lassen Sie es mich wissen.

Fiona

Januar 1816

Ein neues Jahr beginnt, das dem alten ziemlich ähnelt, und die Zeit verrinnt ohne Erbarmen. Mein Leben ist in diesen Tagen immer ungewisser, und die Arbeit, die wir tun, ist mit vielen Gefahren verbunden. Es gibt keine göttliche Garantie dafür, dass mir das Privileg gewährt sein wird, dich zum Mann heranwachsen zu sehen. Mit einem Whisky, den wir selbst gebrannt haben, mit dir am Feuer zu sitzen und die Legenden aus unserer Vergangenheit zu erzählen. Deinem Vater ist dieses Vergnügen verwehrt worden, deinem Großvater ebenso. Ihnen widme ich diese Aufzeichnungen, damit du immer deinen Platz in der Welt kennen mögest und über die reiche Geschichte unseres Landes Bescheid weißt.

Es gibt so viele Geschichten zu erzählen, aber alle bauen auf dem bemerkenswerten Leben deines Großvaters Daniel Fletcher auf. Um ihn zu verstehen, musst du seinen Geist begreifen. Daniel war ein Schotte. Ein echter Schotte. Ein Mann von Ehre und Würde. Leidenschaftlich und unerschütterlich hat er seine Familie, sein Volk und sein Land verteidigt. Er war Steinmetz von Beruf, genau wie dein Vater, genau wie ich und genau wie dein

Urgroßvater vor ihm. In Friedenszeiten hätte er damit ein gutes Auskommen und ein gutes Leben gehabt. Doch unser Land ist nun schon seit vielen Jahren nicht mehr mit Frieden gesegnet.

Als er so alt war wie du jetzt, war Daniel Lehrling bei einem Steinmetzen. Aber was wichtiger war, er hatte von seinem Vater auch gelernt, wie man eine kleine Brennerei betreibt, und mit seiner Hilfe war Fletcher's Whisky zum Stolz des Tieflandes geworden. Wenn Daniel und sein Vater irgendwo Zäune reparieren oder Mauern errichten gingen, nahmen sie immer einen Vorrat an Whisky mit, den sie verkauften. So verbreitete sich ihr Ruf in der ganzen Region. Die Nachfrage stieg ständig. Schließlich wollten mehr Leute Whisky als Mauern, und sie waren bereit, dafür viel Geld zu bezahlen.

Im März 1746 war Daniel achtzehn Jahre alt. Schottland hatte sich gerade wieder einmal in einem wilden Aufstand gegen die Tyrannei der englischen Herrschaft erhoben. Die Kämpfe hatten sich kreuz und quer durch das ganze Land ausgebreitet. So kam es, dass Daniel und sein Vater und zwei andere junge Burschen aus dem Städtchen gerade Getreide und Whisky nach Blair liefern wollten, um Lord Murray zu versorgen, der dort die Burg belagerte. Murrays Leute hatten ein englisches Bataillon in der Festung eingeschlossen, und sie brauchten Nachschub, damit sie weiterkämpfen konnten. Vor allem brauchten sie Whisky.

Während die Fletchers in Blair waren, erhielt Murray den Befehl, mit seinen Männern nach Norden zu marschieren, um sich dort dem Heer der Jakobiten anzuschließen, das sich bei Inverness sammelte. Daniel und sein Vater waren begierig darauf, für die Rückkehr unseres Stuart-Königs aus dem Exil zu kämpfen. Sie meldeten sich auf der Stelle freiwillig und marschierten mit den übrigen dem Untergang geweihten Männern ihres Clans los.

Daniel schloss sich einem Truppenteil von Murray an, der aus dem Hinterhalt Lord Cumberlands Truppen angreifen sollte, die bei Nairn lagen. Diese Taktik kannte er gut, und es war auch ein guter Plan: den Feind im Schlaf überraschen und die Schweinehunde auslöschen, ehe sie angreifen konnten, die Truppen des Königs vor der Schlacht am nächsten Tag dezimieren. Aber das Schicksal war ihnen in jener Nacht nicht hold. Der Himmel war dicht bewölkt, und die Dunkelheit und der Nebel verbargen die Pfade vor ihnen. Sie kamen nur langsam und mühsam voran. Daniel und die nächtlichen Angreifer verirrten sich und liefen verwirrt im Kreis.

Als sie nah genug an den Feind herangekommen waren, um angreifen zu können, dämmerte es schon beinahe, und es war zu spät, um den Plan ausführen zu können. Nach diesem Fehlschlag waren die restlichen jakobitischen Truppen gezwungen, auf das Moor von Culloden zu marschieren, erschöpft, schlecht ausgerüstet und bei Weitem in der Unterzahl. Die Tragödie war unvermeidlich. Und doch rückte unsere Armee mit ungebrochenem Kampfgeist vor. Dein Großvater marschierte mit Lord Murrays Truppen an die vorderste Front der Schlacht. Dort traten sie der vollen Macht von König Georges Armee entgegen.

Es war ein trüber Tag. Daniel rückte mit den nächtlichen Angreifern von hinten nach. Vergeblich versuchten sie, im Moor dem Gegner standzuhalten, aber ihre Front war zu weit ausgedehnt. Es waren zu wenige Männer, und die versprochene Verstärkung traf nie ein. Die Schlacht war kurz, aber mörderisch. Zu allem Überfluss kamen auch noch peitschender Regen und Schneeregen dazu, die unseren Männern mit ganzer Kraft ins Gesicht wehten. Daniel redete nur ungern davon, aber einmal hat er die Geschichte deinem Vater und mir erzählt und sich an die Schreie und das Rufen erinnert. An die Todesangst der Männer. An das Getöse der Kanonen und Gewehre und den Gestank des Todes, während sich der Schlamm mit dem Blut seiner Freunde und Nachbarn vermischte. Und bei alldem der eisige Regen, der einen bis in die Seele klamm machte. Daniels Vater, dein Urgroßvater, ist an jenem Tag auf dem eisigen Schlachtfeld gestorben.

Brodie war ein begnadeter Geschichtenerzähler. Mir schauderte ein wenig, wenn ich an seine Beschreibung des Schlachtfeldes von Culloden dachte. In all den Jahren seither hatte sich so wenig geändert. Dieselben Worte hätte ich über so viele Schlachtfelder schreiben können, die ich in meiner beruflichen Laufbahn gesehen hatte. Die Panik, der Angriff auf alle Sinne und die vergeudeten Menschenleben. So viel Schmerz und so wenig Gewinn. Angeblich wiederholt sich die Geschichte ständig, nur leider hören wir ihre Echos viel zu selten. Ich wandte mich wieder Fionas Übersetzung zu.

Was von den schottischen Truppen übrig war, musste sich vom Schlachtfeld zurückziehen. Jetzt war jeder auf sich allein gestellt. Daniel führte ein zerlumptes Häuflein von Überlebenden in Richtung Stirling, wich dabei auf die Whisky-Pfade aus, damit sie sich in den Bergen verstecken konnten. Von dort aus unternahmen sie weiter Angriffe aus dem Hinterhalt und setzten den englischen Truppen und dem Schlächter Cumberland zu, die nach Süden marschierten und auf ihrem Weg Bauernhöfe niederbrannten, Vieh umbrachten und Familien vertrieben. Es war eine schreckliche Zeit. Es gibt im Tal keine Familie, die keine Narben aus der Zeit nach dem Aufstand trüge einschließlich deiner eigenen. Die Verletzten und Heimatlosen flohen in die Berge und suchten dort Zuflucht bei den Whiskyschmugglern.

Von den Bergen oberhalb von Balfour unternahmen Daniel und seine Leute Überfälle, um gestohlenes Getreide und Vieh zurückzuerobern und damit die hungernden Familien zu ernähren, die sich in ihrer Obhut befanden. Die Engländer waren zunehmend erbost über diese Überfälle, die immer kühner wurden und doch stets erfolgreich waren. Sie zerrten alle Männer von Balfour auf den Marktplatz und schlugen sie, um herauszufinden, wer die Schuldigen waren, aber die Leute im Städtchen wussten, dass sie zusammenhalten mussten, denn sonst würden sie gewiss untergehen.

Daniel war ein Meister im Erfinden von Geschichten. Das Gerücht vom Untier von Balfour verbreitete er im ganzen Tal. Dieses Untier war angeblich ein Wolf, so groß wie ein ausgewachsener Mann, mit glühenden Augen und einem dämonischen Heulen. Angeblich trieb sich dieser Wolf in den Bergen von Glenmorrow herum, riss dort Vieh und vernichtete die Ernte auf dem Feld. Bis zum letzten Mann beteuerten die Leute von Balfour, diese Geschichte sei die reine Wahrheit, und beschuldigten das Untier, für die nächtlichen Angriffe auf die englischen Truppen verantwortlich zu sein. Das erzürnte Cumberlands obersten Befehlshaber, einen Mann namens Jack Gordon, weit mehr als ein Leugnen dieser Taten. Seine Männer jedoch ließen sich wesentlich leichter täuschen.

Wie es der Zufall wollte, hatte dein Großvater einen Hund namens Sampson, der jedes Mal, wenn er die Farbe rot sah, durchdringend heulte. Daniel behielt ihn bei den nächtlichen Patrouillengängen stets nah bei sich, und wenn die Engländer in der Nähe waren, führte er Sampson in eine der Höhlen in der Nähe und hielt ihm im Fackelschein ein rotes Tuch hin. Sampson jaulte, und dieses Geräusch hallte über die Berge hinweg, als riefen Höllenhunde aus den Tiefen der Erde. Gordons Leute erschraken zu Tode. Das, worüber sie bei Tag spotteten, bäumte sich bei Nacht überlebensgroß und schwarz vor ihnen auf, und sie zogen geschwind weiter.

Sicherlich, die Zeit nach Culloden war schrecklich, aber alles wurde noch schlimmer, denn die folgenden Jahre brachten Dürre und harte Winter. Schnee und immer mehr Schnee bedeckte das Tal, begrub das Vieh unter sich und ließ alle Vorräte dahinschwinden. Als wir dachten, das Schlimmste sei ausgestanden, tauchten die vertrauten Gesichter unserer Peiniger wieder auf. Gordon hatte sich freiwillig gemeldet, um mit seinen Steuereintreibern noch einmal die Berge zu durchkämmen und nach Schwarzbrennereien und Schmugglern zu suchen. Seine Leute waren eine üble Bande von Schlägern, die zwar Gebäude, aber nie die dort gelagerten Erzeugnisse zerstörten. Den Whisky beschlagnahmten sie für ihren eigenen Gebrauch. Und sie tranken ihn in rauen Mengen.

Nun, mein Kleiner, die Brennerei liegt unserer Familie im Blut. Sie lockt uns wie ein süßes Lied, das der Wind herbeiweht. In den Kalkbergen rings um das Tal gab es einst unzählige unterirdische Wasserläufe, die sich durch den Fels gruben, in sprudelnd klaren Wasserfällen ans Tageslicht traten und in den Fluss und später ins Meer mündeten. Wasser, das so rein und weich war, dass es als magische Zutat den Whisky aus unserem Tal zu einem der besten im ganzen Land machte. Nachdem die unterirdischen Ströme versiegt waren, hinterließen sie uns die Höhlen und Gänge, die sie in den Fels gegraben hatten und die für die Rebellen, die hier Sicherheit und Unterschlupf fanden, wie vom Himmel geschickt waren. Aber es war doch ein lebensgefährliches Geschäft, und der ständig lauernde Schatten Jack Gordons machte es noch lebensgefährlicher.

Mit der Zeit wurde Daniel immer erfinderischer, wenn es darum ging, wie er und seine Leute den Whisky transportierten. So manche Beerdigung wurde hier abgehalten, bei der es keine Leiche gab und der Sarg stattdessen voll mit den lebenserhaltenden Getränken war. So florierte das Geschäft weiterhin und brachte dringend benötigtes Geld und Lebensmittel ein. Als Daniel wieder zu Hause war, hatte er eine junge Frau namens Cora geheiratet. Sie war eine Frau von seltenem Mut und Mitgefühl. Sie war stets die Erste, die alles, was sie entbehren oder irgendwo ergattern konnte, denen weitergab, die es nötiger brauchten. Cora hatte ihren Vater und drei ihrer Brüder in Culloden verloren, und sie ehrte ihr Angedenken, in dem sie unermüdlich ihre Freunde und Nachbarn unterstützte.

Oft ging sie mit Daniel und seinen Leuten über die Viehtrei-

berstraßen zum Markt. Die Anwesenheit einer Frau verlieh dem Unternehmen ein wenig mehr Glaubwürdigkeit. So manchen Lederschlauch mit Whisky verbarg sie unter ihren Röcken, trug ihn zwischen den Beinen und vor dem Bauch sicher zum Markt. Allzu bald wurde diese List allgemein angewandt. Die Steuereintreiber wurden zunehmend hartherzig und skrupellos.

Dieser eine letzte Transport zum Markt hätte nie unternommen werden sollen. Cora hätte zu Hause bleiben sollen. Aber Daniel sagte, sie hätte darauf bestanden, wie nur sie es so gut konnte: mit blitzenden braunen Augen, in die Seite gestemmten Händen, zurückgeworfenem Kopf und im Wind wehendem goldenem Haar. So versuchte er, sie in Erinnerung zu behalten, aber das Bild ihres Todes verfolgte ihn bis ans Ende seiner Tage. Cora ritt damals mit ihnen zum Markt von Dunblane. Daniels Trupp wurde von Jack Gordon und seinen Roten Reitern angehalten. Die Roten Reiter waren ein bunt zusammengewürfelter Haufen ehemaliger englischer Soldaten – überall als bösartige, blutrünstige und skrupellose Kerle in roten Jacken, ihren alten Uniformröcken, bekannt. Einer der Reiter packte Cora und stach mit seinem Schwert in den Sack, den sie sich um den Bauch gebunden hatte, nur traf er diesmal keinen Schlauch mit Whisky. Der Stich tötete das Kind auf der Stelle, und Cora verblutete wenig später. Gordon und seine Männer ritten fort, ohne auch nur einen Blick zurückzuwerfen.

Daniel weigerte sich, Rache an Gordon zu nehmen, obwohl ihn viele darum anflehten. Aber er wusste, dass so etwas nur eine Herrschaft des Schreckens heraufbeschwören würde, unter der die Menschen leiden müssten, die Cora ihr Leben lang geliebt und für die sie sich abgeplagt hatte. Stattdessen fand er eine andere Möglichkeit, Coras Namen zu ehren.

Der Schritt vom Schmuggler zum Freibeuter war nicht groß, und Daniel überschritt diese Trennlinie ohne Furcht oder Bedauern. Menschen würde er nicht umbringen. Er hatte auf dem

Schlachtfeld von Culloden genug Tote gesehen, aber er hatte keinerlei Skrupel, die Kriegsbeute umzuverteilen, Entschädigung für seine Männer und ihre Familien zu bekommen. Angus und ich verrichteten mit unserem Vater Steinmetzarbeiten an den großen Herrenhäusern der Gegend. Die prächtigsten darunter gehörten den Leuten, die den englischen König unterstützt hatten. Man hatte sie dafür reichlich mit Land, Gold und Silber belohnt, das man den jakobitischen Familien geraubt hatte und nun den Königstreuen als Kriegsbeute übergab.

Daniel versuchte nur, das Gleichgewicht wiederherzustellen. Wir hielten bei der Arbeit nach Schätzen Ausschau, die man leicht entwenden konnte. Nach Kostbarkeiten, die das Leben unserer Leute entscheidend verbessern würden. Wenn nach unseren Arbeiten genug Zeit verstrichen war und man uns nicht mehr verdächtigen würde, kehrten wir zurück und eroberten unsere Schätze zurück.

Daniel kämpfte für eine gute Sache, die aber mit großer Gefahr verbunden war. Viele Jahre lang hatten Daniel und Jack Gordon in den Bergen miteinander Katz und Maus gespielt. Gordon jagte die Diebe, und Daniel sorgte dafür, dass die Diebe keine Spuren hinterließen. Wir wussten, dass es so nicht ewig weitergehen würde, beteten aber dafür.

In jener schrecklichen Nacht war ich gerade einmal elf Jahre alt, doch die Erinnerung ist noch so frisch, als wäre es gestern gewesen. Es war eine schlimme, eiskalte Nacht. Unsere Mutter bestand darauf, dass wir zu Hause blieben, Angus und ich stiegen jedoch aus dem Fenster im ersten Stock und folgten den Männern, die sich auf den Weg in die Berge machten, um sich um die Brennerei zu kümmern, die in den Höhlen oberhalb des Städtchens verborgen war. Sie waren Steinmetze bei Tag und Brenner bei Nacht. Zeit zum Ausruhen gab es kaum.

Dein Vater und ich mischten uns unter die Männer, trugen Bündel von Wacholderreisig auf dem Rücken. Vater bemerkte uns erst, als wir schon weit außerhalb des Städtchens waren. Er hatte keine Männer übrig, die uns zurückbegleiten konnten, also schickte er uns in den südlichsten Tunnel, wo wir uns um das Feuer kümmern sollten. Damals schien es uns so, als betrachtete Gott unsere rebellischen Umtriebe mit Wohlgefallen. Der englische Gin wurde von der Krone bevorteilt, während Whisky, der legal gebrannt wurde, mit einer ungeheuren Steuer belegt wurde. Doch die Wacholderbüsche, aus denen der beste Gin gemacht wurde, waren auch das beste Anschürholz für die Feuer unter unseren Destillierkolben, und wir verbrannten so viel davon, wie wir nur in die Finger bekommen konnten. Wacholder rauchte nicht sehr und machte es daher den Steuereintreibern beinahe unmöglich, uns aufzuspüren. Was an Rauch durch die Luftschlitze drang, die die Männer geschlagen hatten, verlief sich in den Höhlen und Tunneln und wurde dann draußen vom leichtesten Wind fortgetragen.

In jener Nacht war alles still, beinahe unnatürlich still. Bei der Kirche war das rote Tuch aufgezogen, also wussten wir, dass Steuereintreiber in der Gegend waren. Die Moores führten einen lärmenden Trupp in die Berge hinauf, um die Aufmerksamkeit nach Osten abzulenken. Oberhalb von Drumlinn sollten wir also in Sicherheit sein. Dein Vater war als Erster an der Reihe, sich ums Feuer zu kümmern, und ich legte mich auf einen Haufen trockenes Heidekraut, um mich auszuruhen. Durch das Loch in der Höhlendecke waren keine Sterne zu sehen, und Wolken verdunkelten den Mond. Stunden vergingen in absoluter Stille, bis wir den Ruf des Wachtpostens hörten. Er saß hoch über uns auf dem Grat und stieß vier schrille Pfiffe aus. Die Roten Reiter waren in der Nähe. Ich sah das Gesicht meines Vaters von oben herunterspähen. Er wies uns an, das Feuer zu löschen und dem alten Clyde durch die Tunnel zurück in die Stadt zu folgen. Er und die anderen würden die üblen Burschen kreuz und quer über die Berge an der Nase herumführen.

Aber in jener Nacht war Jack Gordon höchstpersönlich unterwegs. Er stellte Daniel und seinen Freund Alasdair oberhalb des Wasserfalls. Ihr einziger Rückzugsweg hätte die Häscher zu der Höhle geführt, in der dein Vater und ich uns versteckten. Gordon schoss Alasdair in den Kopf, und der fiel rückwärts in das sprudelnde Wasser und verströmte sein Lebensblut in den Bach. Daniel stürzte sich wie ein Besessener in den Kampf mit Gordon. Die aufgestaute Wut all der Jahre brach aus ihm hervor wie Wasser aus einem geborstenen Damm. Sie kämpften mit Messern und Fäusten, bis Gordon wieder die Hand an die Pistole bekam und aus nächster Nähe auf Daniel schoss. Einer von Daniels Boten beobachtete das, konnte aber nichts dagegen unternehmen.

Die Schüsse hallten im ganzen Tal wider, und das Geräusch ließ mir kalte Schauer über den Rücken laufen. Wir konnten nur hoffen, dass unser Vater zurückkommen würde. Das tat er auch, nur wurde sein Leichnam hinter Gordons Pferd hergeschleift. Damals zog Jack Gordons Sohn Russell mit seinem Vater durch die Lande. Er war ein übles Ungeheuer, war mit nichts als Hass und Krieg aufgewachsen. Er half seinem Vater zurück zum Lager der Roten Reiter und versorgte dort dessen Wunden. Zwei Tage später erreichte uns die Nachricht, dass Jack Gordon seinen Verletzungen erlegen war. Russell hätte noch in derselben Nacht Balfour in Schutt und Asche gelegt, hätte er nicht seinem Vater versprochen, seinen Leichnam zur Beerdigung nach England zu bringen.

Also zogen die Roten Reiter fort, aber wir wussten, dass Russell zurückkehren würde, um uns alle zu jagen. Wir mussten darauf vorbereitet sein. Von dem Tag an kämpften die Männer von Balfour, so gut sie nur konnten, um Daniels Erbe zu schützen und das unsere auch. Sobald dein Vater und ich erwachsen waren, halfen wir ihnen dabei, das Städtchen und das ganze Tal zu unterstützen. Jede Gallone schwarzgebrannter Whisky war ein Sieg, jedes Fass ein liebevoller Tribut an unseren Vater, und jede

Unze gestohlenes Silber eine Entschädigung für die Leiden der Vergangenheit.

Und bei alldem taten wir unser Möglichstes, Daniels Lehren zu beherzigen. Er hatte uns beigebracht, dass Rache ein endloser Teufelskreis ist, der nur zur mehr Gewalt und größerer Gewalt führt und der auch die Qualen der Seele nicht etwa lindert, sondern sie nur noch erhöht. Daniel hielt sich stets daran, und doch hatte er sich gewehrt, als man ihn angriff. Er hatte Jack Gordon nicht aus Rachsucht getötet, obwohl er wahrhaftig allen Grund dazu gehabt hätte. Er hatte ihn getötet, um deinen Vater und mich zu schützen. Doch es schmerzte ihn, das tun zu müssen. Denn er hatte nach jenem Tag in Culloden geschworen, nie wieder einen Menschen umzubringen. Ob es nun stimmte oder nicht, für ihn war Gordons Tod Mord. Ganz gleich, wie sehr man diese Tat in schöne Worte und feine Phrasen hüllte, war sie doch, wenn man ihre Essenz herausdestillierte, immer noch ein Racheakt.

»Die Essenz der Tat herausdestillieren.« Irgendetwas an diesem Satz sprach mich mächtig an. Das innerste Wesen des Todes von Menschenhand ist eine überwältigende Leidenschaft, Hass oder Rache für Übeltaten in der Vergangenheit. Ein ewig wiederkehrendes Muster von Aktion und Reaktion.

Daniel Fletcher war willens, den Mord an Cora ungesühnt zu lassen. Er war willens, Jack Gordon am Leben zu lassen, aber nur so lange bis seine Söhne in Gefahr gerieten. Da änderte sich für ihn die Situation, und er schlug zu. Der Mörder, den wir heute suchten, hatte lange Zeit darauf gewartet, an Rory und den *Rebels* Rache zu nehmen. Hatte sich auch für ihn die Situation geändert?

KAPITEL 13

Ich gab Oscar sein Breifutter und seine Arznei, ehe ich wieder in die Bibliothek ging, um meine Karteikarten zu Penrose, Simon und Tina zu holen. Hatten wir etwas übersehen? Hatte sich in letzter Zeit für einen von ihnen die Situation grundlegend geändert? Wenn ja, dann hatte vielleicht einer von ihnen jetzt ein stärkeres Motiv. Ich fügte *charakterlos*, *eigennützig* und *unsicher* auf Penroses Karte hinzu. Hatte sich seine finanzielle Lage verschlechtert? Hoffentlich hatte Patrick da etwas herausgefunden. Und Simon? Beim Konzert hatte ich mehrere Leute sagen hören, Rory würde vielleicht wieder auf Tour gehen. Und all die alten *Rebels*-Songs spielen. Simon hatte sich mehr oder weniger damit abgefunden, dass er damals außen vor geblieben war. Konnte er das noch einmal aushalten? Und was war mit Tina, die in der Ehe mit einem gewalttätigen Mann feststeckte und wahrscheinlich aus finanziellen Gründen nicht gehen konnte? Könnten ihr die nach dem Ableben der *Rebels*-Mitglieder neuerlich sprudelnden Tantiemen zur Flucht aus dieser Ehe verhelfen?

Als Nächstes musste ich auf diese Fragen Antworten finden, aber vorher musste ich mir überlegen, wie ich Michaelson mitteilen konnte, dass Penrose beim Konzert gewesen war, ohne zuzugeben, dass ich herumgeschnüffelt hatte. Ich nahm meinen Computer zur Hand, rief die Datei mit den Fotos von der Show auf und begann sie systematisch durchzusehen. Nach einer Stunde wurde ich belohnt: Eine Aufnahme zeigte Penrose von der Seite, als er gerade mit einem jungen Mann mit Ravenscourt-Mütze redete. Er hatte eine Kuriertasche über der Schulter. Ich verspürte ein leises Kribbeln. Konnte darin ein Computer verstaut sein? Könnte er der Hacker sein? Das wäre ja ein echter Hauptgewinn!

Normale Menschen würden an einem Sonntagnachmittag nicht arbeiten, aber ich versuchte es trotzdem einmal unter Michaelsons Büronummer. Beim zweiten Klingeln ging er an den Apparat.

»Ich habe bei meinen Fotos was gefunden, das Sie interessieren könnte. Ich leite es gerade an Sie weiter.«

Ich hörte am anderen Ende das Klappern von Computertasten. »Was schaue ich mir da an?«

»Bruce Penrose. Er stand am Freitagabend nicht auf der Liste für die Backstage-Ausweise, aber er war bei der Show.«

»Als ungebetener Gast?«

»Würde mich nicht überraschen. Vielleicht hat ihn der Typ von Ravenscourt, mit dem er da gerade redet, reingelassen.«

»Haben Sie eine Ahnung, wer das ist?«

»Null.«

»Ich setze einen von meinen Leuten drauf an. Und wo ich Sie gerade am Telefon habe, warum schicken Sie mir nicht die restlichen Aufnahmen, die Sie gemacht haben?«

»Das sind Hunderte von Fotos.«

»Wir kommen schon klar damit.«

Ich schickte eine Kopie des Bildes weiter, auf dem Tina Doyle mit ihrem vertrauten Gespielen zu sehen war. »Die anderen bekommen Sie in einer getrennten Datei, aber ich dachte, es würde sich vielleicht lohnen, herauszufinden, wer dieser junge Mann ist.«

»Sie erinnern sich noch daran, was wir über Ihre Beteiligung an diesem Fall gesagt haben? Es handelt sich um eine ernste Angelegenheit, Logan. Fotos machen und berühmte Leute interviewen, das ist eine Sache, aber Hendricks steckt da bis über beide Ohren in irgendwas drin, und ich kann nicht garantieren, dass wir Sie schützen können, wenn Sie weiter in seinen Angelegenheiten rumschnüffeln.«

»Ich bin keine Jungfer in Nöten«, knurrte ich. »Ich kann sehr gut selbst auf mich aufpassen.«

»Bis Sie es plötzlich nicht mehr können«, beharrte Michaelson. »Muss ich Sie daran erinnern, dass eine Mörderin Sie vor weniger als sechs Monaten in eine Höhle eingemauert hat und Sie da sterben lassen wollte? Von der hatten Sie auch geglaubt, Sie würden mit ihr fertigwerden.«

»Das hier ist anders.«

»Ach ja? Sie stecken mitten drin, und mein Boss zieht mir lebendig die Haut vom Leibe, wenn er rauskriegt, dass Sie sich wieder einmischen.«

»Sehen Sie es einfach nicht als Einmischung, sondern als gleichberechtigten Austausch von Informationen. Sie bekommen die Fotos, und ich darf ein, zwei Fragen stellen.«

»Was wollen Sie wissen?«

»Wo war Bruce Penrose zu dem Zeitpunkt, als Ian seinen Unfall hatte?« Am anderen Ende der Leitung herrschte lange Schweigen.

»Er sagt, er war bei einem Geschäftsessen. Und ja, das hat der Überprüfung standgehalten.«

»Wo haben sie gegessen?«

»In einem Thai-Restaurant in Covent Garden.«

»Hm. Nicht gerade wasserdicht.«

»Logan.«

»Noch eine Idee. Könnte es sein, dass die blutige Videoleinwand einfach nur ein PR-Trick war?«

»Wieso, hat Hendricks so was gesagt?«

»Nein, aber das Studio könnte dahinterstecken. Jetzt reden alle über die Show. Solche Werbung kann man mit Geld gar nicht bezahlen.«

Schweigen am anderen Ende.

»Sind Sie noch dran?«

»Wenn Sie nicht Journalistin wären, würden Sie eine erstklassige Polizistin abgeben.«

»Was soll das nun wieder heißen?«

»Es heißt, dass Sie da womöglich eine Spur aufgetan haben. Sagen Sie mir Bescheid, wenn Sie noch was rauskriegen.«

Michaelson beendete das Gespräch, und ich war törichterweise hocherfreut über das Kompliment. Ich schickte Patrick eine SMS, um ihn an Penroses Finanzen zu erinnern und um alles zu bitten, war er über Tina und Doyle herausfinden konnte. Ein Ehevertrag konnte vielleicht einiges über ihre finanzielle Situation aussagen.

Zufrieden mit der Arbeit des Morgens, zog ich mir Stiefel und einen Pullover an und machte mich auf den Weg in die Destillerie, um mich bei Cam zu melden. Die Türen zum alten Stallgebäude standen weit offen, und Cam sortierte drinnen einen großen Stapel Kisten. Das Steingebäude mit der hohen Balkendecke hatte früher als Stall für die Zugpferde gedient, als man die Whiskyfässer noch mit echten Pferdestärken auslieferte. Entlang der Seitenwand befanden sich sechs leere hölzerne Pferdeboxen, und ein alter alter, ziemlich klappriger Bauernkarren nahm den größten Teil des übrigen Raums ein.

»Der muss mal als Erstes raus«, sagte ich.

»Ja, der ist ein Überbleibsel aus der fernen Vergangenheit, aber Ben konnte sich nicht davon trennen.«

Cam langte unter den Karrenboden und zog an der hölzernen Seitenwand. Man konnte sie ein Stück hochheben, und es kam ein langer, schmaler Kasten zum Vorschein, der in viele Fächer unterteilt war, in denen je eine altmodische Milchflasche stand.

»Ein Milchwagen?«

»In neuerer Zeit ja, aber vorher wurde er dazu benutzt, den Whisky zum Verkaufen in den Süden zu transportieren.«

»Ein Schmugglerwagen?«

»Ja, genau.«

»Jetzt begreife ich, warum sich Ben nicht davon trennen wollte. Sehen wir mal, ob Hunter ihn ein bisschen aufpolieren kann«, schlug ich vor. Ich sah den Karren bereits auf dem Hof stehen, ein Überbleibsel zum Anfassen, ein Zeugnis aus der abenteuerlichen wilden Schmugglergeschichte von Abbey Glen. Und der Stall würde einen wunderbaren Raum für Verkostungen abgeben und vielleicht irgendwann einmal ein Besucherzentrum werden, aber immer eins nach dem anderen. Grant hatte sich ja gerade erst mit dem Gedanken an all diese Unternehmungen angefreundet. »Könnten wir die Trennwände rausnehmen und das Heu auf dem Boden wegräumen?«, erkundigte ich mich, während ich Liam folgte, der herumschnüffelte und Staubwolken aufwirbelte.

»Klar, wenn Hunter mithilft, sollte das kein Problem sein.«

»Und dann machen wir gründlich sauber, und vielleicht kann Hunter irgendwas improvisieren, was wir als Bartresen benutzen können.«

»Das klingt ganz so wie das, was Grants kleine Freundin gesagt hat.«

Mir drehte sich der Magen um. »Sie meinen Summer?«

»Hat den Kopf voll toller Ideen, die Kleine«, meinte Cam. »Ideen, um die *wir* uns kümmern müssen.«

Ich konnte nicht rauskriegen, ob Cam darüber lachte oder ob er verärgert war.

»Aber es überrascht mich nicht besonders. Grant hatte immer schon eine Schwäche für die Hübschen.«

Und Summer eine Schwäche für die Reichen. Glaubte sie womöglich, dass Grant die Antwort auf ihre finanziellen Sorgen sein könnte? Das geldgeile kleine Biest! »Was sonst hat Summer Ihnen denn noch alles aufgetragen?«

»Hier und da ein bisschen was aufmöbeln und anstreichen, Messing polieren – und das ist nur das von heute Morgen«, grummelte er.

Wir gingen auf den Hof zurück und sahen das offizielle marineblaue Polizeiauto von Balfour vorfahren. Bill Rothes kletterte heraus und kam auf uns zu.

»Wir suchen eine junge Frau, die vermisst wird«, sagte er.

Cam schaute verdutzt drein, und ich spürte, wie mir der Angstschweiß den Rücken herunterlief.

»Sie heißt Summer Lindley«, ergänzte Bill und beobachtete mich aufmerksam. »Ich glaube, Sie beide kennen sich bereits.«

»Was meinen Sie mit vermisst?«, wollte ich wissen.

»Ihr Vater meinte, er hätte sich heute Nachmittag mit ihr gestritten und sie sei aus dem Haus gestürmt. Er hat seine Sicherheitsleute hinter ihr hergeschickt, aber die hat sie abgehängt. Seither hat niemand was von ihr gehört. Wir haben in der Stadt herumgefragt, doch da hat niemand sie gesehen. Ist sie hier draußen gewesen?«

»Sie war heute Morgen hier und hat uns eine ganze Liste von Aufgaben hinterlassen. Aber seither habe ich sie nicht mehr zu Gesicht bekommen«, antwortete Cam.

»Haben Sie mal bei Grant gefragt?«, erkundigte ich mich.

»Ich habe routinemäßig dort im Büro vorbeigeschaut, aber er war nicht da. Mir war nicht bewusst, dass die beiden sich kennen.«

»Doch. Sie waren sogar ziemlich voneinander angetan«,

sagte ich und versuchte meine Beunruhigung darüber möglichst zu verbergen. »Ich würde es erst mal in The Larches versuchen, ehe ich Alarm schlage.«

»Mal sehen, ob ich Grant auf dem Handy erreiche«, sagte Cam und ging zum Büro.

Angesichts von Rorys Problemen versuchte ich mich damit zu beruhigen, dass Summer wahrscheinlich bei Grant Trost gesucht hatte. So wie er sie neulich angeschaut hatte, sah er sich möglicherweise in der Lage, ihr da behilflich zu sein.

»Wie lange ist sie denn schon verschwunden?«, fragte ich.

»Paar Stunden.«

Cam lehnte sich aus der Bürotür und rief herüber: »Grant sagt, er hat das Mädel den ganzen Tag nicht gesehen.«

Das war keine gute Nachricht. Plötzlich hatte ich ein schlechtes Gewissen, weil ich so üble Dinge über sie gedacht hatte. Auch wenn sie jung und geradezu lächerlich schön war, ganz zu schweigen davon, dass sie sich schamlos an Grant rangeschmissen hatte, fühlte ich mich doch um Rorys willen dafür verantwortlich, bei der Suche nach ihr zu helfen.

»Lassen Sie mich wissen, wenn Sie was hören«, warf Bill mir über die Schulter zu, während er zu seinem Auto zurückging.

Ich pfiff nach Liam, als wir die Straße hinunter zum Haus Haven liefen. Von dort rief ich sofort bei Rory an. Er ging gleich beim ersten Klingeln an den Apparat. Die Enttäuschung in seiner Stimme verriet mir, dass er auf einen Anruf von Summer gehofft hatte.

»Leider nur ich. Noch keine Neuigkeiten?«

»Nicht die Spur. Keine Ahnung, warum ich diesen privaten Sicherheitstypen ein Vermögen bezahle.« Ich konnte am

Telefon hören, dass er unruhig auf und ab ging. »Ich habe sogar bei den Ortsbullen angerufen, aber die scheinen genauso wenig zu taugen«, sagte er verärgert.

»Bill war gerade hier und hat Fragen gestellt.«

»Na, das ist ja wenigstens was«, erwiderte Rory. »Sie ist noch keine achtundvierzig Stunden hier, und schon geht sie die Wände hoch. Ich will nur, dass sie hierbleibt, wo ich ein Auge auf sie haben kann.«

»Versuchen Sie, es positiv zu sehen. Wir wissen noch gar nicht mit Sicherheit, dass all das hier überhaupt was mit den *Rebels* und mit dem Typen zu tun hat, der Ihnen nachstellt. Es könnte doch einfach Zufall sein.«

»Ist aber verdammt unwahrscheinlich, oder?«, grummelte Rory. »Wenn die ihr was antun …«

»Sie wollte vielleicht nur eine Weile allein sein. Sie hat ziemlich viel auf einmal zu verarbeiten. Ich wette, sie taucht über kurz oder lang auf dem Landgut der MacEwens auf.«

»Warum sollte sie da hingehen?«

»Summer hat angeboten, bei einer Veranstaltung mitzuarbeiten, die dort nächstes Wochenende stattfinden soll. Ich dachte, es hilft ihr vielleicht, wenn sie was zu tun hat«, flunkerte ich. »Ich sage Ihnen Bescheid, wenn ich von ihr höre«, versprach ich, ehe ich das Gespräch beendete.

Trotz meiner tröstenden Worte zu Rory machte mich Summers Verschwinden von Minute zu Minute unruhiger. Sie hätte eigentlich Rorys Sicherheitsleuten nicht entkommen dürfen. Das waren bewaffnete Profis. Summer hatte kein Auto, konnte also nicht weit weg sein, es sei denn, jemand hatte sie mitgenommen. Bei diesem Gedanken gefror mir das Blut in den Adern.

Natürlich konnte Summer auch vorausgeplant und dafür gesorgt haben, dass jemand sie retten kam. Vielleicht ein Freund. Wir mussten einfach hoffen, dass es blinder Alarm war. Ich zog erneut das Buch über die Geschichte der Gegend hervor, das ich mir in der Stadtbibliothek ausgeliehen hatte, und schaute mir die Landkarte vom Tal von Glenmorrow auf den hinteren Seiten an. Die Fell Farm lag auf einem Grat oberhalb der Stadt und blickte in Richtung Osten auf das Tal hinunter. Auf diesem Weg konnte Summer die Stadt zu Fuß nicht erreichen. Dazu musste sie zur Straße gehen, die sich in nördlicher Richtung ein wenig hinter dem Landgut der MacEwens zu Tal schlängelte. Hatte sie versucht, den ganzen Weg zu laufen? Es konnte nicht schaden, einmal nachzusehen. Ich nahm mein Handy, bugsierte Liam auf Hopes Beifahrersitz und machte mich auf den Weg zur Straße nach Norden.

Ich fuhr über eine Stunde lang herum, ehe ich den Wagen in der Nähe der Fell Farm parkte und ein paar Pfade entlangwanderte, die vom Haus aus in verschiedenen Richtungen in die Berge führten. Liam und ich, wir marschierten Meile um Meile, und ich war schon recht früh zu der Erkenntnis gezwungen, dass Liam als Spürhund nur bedingt geeignet war. Es dämmerte bereits, und mein Herz pochte, nicht nur vom Kraxeln über die felsigen Pfade, sondern auch aus Angst um Summer. Hatte der Mörder sie entführt? Rory würde sich das niemals verzeihen.

In weiter Ferne konnte ich jenseits des Berges Stimmen hören, die nach der vermissten jungen Frau riefen. Ich hatte nur das Licht von meinem Handy, um meinen Weg auszuleuchten, und die Sicht wurde rapide schlechter. Ich rief nach Liam. Wir mussten zu den anderen zurück und fragen, was Bill als Nächstes vorhatte. Ich führte Liam vorsichtig den Hang hinunter, verließ mich auf mein Handy als Laterne, bis es plötzlich laut klingelte und ich es erschreckt fallen ließ.

Ich tastete herum, bis ich es fand und atemlos das Gespräch annahm, immer in der Hoffnung auf gute Nachrichten. Die Stimme am anderen Ende war leise, aber bestimmt. Ich erkannte sofort Nell Ferguson. Fergie, wie sie im Städtchen genannt wurde, war mindestens neunzig, lebte immer noch glücklich und zufrieden in ihrem Häuschen am anderen Ende von Balfour und kümmerte sich um ihren Garten. Eine wunderbare Dame, aber es war nicht der Anruf, auf den ich gehofft hatte.

»Abi, meine Liebe, willkommen zu Hause.«

»Es ist gut, wieder zu Hause zu sein«, sagte ich und genoss es, dieses Wort auszusprechen. »Wie geht es Ihnen?«

»Recht gut, alles in allem. Aber ich rufe nicht meinetwegen an. Ich habe eine junge Dame hier, die mich gebeten hat, Sie anzurufen.«

»Summer?«, fragte ich hoffnungsfroh.

»Ja, genau. Wunderschöner Name, wunderschöne junge Dame.«

Ich war unendlich erleichtert. »Wie ist sie denn zu Ihnen gekommen?«

»Ist einfach in den Garten hinter meinem Haus spaziert. Meinte, sie wäre den Grat entlanggewandert und hätte einen kleinen Unfall gehabt.«

»Geht es ihr gut?«

»Sie hat ein paar Schrammen, aber nichts, das nicht heilen würde. Sie hat ausdrücklich darum gebeten, dass ich Sie anrufe und nicht ihren Vater«, fügte Fergie leise hinzu.

»Sagen Sie ihr, dass ich schon unterwegs bin.«

Ich ging zum Auto zurück und rief Bill an, während ich über die Straße zu Fergies Häuschen holperte. »Sie können die Suchhunde zurückpfeifen. Ich habe Summer gefunden.«

»Wo?«

»Sie ist am Grat gestürzt und musste ins Städtchen humpeln. Schließlich ist sie im Garten hinter Fergies Haus gelandet. Ich bin gerade dorthin unterwegs, um sie abzuholen. Können Sie bei Rory anrufen? Sagen Sie ihm, dass ich sie nach Hause bringe.«

»Geht in Ordnung. Soll ich Grant anrufen, oder machen Sie das? Er war völlig außer sich.«

»Oh, den sollten wohl Sie anrufen. Er will sicher die offizielle Nachricht hören.«

Völlig außer sich. So reagierte jemand, der völlig uninteressiert war, wohl eher nicht. Nun, jetzt, da wir Summer gefunden hatten und sie in Sicherheit war, konnte ich wieder fröhlich ihren guten Ruf in Zweifel ziehen.

Als ich bei Fergie eintraf, saß Summer mit einem großen Kognak vor dem Kamin. Sie hatte sich am Knöchel und am Arm verletzt, weigerte sich aber, beim Arzt im Ort vorbeizuschauen. Fergie hatte sie bandagiert, und ich setzte sie vorsichtig ins Auto, um sie nach Hause zu bringen.

»Danke, dass Sie mich abholen«, sagte sie, sobald wir allein waren. »Ich habe es nicht über mich gebracht, bei Rory anzurufen. Er war so wütend, als ich weg bin, und ich hatte echt Angst vor ihm.«

Mir fielen Patricks Notizen zur Scheidung von Tina und Rory ein. »Er hat Ihnen aber nicht wehgetan?«, fragte ich zögerlich. »Körperlich, meine ich.«

»Nein, das nicht«, gab Summer zu. »Er ist nur einfach ein Kontrollfreak. Muss alle und jeden rumkommandieren. Und er ist ziemlich jähzornig.«

»Allem Anschein nach liegt ihm aber sehr viel an Ihnen, und er versucht nur, Sie zu beschützen.«

Summer schaute auf ihre Hände. »Das stimmt wohl.«

Sie sah aus, als wollte sie noch etwas hinzufügen. Ich beschloss, ein bisschen nachzuhaken. »Sie haben uns alle in Angst und Schrecken versetzt. Ganz besonders Grant.«

»Zuerst habe ich natürlich gedacht, dass Rory mit dieser ganzen Stalking-Sache total übertrieben hat«, gestand Summer. »Jemand, der es auf ihn und die *Rebels* abgesehen hat, das kam mir völlig verrückt vor. Ich meine, die waren in ihrer besten Zeit eine große Nummer, aber jetzt sind sie doch Schnee von gestern.« Summer legte eine Pause ein und spielte mit einer langen Strähne ihres rotgoldenen Haars.

»Aber?«, drängte ich sie und überlegte, was das mit ihrem Verschwinden zu tun haben könnte.

»Nach dem Konzert habe ich angefangen, die Sache ernst zu nehmen. Und heute, als ich abgehauen bin, habe ich gesehen, dass jemand von draußen das Haus beobachtet hat. Ich wäre ja wieder reingegangen, aber da hatte ich die Sicherheitstypen schon abgehängt.«

»Nur aus reiner Neugier: Wie haben Sie das geschafft?«

»Kinderleicht. Ich bin auf einen Baum geklettert.« Summer lächelte leise. »Ich sehe vielleicht nicht so aus, als könnte ich das, aber ich war immer ein halber Junge. Ich habe abgewartet, bis die in Richtung Hauptstraße weggegangen waren. Von da, wo ich war, konnte ich Bewegung in den Büschen rechts ausmachen. Ich dachte, das wäre noch einer von Rorys Deppen, aber dann habe ich einen völlig Fremden gesehen. Einen Mann mit Jagdmütze und Fernglas. Er hat ins Haus geschaut. Das hat mir total Angst eingejagt. Ich bin vom Baum runtergeklettert, so leise ich konnte, und habe einen großen Bogen um den Typen mit dem Feldstecher gemacht, weil ich zum Haus zurückwollte. Aber der muss mich gehört haben. Er kam auf mich zu. Ich hatte eine Scheißangst. Dann bin ich losgerannt und bin dabei wohl zu nah an die Kante des Grats gekommen. Ich habe den Halt verloren und bin bis ganz unten gefallen. Es hat eine Weile gedauert, aber schließlich habe ich es geschafft, bis zum Stadtrand zu humpeln.«

»Sie können von Glück sagen, dass Sie sich nicht schlimmer verletzt haben. Gott sei Dank ist um diese Jahreszeit überall so viel Heidekraut. Konnten Sie den Mann gut sehen?«

»Nein. Die Mütze, die er aufhatte, die hatte so Ohrenklappen, und er hatte sie tief ins Gesicht gezogen. Ich konnte nicht mal seine Haarfarbe erkennen.«

»Aber Sie sind sicher, dass es ein Mann war?«

»Ja, ich meine, ziemlich sicher. Er hatte diese Art Körperbau, und er trug Männerkleidung. Natürlich war es vielleicht nur ein durchgeknallter Fan, der Mickey Dawson nachstellte.«

»Sie müssen das Ihrem Vater erzählen, wissen Sie.«

»Könnten Sie es nicht einfach der Polizei sagen? Ich habe Angst, dass Rory wieder den Grizzlybär spielt und mich zu Hause einsperrt. Bitte. Ich dreh durch, wenn ich nicht rauskann.«

»Die Polizei muss das von Ihnen selbst hören. Nicht von mir. Und die Polizei erzählt es dann Rory. Aus dieser Nummer kommen Sie leider nicht raus, aber« – ich konnte kaum glauben, was ich mich da sagen hörte – »ich tu, was ich kann, damit er Ihnen erlaubt, tagsüber in The Larches mit Patrick zu arbeiten. So kommen Sie wenigstens ein bisschen raus.«

»Großartig!« Summer stürzte sich voller Begeisterung auf diese Idee. »Wenn ich bei Rory bin, bin ich einfach zu nah an der Schusslinie. Er kann doch nicht bestreiten, dass es sicherer für mich ist, nicht in seiner Nähe zu sein, sondern irgendwo geschützt und fern von allem.« Ein Lächeln spielte um ihre vollkommenen Lippen. »Vielleicht kann ich Grant sogar dazu überreden, mir ein Zimmer in The Larches zu überlassen.«

Wie war das denn passiert? Kaum machte ich eine freundliche Geste, da zog sie schon bei Grant ein. »Er weiß eigentlich nichts von all den Dingen, die im Augenblick mit Rory passieren. Ich vermute, er findet es vielleicht seltsam, wenn Sie ihn einfach so aus heiterem Himmel fragen, ob sie bei ihm einziehen könnten«, erwiderte ich. Das hoffte ich zumindest.

Summer ignorierte meinen Einwand. »Wir werden sehen«, sagte sie. »Ich bin sicher, Sie könnten ihn dazu überreden.«

Zweifellos könnte ich das, aber ich hatte nicht die geringste Absicht.

KAPITEL 14

Wir hielten vor der Fell Farm. Rory kam aus der Eingangstür, dicht gefolgt von seinen Sicherheitsleuten.

»Was zum Teufel ist passiert?«

»Es geht mir gut, danke der Nachfrage«, blaffte Summer.

»Bist du verletzt?«

»Sie ist am Grat hinter dem Haus gestürzt«, antwortete ich. »Ihr ist kalt, und ihr tut alles weh, aber sie wollte nicht, dass ich sie zum Arzt bringe. Ich vermute, sie braucht einfach nur Ruhe.«

»Danke, dass Sie mich nach Hause gebracht haben, Abi. Ich melde mich.« Summer spazierte ohne einen Blick an ihrem Vater vorüber und knallte die Haustür hinter sich zu.

Rory fluchte gotteslästerlich hinter ihr her, ehe er sich zum mir umwandte.

»Kommen Sie rein«, sagte er. »Ich brauche jetzt einen Drink.«

Er holte eine Flasche sehr, sehr alten Macallan, schenkte zwei große Gläser für uns beide ein und deutete auf das Sofa. »Meinen Vorrat an Abbey Glen habe ich immer noch nicht nachgefüllt«, sagte er missmutig.

»Ich schau mal, was ich machen kann.« Ich drehte mich zu ihm hin und nahm einen dringend benötigten Schluck. Der Macallan war die große alte Dame unter den Speyside Malt Whiskys: gehaltvoll, mild, mit vielen Sherrynoten, dazu mit einem herrlichen Abgang. Genau das Richtige, wenn man bei nasskaltem Wetter durch die Berge gestreift ist. »Haben Sie was Neues von der Polizei gehört?«

»Die haben Patty und Gerry gebeten, noch ein paar Tage in der Stadt zu bleiben. Die Polizei überprüft gerade die Computer und die Generatoren.« Rory trank sein Glas leer und schenkte sich gleich wieder ein. »Mir ist total elend zumute wegen Leo.«

»Sie haben doch gehört, was die Polizei gesagt hat: Es war ein Unfall«, erwiderte ich mit so viel Überzeugung, wie ich nur aufbringen konnte.

»Sind die sicher?«, fragte Rory. »Mir kommt es vor wie der nächste sogenannte Zufall.«

»Wieso sollte jemand Leo umbringen wollen?«

»Ich weiß es nicht. Vielleicht hat er was gesehen, was er nicht hätte sehen sollen. Kann allerdings sein, dass ich dieser Tage überall nur Mörder vermute.«

»Sie haben auch allen Grund dazu. Ich selbst habe die Möglichkeit noch nicht ausgeschlossen, aber zunächst müssen wir uns darauf konzentrieren, wem daran gelegen sein könnte, Sie als Mörder hinzustellen.«

»Ich habe es Ihnen doch neulich abends schon gesagt: Ich weiß es nicht.«

»Ein Killer, das muss nicht unbedingt jemand sein, der einen Menschen umbringt. Man kann auch jemandes Träume zerstören, eine Laufbahn zerstören, indem man jemanden vor Gericht zerrt – wie etwa Penrose.«

»Penrose hat sich alles selbst zuzuschreiben.«

»Was ist mit Simon Moye?«

»Über den weiß ich nicht mehr besonders viel. Ich habe mir sagen lassen, dass er für *Mayhem* arbeitet. Ich dachte, dass er deswegen bei der Show war.«

»Na ja, er hat sofort beteuert, er wäre jedenfalls nicht gekommen, um Sie zu sehen.«

»Ja, das ist wohl so«, sagte Rory mit einer Spur von Traurigkeit. »Wir kennen uns seit unserer Schulzeit.« Er streckte einen Arm über die Sofalehne aus und legte mir eine Hand auf die Schulter. Erregte Erwartung durchzuckte mich, doch als ich zu Rory hinschaute, sah ich, dass er in Gedanken versunken war. An mich dachte er garantiert nicht.

»Simons Abschied von der Band war ein einziger Schlamassel. Der erste von vielen. Damals hat Penrose behauptet, Simon hätte sich wegen der Musik unnötig quergestellt, er hätte ungeheuerliche Forderungen vorgebracht, was die Tantiemen und die Nennung seines Namens betraf. Es war der Anfang dieser ganzen völlig verrückten Paranoia. Wäre ich damals bei klarem Verstand gewesen, ich hätte sofort begriffen, dass das nicht der Simon war, den ich kannte, aber es ging ja alles so schnell. Ich habe mir nicht die Mühe gemacht, Penroses Version der Ereignisse zu hinterfragen, bis der Prozess kam, doch da war es schon viel zu spät. Es war inzwischen viel zu viel Wasser den Bach runtergeflossen. Ich habe deswegen immer noch ein schlechtes Gewissen.«

»Ist Simon der Typ, der all die Jahre lang einen Groll gehegt hätte, falls er Ihnen und der Band die Schuld an dem gibt, was geschehen ist?«

»Vielleicht. Stur ist er.«

»Hamish Dunn ist an seine Stelle getreten, stimmt's?«

»Ja.«

»Und Hamish ist als Erster beseitigt worden«, betonte ich.

Rory zuckte zusammen.

»Und niemand würde fragen, warum Simon bei Ravenscourt rumhing. Er hätte Ian mit Leichtigkeit folgen können, und am Freitag war er auf jeden Fall da.«

»Ja, schon.« Rory schien Zweifel zu haben. »Doch das wäre nicht der Simon, den ich kenne. Er war immer der Vernünftige. Der Heißsporn war ich. Aber was weiß ich denn schon noch.« Er leerte sein Glas und schenkte sich erneut nach. Ich nippte sehr viel langsamer an meinem. Je mehr ich über Simon redete, desto mehr erschien er mir eine vernünftige Option zu sein. Ich konnte ihn noch nicht von der Liste der Verdächtigen streichen, selbst wenn Penrose ein wirklich widerlicher alter Bock war.

»Ich möchte, dass Sie sich die Fotos vom Konzert anschauen. Nur falls Ihnen jemand auffällt. Ich habe von den Gästen, von der Crew und von den meisten Leuten, die backstage rumhingen, Aufnahmen gemacht.«

»Wenn's hilft«, meinte Rory.

Ich zog meinen Computer aus der Schultertasche, rief die Datei mit den Fotos von der Show auf und maximierte die Bilder. Rory rückte näher und drehte den Bildschirm zu sich hin. »Sehen Sie die in Ruhe durch, und schauen Sie, ob Sie jemanden erkennen, von dem wir nicht bereits gesprochen haben, jemanden, der vielleicht wichtig sein könnte«, sagte ich und gab mir alle Mühe, zu verbergen, wie atemlos ich war.

Ich schenkte mir einen weiteren Whisky ein und schaute zu, wie Dutzende von Gesichtern auf dem Monitor vorüberflackerten. Rory hielt nur ab und zu inne, um eines näher zu betrachten. »Rock-and-Roll-Leute sollten nicht altern«, meinte er. »Die sollten sich um die fünfunddreißig einfach spontan in Luft auflösen. Das wäre viel weniger peinlich.«

»Erkennen Sie die meisten von den Älteren?«

»Erkennen? Ja. Aber kenne ich sie wirklich näher? Nein. Ein paar von den Leuten in der Crew und ein paar Frauen vielleicht. Aber die Erinnerungen sind ein bisschen verschwommen. Die ganze Zeit liegt ziemlich im Nebel. Wenn einer von denen einen tiefen Groll gegen mich hegt, wüsste ich nicht, wer er ist und warum er das tut. Wie hieß die noch gleich?« Rory verweilte einen Augenblick bei einem Foto. »Weiß ich nicht mehr, aber die Jahre waren freundlich zu ihr. Zweifellos allerdings hier und da ein kleiner Abnäher.«

Rory sah weiter die Bilder durch, hielt bei dem Foto inne, auf dem Tina von ihrem Ehemann weggezerrt wurde. Sie wirkte scheu und verängstigt, wie ein Rennpferd, das drauf und dran ist, durchzugehen.

»Immer noch Hell on Heels«, meinte Rory.

»Sieht ganz so aus. Waren Sie überrascht, dass sie aufgetaucht ist?«

»Nein. Ihr Mann ist jetzt im Studio ein hohes Tier. Er hat in den letzten Jahren ein paar tolle Bands unter Vertrag genommen, und seither steigt sein Kurswert ständig.« Rory schaute weiter die Fotos durch, klickte bei seinen eigenen Bildern sehr schnell weiter, als schmerzte es ihn, sich zu sehen.

Er blieb bei dem Foto stehen, das die Gitarren zeigte, die an der Kanone lehnten. Er runzelte die Stirn. »Ich habe JR doch *gesagt*, dass wir die rote Fender bei der Show dabeihatten.«

»Wie bitte?«

Rory deutete auf die rot-schwarze Gitarre in der Mitte der Reihe von Instrumenten. »Die rote Fender ist eine meiner Lieblingsgitarren. Die ist während der Show verschwunden. JR hat versucht, mir zu verklickern, ich hätte sie wahrscheinlich nicht mitgebracht, aber ich wusste, dass sie da war.«

»Und jetzt fehlt sie? Haben Sie das der Polizei gesagt?«

»Ich habe es vergessen nach der Sache mit Leo und so, bis ich jetzt das Foto hier gesehen habe.«

Er hielt bei einem weiteren Foto inne. »Das ist schon eher die Tina, die ich kenne«, meinte er und deutete auf das Bild von Tina und ihrem jungen, fitten Begleiter.

»Haben Sie eine Ahnung, wer das ist?«

»Der Neueste«, erwiderte Rory. »Könnte irgendjemand sein, auf den sie scharf ist.«

Es waren einige Fotos dabei, auf denen Patty mit verschiedenen einflussreichen Leuten von Ravenscourt und einigen wichtigen Sponsoren redete. Mir fiel auf, dass Rory bei diesen Fotos länger innehielt als bei allen anderen. »Erkennen Sie jemanden?«

»Nein, eigentlich nicht. Die meisten Leute bei Ravenscourt sind neu, die kannte ich zu meiner Zeit nicht.«

»Sie haben gesagt, das Ende der Band wäre kompliziert gewesen«, sagte ich leise. »Ist bei diesem Ende irgendwas passiert, das vielleicht hier mitschwingen könnte?« Zunächst dachte ich, Rory würde sich wieder weigern, mir zu antworten.

»Wir sind zu schnell berühmt geworden und haben zu hell und zu heiß gebrannt. Aber was damals war, das geht nur uns vier Bandmitglieder an. Ich glaube nicht, dass es was mit den Dingen zu tun hat, die hier gerade ablaufen. Diese Dämonen haben wir schon vor langer Zeit besiegt.«

Ich war mir nicht sicher, ob ich ihm das glauben sollte. Im Augenblick musste ich diese Antwort wohl akzeptieren. Rory war mit den Fotos fertig und stellte meinen Computer wieder auf den Sofatisch. Doch ich merkte, dass er nicht von mir wegrückte. Ich drehte mich zu ihm hin und sah ihm fest in die Augen. Ich hätte mich eine Winzigkeit vorbeugen können, und er hätte mich geküsst. Ich zögerte lange, war hin- und hergerissen, wandte mich aber schließlich ab. Rory saß da neben mir, hatte mir den Arm um die Schultern gelegt, und die berühmten Augen lockten, aber irgendwas fehlte. Es war alles irgendwie hohl, als machte er nur automatisch die üblichen Gesten. So wie er routiniert seine Fans begrüßte oder Autogramme gab. Als wolle er eine Version von Mickey Dawson heraufbeschwören, die längst Vergangenheit war. Ein Schatten lag über Rory, und ich hatte den Grund dafür noch nicht herausgefunden.

Ich beugte mich vor, nahm mein Glas in die Hand und zog mich hinter den Macallan zurück. Ich trank den Whisky und schenkte mir nach, ehe ich mit einer vagen Geste auf das Gemälde an der Wand deutete. »Die Liebe zur modernen Kunst haben Sie und Summer schon mal gemeinsam.«

Rory zuckte mit den Achseln. »Stimmt, reicht aber anscheinend für eine enge Beziehung nicht aus.«

»Waren Sie schon mal in ihrer Galerie?«

»Ja, öfters. Bin gleich nach meiner Rückkehr hingegangen und habe einige Arbeiten gekauft. Ich habe mich auch für eines der Werke interessiert, die gestohlen wurden.«

»Der Dieb scheint ja einen guten Geschmack zu haben«, merkte ich an. »Er wusste genau, welche Bilder den höchsten Wert hatten.«

Rory schaute mich nicht an. »Ja und?«

»Hat die Polizei mal angedeutet, dass es vielleicht ein Insider war?«

»Wieso sollte sie das tun? Das Menetekel stand ja an der Wand, wie man so sagt. Der Diebstahl hatte eindeutig was mit den Angriffen auf die *Rebels* zu tun.«

Ich betrachtete Rorys Gesicht aufmerksam, aber er schaute noch immer nicht zu mir hin. So schnell würde er sich nicht verraten, trotzdem war ich mir sicher, dass er mehr wusste, als er zugeben wollte. Er schenkte mir noch einen Whisky ein und, töricht, wie ich war, trank ich den rasch aus.

Mir war ganz warm, und der Kopf schwirrte mir vom Alkohol. Es wäre sehr unklug, in dem Zustand nach Hause zu fahren, aber selbst mein benebeltes Hirn wusste, dass Hierbleiben noch unklüger wäre. Rory schaute ein wenig überrascht, als ich anfing, meine Sachen zusammenzusuchen, aber er legte keinen Protest ein. Er begleitete mich einfach nach draußen und schaute zu, wie ich ins Auto stieg und fortfuhr.

Am Montagmorgen ist ein Kater besonders scheußlich. Kopfweh, ein gerütteltes Maß Selbstverachtung dafür, dass man in einem derart erbärmlichen Zustand nach Hause gekommen ist, und der Schrecken einer neuen Woche, die einem ins Antlitz starrt. Ich zog mir die Bettdecke über den Kopf, um die Sonne auszusperren, aber jegliche Hoffnung auf langes Ausschlafen wurde durch das Geräusch von splitterndem Glas zunichtegemacht, das aus dem Erdgeschoss zu mir drang. Ich schleppte mich nach unten und fand im Wintergarten auf dem Boden eine Pfütze und eine zerbrochene Vase. Liam und Oscar standen ganz lässig daneben, als könnten sie kein Wässerchen trüben. Ich scheuchte die beiden nach draußen. Oscars Husten war endlich weg, und es war Zeit, dass er sich wieder zum Rest der Herde gesellte. Ich fegte die Glassplitter auf, kochte Kaffee, machte mir ein Sandwich mit Käse und Speck und nahm mir ein paar Minuten Zeit, um die vielen E-Mails zu lesen, die sich angesammelt hatten.

Eine von der Universität Glasgow fiel mir ins Auge. Es war eine Nachricht von dem Archäologiestudenten, der letzte Woche Liam für mich eingefangen hatte.

Liebe Ms Logan,
ich wollte Ihnen rasch mitteilen, dass wir die Knochen, die in Balfour gefunden wurden, auf das frühe 19. Jahrhundert datiert haben (ungefähr 1800–1820). Die an der Grabstätte gefundenen Knöpfe waren Uniformknöpfe. Sie waren Mitte bis Ende des 18. Jahrhunderts an Westen und Uniformröcken der englischen Truppen im Gebrauch. Während der Jakobitenaufstände und den darauffolgenden Jahren sind viele englische Soldaten in Schottland gestorben und dort begraben worden. Obwohl der Fundort für uns als Studenten der Anthropologie interessant war, wird es Ihre Wirtin freuen, dass das Grab an sich historisch nicht

von großem Interesse ist und daher ihr Bauvorhaben nicht beeinträchtigen sollte. Beste Grüße Andrew

Ich hatte Brodies Geschichten über Jack Gordon und seine Roten Reiter gelesen, also standen die Chancen gut, dass man einen der verhassten Steuereintreiber ausgebuddelt hatte. Vielleicht würden wir noch erfahren, wer er war.

Ich schlurfte in die Küche zurück, um Wasser aufzusetzen und über meine nächsten Schritte nachzudenken. Ehe ich zu einer Entscheidung gelangen konnte, störte ein lautes Klopfen an der Haustür meinen morgendlichen Frieden. Wer immer es war, er hatte keinerlei Respekt vor verkaterten Menschen. Ich tappte in Hausschuhen zur Tür und stand Reverend Craig gegenüber, taufrisch in Wanderschuhen und *Police*-T-Shirt. Im Himmel oben hatte man eindeutig Humor.

Ich bat den Pfarrer herein und bot ihm eine Tasse Tee an.

»Ich hoffe, ich störe nicht?«, fragte er und musterte meinen schlampigen Aufzug und die verschwollenen Augen.

»Nein, es ist nur ein Anflug von Erkältung, mehr nicht.« Ich hustete halbherzig und deutete auf einen Stuhl.

»Das Haus ist wunderschön. Es hat Ihrem Onkel gehört, nicht wahr?«

»Ja, er ist vor etwa sechs Monaten gestorben. Ich muss mich immer noch an den Gedanken gewöhnen, dass es jetzt meins ist.« Ich stellte eine dunkelbraun glasierte Teekanne und zwei Tassen auf den Tisch.

»Sie scheinen sich aber schnell einzugewöhnen. Und die Buschtrommel berichtete mir, dass ich nicht der Einzige bin, der sich um neue Schäfchen kümmert.«

Ich lächelte reuig. »Ich habe eine Schwäche für Schafe. Ich konnte einfach nicht zulassen, dass sie zum Abdecker gekarrt wurden. Ich kenne Leute hier, die mich für ziemlich bescheuert halten, weil ich Schafe als Haustiere halte, aber was kann man da machen?«

»Die Tiere wirken jedenfalls sehr zufrieden«, sagte Reverend Craig, der durchs Fenster meine wollige Truppe betrachtete, wie sie auf der Wiese graste, die Hunter für sie eingezäunt hatte.

Ich musste lächeln. Die Wörter *unverwüstlich*, *treu* und *mitfühlend* kamen mir in den Sinn. »Was halten Sie von Brodies Geschichten?«, fragte ich.

»Sie sind faszinierend. Danke, dass Sie sie mir zu lesen gegeben haben. Stimmt es, dass Sie die Tagebücher hier in The Haven gefunden haben?«

Ich nickte. »In dem Kamin, der noch aus dem ersten Bauernhaus stammt. Möchten Sie ihn sehen?«

Reverend Craig grinste. »Ich hatte gehofft, dass Sie mir das anbieten.«

Wir standen gebückt und in verrenkter Haltung da und schauten in den rußgeschwärzten Kamin hinauf. Ich müsste das verdammte Ding wohl kehren lassen, wenn noch mehr Leute deswegen zu Besuch kämen. Reverend Craig tastete mit den Fingern in der Nische im Stein herum.

»Haben Sie bemerkt, dass da an der Seite ein kleiner Hebel ist?«, fragte er.

»Nein. Können Sie den bewegen?«

Nach ein paar Minuten Anstrengung schüttelte Reverend Craig den Kopf. »Haben Sie vielleicht eine Zange? Meine Hände sind zu groß.«

Ich wühlte in Hunters Werkzeugkasten herum, der nun seinen ständigen Platz unter der Treppe im Eingangsflur hatte, und kam mit einer Spitzzange zurück. Reverend Craig pfriemelte an dem Hebel herum, so gut das in dem engen Raum möglich war, und schließlich hörten wir ein leises Knirschen. Der Boden unter unseren Füßen begann zu vibrieren, und ich wäre beinahe rücklings hingefallen, als der Teil des Läufers, auf dem ich stand, plötzlich nach unten absackte. Der Pfarrer packte mich am Arm und half mir aus der Vertiefung, ehe er den Läufer zurückschlug. Wir starrten beide verdutzt auf das rechteckige Loch, das sich in dem bis dahin makellosen Fußboden des Eingangsflurs aufgetan hatte und in dem Stufen nach unten führten. Ich ging in die Küche zurück, warf zwei Aspirin ein und schnappte mir eine Taschenlampe.

Die Stufen waren schmal und steil. Wir mussten rückwärts hinuntersteigen. Der Raum unten maß gute drei mal vier Meter, mehr als ausreichend, um einige Männer zu verbergen, wenn es hart auf hart kam. Holzregale an den Wänden nahmen einen Teil des Raums ein, und jemand hatte dort mehrere in Leinen gebundene Hauptbücher abgelegt.

Ich wischte den Staub von Jahrzehnten fort und schlug eines vorsichtig auf, befürchtete, die Seiten würden vielleicht zu Staub zerfallen. An den Ecken hatten bereits die Mäuse genagt, aber ich konnte die winzige, spinnengleiche Schrift noch lesen, in der jemand in ordentlichen Spalten Datumsangaben und eine Bestandsliste von Waren aufgezeichnet hatte, gefolgt von Kommentaren über die Verteilung. Reverend Craig schaute mir über die Schulter.

12. Februar 1798
1 silberne Suppenkelle, 2 silberne Kerzenleuchter und ein vergoldeter Rahmen
Heather McKinley
2 Dutzend Silberlöffel
Owen Moore

18. März 1798
Kleiner silberner Spiegel und Haarbürste
Robbie McDonald
Silberne Schnupftabakdose
(unleserlich)

»Das muss das Lager für die ›Entschädigungen‹ gewesen sein, die Brodie in seinem Tagebuch erwähnt hat. Es stehen Dutzende von Namen hier – Verwandte von beinahe jedem in der Stadt und in der Umgegend.«

»Fiona wird begeistert sein«, sagte Craig und grinste von einem Ohr zum anderen. »Das ist wunderbar.«

In der hintersten Ecke sah ich eine kleine Holzkiste mit einem Intarsiendeckel. Oben und auf den Seiten waren Muscheln und Schnörkel zu sehen. Unten stand der Name W. Mann. Zweifellos einer von Hunters Vorfahren. Ich klappte vorsichtig den Deckel auf und hob Papierschnitzel heraus, unter denen ein silbernes Teesieb und eine Sammlung silberner Kragenknöpfe und Hemdknöpfe zum Vorschein kamen. Darunter lag in einem verschlissenen Samtbeutel ein fein ziselierter Quaich*. Er maß mindestens zwanzig Zentimeter im Durchmesser und war viel zu kunstvoll verziert, um für den täglichen Gebrauch bestimmt gewesen zu sein.

»Der ist wunderschön.« Ich fuhr mit den Fingern über die keltischen Knoten, mit denen die Griffe geschmückt waren. »Ich wüsste gern, wo der herkommt.«

Reverend Craig hielt die Trinkschale in den Strahl der Taschenlampe. »Das kann man vielleicht rausfinden. Er sieht sehr ungewöhnlich aus. Ich habe einen Kontakt in London, der Antiquitätenhändler ist. Vielleicht kann der für uns was herausfinden.«

* Traditionelle schottische Trinkschale.

»Bei Ihnen unter der Kirche ist Angus Fletchers Grab. Bei mir ist das Lager der Fletcher-Jungs, und es sieht ganz so aus, als wäre beim Goldenen Hirsch ein englischer Offizier begraben«, sagte ich. »Archäologisch gesehen war es eine ziemlich ergiebige Woche.«

»Ich wüsste zu gern, ob Angus' seltsame Grabstätte etwas mit diesem verborgenen Lager und den Hauptbüchern zu tun hat«, sinnierte Reverend Craig.

»Das würde mich nicht überraschen. Jedenfalls ist es eine Geschichte, die ich gern erzählen möchte«, sagte ich. »Leider habe ich im Augenblick zu viele dringende Dinge auf meiner Liste, um der Sache die Aufmerksamkeit zu widmen, die sie verdient.«

»Vielleicht könnten wir Ihnen bei der Recherche helfen«, schlug Reverend Craig vor und errötete leicht. »Fiona und ich sind ein gutes Team, müssen Sie wissen.«

Ich musterte Reverend Craig genau und sah die verräterische Röte seiner Ohren. Ich hatte vorhin nicht genau genug aufgepasst. Ich brüstete mich damit, dass mir nicht die kleinste Kleinigkeit entgeht, aber das hier hatte ich schlicht nicht mitgekriegt. Vielleicht, weil ich danach nicht Ausschau gehalten hatte.

Fiona und der Reverend, die beiden schienen hervorragend zusammenzupassen. Sanfte Menschen. Freundlich und intelligent, mit einem lebhaften Interesse an Büchern und Geschichte. In einer kleinen Stadt wie dieser hier, in der es so wenig Auswahl gab, war eine solche Verbindung eine seltene und sehr kostbare Sache. »Ich glaube, das ist eine wunderbare Idee«, sagte ich und schmiedete bereits Pläne. »Im Augenblick stehe ich wirklich unter Hochdruck. Vielleicht könnten Sie und Fiona sich zusammen die restlichen Geschichten in Brodies Buch anschauen und womöglich eine Erklärung für die beiden geheimnisvollen Grabstätten finden. Das würde natürlich bedeuten, dass Sie viel Zeit mit Fiona verbringen müssen. Ich hoffe, das ist kein Problem für Sie?«

Das Lächeln auf Reverend Craigs Gesicht war mir Antwort genug.

KAPITEL 15

Nachdem der Pfarrer gegangen war, machte ich mich landfein und beschloss, Patrick in The Larches aufzustöbern. Ich wollte mir Bruce Penroses Finanzdaten anschauen, und wenn ich Patrick von Angesicht zu Angesicht gegenübertrat, konnte er mir nicht ausweichen. Außerdem wollte ich, auch wenn ich es niemals laut zugegeben hätte, sehen, was Summer gerade Neues im Schilde führte.

Ich bog in die lange Einfahrt ein, die zum Haus hinaufführt, und sah zu meiner Überraschung, dass hinter mir Rorys Mustang fuhr. Ein beiger Mietwagen parkte bereits vor dem Haus. Summer lehnte am Kofferraum und unterhielt sich mit Patty. Rory stürzte mit zornesrotem Gesicht zu den beiden hinüber. Ich parkte Hope am anderen Ende der Auffahrt, weit entfernt von der sich anbahnenden Explosion, und blieb aus Rücksicht auf Grants Gäste im Wagen sitzen. Aber ich hatte keinerlei Bedenken, das Fenster einen Spalt aufzukurbeln, um zumindest in groben Zügen mitzubekommen, worum es bei dem Gespräch ging.

»Du kannst mein Leben nicht kontrollieren!«, kreischte Summer. »Ich bin sechsundzwanzig Jahre alt, und du meinst, du kannst einfach so aus heiterem Himmel auftauchen und das Kommando übernehmen, als wäre ich noch ein kleines Kind.«

»Du benimmst dich wie ein kleines Kind, also behandle ich dich auch so«, bellte Rory. »Und du«, fuhr er, zu Patty gewandt, fort, »du ermutigst sie auch noch dazu.«

Patty sah aus, als würde sie jeden Augenblick zu weinen

anfangen, sagte kaum hörbar, aber bestimmt etwas zu den beiden, deutete auf das Haus und auf mein Auto. Sie bat sie eindeutig, leiser zu reden. Sie beugte sich zu Summer herüber, küsste sie auf beide Wangen und schob sie vor sich her auf die Haustür von The Larches zu.

Rory war drauf und dran, wieder loszuschimpfen, doch Patty legte ihm ihre Hand auf den Arm, und er wurde still, richtete die Augen auf den Boden zu seinen Füßen. In Pattys Gegenwart schien er sich zu entspannen, und doch spiegelte sein Gesicht eher Niederlage als Erleichterung wider.

Nach ein, zwei weiteren Worten, die ich nicht hören konnte, stieg Patty in den Mietwagen und fuhr fort.

Ich kletterte aus dem Auto und näherte mich vorsichtig Rory.

»Ärger im Paradies?«

»Nach dem, was gestern passiert ist, sollte Summer in der Nähe der Fell Farm bleiben«, sagte Rory mit grimmiger Miene. »Aber sie sagt mir einfach, ich solle mich verpissen. Kein bisschen Respekt für ihren alten Herrn! Patty hat sich Sorgen um sie gemacht. Sie ist heute Morgen vorbeigekommen, ehe sie nach London zurückfährt, um bei Ian zu sein. Summer hat ihre Patentante dazu überredet, sie hierherzubringen.«

»Sie ist wirklich kein Kind mehr«, versuchte ich ihm vorsichtig beizubiegen.

Rory stand da, die Hände in die Hüften gestützt, und machte ein böses Gesicht.

»Ich würde sagen, Sie haben das gut hingekriegt, dass Sie sie überhaupt dazu überredet haben, nach Schottland zu kommen«, fuhr ich fort. »Und sehen Sie sich doch mal dieses Haus an. Es ist die reinste Festung. Sie ist hier so sicher wie nur was. Grant hat gutes Personal. Die werden ein Auge auf sie haben.«

»Was für ein Typ ist dieser Grant?«, wollte Rory wissen. »Sie scheint ganz versessen auf ihn zu sein.«

Ich zögerte einen Augenblick. »Er ist ein anständiger Kerl. Ihr wird hier nichts Böses zustoßen. Kommen Sie rein, und lernen Sie ihn kennen. Dann geht es Ihnen bestimmt besser.«

Die Haustür war nur angelehnt. Wir traten ein und trafen die anderen im Wohnzimmer. »Rory, das sind Grant MacEwen und Patrick Cooke. Leute, das ist Rory Hendricks.« Ich muss zugeben, ich war ziemlich zufrieden mit mir. Ich war immer noch überwältigt von dem Gedanken, dass ich das Idol meiner Jugend wie einen alten Freund vorstellen konnte.

Rory und Grant schüttelten einander die Hand, wirkten wie zwei Hunde, die sich taxieren. Summer funkelte aus der entferntesten Ecke des Zimmers ihren Vater wütend an und verzog sich zu Louisa in die Küche.

»Es ist toll, dass wir Summer hier als Hilfe bei uns haben.« Patrick verfiel sofort in Lobhudelei. »Sie ist einfach großartig. Ohne sie könnten wir diesen Besuch der Japaner niemals schaffen.«

»Ich weiß zu schätzen, was Sie tun, um Summer zu beschäftigen«, antwortete Rory. »Aber solange sie hier ist, müssen auch meine Sicherheitsleute in der Nähe sein. Die bleiben zwar draußen, müssen aber vor Ort sein.«

»Ist das nicht ein bisschen übertrieben?«, fragte Grant mit gerunzelter Stirn. »Sie ist erwachsen. Sie kann selbst auf sich aufpassen.«

Patrick und ich tauschten Blicke.

»Es besteht tatsächlich Gefahr, Grant«, sagte ich und legte beruhigend eine Hand auf Rorys Arm, um die Explosion zu verhindern, die schon wieder hochkochte.

Grants Gesicht hatte sich verfinstert. »Ich begreife ja, dass

Sie sich vor Ihren Fans schützen möchten, Mr Hendricks«, sagte er und schaute uns beide an. »Aber ich glaube nicht, dass Summer sich um so was viele Sorgen machen muss. Sie betreibt ein legitimes Geschäft, und sie hält sich bedeckt.«

»Also hören Sie mal, Kumpel«, zischte Rory zwischen den Zähnen hervor. »Sie ist meine Tochter, und ich entscheide, was sie braucht.«

Patrick meldete sich vorsichtig zu Wort. »Rory hat recht, sicher ist sicher. Hier draußen gibt es jede Menge durchgeknallte Typen.«

»In Balfour?«, höhnte Grant und versuchte, nicht zu schreien.

»Genug«, sagte ich mit fester Stimme. »Sehen Sie mal, Rory, Patrick kennt die Lage. Er ist einer der besten investigativen Journalisten im Geschäft, und er hat mir viel geholfen. Grant ist vernünftig, und er ist sehr diskret«, sagte ich mit betonter Deutlichkeit. »Ich glaube, es wäre das Beste, wenn Sie ihm reinen Wein einschenken.«

Kurz sah es so aus, als wolle Rory mit mir streiten, doch dann gab er nach und erklärte Grant in kurzen Worten die Lage.

Grants Augen verdunkelten sich, während er zuhörte. »Die Fell Farm ist nicht leicht zu sichern«, meinte er schließlich. »Und sie ist Ihren Leuten schon einmal entwischt, das haben Sie selbst zugegeben.«

»Vielleicht sollte sie hierbleiben«, schlug Patrick vor. »Dann wäre sie vor Ort und könnte die Vorbereitungen für die Veranstaltung in Abbey Glen am kommenden Wochenende betreuen. Außerdem wären viele Leute um sie herum, die ein Auge auf sie haben könnten.«

Rory runzelte die Stirn. »Ich weiß Ihr Angebot zu schätzen, aber ich würde sie lieber selbst im Auge behalten.«

»Wir haben jede Menge Platz«, sagte Grant nach kurzem

Zögern. »Sie wäre willkommen, wenn sie hierbleiben möchte.«

»Willkommen, wieso?«, fragte Summer, die mit Louisa ins Zimmer zurückkam.

Patrick grinste. »Grant hat vorgeschlagen, dass Sie den Rest der Woche hier wohnen können, um bei den letzten Vorbereitungen für die Veranstaltung mit den japanischen Besuchern zu helfen.«

In diesem Augenblick hätte ich ihn liebend gern erwürgt.

»Das habe ich Abi auch schon vorgeschlagen«, sagte Summer, schob sich neben Grant und betrachtete ihn wie ein leckeres Steak, das ihr auf einem Silbertablett serviert wurde.

Grant schaute über Summers Kopf hinweg zu Louisa. »Ist das für Sie in Ordnung?«

Louisa wirkte überrascht von der Frage, aber falls Grant eine Ausrede suchte, Louisa würde sie ihm gewiss nicht liefern. »Ich gehe das grüne Zimmer zurechtmachen.«

Rorys Gesicht verhärtete sich. »Wir wissen das Angebot zu schätzen, aber ich glaube nicht, dass wir Ihnen zur Last fallen möchten.«

»Sei nicht albern«, blaffte Summer. »Und rede nicht dauernd in meinem Namen. Das ist absolut sinnvoll. Ich komme später nach Hause und hole ein paar Sachen.« Rory war wütend, dass seine Tochter ihn so abblitzen ließ.

Ich hatte Mitleid mit ihm und tat mein Bestes, um die Situation zu retten. »Vielleicht könnte sie fürs Erste nur ein paar Tage hierbleiben, Rory, während Sie dafür sorgen, dass sie auf der Fell Farm völlig in Sicherheit ist.«

Rory schaute finster. »Na gut, aber ich schicke meine Sicherheitsleute her. Ich überlasse Summers Sicherheit nicht einem Haufen wildfremder Leute.«

Grant wirkte verärgert. Er konnte wohl noch nicht ganz begreifen, wie er in diese Situation geraten war. Geschah ihm recht. Wenn er nicht wollte, dass Summer hier wohnte, hätte er es sagen sollen. Aber seien wir ehrlich, er hätte schon scheintot sein müssen, um sich nicht für Summer zu interessieren. Sie war die Vollkommenheit in Person, und jetzt würde sie Tag und Nacht um ihn herumschwirren und zur Verfügung stehen.

Ich führte Rory zu seinem Auto und gab mir alle Mühe, ihn zu besänftigen. »Ich weiß, es ist nicht das, was Sie wollten. Doch die Hauptsache ist, dass Summer hier in Sicherheit ist.«

»Sicher vor dem Kerl, der hinter mir her ist, aber was ist mit diesem Schürzenjäger im Kilt?«, knurrte er.

»Nach allem, was ich mitbekommen habe, kann Summer ganz gut auf sich aufpassen.«

Das schien Rory nicht recht zu überzeugen. Ironie des Schicksals, wenn man bedachte, mit wie vielen Frauen er in seinem Leben schon Schindluder getrieben hatte.

»Lassen Sie sie einfach bis Samstag hier wohnen, und es kann immer jemand von ihren Sicherheitsleuten vor Ort sein. So bekommen wir ein bisschen Zeit, um die Angelegenheit zu klären.« Ich schaute dem Mustang hinterher, der in einer Staubwolke die Einfahrt hinunter und fortbrauste. Rory war wohl von mir enttäuscht. Ich hatte gehofft, ihm jetzt schon eine Antwort präsentieren zu können. Diese Privatdetektivnummer war schwieriger, als ich gedacht hatte. Entmutigt ging ich zum Haus zurück.

Drinnen versuchte Patrick gerade, Grant davon zu überzeugen, für die japanischen Gäste die gesamte Destillerie zu öffnen.

»Das Brennhaus reicht.« Grants Stimme klang ganz so, als brächte dieser Tag ihn allmählich ans Ende seiner Geduld. »Ich will nicht, dass Leute in jeder Ecke herumschnüffeln, ich will nicht all unsere Geheimnisse preisgeben.«

»Wieso machen Sie nicht stattdessen ein Video?«, schlug Summer vor. Sie hatte sich in einen Sessel beim Kamin gekuschelt und sah aus wie die Katze, die den Sahnetopf erwischt hat. »Sie haben dann die Kontrolle darüber, was Sie zeigen und wann Sie es zeigen. Und ein professionell gefilmtes und geschnittenes Video würde Abbey Glen im besten Licht dastehen lassen. Sie könnten es sogar später für andere Gruppen verwenden, die vielleicht hier auftauchen.«

»Ja, ich denke, das könnte funktionieren«, gestand Grant ihr zu. »Aber wer könnte dieses Meisterwerk drehen?«

»Das würde Onkel Gerry bestimmt machen«, sagte Summer. »Er ist der Beste. Patty meint, er sitzt ohnehin noch ein paar Tage in Stirling fest, während sich die Polizei alle Geräte noch mal ganz genau anschaut. Solange er die Computer nicht mitnimmt, denke ich, wäre es denen egal, wenn er mit ein paar Kameras herkommt und ein, zwei Tage lang hier dreht.«

Patrick schaute zu Grant. »Das scheint mir ein vernünftiger Vorschlag zu sein.«

»Okay«, stimmte Grant zu. »Fragen Sie ihn, ob er das tun würde, aber fragen Sie ihn auch, wie hoch die Kosten dafür sind. Wir sind kein großes Unternehmen, müssen Sie wissen.«

»Er macht uns bestimmt einen guten Preis«, sagte Summer mit einem Augenzwinkern. »Außer Patty und Ian ist er so ungefähr das Einzige, was ich an Familie oder einer Art Familie habe. Ich frage ihn immer, wenn ich was für Projekte in der Galerie brauche.«

Summer ging mit Patrick los, um Gerry anzurufen.

Sobald wir allein waren, wandte sich Grant zu mir. »Dein Hendricks ist ja eine echte Nervensäge. Übertreibt er die Gefahr nicht?«, fragte er.

»Nein«, erwiderte ich. »Er nimmt sie eher nicht ernst genug. Ich fand, es war ein gewaltiges Risiko für ihn, am Freitag aufzutreten.«

»Was hat er dann im Sinn?«

»Er will seine Tochter beschützen.«

»Sie scheint seinen Schutz aber nicht zu wollen.«

»Kinder wissen nicht immer, was sie gut für sie ist«, sagte ich und versuchte den Sarkasmus in meiner Stimme zu dämpfen.

»Sie ist kein Kind mehr«, konterte er rasch.

»Oh, das hast du tatsächlich bemerkt?«, blaffte ich.

Grant schloss die Lücke zwischen uns und blickte mich mit dunkelgraugrünen Augen an. »Was soll das denn heißen?«

»Nichts«, antwortete ich, richtete mich auf und trat unwillkürlich näher zu ihm hin. »Deine Affären sind deine eigene Angelegenheit.«

Grant sah mich ungläubig an. »Du kannst doch unmöglich denken …«

»Warum nicht?«, erwiderte ich, machte einen Schritt zurück und gab mir alle Mühe, seinem Blick nicht auszuweichen. »Wie du gesagt hast, sie ist kein Kind mehr, und sie wirft sich dir ja mit aller Macht an den Hals.«

»Und was ist mit dir und deinem Gitarrengott?«, forderte er mich heraus. »Mit dem hängst du doch mehr als genug rum. Die Leute im Städtchen reden schon von nichts anderem mehr, und du wirst jedes Mal, wenn er dich anschaut, puterrot wie ein Schulmädchen.«

»Werde ich nicht«, protestierte ich.

Grant zog eine Augenbraue in die Höhe. »Wirst du doch.«

Das Gespräch lief zusehends aus dem Ruder. »So kommen wir nicht weiter«, stellte ich fest. »Das Wichtigste ist, dass Summer hier in Sicherheit ist, mit dir und Louisa im Haus und mit Rorys Leuten draußen.«

»Oh, ich sorge schon dafür, dass sie in Sicherheit ist«, sagte Grant mit fester Stimme. »Aber lass dir eines gesagt sein: Irgendwann mal hat sich Hendricks was zuschulden kommen lassen, was diesen Hass verursacht hat, der jetzt an die Oberfläche kocht. Pass nur auf, dass du da nicht mit reingezogen wirst.«

Weitere Streitereien wurden durch Patricks und Summers Rückkehr unterbunden. Grant entschuldigte sich und machte sich auf den Weg in die Destillerie. Patrick ging nach draußen, um noch einen Anruf zu tätigen, und ließ mich mit Summer allein.

»Ich scheine Scherereien zu verursachen, wo immer ich hinkomme.«

»Nein, geht schon in Ordnung. Grant ist einfach ein wenig im Stress wegen der bevorstehenden japanischen Invasion.« Ich hoffte, dass sie nur das Ende unseres Gesprächs mitbekommen hatte.

»Rory ist auch völlig angespannt«, sagte sie. »Patty kann ihn immer beruhigen, aber er ist noch total wütend wegen gestern.«

»Wie geht's Ihrem Arm?«

Summer berührte leicht ihre Schulter und zuckte zusammen. »Tut noch weh, doch es ist schon besser.«

»Irgendwas Neues von der Galerie?«

»Die Versicherung hat sich wegen der Zahlung an mich noch nicht gerührt, aber mein Anwalt meint, es könne jetzt nicht mehr lange dauern.«

»Gut, dass Sie ausreichend versichert sind«, merkte ich an.

»Mir blieb keine andere Wahl. Die Galerie ist alles, was ich habe. Mum hat Unterhalt bekommen, solange sie noch am Leben war. Den musste der verdammte Carmichael zur Strafe dafür blechen, dass er nicht den Mumm hatte, bei ihr zu bleiben, als es mit ihrer Gesundheit rapide bergab ging. Aber ab ihrem Todestag wurden die Unterhaltszahlungen eingestellt.«

»Hat Rory nicht seine Hilfe angeboten?«

»Ich will weder sein Geld noch seine Hilfe.«

Ich betrachtete Summers Gesicht genau, als ich sagte: »Kommt es Ihnen nicht seltsam vor, dass der Dieb eine Zeile aus einem Song der *Rebels* an die Wand der Galerie gesprüht und die drei wertvollsten Bilder im Raum gestohlen hat?«

»Wieso seltsam?«

»Ich versuche zu verstehen, ob dieser Raub etwas mit den Angriffen auf die *Rebels* zu tun hat. Oder wollte vielleicht nur jemand, dass es so aussah?«

»Wer würde denn so was tun?« Summer wirkte ehrlich verwirrt.

»Sie wollen kein Geld von Ihrem Vater annehmen. Könnte es sein, dass er versucht, Ihnen Geld von der Versicherung zu beschaffen, indem er die Sache so darstellte, als wäre es dabei gegen ihn gegangen, damit man bei der Versicherung den Diebstahl nicht verdächtig findet?«

»Sie meinen, das würde er für mich tun?«

»Vielleicht. Außerdem passt der Diebstahl eigentlich nicht in das Muster der anderen Angriffe auf die *Rebels*. Bei niemandem haben sie sich gegen ein Familienmitglied gerichtet, und immer war es Körperverletzung und keine Gewalt gegen Sachen.«

Summer seufzte tief und ging sich einen weiteren Drink einschenken. Ihre Hand zitterte, als sie das Glas an die Lippen führte. »Wenn die Versicherung nicht zahlt, bin ich erledigt. Warum konnte er mich nicht einfach in Ruhe lassen?«

Zum ersten Mal verspürte ich einen Hauch Mitleid mit ihr. In den vergangenen zwölf Monaten hatte sie ihre Mutter verloren, hatte herausgefunden, dass sie das uneheliche

Kind von Mickey Dawson war, und jetzt stand sie am Rand des Ruins. Da hatte sie einiges zu verkraften.

»Versuchen Sie, sich keine Sorgen zu machen. Eigentlich war es ein richtig schlauer Plan. Wenn die Versicherung es nicht rauskriegt, bekommen Sie das Geld. Und wenn sie es rauskriegt, muss Rory Ihnen die Gemälde zurückgeben, und Sie können sie verkaufen.«

Dieser Gedanke schien Summer ein wenig aufzuheitern. Sie wollte noch etwas sagen, wurde aber durch das Klingeln ihres Mobiltelefons unterbrochen. Sie schnitt eine entschuldigende Grimasse und zog sich zum Telefonat in die andere Ecke des Zimmers zurück.

Ich wartete noch, weil ich Patrick erwischen wollte, aber der war ständig in Bewegung. Schließlich ging ich unverrichteter Dinge nach Hause, fütterte die Wollknäuel und sackte mit einer Schale Suppe aufs Sofa. Es war ein verlorener Tag gewesen. Bei der Suche nach einem eindeutigen Motiv war ich kein bisschen vorangekommen, und weder Patrick noch Michaelson hatten mir etwas Nützliches geliefert. Und alles wurde noch schlimmer, weil ich mir ständig vorstellte, welch gemütlichen Abend Summer gerade mit Grant am Kamin verbrachte.

Als hätte Liam meine Gedanken gelesen, sprang er auf die Couch und warf sich auf mich. Schon bald schnarchte er leise, und auch ich wurde von seiner Wärme und dem rhythmischen Schlag seines Herzens in den Schlaf gelullt. Wir müssen eine ganze Weile so dagelegen haben, denn mein Bein war eingeschlafen. Liam weckte mich mit einem Knurren, das ganz tief aus der Kehle kam. Ich lauschte ins Dunkel und hörte vom Eingangsflur her ein leises Scharren. Es klang, als zöge jemand etwas über den Boden.

Ein Eindringling war im Haus, und ich hatte nichts zur

Hand, womit ich mich verteidigen konnte außer der Fernbedienung für den Fernseher und einem Röhrchen Aspirin. Mein Herz pochte so laut, dass ich sicher war, man würde es weithin hören. Die Tür zum Wintergarten war drei Meter hinter mir. Die Wahrscheinlichkeit, dass ich sie erreichen könnte, ohne bemerkt zu werden, war gleich null. Ich legte eine Hand an Liams Halsband, denn ich hatte Angst, dass der Einbrecher bewaffnet sein könnte.

Meine Unentschlossenheit schien mich unendlich lange auf dem Sofa festzuhalten, aber es dauerte nur Sekunden, bis die Geräusche aus dem Eingangsflur lauter wurden. Ich beschloss, Liam mitzunehmen und eine Flucht in die Küche zu versuchen.

Ich hatte gerade angefangen, mich vorsichtig vom Sofa zu erheben, und stand schon beinahe aufrecht, als ich einen markerschütternden Schrei und kurz darauf einen dumpfen Aufprall hörte.

KAPITEL 16

Liam sprang vom Sofa. Ich folgte ihm auf den Flur und schaltete das Licht an. Neben der Eingangstür standen zwei Koffer, und ein paar elegant beschuhte Füße zappelten in der Luft, ragten vom Kelimläufer in die Höhe, der tief in den Hohlraum unter der fehlenden Steinplatte gesunken war. Wer immer dadrin steckte, war entschieden nicht mehr Herr der Lage.

Ich packte die Füße und zerrte daran. Liam hieb die Zähne in das nächstliegende Stück Hosenbein und half, so gut er konnte. Tauziehen war eines seiner Lieblingsspiele. Nach einigen Minuten wurde unsere Mühe belohnt, und Patrick lag mit rotem Gesicht vor uns auf dem Boden und schimpfte wie ein Rohrspatz.

»Was zum Teufel soll das denn sein? Eine Art Menschenfalle?«

»Alarmanlage«, sagte ich freundlich. »Hat ganz gut funktioniert, wie du siehst.« Ich versuchte, meine Belustigung zu unterdrücken, gab es aber schließlich auf. »Das hast du verdient, wenn du unangemeldet mitten in der Nacht in mein Haus schleichst.«

»Es ist gerade mal elf Uhr«, protestierte Patrick bitter. »Und schau dir meine Hose an. Total vollgesabbert.«

»Du scheinst ja Kleidung zum Wechseln dabeizuhaben«, sagte ich und deutete auf die Koffer an der Treppe.

»Ich hatte gehofft, dass ich bis zum Wochenende bei dir wohnen kann. Bei Grant komme ich mir ein bisschen wie das fünfte Rad am Wagen vor.«

»Wie heißt das Zauberwort?«, neckte ich ihn.

»Penroses Finanzen«, bot Patrick an.

Na endlich! »Willkommen in Abis Frühstückspension.« Ich geleitete Patrick ins Wohnzimmer und schenkte ihm einen Whisky ein.

»Was zum Teufel hat das Loch da zu bedeuten? Ist das eine von Hunters Reparaturarbeiten?«

»Das ist eine lange Geschichte. Ein geheimer Raum, der noch aus der Zeit der Schwarzbrenner, der Fletcher-Brüder, übrig geblieben ist. Aber sag du mir zuerst, was du über Penrose rausgekriegt hast.«

»Einen Hans im Glück würde ich ihn nicht gerade nennen. Er hat das Geschäft mit den Rock-Souvenirs in den USA angefangen, hat dies und das verkauft, was er noch aus seiner Zeit im Musikgeschäft übrig hatte. Zuerst war alles legal, und er hat ganz gut davon gelebt. Dann gingen ihm anscheinend die Dinge aus, die er verscherbeln konnte. Bei Beschaffung der nächsten Waren war er ziemlich kreativ. Fälschungen sind ihm nur schwer nachzuweisen, aber es hat ein paar Beschwerden gegeben, und er ist ins Vereinigte Königreich zurückgekommen, weil es ihm in den Staaten ein bisschen zu ungemütlich wurde. Du hast seine Webseite gesehen. Er hat saftige Preise, aber er setzt nicht viel um. Er hat einen Haufen Sachen aus zweiter Hand gekauft, wird aber sein Zeug nicht los. Alles, was er hatte, steckt in diesem Geschäft.«

»Dann geht es bei ihm um alles oder nichts. Hat er irgendwas verkauft, seit Hamish gestorben ist?« Ich holte Patrick etwas zu essen aus der Küche und wartete auf seine Antwort.

»Seltsam, dass du das fragst. Er hatte einen ganzen Online-Katalog mit dem Zeug, und das ist in der Woche nach Hamishs Tod weggegangen wie warme Semmeln.«

»Wenn er jetzt noch Ian und Rory beseitigt, würde die Sache erst recht lukrativ werden, und seinem Rachedurst wäre

Genüge getan.« Ich ließ mich wieder auf das Sofa sacken und streichelte Liam den Kopf. »Das ist ein Motiv, mit dem ich was anfangen kann. Was ist mit Tina?«

»Die ist seit beinahe fünf Jahren mit Doyle verheiratet, und du hattest recht, es gibt einen Ehevertrag. Es stand in allen Boulevardzeitungen, als sie sich verlobt haben. Sie könnte aus der Ehe raus, aber dann stünde sie mit so gut wie gar nichts da.«

»Tina würde jedoch jedes Mal, wenn einer von den *Rebels* stirbt, noch einmal einen Haufen Tantiemen kassieren?«

»Theoretisch stimmt das. Aber es ist auf keinen Fall genug, um ihren Lebensstandard zu finanzieren. Sie kommt mir als Täterin ziemlich unwahrscheinlich vor.« Patrick kickte die Schuhe weg und legte die Füße auf den Tisch zwischen uns.

»Wenn man genug Schnaps und Drogen zusammenpanscht, geht der Verstand flöten«, schlug ich vor.

Patrick zuckte mit den Achseln. »Könnte sein, aber wenn sie die Täterin ist, macht sie das nicht allein. Dann finde du besser einen Komplizen.«

»Ich bin auf der Suche, glaube allerdings, dass es eine Sackgasse ist. Penrose ist mit Abstand mein Favorit. Sobald ich die signierten Fotos habe, rede ich noch mal mit ihm.« Ich starrte ins Feuer, bis ich Schnarchen hörte. Zuerst von Patrick, dann von Liam. Ich schlich mich nach oben und überließ die Jungs ihrem Schicksal.

Patrick schlief immer noch, als ich am nächsten Morgen nach unten kam. Ich schaute auf die Uhr an der Mikrowelle. Halb zehn. Ich brauchte Futter für meine wolligen Dichterschafe. Die fraßen mir die Haare vom Kopf. Ich würde gerade noch Zeit genug haben, um diesen Einkauf zu erledigen, ehe ich zu Rory fuhr, um mir die Abzüge für Penrose signieren zu lassen.

Liam und ich traten zur Haustür hinaus und waren überrascht, als wir einen Mann erblickten, der am Zaun lehnte und eine Zigarette rauchte. Er erinnerte mich irgendwie an ein Wiesel, schmal und rastlos mit zwei dunklen kleinen Augen, die unter einer grauen Stoffmütze hervorschauten. Als ich mich ihm näherte, schnippte er den Zigarettenstummel in den Schafpferch.

»He!«, bellte ich. »Holen Sie den sofort da raus. Meine Tiere werden krank, wenn sie dieses Dreckszeug fressen.«

Damit hatte ich ihn wohl erschreckt, denn er bückte sich sofort, um ohne Widerworte den Zigarettenstummel aufzuheben.

»Wer sind Sie, und was haben Sie hier zu suchen?«, wollte ich wissen.

»Robert Llewelyn-Jones von der *Daily Sun*«, antwortete er rasch. »Ich wollte Ihnen ein paar Fragen zu Mickey Dawson stellen.«

»Ich habe Ihnen nichts zu sagen. Verschwinden Sie von meinem Grundstück.«

»Sie haben viel Zeit mit Mickey verbracht«, bohrte er weiter. »Hinter der Bühne bei der Show, und dann ist er hierhergezogen, um in Ihrer Nähe zu sein. Kommen Sie schon. Hat der berühmt-berüchtigte Mickey Dawson wieder mal einen neuen Hafen für sein Dingi gefunden?«

Ich marschierte unaufhaltsam auf Hope zu. »Machen Sie, dass Sie wegkommen.«

»Oder spielen wir mit seiner wunderschönen Tochter glückliche Familie?«

Ich hatte reichlich Erfahrung mit der Regenbogenpresse. Ich würde keine einzige Frage beantworten. Ich wusste genau, dass die Geschichte grotesk verdreht würde, ob ich nun meine Kommentare dazu abgab oder nicht. Aber auf keinen Fall wollte ich zu den Verunglimpfungen noch meinen eigenen Beitrag leisten. Liam stand neben mir und knurrte bedrohlich tief aus der Kehle. Er merkte, wenn ich mich nicht wohlfühlte, und machte gleich auch sein Missvergnügen mehr als deutlich. Mein Besucher schaute immer wieder nervös zu ihm hinunter.

»Verschwinden Sie auf der Stelle von meinem Grundstück«, verlangte ich.

»Kommen Sie schon, Schätzchen, nur ein schnelles Bild und ein Zitat. Wir lassen es uns auch was kosten.«

Ich legte die Hand vors Gesicht, um das Bild abzuwehren, bewegte mich aber weiter bedrohlich auf ihn zu. »Weg hier! Und wenn ich Sie noch mal hier erwische, rufe ich die Polizei.«

Der Mann von der *Daily Sun* zog sich zurück, beteuerte noch seine Unschuld, ehe er wieder in den Wagen stieg und fortfuhr. Ich war erleichtert, dass er so schnell klein beigegeben hatte, aber ich wusste, die Sache war längst nicht ausgestanden. Wenn die wöchentlichen Klatschblätter nach Futter für die Fans schnüffelten, wie lange würde es dauern, bis sie herausbekamen, was hier wirklich vor sich ging?

Ich zog mein Handy heraus und rief Michaelson an.

»Ich habe gerade einen Reporter von der *Daily Sun* verscheucht, der mir in meiner Einfahrt aufgelauert hat.«

»Was wollte er?«

»Hat nach irgendeiner persönlichen Beziehung zwischen mir und Rory Hendricks gefahndet.«

»Und gibt's da eine?«, erkundigte sich Michaelson.

»Das geht die nichts an, selbst wenn es so wäre. Und die Antwort ist noch immer nein«, fügte ich hastig hinzu.

»Moment mal.« Ich hörte das Aufflammen eines Streichholzes, als Michaelson sich eine Zigarette anzündete. Er musste außerhalb des Büros sein. Jetzt konnte ich ihm ebenso gut auch meine Fragen stellen.

»Irgendein Anzeichen von Penrose auf den Videoaufnahmen der Überwachungskamera vor Rorys Garderobe?«, fragte ich, als er wieder am Telefon war.

»Es war ein ungeschickter Winkel. Da war es schwierig, irgendjemanden zu identifizieren.«

Verdammt. Ich hatte auf Beweise dafür gehofft, dass Penrose hinter der Bühne gewesen war. »Haben Sie irgendwas über den Hacker rausbekommen, der das Video verändert hat?«

Michaelson schwieg eine Weile. Ich dachte, dass die Verbindung vielleicht unterbrochen war. »Inoffiziell, nur unter uns?«, sagte er schließlich.

»Nur unter uns«, bestätigte ich ihm.

»Wir haben den Virus bis zu einem Computer in den Ravenscourt Studios in London zurückverfolgt, aber das war ein Computer im Mischstudio. Auf den hatten jede Menge Leute Zugriff. Und der Code für das Einloggen war allen bekannt. Jeder hätte sich hier einloggen und den Virus an Gerry Wilsons Computer weiterschicken können.«

»Also kein Erfolg. Was ist mit der Beleuchtung?«

»Die Beleuchtung wurde von zwei Generatoren gespeist, die beide mit dem Turm verbunden waren. Ein dritter Generator hat die Verstärker und die Lautsprecher hinter der Bühne versorgt. Die beiden Generatoren waren gekoppelt. Die Leute von der Beleuchtungs-Crew haben gemeint, es wäre beim Strom alles normal gelaufen, bis das Licht ausging. Es wäre gewesen, als hätte jemand den Hauptschalter umgelegt.«

»Könnte das jemand von einem Computer aus gemacht haben, ohne selbst vor Ort zu sein?«

»Schon möglich, aber jetzt nur noch schwer nachzuverfolgen. Als das Licht wieder anging, hat das zu einer gewaltigen Stromspitze geführt, die bis zum Hauptgenerator oben auf dem Beleuchtungsdeck durchgeschlagen ist. Leo Moore war einfach zur falschen Zeit am falschen Ort.«

»Könnte es sein, dass die Stromspitze kein Zufall war?«

»Um Gottes willen, daran wollen wir nicht mal denken. Ich habe ohnehin schon genug um die Ohren, und es gibt nicht den Hauch eines Beweises dafür, dass jemand Leo Moore absichtlich einen Stromschlag verpasst hat. Es sei denn, Gerry Wilson hat Ihnen etwas erzählt, was er mir verschwiegen hat. Hat er das?«

»Nein, natürlich nicht. Ich habe nur laut gedacht. Sie suchen also einen Hacker bei Ravenscourt oder jemanden mit einem Komplizen bei Ravenscourt«, sinnierte ich. »Was ihm auch Zugriff auf Hamish Dunns Red Bull gegeben hätte.«

»Was wissen Sie über Hamish Dunn?«, fragte Michaelson, und in seiner Stimme war der Frust deutlich zu hören.

»Genug, um zu wissen, dass es kein Unfall war«, antwortete ich. »Ich habe Ihnen doch gesagt, dass ich meine Quellen in London habe.«

»Anscheinend auch im Labor.« Ich hörte in Michaelson Stimme eine Mischung aus Verärgerung und Bewunderung. »Dann wissen Sie genauso viel wie ich.«

»Irgendwas zu Tina Doyles Freund?«

»Er heißt Jai Kapur. Ist Techniker und Produzent bei Ravenscourt. Er war bei der Show, um bei der Tonaufnahme für ein paar Live-Mitschnitte zu helfen, die sie für ein Musikvideo gemacht haben.«

»Haben Sie eine Ahnung, wo Kapur in der Nacht war, als Hamish gestorben ist? Oder am Tag von Ians Unfall?«

»Lassen Sie's gut sein. Darum kümmert sich schon jemand.«

Ich wusste, dass ich den Bogen überspannte, aber einen Versuch war es wert. »Wenn Rory Hendricks etwas zustößt, wer erbt dann sein Geld?«

»Strapazieren Sie meinen guten Willen nicht zu sehr, Logan. Sie brauchen mich nicht, um das herauszufinden.«

»Genau. Also haben Sie keinen Grund, es mir nicht zu sagen. Ich weiß, dass Sie das schon überprüft haben, also würde es mir viel Zeit sparen.«

»Und es ist wohl mein Lebenszweck, Ihnen Zeit zu sparen?«, blaffte Michaelson. »Er hat sein Testament vor etwa sechs Monaten geändert. Jetzt wird sein Erbe zwischen Summer Lindley und Patty Waters aufgeteilt.«

»Patty?«

Ich hörte, wie Michaelson an seiner Zigarette zog. »Hat Hendricks Ihnen irgendwas von einer vergangenen Beziehung mit Patty Waters erzählt?«

»Nicht direkt«, versuchte ich mich herauszureden. »Hat Patty Ihnen erzählt, dass sie ein Verhältnis hatten?«

»Nicht direkt«, wiederholte Michaelson meine Worte. »Aber jemand von der Crew hat so was angedeutet. Da fragt man sich, ob zwischen den beiden nicht noch immer was läuft.«

Ich dachte daran, wie Rory geschaut hatte, wenn er in Pattys Nähe war. Michaelson hatte da wohl nicht ganz unrecht, aber mir gefiel gar nicht, in welche Richtung ihn das führen würde.

»Selbst wenn er noch was für sie empfindet, wieso sollte er Hamish Dunn umbringen?«

»Nach allem, was man so hört, sind sie nicht gerade im Frieden auseinandergegangen. Hendricks könnte so eine alte Rechnung begleichen und die Aufmerksamkeit von seinem Hauptopfer, von Ian Waters, ablenken.«

Und den Weg für einen Neuanfang mit Patty ebnen. Hatte sie ihn dazu ermutigt? Hatte sich die Situation für Rory entscheidend geändert? Hatten wir hier einfach nur mit zwei Liebenden zu tun, die versuchten, einen unerwünschten

Ehemann aus dem Weg zu räumen? Ich verdrängte diesen Gedanken aus meinem Kopf. »Sie müssen doch Rorys Alibi überprüft haben.«

»Wenn Sie den toxikologischen Befund der Gerichtsmedizin gesehen haben, wissen Sie auch, dass der Mörder in der Nacht von Hamish Dunns Tod nicht vor Ort sein musste. Das macht alle Alibis ziemlich wertlos. Hendricks ist ein paarmal bei Ravenscourt gewesen, um sich mit alten Kollegen zu treffen, also hätte er die Gelegenheit gehabt, was mit den Getränkedosen anzustellen.«

»Aber ich dachte, er hätte ein wasserdichtes Alibi für den Tag von Ians Unfall?«

»Er war in der Kanzlei seines Rechtsanwalts, doch das Gebäude ist nur zwei Blocks von der Stelle entfernt, wo Ian überfahren wurde. Man verschwindet kurz, um Kaffee zu holen oder auf die Toilette zu gehen, und fertig ist der Lack.«

Oberflächlich gesehen war Michaelsons Theorie sehr reizvoll, aber ich nahm sie ihm einfach nicht ab. Das hinderte allerdings meine Phantasie nicht daran, völlig außer Rand und Band zu geraten. War Rory nur zur Tarnung mit seiner Bitte um Hilfe zu mir gekommen? Mein Bauchgefühl sagte mir, er wäre ehrlich zu mir gewesen, aber ich war ja nicht gerade immun gegen seinen Charme. War mein Urteilsvermögen durch einen Nebel aus Pheromonen und Adrenalin getrübt?

»Wenn Rory der Mörder ist, warum sollte er das vor einem riesigen Publikum verkünden?«

»Könnte ja sein, dass jemand ihm auf die Schliche gekommen ist. Oder wie Sie schon gesagt haben, es war wahrscheinlich ein PR-Trick. Das Studio muss ja über die Presseberichte völlig aus dem Häuschen sein.«

»Penrose erscheint mir immer noch als die logischere Option«, beharrte ich.

»Ich habe es Ihnen doch gesagt: Penrose war an dem Tag von Ians Unfall mittags bei einem Geschäftsessen.«

»Was ist mit Simon Moye?«

»Der war in der Nacht von Hamishs Tod in Southside, obwohl das nichts zu sagen hat, und er kann sich nicht erinnern, wo er am Tag von Ians Unfall war.«

»Das macht ihn doch sicher auch verdächtig?«

»Stimmt und Penrose genauso, aber Rory Hendricks hat uns nicht die ganze Wahrheit gesagt, und den Grund dafür finde ich noch raus. Sie können ihn verteidigen, wie Sie wollen. Er ist einer der Verdächtigen, und wir werden ihn weiterhin so behandeln.«

Wusste Michaelson etwas über Rory, das er mir vorenthielt? Musste ich mir Sorgen machen? »Sie haben den Vorfall in der Galerie eine Weile nicht mehr erwähnt.«

»Die Leute von der Versicherung untersuchen den Diebstahl. Es ist möglich, dass das gar nichts mit unserem Fall zu tun hat.«

Eindeutig witterte die Versicherungsgesellschaft hier einen Betrug. Rorys Trick war vielleicht doch nicht so idiotensicher, wie er vermutet hatte.

Ich beendete das Gespräch mit Michaelson, stand lange an mein Auto gelehnt da und betrachtete meine Schafe, die zufrieden im Garten grasten. Ihr Leben war glücklich und unkompliziert. Ich wünschte, das könnte ich von meinem auch behaupten. Penrose, Simon, Tina und vielleicht sogar Rory. Mein Herz sagte Nein, aber mein Kopf quälte mich mit Zweifeln. Ich würde immer noch wetten, dass Penrose der Täter war. Ich zog seine Visitenkarte hervor und rief seine Mobilnummer an.

»Ich habe die Fotos, die Sie möchten.«

»Wie viele haben Sie bekommen?«

»Zwei Dutzend.«

»Mann, Mann, Sie müssen ja jede Menge Überzeugungskraft haben.«

Ich spürte sein fieses Grinsen sogar durchs Telefon. »Wollen Sie nun die Fotos oder nicht?«

»Schicken Sie mir die Fotos, und dann sehe ich mal, was ich machen kann.«

»Ich würde sie Ihnen lieber bringen, vielen Dank.«

»Na gut, bringen Sie sie morgen früh so gegen halb elf in meinem Hotel vorbei, aber kommen Sie nicht zu spät. Nach dem Mittagessen breche ich in Richtung London auf.«

Ich verfrachtete Liam auf Hopes Beifahrersitz, und wir machten einige Umwege durch das Tal, falls mein Freund von der Presse noch irgendwo herumlungerte. Sobald ich sicher war, dass mir niemand folgte, kehrte ich um und fuhr zu Rory.

Er begrüßte mich in Jeans und einem »Who Are You«-T-Shirt von der 1978er Tour. Er führte uns in die Küche und schenkte mir Kaffee in einen seiner edelsteinbunten Henkelbecher ein.

»Wie geht es Summer?«, erkundigte ich mich.

»Sie antwortet nicht sonderlich regelmäßig auf meine SMS-Nachrichten, aber die Leute vom Sicherheitsdienst meinen, im Haus könnte ihr nichts passieren. Das ist schon mal was. Zumindest rennt sie nicht wie ein Tiger im Käfig rum, wie sie das hier gemacht hat.«

»Sie ist dort wirklich besser aufgehoben«, sagte ich knapp und versuchte die Millionen Bilder von ihr und Grant in enger Umschlingung zu verdrängen, die vor meinem inneren Auge aufstiegen. »Sorgen müssen wir uns um Sie machen. Ich habe Fotos mitgebracht, die Sie signierten sollten.«

»Ich finde den Gedanken widerlich, dass dieser Schweinehund Geld mit mir verdient«, knurrte Rory.

»Wenn Sie die Fotos nicht signieren, macht er es selbst«, merkte ich an. »Zumindest bekommen jetzt Ihre Fans für ihr gutes Geld ein echtes Autogramm von Ihnen.«

»Na ja, schon«, sagte Rory widerwillig. »Wann sehen Sie ihn?«

»Morgen früh.«

Rory ging unruhig auf und ab. »Und Sie meinen, Sie können beweisen, dass er es war?«

»Ich versuche es zumindest. Ich rede mit ihm. Ich schau mal, ob ich was rausfinde, was der Polizei entgangen ist. Bei mir ist er vielleicht nicht ganz so vorsichtig.«

»Ich weiß, dass Sie sich Mühe geben.« Rory trat zu mir und legte mir den Arm um die Schultern. »Ich will nicht undankbar erscheinen«, sagte er und drückte mich an sich. »Ich habe nur von dieser Sache die Schnauze voll bis obenhin. Ich will endlich wissen, was hier gespielt wird und warum.«

Ich schaute zu ihm auf und merkte, dass mein Magen rebellierte, als führe ich gerade auf der Achterbahn über die höchste Stelle. Doch ich konnte mich des Gefühls nicht erwehren, dass hinter dieser routinemäßig zur Schau gestellten Zuneigung kein bisschen echtes Gefühl steckte. Seine Gedanken und sein Herz waren ganz woanders.

Ich holte tief Luft und fragte: »Hatte Ihre Beziehung zu Patty was mit dem Ende der Band zu tun?«

»Wer hat Ihnen denn das erzählt?«, wollte Rory wissen, und seine gute Laune war verflogen.

»Niemand«, flunkerte ich. »Sie haben mich angeheuert, damit ich gut beobachte, und daraus können Sie mir jetzt keinen Vorwurf machen.«

Rory seufzte schwer. »Ist das immer noch so offensichtlich?«

»Für die meisten Leute nicht«, tröstete ich ihn.

Rory rührte überaus gründlich in seinem Kaffee, schaute zu, wie die dunkle Flüssigkeit in der Tasse herumwirbelte. »Was zwischen Patty und mir war, das war ganz was Besonderes. Es war nur von kurzer Dauer, und aus ihrer Sicht war es ein Riesenfehler. Sie hat sich alle Mühe gegeben, mich wieder aus ihrem Leben zu tilgen.« Kurz flackerte Wut auf, die jedoch so rasch wieder verflogen war, dass ich mich fragte, ob ich sie mir nur eingebildet hatte.

»Sie war in Ian verliebt«, fuhr Rory fort. »Schon immer. Sie versuchte damals, ihm einen dämlichen Seitensprung seinerseits heimzuzahlen, bereute es aber sofort. Die beiden hatten einen Riesenstreit gehabt und sich für etwa ein halbes Jahr getrennt. Doch das war nicht von Dauer: Die beiden waren füreinander bestimmt. Ich wollte da nicht im Weg stehen.«

»Und deswegen sind Sie abgehauen?«

»Damals war ich voll auf dem absteigenden Ast. Ich habe mich selbst und alles in meinem Leben gehasst. Und ich wusste, dass ich unter die Räder kommen würde, wenn ich nicht wegging. Ich habe mit allen Streit angefangen. Alle vor den Kopf gestoßen. Habe schreckliche Dinge gesagt und die *Rebels* an die Wand gefahren, dass es nur so krachte.«

»Künstlerische Unstimmigkeiten.«

»Dahinter kann sich alles Mögliche verbergen«, meinte Rory.

»Patty ist der Grund, warum Sie das Land verlassen haben?«

»Zum größten Teil, ja. Es wäre ihr gegenüber nicht fair gewesen, wenn ich geblieben wäre. Ich weiß nicht, ob Ian je kapiert hat, dass ich teils weggegangen bin, damit die beiden eine Chance hatten.«

»Wie war es für Sie, Patty wiederzusehen?«, fragte ich vorsichtig.

»Sie hat sich nicht verändert«, antwortete Rory leise. »Immer noch eine Lady.«

Mir konnte Rory nichts vormachen. Ich sah, dass er noch unglaublich tiefe Gefühle für Patty hegte. Aber wurden diese Gefühle erwidert?

Liam, der zu meinen Füßen lag, begann leise zu knurren und stellte die Ohren auf. Er erhob sich, trabte zum Fenster und schaute zur Scheune.

»Einer von Ihren Sicherheitsleuten?«, vermutete ich.

Rory schüttelte den Kopf und folgte Liam zum Fenster. »Ich habe im Augenblick nur einen hier, die anderen sind alle bei Summer. Und Mick habe ich gerade, ehe Sie kamen, zum Essenholen in die Stadt geschickt.«

»Was ist in der Scheune?«

»Mein Atelier.«

War vielleicht der Mann zurückgekommen, den Summer gesehen hatte? Rückte die Gefahr näher? »Ich glaube, da schauen wir besser mal nach.«

KAPITEL 17

Ich folgte Rory zur Hintertür hinaus und über den Hof. Der Nebel war nicht mehr so dicht, hatte sich aber nicht ganz verzogen und verdeckte noch alles, was weiter als acht Meter vom Haus entfernt war. Wir quatschten durch den Schlamm zur Scheune, näherten uns ihr so leise, wie es nur ging, vom fensterlosen Ende her. Die Haupttür stand einen Spalt offen. Rory drückte sie weiter auf, ehe er das Deckenlicht einschaltete. Ich sah, dass er die Pistole in der Hand hielt. Mitten im Raum stand ein langer, schmaler Tisch mit einer Kieferplatte. Darauf befanden sich Keramikgegenstände in verschiedenen Entwicklungsstadien. Am hinteren Ende nahm ein recht großer gemauerter Brennofen den größten Teil des Raumes ein, und an den Seitenwänden waren zwei Reihen von Regalen aufgestellt, auf denen fertige und halb fertige Stücke trocknen konnten.

Die Scheune schien menschenleer zu sein, aber Liam preschte mit gesträubtem Fell sofort auf den Brennofen zu. Ich rief ihn leise zurück, weil ich Angst hatte, wer immer da lauerte, könnte ihm gefährlich werden. Doch wenn Liam sich einmal etwas in den Kopf gesetzt hatte, hielt ihn nichts mehr auf. Als er sich dem Ofen näherte, tauchte aus dem Schatten eine massige Gestalt in dunklem Mantel und mit einer Skimaske vor dem Gesicht auf, zögerte einen Augenblick, ließ den Blick zwischen Rory und mir und dem hinter uns befindlichen Ausgang hin- und herstreifen. Rory hob die Pistole, doch ich schob seinen Arm zur Seite. »Nein. Sie treffen vielleicht Liam.«

Diese Verwirrung nutzte der Eindringling und kam zwischen den beiden Trockenregalen vorgeprescht, schob das uns am nächsten stehende Regal in unsere Richtung, so dass eine Kaskade von Keramik und Regalbrettern auf unsere Köpfe niederging.

Wir mühten uns noch ab, das Regal wieder aufzurichten, als der Eindringling bereits die Tür erreicht hatte. Liam bellte wie ein ganzes Rudel wilder Hunde und fletschte die Zähne, bis der maskierte Mann ihn mit einem gewaltigen Tritt quer über den Fußboden schleuderte. Ich taumelte auf den Mann zu, nachdem ich mich endlich von den Regalbrettern befreit hatte, und schaffte es, ihn zwischen dem Mantelärmel und dem Handschuh zu packen. Ich krallte ihm meine Fingernägel ins Handgelenk, ließ aber rasch wieder los, weil er mir eine Keramikscherbe in den Oberarm rammte, ehe er aus dem Gebäude floh.

Rory versuchte mich aufzuhalten, doch ich folgte dem Mann in den Nebel hinaus. Er selbst sprintete trotz meiner Warnungen hinter dem Einbrecher her und war bald auch nicht mehr zu sehen. Ich hörte zwei Schüsse, aber nach einigen Minuten kam Rory zurück und fluchte gotteslästerlich. Er hatte den Eindringling im Nebel aus den Augen verloren und dann gehört, wie unten auf der Straße ein Motor angelassen wurde. Frustriert hatte er in diese Richtung zwei Schüsse abgefeuert, aber da war unser Besucher längst verschwunden.

Liam kam an meine Seite gehumpelt, zog an der rechten Pfote eine Blutspur hinter sich her. Er war wohl in eine der im Getümmel auf dem Boden verstreuten Keramikscherben getreten.

Rory rief bei der Polizei an und bat um medizinischen Beistand. Bill Rothes fuhr auf den Hof, als der Sanitäter der Feuerwehr gerade meinen Arm fertig bandagiert hatte.

Er schaute zu mir hin und zog vielsagend eine Augenbraue in die Höhe. Diesen Blick interpretierte ich inzwischen mühelos als: Warum, warum nur immer Sie?

Ich bat den Sanitäter, auch noch Liams Pfote zu verbinden, obwohl das wirklich nicht zu seinen Aufgaben gehörte. Dann folgte ich Bill und Rory in die Scheune.

»... nach meiner Ankunft zu einer Töpferwerkstatt umgebaut«, erklärte Rory gerade.

»Schließen Sie hier immer ab?«

»Habe ich nie für nötig gehalten.«

»Was ist mit Ihren Sicherheitsleuten? Haben die was gesehen?«

»Der größte Teil meines Teams ist im Augenblick bei meiner Tochter, drüben in The Larches. Und meinen Aufpasser habe ich zum Essenholen in die Stadt geschickt.«

»Liam hat Geräusche gehört«, erklärte ich.

»Braver Junge«, murmelte Bill. Er hatte eine Schwäche für Liam. Für mich hatte er im Augenblick eher keine.

»Und Sie waren wohl gerade zufällig hier?«, fragte Bill mich.

»Ja.«

»Wir tun unser Bestes, um den Eindringling zu finden, aber Sie haben beide eine Unmenge von Fußabdrücken hinterlassen, als Sie wie die kopflosen Hühner hier rumgelaufen sind. Die müssen wir erst mal durchsieben.« Bill wandte sich mir zu. »Mr Hendricks hat gesagt, dass der Verdächtige einen dunklen Mantel und eine Skimaske trug. Was haben Sie gesehen?«

»Er war nicht sehr groß, etwa so wie ich, allerdings war er massig gebaut, eher untersetzt. Sein Mantel war aus Wollstoff, ein dunkles Schottenkaro, aber alt und billig. Die Ärmel waren unten ausgefranst, und es sah aus, als hätte er zugenommen, seit er das Ding gekauft hat. Der Mantel spannte um die Mitte. Oh, und der Mann hatte Handschuhe an. Ich habe vielleicht ein bisschen von seiner Haut unter den Fingernägeln. Ich habe ihn beim Handgelenk gepackt, aber losgelassen, nachdem er mich mit der Scherbe attackiert hat.«

»Gut. Ist vielleicht keine große Hilfe, doch falls er aktenkundig ist, finden wir vielleicht was. Es könnte natürlich auch wieder ihr Stalker sein.«

»Welcher Stalker?«, fragte Rory schroff.

»Die Person, von der Ihre Tochter berichtet hat, der Mann, der sich an dem Tag, als sie vermisst wurde, mit dem Feldstecher im Wald herumgetrieben hat«, erwiderte Bill.

Rory starrte uns beide an. »Und warum zum Teufel hat mir keiner was davon gesagt?«, wollte er wissen.

»Summer wollte nicht, dass Sie ausrasten«, sagte ich betont ruhig.

»Auf welcher Seite stehen Sie eigentlich?«, fragte Rory ungläubig.

»Im Augenblick genau in der Mitte«, erwiderte ich. »Ich habe darauf bestanden, dass Summer es Rothes erzählt. Er hat jemanden hier auf Streife geschickt, und ich war nach alldem dafür, dass Summer nach The Larches umzieht.«

Bill wollte eindeutig nicht in dieses Streitgespräch hineingezogen werden und verabschiedete sich rasch. »Sie beide bleiben hier, während wir uns den Boden rings um die Scheune ansehen.«

Rory funkelte mich von der anderen Seite des Tisches wütend an. »Ich habe ein Recht, zu erfahren, was hier gespielt wird, besonders wenn es mit meiner Tochter zu tun hat.«

»Ich weiß, aber Ihre Wutausbrüche sind da nicht sonderlich hilfreich. Sie erreichen damit nur, dass Sie als sprunghaft und aufbrausend dastehen.«

»Ich *bin* sprunghaft und aufbrausend.«

»Aber diesen Eindruck sollten Sie mitten in einer Morduntersuchung lieber nicht machen.«

»Ich bin keiner der Verdächtigen«, grummelte Rory. Nach einer langen Weile wandte er sich zu mir und schaute mir so tief in die Augen, dass ich Probleme hatte, meinen Gedankengang weiterzuverfolgen. »Oder etwa doch?«, wollte er wissen.

»In Fällen wie diesem sind alle verdächtig«, antwortete ich so diplomatisch wie möglich.

»Aber ich bin der Einzige, der hier bedroht wird«, erwiderte Rory und sprach jedes Wort mit eisiger Präzision aus.

»Das ist Teil des Problems«, meinte ich. »Alle anderen wurden einfach ohne jede Vorwarnung angegriffen. Wer immer dahintersteckt, mit Ihnen scheint er Katz und Maus zu spielen.«

»Würde es der Polizei weniger Ungelegenheiten machen, wenn ich gleich stürbe?«

»Natürlich nicht. Es macht einfach die Untersuchung komplizierter und wirft weitere Fragen auf.«

»Zum Beispiel, ob ich ein Mörder bin?«

»Die Polizei sieht sich alle an«, erwiderte ich gleichmütig.

»Auch Summer?«, knurrte Rory.

»Vielleicht nur ein bisschen«, gab ich zu. »Weiß sie, dass sie in Ihrem Testament bedacht wird?«

»Machen Sie sich nicht lächerlich. Sie hätte Ian nie im Leben etwas angetan, und Hamish kannte sie nicht mal. Verschwendet Michaelson wirklich seine Zeit mit so was, statt ernsthaft nach dem Mörder zu suchen?«

»Er geht allen Spuren nach.« Es war eindeutig Zeit, die Gangart zu ändern. »Haben Sie eine Ahnung, warum jemand in Ihre Töpferwerkstatt einbricht? Da ist doch nichts Wertvolles zu holen.«

»Jedenfalls nichts, wofür sich ein Einbruch lohnen würde«, erwiderte Rory übellaunig. »Ich weiß nicht, worauf der aus war, aber das muss aufhören. Ich muss beweisen, dass es diesen Wahnsinnigen wirklich gibt. Ihn zwingen, sich zu zeigen. Das Konzert war eine Nummer zu groß. Ich brauche was in kleinerem Maßstab.«

»Sie können sich doch nicht immer als Köder anbieten«, protestierte ich.

Rory ignorierte das. »Wie wäre es mit der Veranstaltung, die Summer organisiert?«, fragte er. »Könnte ich da nicht als besonderer Gast auftauchen? Sie wissen doch, dass ich ein Fan von Abbey Glen bin. Wir könnten meinen Besuch ankündigen und versuchen, so den Mörder aus der Reserve zu locken.«

Ich zuckte innerlich vor Schreck zusammen. Patrick und Grant würde diese Idee gar nicht gefallen. »Damit würden Sie sehr viele Menschen in Gefahr bringen«, gab ich zu bedenken. »Menschen, die ich bereits einmal einem Risiko ausgesetzt habe. Das möchte ich nicht schon wieder tun.«

»Die Leute hier sind heute bereits in Gefahr. Sie sind das beste Beispiel.« Rory deutete auf den Verband an meinem Arm. »Sie sind in die Schusslinie geraten, nur weil Sie heute in der Fell Farm waren. Wir müssen dieser Sache ein Ende setzen.«

»Wieso glauben Sie, dass der Mörder sich zeigen würde? Die Veranstaltung ist ein ganz besonderes Event, da kann ein Außenseiter nicht einfach ungebeten eindringen. Er würde da auffallen wie ein bunter Hund.«

»Bisher hat sich der Gesuchte als ziemlich einfallsreich erwiesen«, argumentierte Rory. »Und wenn er so offensichtlich aus der Menge heraussticht, kapiert es vielleicht sogar Michaelson.«

»Warum besprechen Sie das nicht erst einmal mit dem

Inspector?«, schlug ich vor in der Hoffnung, dass der es verbieten würde. »Hören mal, was er dazu sagt.«

Rory schaute trotzig drein. »Wenn ich das mache, müssen die von der Polizei kommen.«

Ich begriff, worauf er hinauswollte, und mir schwante nichts Gutes. Sobald uns Bill Entwarnung gab, brachte Rory Liam und mich zu meinem Auto und hob den Hund auf eine Decke auf dem Rücksitz.

Langsam fuhr ich durch den Nebel davon. Simon Moye oder Bruce Penrose? waren meine Gedanken. Penrose hatte die richtige Figur und Körpergröße. Simon und Tinas Verehrer waren zu schlank. Ich konnte nur hoffen, dass der DNA-Test meine Vermutung bestätigen würde. Inzwischen rückte mein Treffen mit Penrose am nächsten Morgen immer näher. War es töricht von mir, mich in die Höhle des Löwen zu wagen? Patrick würde das bejahen, aber ich wollte Penrose in seiner natürlichen Umgebung sehen. Ich zog eine kleine Keramikvase aus der Manteltasche. Die hatte ich beim Aufräumen mitgenommen. Sie war wunderschön, in meerblauen und grünen Farbtönen glasiert. Und das Wichtigste: auf der Unterseite prangte Rory Hendricks Namenszug. Wenn ich etwas Glück hatte, würde Penrose dieses Angebot unwiderstehlich finden. Ich würde ja sehen, ob er das Stück sofort zum Verkauf ins Internet stellte oder noch wartete, bis die Nachfrage schlagartig anstieg.

Auf der Heimfahrt begann mein Arm zu schmerzen, und ich legte in der Stadt einen Stopp bei der Apotheke ein. Die Wunde war nicht tief, aber sie tat weh. Ich kaufte mir ein Antiseptikum und noch ein paar Mullbinden, außerdem eine große Packung Ibuprofen. Ich brachte meine Einkäufe zum Auto und ging über die Straße in die Chocolate Bar, um mir einen Kaffee zum Mitnehmen zu holen.

Floss kam gleich vorgewuselt, als ich eintrat. »Wie sehen Sie denn aus?«, rief sie und bugsierte mich zu einem weichen Sessel beim Fenster. »Was in aller Welt haben Sie jetzt wieder angestellt?«

»Es war nur ein kleiner Unfall mit einer Keramikscherbe«, flunkerte ich. »Ich brauche nichts als einen Kaffee.«

»Sind Sie sicher, dass Sie nicht lieber unser Spezialgetränk haben möchten?«

Das Spezialgetränk des Hauses war ein Schokoladenmartini mit ein paar Stückchen Shortbread. »Nein, nur einen Kaffee, bitte«, erwiderte ich.

Floss kam mit dem Kaffee, und ihr Ehemann Harold brachte mir auf einem Teller eine Tafel Cadbury Dairy Milk.

»Das ist gut gegen Schock und Blutverlust«, sagte er mit einem Augenzwinkern. »Geht aufs Haus, Mädel.«

»Wo immer Sie da wieder reingeraten sind, Sie müssen vorsichtig sein. Heute Morgen war so ein aufgeblasener Mistkerl namens Llewelyn-Jones hier und hat uns alle möglichen Fragen über Sie und diesen netten Mr Hendricks gestellt.«

Llewelyn-Jones war also immer noch in der Stadt. Einen Augenblick lang fragte ich mich, ob er vielleicht in Rorys Scheune eingedrungen war, aber dazu war der Wieseltyp zu dünn. »Was für Fragen hat er gestellt?«

»Alle möglichen. Wie lange Hendricks schon hier lebt, und wen er kennt. Wie gut Sie beide sich kennen.« Floss warf mir einen vielsagenden Blick zu.

»Was haben Sie geantwortet?«

»Ich hab ihm gesagt, dass ihn das verdammt noch mal einen Dreck angeht. Was immer hier passiert, wir erzählen doch Fremden nichts davon.« Floss schaute mich erwartungsvoll an, hoffte wohl, dass ich ihr im Gegenzug für ihre Loyalität ein paar saftige Einzelheiten über meine Beziehung zu Rory verraten würde. »Diese Popstars können ganz schöne Weiberhelden sein, müssen Sie wissen«, sagte sie schließlich. »Aber ich bin sicher, dass Sie auf sich aufpassen.«

»Das mach ich, Floss, danke.«

»Ich habe gehört, Grant hat eine neue Freundin und so«, brachte Floss nun vor und musterte mich aufmerksam, um meine Reaktion zu testen. Ich gab mir redlich Mühe, die zu verbergen.

»Ach wirklich?«, erwiderte ich und hoffte, dass ich angemessen desinteressiert wirkte.

»Ja, ich habe sie kürzlich abends bei Mr Yakimoto gesehen, als ich mir mein Essen zum Mitnehmen abgeholt habe. Sie haben hinten im Restaurant 'ne Kleinigkeit gegessen. Die beiden geben ein atemberaubendes Paar ab, nicht? Sie mit diesem kupferfarbenen Haar. Können Sie sich vorstellen, was für wunderschöne Kinder die haben würden, wenn sie heiraten?« Floss beobachtete mich genau, und ich suchte verzweifelt nach einer Fluchtmöglichkeit.

Auf das, was ich dann gemacht habe, bin ich nicht sonderlich stolz, aber Not kennt kein Gebot.

»Wo Sie gerade von wunderbaren Paaren reden, Reverend Craig und Fiona Harper scheinen ja sehr viel Zeit miteinander zu verbringen.« Ich erwähnte natürlich nicht, dass ich sie selbst dazu ermutigt hatte.

»Was Sie nicht sagen.« Floss erwog die Angelegenheit offensichtlich gründlich, ehe sie ihren Segen dazugab. »Die würden gut zusammenpassen«, sagte sie schließlich und nickte. »Sie wäre eine gute Pfarrfrau. Gescheit und freundlich. Hoffen wir mal, dass sie bald in die Gänge kommen. Es ist viel zu lange her, dass wir eine fröhliche Feier in der Kirche hatten.«

»Übrigens wollte ich noch fragen, ob auf der High Street eines von den Geschäften zu mieten wäre.« Ich wollte unbedingt vermeiden, dass sich das Gespräch wieder dem Thema Grant und Summer zuwandte.

Floss dachte kurz nach. »Der Laden vom alten Nokes steht leer. Der war Buchhalter oder so, ist vor ungefähr anderthalb Jahren gestorben. Da muss sicher mal gründlich sauber gemacht werden, aber das Geschäft ist zu haben. Das soll wohl Ihr eigener Wollladen werden?«, fragte sie mit einem Kichern.

»Nein, auf keinen Fall. Ich brauche einen Ort, wo ich das Büro für die Bennett-Logan-Gedächtnis-Stiftung einrichten kann.«

»Na so was. Werden Sie auch Leute aus dem Ort einstellen?«

»Mit der Zeit schon. Erst einmal gibt es einen Beirat und mich, und dann brauche ich wohl noch jemanden am Empfang und als Sekretärin. Haben Sie zufällig einen Vorschlag?«

»Meine Nichte sucht Arbeit. Nettes Mädchen. Hat gerade unten in Glasgow einen Kurs in Maniküre gemacht, aber ihrem Dad geht es nicht so gut, da ist sie nach Hause gekommen und greift ihrer Mum ein bisschen unter die Arme. Ein kleiner Zusatzverdienst käme da bestimmt gelegen.«

»Gut, bitten Sie sie, mal bei mir zu Hause vorbeizukommen, wenn sie Zeit findet. Vielleicht können wir uns da einigen.«

Ich machte mich wieder auf den Weg zum Auto und ließ meinen Blick über die alte Steinbrücke schweifen, die aus der Stadt herausführte, dann schaute ich zu den Windungen des Flusses und bis zu den Kindern, die auf dem Dorfanger hinter einem Hund herrannten. Jemand war zum Gemüsehändler geritten und hatte sein Pferd an einer Parkbank angebunden. Ein Stück weiter, die High Street herunter, kam ein älterer Herr im Kilt pfeiferauchend aus dem Postamt.

Zumindest oberflächlich gesehen hatte sich in den letzten zweihundert Jahren in diesem Städtchen nicht sehr viel verändert. Ich hätte genauso gut im Balfour zu den Zeiten von Brodie hier stehen und den Karren hinterherschauen können, die fortrumpelten, um in den Dörfern der näheren und weiteren Umgebung ihren Whisky zu verkaufen.

Es war wunderschön hier. Doch der pochende Schmerz in meinem Arm erinnerte mich daran, dass in den Bergen auch heute noch Gefahr lauerte.

Als ich wieder zu Hause war, machte Hunter mehr Aufhebens um Liams Wunden als um meine. Liam bekam einen Berg Cottage Pie vorgesetzt, und Hunter trug Liams Lieblingskissen in den Garten, damit »der liebe Kleine sich ein bisschen in der Sonne ausruhen kann«. Das löste ein lautes, gedehntes Blöken im Schafpferch aus, wo Oscar sich so lange über seine Gefangenschaft beschwerte, bis Hunter ihn herausließ. Oscar trottete über den Hof zu Liam, stellte sich neben ihn und wachte über seinen verwundeten Kumpel.

»Ich habe ja, zugegeben, nur beschränkte Erfahrung mit Schafen, aber so was habe ich noch nie gesehen«, sagte ich und tätschelte Oscar den Kopf.

»Schafe sind sehr treue Tiere«, meinte Hunter. »Sie haben ein gutes Gedächtnis für böse und für liebe Leute. Wenn man nett zu ihnen ist, erinnern sie sich daran. Wenn nicht, sollte man auf der Hut sein.«

Ich ließ Liam sich bei Hunter und Oscar erholen und fuhr zu The Larches, um nachzuschauen, wie es mit den Vorbereitungen auf die japanische Invasion voranging.

Der Verband an meinem Arm verschaffte mir kurzzeitig jede Menge Mitleidsbekundungen. Das nutzte ich, um Rorys neuesten Plan vorzustellen. Wie vermutet, kam der nicht besonders gut an.

»Das Allerletzte, was ich brauche, ist, dass er und sein wahnsinniger Stalker unserem Programm die Schau stehlen«, stöhnte Patrick. »Das wäre eine Katastrophe.«

»Aber garantiert hervorragende Werbung«, ergänzte ich.

»Auf die Art von Werbung kann ich verzichten«, erwiderte Patrick mit funkelnden Augen. »Und Gott behüte, dass irgendwas Schreckliches passiert. Die Japaner wären beleidigt, und die Whisky Society würde meinen Kopf fordern. Ich darf nicht mal dran denken.«

»Ich hoffe, dass Michaelson Rory diese Idee ausreden kann, doch wenn nicht, dann müsst ihr euch schon mal darauf gefasst machen.«

»Grant geht garantiert der Hut hoch«, meinte Patrick. »Die Gästeliste wird immer länger. Zuerst waren es nur die sechs japanischen Destilleriebesitzer und ein paar von ihren Angestellten; jetzt kommen auch noch die meisten höheren Tiere von der Whisky Society mit. Aber ich bezweifle, dass die zu ihrem Whisky eine Show erwarten.«

»Warten wir erst mal ab, wie sich die Dinge entwickeln, ehe wir Grant davon erzählen.«

»Von wegen ›wir‹. *Du* erzählst es Grant.« Im nächsten Augenblick hellte sich Patricks Miene sichtlich auf. »Vielleicht könnt ihr das alles ja vor Samstag aufklären. Wie geht's denn voran?«

»Ich habe die Liste der Verdächtigen bereits eingeschränkt. Sie wird vielleicht noch kürzer, wenn Bill uns erst sagen kann, wer heute Morgen in Rorys Töpferwerkstatt war. Wie war der Videodreh?«, fragte ich und wechselte das Thema.

»Nicht übel, trotz des Mistwetters«, antwortete Patrick. »Summer und ich haben Gerry nach Abbey Glen mitgenommen und ihn dort herumgeführt. Er hat alle Innenaufnahmen von den Anlagen in vollem Betrieb gemacht und sich dabei auf die Elemente konzentriert, die Cam für die wichtigsten hält. Dann haben er und Cam ein Skript geschrieben, an das er sich grob halten will.«

»Wann ist das Video fertig?«

»Gerry nimmt das gefilmte Material mit nach Stirling und will sich in einem Tonstudio vor Ort Geräte ausleihen, mit denen er seine Aufnahmen und ein paar von deinen zu einem Video zusammenschneiden kann. Ich fahre später in der Woche mal runter, um den Kommentar einzulesen, und dann ist das Video fertig und kann auf dem Empfang gezeigt werden.«

In diesem Augenblick kam Summer angerannt und wollte mit Patrick die Beleuchtung für den Ballsaal besprechen. Sie zerrte ihn hinter sich her aus dem Zimmer.

Ich ging in die Küche und traf dort auf Louisa, die Gerry mit Tee und Kuchen bewirtete.

»Hallo, lange nicht gesehen«, begrüßte sie mich fröhlich.

»Ist noch was für mich übrig?«, fragte ich und deutete auf den Teller mit Scones, die unglaublich hoch aufgegangen waren, ehe Louisa ihre goldbraune Kruste großzügig mit Puderzucker bestäubt hatte.

»Bedienen Sie sich«, sagte Gerry und schob mir ein Glas Marmelade und den Teller mit den Scones hin.

»Wie fanden Sie Abbey Glen?«, fragte ich und häufte einen großen Klecks selbst gemachte Schwarze-Johannisbeer-Marmelade auf meinen Scone.

»Großartig. Wir haben heute alle Innenaufnahmen gemacht«, sagte Gerry. »Mehr werden wir wohl nicht brauchen. Allerdings möchte ich, wenn das Wetter mitspielt, in den nächsten Tagen noch mal hin und ein paar Außenaufnahmen nachholen.«

»Wir wissen Ihre Hilfe wirklich sehr zu schätzen«, sagte ich.

»Es fällt mir seit jeher schwer, Summer was abzuschlagen«, sagte er mit einem liebevollen Lächeln.

»Ja, die scheint wirklich alle Jungs um den kleinen Finger zu wickeln«, bemerkte Louisa mit ziemlich viel weniger Wärme, als ich von ihr gewohnt war.

»Sie kennen Summer schon seit ihrer Babyzeit, nicht wahr?«, fragte ich Gerry.

»Ja«, erwiderte Gerry. »Sie war sogar damals bereits eine echte Schönheit.« Gerry zog seine Brieftasche hervor und nahm ein Foto mit Eselsohren heraus, auf dem Summer als Kleinkind auf dem Schoß einer dunkelhaarigen Frau saß.

»Ist das Bonnie?«, fragte ich.

»Nein, das ist meine Frau Stella.« Es trat eine solche Traurigkeit auf Gerrys Gesicht, dass ich den Arm ausstrecken und ihn bei der Hand nehmen wollte.

»Sie ist im Februar gestorben.« Er räusperte sich. »Wir waren vierzig Jahre verheiratet.«

Der Verlust seiner Lebensgefährtin war offensichtlich ein schrecklicher Schlag für ihn gewesen. Gott sei Dank hatte er noch Patty und Summer, die sich um ihn kümmerten.

»Das hier sind die Mädels«, sagte er und zeigte mir ein Bild von Patty und einer rotblonden Frau, die auf einer Neujahrsfeier mit Partyhüten und Luftschlangen posierten. Ich sah, von wem Summer ihre Haarfarbe geerbt hatte. »Das links ist Bonnie. Stella hat sie unter ihre Fittiche genommen, als sie nach Southfield kam. Sie war schwanger mit Summer und mutterseelenallein. Wir hatten unsere eigene Tochter verloren, müssen Sie wissen, und ich denke, es hat uns einfach gutgetan, das junge Gemüse um uns zu haben. Sie haben die große Leere gefüllt. Wir waren für sie da, von dem Tag an, als sie Summer zur Welt brachte, bis zum Ende.« Gerry hielt einen Moment inne, und als er weitersprach, klang seine Stimme heiser. »Das Leben ist einfach nicht fair. So viele Mistkerle leben fröhlich weiter, und eine liebe junge Frau wie Bonnie zieht immer den Kürzeren.«

»Sie waren bei Bonnie, als sie gestorben ist?«

Gerry nickte. »Wir haben Bonnie versprochen, uns um Summer zu kümmern. Jetzt bin nur noch ich übrig und kümmere mich allein«, sagte Gerry traurig. »Aber ich tu mein Bestes, um ein Auge auf sie zu halten.«

»Das muss ja bei all dem Theater hier für Sie recht schwierig sein.«

»Mickey hat seine Leute«, erwiderte er, »und The Larches scheint für sie ein sicherer Hafen zu sein. Zumindest weiß ich, dass sie hier bestens mit Essen versorgt wird«, fügte er mit einen Zwinkern zu Louisa hinzu.

»Ach was«, sagte die und schob ihm den Teller mit den Scones wieder hin. »Ich muss jetzt los und alles fürs Abendessen vorbereiten.«

Ich nutzte den Augenblick, den ich mit Gerry allein war, um ihm noch ein paar Fragen zu Leo Moore zu stellen.

»Gibt es eigentlich schon einen Termin für die Beerdigung von Leo Moore?«

»Der Gedenkgottesdienst ist nächste Woche in London«, sagte Gerry mit einem Seufzer. »Was für ein Verlust.«

»Kannten Sie ihn gut?«

»Ziemlich. Wir arbeiteten schon seit Jahren zusammen. Er hatte ein unwahrscheinlich gutes Ohr. Dem ist nichts entgangen. Der hat ein Brummen auf einem Lautsprecher aus drei Häuserblocks Entfernung gehört.«

Ich beobachtete Gerry genau. Er war nicht überschwänglich mit seinem Lob, aber wenn er etwas sagte, dann meinte er es auch so – er war kein Mann der leeren Phrasen.

»Er war doch beinahe so lange wie Sie bei der Tontechnik«, merkte ich an. »War es nicht riskant, im Dunkeln am Generator herumzuschrauben?«

»Leo kannte sein Metier. Ich kann mir nicht vorstellen, dass er da rumgepfriemelt hätte, wenn es die geringste Gefahr gegeben hätte.«

»Wäre es möglich, dass jemand die Stromspitze ausgelöst hat, als Leo in der Nähe des Generators stand?«

»Absichtlich?« Gerry schaute völlig verdutzt drein. »Warum denn? Leo war ein Guter. Wer würde dem was antun wollen?«

Genau das war die Frage. »Vielleicht hat er was gesehen, was er nicht sehen sollte«, schlug ich vor.

»Aber jemanden durch einen Stromschlag töten, das ist doch Wahnsinn.«

Wahnsinn, ja. Aber nicht unmöglich. Wir hatten es hier schließlich mit einem Mörder zu tun.

Am nächsten Morgen wurde ich vom Brummen meines Handys auf dem Kissen neben mir aus dem Schlaf geschreckt. Ich linste auf den Bildschirm und sah *Kripo Stirling*.

»Ich habe Neuigkeiten«, sagte Michaelson ohne große Vorrede. »Ich habe gerade den Bericht über die Hautschuppen bekommen, die wir unter Ihren Fingernägeln gefunden haben. Die DNA passt zu der, die wir für Bruce Penrose in den Akten haben.«

Endlich ein konkreter Anhaltspunkt. »Haben Sie schon mit ihm gesprochen?«, fragte ich, schob Liam von meinen Knien runter und setzte mich auf.

»Wir warten noch auf genauere Angaben aus dem Forensiklabor.«

»Haben Sie eine Ahnung, was Penrose in Rorys Werkstatt wollte?«, erkundigte ich mich.

»Einer seiner Geschäftspartner meinte, dass er vielleicht versucht hat, ein paar von Rory Hendricks signierten Keramiken in die Finger zu bekommen.«

»Und die so lange aufzuheben, bis Rory tot ist?«, sagte ich und schaute auf die gestohlene Vase auf meinem Nachttisch.

»Drüber nachdenken kann man ja mal«, erwiderte Michaelson grimmig.

Michaelson beendete das Gespräch, und ich wälzte mich aus dem Bett und zog mich rasch an. Ich wollte bei meiner Verabredung mit Penrose unbedingt pünktlich sein. Er wusste noch nicht, dass wir ihm auf der Spur waren. Das Treffen würde eine gute Gelegenheit sein, ihn unter die Lupe zu nehmen und zu sehen, wie er reagierte, wenn ich ihm eine Originalkeramik von Hendricks anbot. Ich hatte mich mit Penrose für halb elf in seinem Hotelzimmer verabredet, aber es konnte nicht schaden, wenn ich ein bisschen früher dort aufschlug. Er war wild auf die signierten Fotos von Mickey Dawson und wäre sicher froh, mich zu sehen, weil das bestätigte, dass ich ihn gestern bei seiner Expedition auf die Fell Farm nicht erkannt hatte. Ich machte mich auf den Weg zum Auto und zögerte kurz, ehe ich beschloss, Liam mitzunehmen. Ein bisschen mehr Muskeln und ein paar scharfe Hundezähne konnten nicht schaden, besonders wenn man sich allein in das Hotelzimmer eines kriminell veranlagten Mannes wagte.

Ich stellte den Wagen in Stirling in einem Parkhaus am Rand der Altstadt ab und ging die drei Häuserblocks bis zu Penroses Hotel zu Fuß. Das Parker Hotel war eine Billigabsteige am Rand des Touristenbezirks. Die mit Chintz überzogenen Polstermöbel im Eingangsbereich hatten schon bessere Tage gesehen, und die altmodischen Häkeldeckchen, die überall verteilt waren, dienten wohl eher dazu, Flecken und Brandlöcher von Zigaretten zu überdecken, als zur Dekoration.

Der junge Mann am Empfang trug einen zerknitterten Anzug aus billigem Stoff, der ihm mindestens eine Nummer zu groß zu sein schien. Er machte sich nicht einmal die Mühe, von seinem Handy aufzublicken, als ich hereinkam. Liam folgte mir in den Aufzug. Soweit ich es beurteilten konnte, fuhren wir völlig unbeobachtet in den vierten Stock hoch.

Ich klopfte an die Tür von Zimmer 419, erhielt aber keine Antwort.

Ich schaute auf die Uhr. Es war erst zehn. Vielleicht war Penrose frühstücken. Ich konnte der Versuchung nicht widerstehen, mich rasch in seinem Zimmer umzusehen, ehe er zurückkam. Ich hörte, wie der Reinigungswagen des Zimmermädchens um die Ecke bog, und zog schnell meine dunkle Sonnenbrille aus der Manteltasche. Ich setzte sie auf und forderte Liam auf, Sitz zu machen.

»Entschuldigung.« Ich sprach bewusst die Wand neben dem Kopf der jungen Frau an, als sie mit dem Wagen näher kam. »Das hier ist mein Zimmer – 419.« Ich strich mit den Fingern über die Braille-Schrift auf dem Schild an der Wand. »Aber ich habe wohl meinen Schlüssel verlegt. Könnten Sie mich reinlassen?«

Das Zimmermädchen musterte mich kurz, zuckte mit den Achseln, entschied offensichtlich, dass sie kaum Gefahr lief, von mir angeschwärzt zu werden, da ich sie nicht sehen konnte. Sie zog den Hauptschlüssel heraus und schloss mir die Tür von Zimmer 419 auf. Ich dankte ihr wortreich und schlüpfte ins Zimmer.

Selbst nachdem ich die Sonnenbrille abgenommen hatte. dauerte es eine Weile, bis sich meine Augen an die Dunkelheit gewöhnt hatten. Der Geruch von Schweiß und schalem Bier hing im Zimmer und von etwas anderem, das eindeutig verdorben war. Neben der Tür stand ein gepackter Koffer und wartete auf seinen Besitzer. Durch die Tür rechter Hand sah ich nasse Handtücher auf dem Boden des Badezimmers liegen. Dahinter war nichts weiter Bemerkenswertes: Zahnbürste, Rasierzeug und Rezepte für Prozac und Lipitor, einfach in einen offenen Kulturbeutel gestopft. Nichts Außergewöhnliches für einen Mann in Penroses Alter.

Als Liam und ich weiter ins Zimmer hineingingen, sträubte sich Liams Fell, und er zerrte mich zu der von der Tür abgewandten Seite des Betts.

Penrose war nicht frühstücken – er lag zwischen dem Bett und der Wand auf dem Boden, teilweise von einer blassgelben Zudecke verhüllt, die vom Bett gerutscht war. Eine rote Blüte aus Blut verfärbte den Teppich hinter seinem Kopf, und der leere Ausdruck seiner Augen verriet mir, dass man nichts mehr für ihn tun konnte.

KAPITEL 18

Verdammt, verdammt, verdammt! Wieder war ein Menschenleben ausgelöscht, so erbärmlich es auch gewesen sein mochte. Zudem schied Penrose damit als Hauptverdächtiger aus, und ich steckte bis über beide Ohren im Schlamassel.

Mein Herz klopfte wie wild. Das Zimmermädchen, das uns ins Zimmer gelassen hatte, würde sich an uns erinnern. Ich konnte nicht leugnen, dass wir hier gewesen waren. Ich musste so schnell wie möglich abhauen. Sofort. Ich entfernte mich ganz langsam von der Leiche, achtete sorgsam darauf, nichts zu berühren. Liam begann zu winseln, und ich brachte ihn mit einem kleinen Klaps auf den Kopf zum Schweigen. Aus dem Augenwinkel sah ich auf dem Tisch am Fenster verschiedene signierte LPs, dazu eine Sammlung von Filzstiften. Zwei akustische Gitarren lehnten dem Bett gegenüber an der Wand, daneben stand noch ein weiterer Koffer. Eine dritte Gitarre, eine rot-schwarze Fender, lag auf dem Boden, der Hals war gebrochen, die Saiten hingen schief. Sie passte zu der Beschreibung von Rorys vermisster E-Gitarre. Wenn ich hätte raten müssen, so hätte ich vermutet, dass sie kurz vor Penroses Tod auf gewaltsame Weise in Kontakt mit seinem Hinterkopf gekommen war.

Ich wagte nicht, noch länger zu bleiben. Jeden Augenblick konnte jemand auftauchen und mich mit der Leiche im Zimmer entdecken. Ich setzte die dunkle Brille wieder auf, zog mir den Ärmel über die Hand, um die Türklinke herunterzudrücken, und schaute vorsichtig auf den Flur. Der

Reinigungswagen des Zimmermädchens stand ein wenig weiter hinten im Flur. Ich schlüpfte auf den Korridor, zerrte Liam hinter mir her und bewegte mich auf das Treppenhaus zu. Sobald die Tür hinter uns zugefallen war, rannte ich, so schnell ich konnte, die Stufen hinunter und verlangsamte das Tempo erst, als wir auf der Gasse hinter dem Hotel angekommen waren. Ich holte tief Luft und ging rasch meine Optionen durch.

Michaelson würde noch früh genug herausbekommen, dass ich dort gewesen war. Besser gestehen, als erwischt werden. Oder nicht? Am liebsten wäre ich weitergerannt, aber damit hätte ich nur noch mehr den Verdacht auf mich gelenkt.

Ich rief bei der Zentrale der Polizeiinspektion an und erhielt die Antwort, Michaelson sei nicht im Haus. Ich hinterließ eine Nachricht, dass ich angerufen hatte. Ich wusste, dass er sich bald melden würde.

Erst jetzt zitterten meine Hände, das war wohl der Schock nach dem eben Erlebten. Ich ging an den Häusern entlang zum nächsten Pub. Dort bestellte ich mir einen großen Whisky und gönnte mir eine Pause, um wieder zu Puste zu kommen. Wer konnte Penroses Tod gewollt haben? Ich versuchte, den ersten Gedanken, der mir in den Kopf kam, schnell wieder zu verdrängen. Ich wusste, dass dieser Gedanke auch Michaelson sofort kommen würde. War Bill Rothes so unvorsichtig gewesen, Rory einen Tipp zu geben? Wusste Rory, dass Penrose der Eindringling gewesen war? Zugegeben, es passte durchaus zu Rorys Stil, Penrose die Gitarre über den Kopf zu ziehen, besonders eine Gitarre, von der er behauptet hatte, sie sei nach der Show verschwunden gewesen. Aber das war zu offensichtlich. Selbst wenn er es in einem Wutanfall getan hätte, hätte er doch sicher die Mordwaffe nicht am Tatort zurückgelassen.

Es musste jemand anders gewesen sein. Hatte Penrose, während er gestern in der Fell Farm war, etwas gesehen, was er nicht hätte sehen sollen? Hatte er jemanden hintergangen, mit dem er an einer Sache arbeitete, die nicht mit den *Rebels* zu tun hatte? Oder war auch das hier wieder mal gegen die *Rebels* gerichtet?

Simon Moye hätte am Erfolg der *Rebels* beteiligt sein sollen, und ohne Penroses Einmischung wäre das auch so gekommen. Er hatte allen Grund, Penrose zu hassen und ihm den Tod zu wünschen. War all dies ein ausgeklügelter Rachefeldzug gegen die Band und ihren Manager, der vor so vielen Jahren Moyes Karriere ruiniert hatte? Aber warum bis jetzt warten? Konnte er es nicht ertragen, dass Rorys Karriere schon wieder einen Aufschwung nahm, während man ihn an den Rand gedrängt hatte? Oder hatte es ihm bisher an Gelegenheiten gefehlt? Sowohl Rory als auch Penrose waren jetzt wieder in der Gegend. Hatte ihre Rückkehr eine frische Welle der Wut und der Verbitterung bei Moye entfacht?

Ich saß eine Weile in Gedanken versunken da. Im Geiste zerriss ich die Karteikarte von Bruce Penrose und dachte über mögliche Täter außer Simon Moyes nach. Tina und ihr Verehrer? Summer? Summer, deren Mutter Schnitter Tod fortgeholt hatte. Wo war Summer heute Morgen?

Meine Gedanken rasten, und meine Nerven waren aufs Äußerste angespannt. Ich verschluckte mich beinahe an meinem Whisky, als plötzlich mein Handy vibrierte.

»Logan?« Ich hätte Michaelsons Stimme auch ohne Telefon aus ein paar Straßen Entfernung hören können. »Was zum Teufel treiben Sie jetzt schon wieder?«

»Sie waren also bei Penrose«, sagte ich und versuchte, meine Stimme nicht zittern zu lassen.

»Sie waren als Termin für halb elf in seinem Kalender eingetragen, und das Zimmermädchen hat mir gesagt, dass sie um zehn Uhr eine blinde Frau mit einem Hund ins Zimmer gelassen hat. Der Beschreibung nach hatte diese Blinde eine merkwürdige Ähnlichkeit mit Ihnen.«

»Ich habe Sie angerufen«, versuchte ich mich herauszureden. »Sobald ich die Leiche gefunden hatte. Ehrlich. Aber Sie sind nicht an den Apparat gegangen.«

»Kommen Sie sofort hierher«, bellte Michaelson.

Ich kippte den Rest meines Whiskys runter und spielte ernsthaft mit dem Gedanken, mir noch rasch einen zweiten zu gönnen, ehe ich mich an den Tatort zurückbegab, entschied mich aber dagegen. Michaelson ging vor dem Parker Hotel unruhig auf und ab und telefonierte. Er funkelte mich wütend an und deutete auf eine Stelle auf dem Bürgersteig, etwa zwei Meter von ihm entfernt. »Und rühren Sie sich nicht vom Fleck!«, befahl er mir tonlos.

Ich erstarrte, als er sein Gespräch beendete und auf mich zukam. »Ich könnte Sie wegen Manipulation eines Tatorts verhaften«, zischte er.

»Ich habe nichts berührt, das schwöre ich. Da müssten Sie mich doch besser kennen.«

»Was hatten Sie überhaupt in seinem Zimmer zu suchen?«, wollte er wissen. »Sie haben diese Verabredung tunlichst zu erwähnen vergessen, als wir heute Morgen telefoniert haben.«

»Sie hätten mir nur gesagt, dass ich nicht hingehen soll«, murmelte ich.

»Da haben Sie verdammt recht. Wieso haben Sie dieses Risiko auf sich genommen?«

»Penrose hat mich gebeten, ihm ein paar signierte Fotos von Mickey Dawson in voller Aktion zu besorgen. Es war ein guter Vorwand, um noch einmal mit ihm zu reden. Er wusste nicht, dass ich wusste, dass er gestern der Eindringling auf der Fell Farm war, also habe ich die Verabredung eingehalten. Ich wollte mir sein Zimmer anschauen, ehe er erfuhr, dass wir ihm auf der Spur waren. Ich habe nicht erwartet, seine Leiche zu finden, Herrgott noch mal!«

Michaelson schüttelte den Kopf, die Frustration war deutlich auf seinen Zügen abzulesen.

»Vielleicht hat er bei Rory etwas oder jemanden gesehen, den oder das er nicht hätte sehen sollen«, sagte ich vorsichtig.

»Vielleicht. Oder vielleicht versucht Ihr Freund Hendricks, das Gesetz in die eigenen Hände zu nehmen«, erwiderte Michaelson.

»Woher sollte Rory wissen, dass es Penrose war, der gestern in seine Werkstatt eingedrungen ist?« Ich versuchte, ihn herauszufordern. »Ich habe es ihm nicht gesagt. Sie etwa?«

Michaelson ignorierte die Frage und fuhr mit seiner Tirade fort. »Wenn Sie an Ort und Stelle geblieben wären, nachdem Sie die Leiche gefunden hatten, hätte ich Sie gleich hier befragen können. Aber Sie mussten ja vom Tatort flüchten. Jetzt muss ich Sie auf die Wache mitnehmen, und dort müssen Sie eine offizielle Aussage zu Protokoll geben.«

»Ach was, Sie kennen mich doch«, erwiderte ich.

»Ich kann die Regeln für Sie ein bisschen verbiegen, Logan, aber brechen kann ich sie nicht. Seien Sie heilfroh, dass ich Sie nicht in Handschellen abführe.«

Ich versuchte, meine Angst nicht zu zeigen. Michaelson hatte recht. Ich hätte es besser wissen müssen. Ich war in Panik geflohen, obwohl ich hätte bleiben müssen, aber es hatte mich völlig aus der Bahn geworfen, meinen Hauptverdächtigen da tot liegen zu sehen. Plötzlich fühlte ich mich sehr verletzlich. Könnte mein Kunde der Schuldige sein? Führte er mich genauso an der Nase herum, wie er vor mir unzählige Frauen reingelegt hatte? Auf meinen Instinkt war doch sonst immer hundert Prozent Verlass, aber sonst empfand ich für die Menschen, mit denen ich beruflich zu tun hatte, nicht solche Ehrfurcht.

Ich folgte Michaelson zu dem Polizeiauto am Straßenrand, und wir fuhren in angespanntem Schweigen auf die örtliche Polizeiwache. Man brachte mich in den Verhörraum und ließ mich eine gute halbe Stunde warten. Ich lief mit der Zeit schon fast eine Rinne in den Boden und hatte mir jeden Kratzer, jede Rille, jede Delle in der Wand gemerkt. Allmählich machte ich mir Sorgen wegen Liam, und meine Wut übertraf schon beinahe meine Furcht. Endlich tauchte Michaelson auf, begleitet von einer Kriminalpolizistin.

Ich verschränkte die Arme vor der Brust und funkelte die beiden böse an. »Kein Wort, ehe Sie mir nicht sagen, was Sie mit Liam gemacht haben.«

»Fordern Sie Ihr Glück nicht heraus, Ms Logan«, sagte Michaelson mit eisiger Stimme. »Es ist durchaus in Ihrem Interesse, mehr als gut mit uns zusammenzuarbeiten«, fügte er hinzu, ehe er eine kurze Pause einlegte, um das Aufzeichnungsgerät auf dem Tisch zurechtzurücken. »Liam genießt gerade die Zeit bei unserem Sergeant am Empfang, der ein ausgesprochener Hundenarr ist. Sie sollten das zu schätzen wissen. Und nun lassen Sie uns weitermachen. Ab jetzt wird dieses Gespräch aufgezeichnet.«

Michaelson drückte einen Knopf und sprach mich direkt an. Sein Gesicht blieb unergründlich. »Bitte nennen Sie uns Ihren vollständigen Namen.«

»Abigail Marie Logan.« Wir gingen noch einige andere Formalitäten durch, ehe wir zum eigentlichen Inhalt des Verhörs kamen.

»Können Sie uns sagen, wann genau Sie heute Morgen im Parker Hotel angekommen sind?«

»Kurz vor zehn Uhr.«

»Was hat Sie dorthin geführt?«

»Ich hatte eine Verabredung mit Bruce Penrose.«

»Eine im Voraus getroffene Verabredung?«

»Ja. Er hatte Interesse an einigen signierten Abzügen von Fotos von Rory Hendricks geäußert, die ich letzte Woche während der Show für die Kriegsveteranen gemacht habe.«

»Warum?«

»Penrose hat ein Unternehmen, das Rock-and-Roll-Souvenirs verscherbelt. Er wollte mir die Fotos abkaufen.« Ich folgte Michaelsons Fragenkatalog so ruhig, wie ich nur konnte, weil ich vermutete, dass er einen legitimen Grund für meine Anwesenheit am Tatort herausfinden wollte. Ich sagte schließlich die Wahrheit, wenn auch nicht die ganze Wahrheit, aber so könnte ich meine Spuren einigermaßen verwischen.

»Sie sind kurz vor zehn Uhr am Zimmer von Mr Penrose angekommen. Was ist dann geschehen?«

Ich erzählte Michaelson, wie ich ins Zimmer gelangt war.

»Sie sollten Penrose aber doch erst um halb elf treffen. Warum sind Sie früher gekommen?«

»Ich hatte so meine Zweifel, ob sein Unternehmen ganz legal ist. Solange er nicht im Zimmer war, wollte ich mich nach Beweisen dafür umschauen, dass er die Dinge fälscht, die er als Souvenirs verkauft.«

»Und gab es solche Beweise?«

»Ich weiß es nicht. Mein Hund hat mich gleich zum Fenster gezerrt, und da sah ich Penrose tot auf dem Boden liegen. Danach habe ich nicht mehr viel bemerkt.«

»Wie viele Styroporplatten sind an der Decke dieses Zimmers?«

»Siebenunddreißigdreiviertel«, antwortete ich, ohne nachzudenken.

»Sie wollen mir weismachen, dass Sie die Zahl der Styroporplatten an der Zimmerdecke blitzschnell erfassen, dass Ihnen aber am Tatort nichts sonst aufgefallen ist?«

Ich schaute Michaelson stirnrunzelnd an. Ich hatte immer steif und fest behauptet, als Fotografin ein so gutes Auge für Details zu haben, dass ich auch in Kriminalfällen blendend ermitteln konnte. Wenn Michaelson diese Fertigkeiten jetzt gegen mich ausspielte, konnte ich das kaum verhindern. »Nun gut, ich habe eine zerbrochene rot-schwarze Fender-Gitarre bemerkt, die der ähnelte, die bei dem Benefizkonzert am Freitag verschwunden ist. Ich habe eine Reihe von Filzstiften auf dem Tisch liegen sehen neben einigen signierten LPs, was zu der Vermutung führen könnte, dass Penrose Unterschriften gefälscht hat. Ich habe bemerkt, dass der Schrank leer war und dass der Reißverschluss am Koffer bei der Tür straff gespannt war. Folglich dachte ich, dass Penrose fertig gepackt hatte und nach unserem Treffen am Morgen aufbrechen wollte.«

Michaelson nickte, und ein leises Lächeln spielte um seine Mundwinkel. »Haben Sie irgendwelche von diesen Gegenständen angefasst?«

»Nein.«

»Haben Sie die Leiche angefasst?«

»Nein. Ich konnte von da, wo ich stand, sehen, dass er tot war.«

Michaelson stellte noch mehrere Fragen, die absichern sollten, dass ich im Pub um die Ecke so lange gewartet hatte, bis die Polizei eintraf, und dass ich freiwillig zur Befragung mitgekommen war. Danach beendete er die Befragung und schaltete das Aufzeichnungsgerät aus.

Er bat die Kriminalpolizistin, mich nach draußen zu bringen, während er meinen treuen Begleiter holen ging. Michaelson gesellte sich auf dem Bürgersteig zu mir und reichte mir Liams Leine, ehe er mich noch ein Stück die Straße entlang begleitete. Ich verabschiedete mich rasch und fuhr so schnell wie möglich nach Hause.

Wenig später spazierte ich allein über die High Street von Balfour. Liam hatte ich zu Hause gelassen, weil er nach seiner Gefangenschaft auf der Polizeiwache von Stirling die Freiheit im Garten genießen sollte.

Auf halbem Weg begegnete mir ausgerechnet Michaelson, der wohl vor Ort recherchieren wollte.

»Sie schon wieder«, knurrte er.

»Ich wohne hier«, betonte ich leicht pikiert.

»Machen Sie so was nie wieder mitten in einem von meinen Fällen«, sagte Michaelson streng.

»Tut mir leid, ich weiß, dass ich alles in Unordnung gebracht habe. Die ganze Sache war ein ziemlicher Schock für mich. Ich hatte ihn als Mörder im Visier. Ganz sicher habe ich nicht damit gerechnet, seine Leiche zu finden.«

»Sie glaubten, er wäre der Mörder, also haben Sie beschlossen, allein zu ihm ins Hotelzimmer zu gehen. Ich hätte Ihnen eigentlich mehr Verstand zugetraut.«

»Ich war nicht allein.«

Michaelson zündete sich eine Zigarette an und sagte: »Es war ein Zettel an die Leiche geheftet: ›*Broken hearts will never mend, a broken head the quicker end.*‹* Sagt Ihnen das was?«

»Das ist ein Songtext«, antwortete ich und summte leise. »Der Titel fällt mir jetzt gerade nicht ein, aber der kommt schon noch. Ich vermute, die zerbrochene Gitarre war die Mordwaffe?«

* (engl.) Gebrochene Herzen heilen nie, ein gebrochener Schädel ist das schnellere Ende.

»Höchstwahrscheinlich. Die Forensik untersucht sie gerade. Penrose hat einen gewaltigen Schlag auf den Hinterkopf bekommen«, erklärte Michaelson. »Dazu war einige Kraft nötig, aber nicht viel Geschick.«

»Todeszeitpunkt?«, fragte ich.

»Erste Schätzung: Nicht mehr als vier Stunden, bevor er gefunden wurde.«

»Hat das Hotel Überwachungskameras?«

»Bringt nichts. Die waren kaputt. Penrose hatte vor der Verabredung mit Ihnen noch einen Termin. Um halb neun wollte er sich mit Ricky Henderson treffen. Kommt Ihnen der Name bekannt vor?«

»Nein«, erwiderte ich nachdenklich.

Michaelson warf mir einen fragenden Blick zu. »Kommen Sie schon. Sie ahnen doch was. Behalten Sie das nicht für sich.«

»Na ja, es ist beinahe ein Anagramm für Rory Hendricks.«

»Sie meinen, Hendricks hat heute früh Penrose besucht?«

Ich schüttelte den Kopf. »Das glaube ich nicht. Rory ist alles Mögliche, aber nicht dumm. Er trifft nicht unter einer fadenscheinigen Version seines eigenen Namens eine Verabredung mit Penrose und ermordet ihn dann.«

»Er hatte unter Umständen nicht die Absicht, ihn zu ermorden, als er den Termin ausgemacht hat. Der Mord war vielleicht eine spontane Handlung.«

»Nein«, sagte ich mit Nachdruck. »Wenn überhaupt, dann ist es viel wahrscheinlicher, dass jemand versucht, Rory etwas anzuhängen.« Ich hielt einen Augenblick inne. »*Burning Bridges*, so heißt der Song, aus dem der Text stammt. Es ist ein alter *Rebels*-Song. Einer, den Rory mit Simon Moye geschrieben hat. Haben Sie noch einmal mit Simon gesprochen?«

»Seiner Mutter zufolge ist er mit seiner Familie im Campingurlaub. Sie hat keine Ahnung, wo sie sich aufhalten, aber wir finden ihn. Wann haben Sie die Verabredung mit Penrose getroffen?«, fragte Michaelson und schlug eine andere Gangart ein.

»Gestern.«

»Wussten Sie, dass er schon heute früh im Hotel ausgecheckt hat? Deswegen hat Sie das Zimmermädchen reingelassen. Sie dachte, Sie wären der nächste Gast.«

»Das überrascht mich nicht. Er hatte alles gepackt und war zur Abfahrt bereit. War er nach seinem Einbruch nervös geworden? Glaubte er, man hätte ihn erkannt, oder hat er etwas gesehen?«

»Das ist die Frage, nicht?« Michaelson machte sich ein paar Notizen auf einem Block, den er aus der Tasche gezogen hatte.

»Haben Sie schon gehört, dass Rory als besonderer Gast auf einer Veranstaltung der Whisky Society auftauchen will, die am Samstag in der Destillerie stattfindet?«, fragte ich.

»Er hat so was erwähnt.«

»Was haben Sie dazu gesagt?«

»Ich kann ihn nicht davon abhalten, und wenn Sie recht haben und er nicht unser Mann ist, lockt das vielleicht den wahren Mörder aus der Deckung. Wir haben Hendricks geraten, den Ball flach zu halten, aber der verdammte Hund macht ja sowieso, was er will. Genau wie eine andere mir bekannte Person.«

»Wer immer dahintersteckt, weiß, dass Rory in Balfour ist. Die Veranstaltung bei uns wurde in den Zeitungen von Glasgow und Edinburgh angekündigt. Wenn jemand darauf aus ist, in Rorys Nähe zu kommen, wäre es keine schlechte Gelegenheit.«

»Wie viele Gäste erwarten Sie?«

»Anfänglich war die Sache für einen kleinen Kreis geplant, aber ich glaube, dass inzwischen etwa vierzig Namen auf der Gästeliste stehen. Plus zusätzliches Service-Personal, Parkplatzwächter und so weiter.«

»Aber man braucht eine Einladung?«

»Theoretisch ja, doch die Sponsoren laden ständig neue Leute ein. Patrick Cooke hat eine Liste von Leuten, die die Einladung offiziell angenommen haben, und die ändert sich dauernd. Ich glaube nicht, dass er uns verraten will, wie groß die Invasion tatsächlich sein wird.«

»Gut. Jetzt sehen Sie zu, dass Sie nicht wieder in den Schlamassel geraten. Wenn Sie noch ein einziges Mal die rote Linie überschreiten, sind mir die Hände gebunden.«

Ob es uns passte oder nicht, Rory würde am Samstag in der Schusslinie stehen. Michaelson konzentrierte sich vielleicht nicht auf Simon Moye, ich dagegen schon.

KAPITEL 19

Als ich nach Hause kam, hörte ich hinter dem Haus eine laute Männerstimme.

»Hallo! Hallo! Hol mich einer hier raus!«

Ich ging um das Haus herum und erblickte Robert Llewelyn-Jones, der auf meinem Gartentisch stand, während Liam und Oscar ihn vom Boden aus misstrauisch beäugten. Liam knurrte jedes Mal bedrohlich, wenn der Reporter einen Schritt auf die Tischkante zumachte, und Oscar stand an der gegenüberliegenden Seite Wache, wie der schweigsame starke Kumpel in einem Gangsterduo.

»Sie scheinen sich ja in eine ziemlich prekäre Lage gebracht zu haben«, merkte ich an.

»Rufen Sie sie zurück.«

»Ich bin nicht sicher, ob ich das kann. Die haben im Allgemeinen ihren eigenen Kopf. Außerdem weiß ich gar nicht, ob ich das überhaupt will. Was haben Sie hier zu suchen? Ich erinnere mich, dass ich Sie aufgefordert habe, mein Grundstück zu verlassen und hier nie wieder aufzutauchen.«

»Ich war nur gerade in der Gegend.«

»In meinem Garten?«

»Ich habe geklopft, und es ist niemand an die Tür gekommen, und da habe ich gedacht, Sie sind vielleicht hier draußen.«

»War ich nicht.«

»Das sehe ich. Machen Sie schon, rufen Sie die verdammten Viecher zurück.«

»Der Hund ist ziemlich freundlich zu Leuten, die er leiden kann, und das Schaf, nun, sie sollten es doch schaffen, einem Schaf zu entkommen.«

»Das ist ein verdammt großes Schaf mit einem echten Verhaltensproblem, und der Hund ist auch nicht gerade begeistert von mir.«

»Was Sie nicht sagen. Allgemein ist er ein ausgezeichneter Menschenkenner.«

»Das reicht jetzt, Sie können sie zurückpfeifen.«

»Ich glaube, das lasse ich lieber. Den beiden scheint es Spaß zu machen. Mir macht es ganz bestimmt großes Vergnügen«, sagte ich und ließ mich auf einem Liegestuhl auf der Terrasse nieder. »Wenn Sie wegwollen, werden Sie wohl rennen müssen.«

Llewelyn-Jones tigerte auf der Tischplatte hin und her und suchte nach einem Fluchtweg.

»Gut, wenn Sie unbedingt bleiben wollen, rufe ich die Polizei an«, sagte ich und machte Anstalten, mich zu erheben.

Mein Gast wirkte unentschlossen, sprang jedoch schließlich mit einem Satz vom Tisch. Er raste auf den Seiteneingang zu, den nach ihm schnappenden Liam dicht auf den Fersen; Oscar bildete die Nachhut. Ich folgte den dreien und überlegte mir, wie groß wohl die Chance war, dass Llewelyn-Jones sein Auto ungeschoren erreichen würde.

»Gut gemacht, Jungs«, lobte ich die beiden, als sie meinen ungebetenen Gast vom Gelände geleitet hatten.

Wir schauten zu, wie das Auto mit Höchstgeschwindigkeit in einer Staubwolke verschwand. Ein lautes Hupsignal kündigte gleich darauf die Ankunft eines quietschpinken Micra an, der auf uns zubrauste.

»Oi, da hätte mich doch beinahe einer mit seinem Auto von der Straße gedrängt. Für wen halten diese Scheißkerle sich eigentlich?« Die Fahrerin stieg aus und krümmte sich in einem Hustenanfall.

Ich bereitete mich auf eine weitere Reporterin vor, als ich merkte, dass die junge Frau vor mir nicht ins übliche Bild passte. Sie hatte zu einem Pferdeschwanz gebundenes struppiges blondes Haar, das an den Spitzen rosa gefärbt war. Die schrille Farbe ihres Autos entsprach der auf ihren Lippen und Fingernägeln, und sie trug einen grellgelben Anorak über grauen Leggings und einem quietschgrünen Pullover. Schon allein vom bloßen Anblick tat mir der Kopf weh.

»Ich bin Trish«, verkündete sie. Aus irgendeinem Grund schien sie zu glauben, dass keine weitere Erklärung notwendig war.

»Nett, Sie kennenzulernen, Trish«, erwiderte ich und hoffte auf weitere Hinweise.

»Meine Tante Floss hat gesagt, Sie brauchen Hilfe oder so.«

»O ja, natürlich.« Sie war nicht ganz das, was ich mir als Empfangsdame für die Bennett-Logan-Erinnerungs-Stiftung vorgestellt hatte, aber wie war das noch mit dem geschenkten Gaul? »Dann kommen Sie mal rein«, sagte ich und deutete auf die Haustür.

Trish folgte mir in die Küche und hängte ihren Anorak über eine Stuhllehne. »Ich stell mal Wasser auf, ja?«, sagte sie und schien sich schon wie zu Hause zu fühlen. »Ich mach echt tollen Tee. Sagen alle.«

Ich nickte stumm. Wie so oft in Balfour traten die Leute mit wenig oder ohne mein Zutun in mein Leben. Hunter hatte ich gewissermaßen mit dem Haus geerbt. Nicht dass ich mir jetzt mein Leben hier ohne ihn noch vorstellen könnte, aber am Anfang hatte ich mich erst ein bisschen an ihn gewöhnen müssen. Mrs Brookes tauchte immer noch zweimal in der Woche auf, um aufzuräumen, wie sie es nannte. Ich hatte keine Ahnung, woher sie kam, außer »von weiter oben im Tal«. Sie hatte für Ben gearbeitet, und nun arbeitete sie eben für mich, ob ich das wollte oder nicht.

Trish setzte das Wasser auf und machte sich auf die Suche nach sauberen Henkelbechern, während sie wie ein Wasserfall redete.

»Ich kann an den meisten Nachmittagen aushelfen, nur nicht am Dienstag, da hab ich Pilates-Kurs. Morgens muss ich Mum mit Dad helfen. Der hat 'ne neue Hüfte gekriegt und kommt gar nicht gut klar damit. Wenn er nur nicht so stur wäre, aber so sind die Männer eben. Lassen sich rein gar nix sagen. Er muss unbedingt jeden Morgen nach seinen Kartoffeln gucken. Echt 'ne Plage, ihn durch den Garten zu zerren, das kann ich Ihnen sagen. Sie sollten auch drüber nachdenken, ein bisschen Gemüse anzupflanzen. Es geht nichts über frische Sachen, aber Sie haben ja mit der Schäferei angefangen, nicht?«

Ich ergriff die Gelegenheit, mich zu Wort zu melden. »Nicht als Schäferin, eher als Hobby. Ich habe nur acht Schafe.«

»Stimmt es, dass Sie denen allen Namen gegeben haben?«

»Ja.«

Trish schnaubte vor Lachen. »Ihr Städter seid wirklich bescheuert.«

Auf diesen Kommentar fiel mir keine passende Antwort ein, also fragte ich: »Können Sie mit einem Computer umgehen?«

»Im Tippen bin ich nicht so toll, da geraten mir immer meine Fingernägel in den Weg«, sagte Trish und zeigte zehn perfekt manikürte und verzierte Nägel, die ein gehöriges Stück über ihre Fingerkuppen hinausragten. »Aber mit Tabellen und so komm ich prima klar. Ich war in der Schule in Mathe super. Vielleicht sollte ich mir die doch schneiden und mir eine solide Gelmaniküre machen lassen«, sinnierte sie. »Was meinen Sie?«

Ich schaute auf meine eigenen splitterigen Nägel. »Da bin ich überfragt.«

»Gut, wann soll ich anfangen?«

Nicht ob, sondern wann. Ich zögerte einen Augenblick. Die junge Dame beschwor in meinem Kopf ganz klar die Wörter *schrill*, aber *zäh* und *zuverlässig* herauf. Da ich im Augenblick keine andere Option hatte, beschloss ich, es mit ihr zu versuchen. »Wie wär's mit jetzt gleich? Ich kann Ihnen ein bisschen zeigen, was wir machen, und dann sehen wir mal, wie es so läuft mit uns.«

Ich nahm Trish mit in die Bibliothek und deutete auf die Schachteln, in denen Bens Akten lagerten. »Ich muss für alle Wohltätigkeitsorganisationen, mit denen er im Laufe der Jahre gearbeitet hat, separate Akten anlegen. Sämtliche Informationen stehen hier drauf.« Ich hinterließ ihr eine Liste der Organisationen auf dem Schreibtisch. »Wenn Sie gleich anfangen wollen? Ich muss noch mal kurz zu The Larches rüberfahren.«

In der VIP-Zentrale beugten sich Patrick und Grant gerade über eine Karte des Landguts. »Sieht aus, als müssten wir uns mit Mick dem Weiberhelden abfinden«, meinte Grant bitter. »Michaelson ist nicht bereit, was dagegen zu tun.«

»Ich habe es heute Morgen noch mal versucht, aber sagen wir mal, ich habe wohl seinen guten Willen ein bisschen überstrapaziert.«

»Er hat eine detaillierte Karte vom gesamten Landgut angefordert«, knurrte Grant.

Ich schaute Patrick über die Schulter auf die riesige Karte vom Landgut der MacEwens, die den halben Esstisch einnahm. Grant blickte nicht einmal zu mir hin.

»Was ist das?«, fragte ich und deutete auf ein großes Gebäude südlich vom Haus.

»Ställe. Nicht mehr viel davon übrig.«

»Und das hier?«, fragte ich und tippte auf einen Pfad, der von den Ställen unter das Haus zu führen schien.

»Der Priestertunnel«, erwiderte Grant. »Einer von mehreren. Der hier ging vom hinteren Teil der Garderobe im Eingangsflur direkt bis in die Ställe.«

»Hunter kennt jede Menge Geschichten über die Tage der Schmuggler und Steuereintreiber«, erzählte Patrick. »Hier muss ja alles von geheimen Gängen und Verstecken völlig durchlöchert gewesen sein. Ich kann mir nicht vorstellen, dass Ihre Vorfahren sich so schnell ihren kleinen Schluck Whisky nehmen ließen, wenn sie einen brauchten.«

»Ja, es waren ziemlich viele Gänge«, sagte Grant. »Als Kind hab ich die mal alle gekannt. Mein Bruder und ich, wir haben an Regentagen stundenlang darin gespielt.«

In diesem Augenblick kam Summer herein, in einer butterweichen sahneweißen Jeans, die ihren straffen kleinen Hintern eng umspannte, und einem übergroßen Pullover, der verdächtig wie der aussah, den Grant Anfang der Woche getragen hatte. Das prächtige Dunkelgrün betonte ihr rotgoldenes Haar, das ihr in lockeren Wellen um die Schultern fiel.

Sie trat zu uns heran und legte eine Hand auf Grants Arm. »Tut mir leid, dass ich Sie hier wegholen muss, aber das Fenster in meinem Zimmer klemmt. Könnten Sie kommen und mir helfen, es zuzumachen? Louisa ist in der Küche beschäftigt, und es ist da oben echt kalt.« Summer bibberte elegant ein wenig.

Grant hielt ihr die Tür auf und folgte ihr aus dem Zimmer, legte ihr dabei die Hand locker auf den Rücken. Es war eine winzige Geste, aber sie sprach Bände.

»Dir wär nicht so verdammt kalt, wenn du nicht so dürr wärst«, murmelte ich.

Patrick grinste. »Und wieder erhebt das grünäugige Monster Eifersucht sein grässliches Haupt.«

»Ich bin nicht eifersüchtig«, erwiderte ich schärfer, als ich beabsichtigt hatte. »Es geht mich nichts an, was er in seinem eigenen Zuhause anstellt, aber ich kann dir sagen, Rory wird nicht gerade erfreut sein, wenn er hört, dass der Laird mit seiner Tochter rummacht.«

»Vielleicht denkt Grant ja, dass Rory so sehr mit dir beschäftigt ist, dass er es gar nicht mitkriegt«, sagte Patrick spitzbübisch. »Jedenfalls kannst du Grant nicht abweisen und erwarten, dass er sich nicht woanders umschaut. So funktioniert das nicht.«

»Halt die Klappe. Ich habe ohnehin schon einen schrecklichen Tag hinter mir. Heute Mittag hat mich Michaelson auf die Polizeiwache von Stirling geschleift und nach allen Regeln der Kunst verhört.«

»Wieso?«

»Er wollte mit mir ein bisschen darüber plauschen, warum ich den ermordeten Bruce Penrose gefunden habe.«

»Penrose? Großer Gott! Du bist wirklich ein wandelndes Kriegsgebiet, was?«

Ich erzählte Patrick alles haarklein.

»Mit der Gitarre eins über den Schädel«, meinte Patrick schließlich. »Wo war dein Freund Rory heute Morgen?«

»Du redest schon wie die Polizei«, antwortete ich steif. »Das Opfer beschuldigen, super.«

»Wenn's nicht Rory war, wer dann?«

»Simon Moye. Der macht gerade irgendwo mit seiner Familie Ferien, und ich wette, sie sind irgendwo hier in der Nähe. Laut Michaelson stand auf dem Zettel, den man bei der Leiche gefunden hat: *Broken hearts will never mend, a bro-*

ken head the quicker end. Das ist ein Songtext, den Simon damals in den frühen Jahren mit Rory geschrieben hat.«

»Sucht Michaelson nach Simon?«

»Jetzt schon, aber er ist immer noch besessen von dem Gedanken, dass Rory der Täter ist. Ich muss morgen nach London, um ein paar Dokumente zu unterschreiben, mit denen die Stiftung eingerichtet wird. Ich dachte, das wäre eine gute Gelegenheit, bei Ravenscourt vorbeizuschauen. Vielleicht weiß da jemand, wo Simon Ferien macht.« Nicht nur das, ich würde auch die Chance haben, mir Tinas Freund Jai Kapur vorzuknöpfen und Patty und Ian einen Besuch abzustatten. Vielleicht könnte ich da etwas herausfinden, das mir helfen würde, diesen ganzen Schlamassel zu begreifen.

Ich beteiligte mich, solange ich konnte, an den Vorbereitungen für das Japaner-Event und fuhr dann nach Hause, um nach Trish zu sehen. Ich war nicht zu optimistisch, dass sie allzu lange allein klarkam. Während ich in The Larches war, hatte sich das Wetter rasch gebessert. Nun wehte eine warme Brise zwischen den Bäumen, und die Sonne des Spätnachmittags war zwar schon hinter den Bergen versunken, tauchte aber noch alles in einen goldenen Schein. Ich beschloss, es mal mit Hope als Kabrio zu versuchen. Die Anleitung schien recht klar, und tatsächlich dauerte es weniger als sieben Sekunden, bis mein Verdeck zurückgefaltet war und Liam und ich losfahren konnten und uns den Wind um die Ohren wehen ließen.

Wir rumpelten durch das Städtchen und winkten Reverend Craig und Fiona zu, die gerade aus der Bibliothek kamen. Vorbei am Goldenen Hirsch samt dem neuen Betonfundament für den Anbau, über die Brücke zur Straße, die aus der Stadt hinausführte. Liam genoss die Fahrt in vollen Zügen. Ich konnte schon beinahe ein Grinsen auf seinem Hundegesicht sehen. Doch plötzlich erstarrte er und begann, etwas zu verbellen, das vor uns am Straßenrand aufgetaucht war. Als wir uns näherten, erkannte ich, dass es ein Schaf war, das wild entschlossen in Richtung Dorf trabte.

Ich fuhr an den Straßenrand, und Liam hechtete aus dem Wagen, um Oscar zu begrüßen, der stehen geblieben war und so aussah, als hätte er ohnehin das beabsichtigte Ziel erreicht. Er hatte vorhin, als Liam und ich losfuhren, wie wild geblökt, doch niemals hätte ich gedacht, dass er es schaffen würde, sich zu befreien und uns zu folgen. Eigentlich war das ziemlich niedlich, aber es warf die Frage auf, wie ich ihn jetzt nach Hause bekommen würde. Er wirkte einigermaßen erschöpft. Seltsam, wie rasch ich gelernt hatte, zu erkennen, wann ein Schaf müde war. Meine Fertigkeiten als Schäferin schienen sich zu verbessern.

Räumliche Vorstellungskraft war noch nie meine Stärke, aber selbst ich begriff, dass ein Mini Cooper Cabrio und ein Schaf nicht die ideale Kombination waren. Leider war Liam nicht meiner Meinung. Er knuffte Oscar in Richtung hintere Wagentür und sah mich erwartungsvoll an. »Auf keinen Fall!«, sagte ich. »Das ist ein nagelneues Auto.«

Liam stieß ein leises, kehliges Knurren aus und blickte mich unter den Augenbrauen hervor streng an.

»Außerdem«, argumentierte ich, »fühlt sich Oscar im Auto bestimmt nicht wohl. Das ist keine natürliche Umgebung für ein Schaf. Schau nur …« Ich machte die hintere Tür auf, und Oscar linste ohne große Begeisterung auf den Rücksitz.

Liam bellte einmal kurz, sprang hinten ins Auto und kletterte über den Ganghebel auf den Beifahrersitz vor. Oscar schien zu der Überzeugung zu kommen, was für Liam gut genug war, wäre auch für ihn gut genug, und folgte ihm leichtfüßig hinten ins Auto. Er machte es sich auf dem Rücksitz bequem und lehnte das Kinn auf die Fensterkante.

Wenn irgendjemand das sah, diese Geschichte würde mich ewig verfolgen. Schicksalsergeben schlug ich die hintere Tür zu und stieg auf der Fahrerseite ein. Ich schaute zu Oscar zurück und sagte: »Absondern von irgendwelchen Körperflüssigkeiten streng verboten. Kapiert?«

Er erwiderte meinen Blick mit einer Miene, die man nur als herablassend bezeichnen konnte. Wir machten uns auf den Heimweg und sahen noch wesentlich aberwitziger aus, als ich mich fühlte. Alles ging gut, bis wir in die Einfahrt nach Abbey Glen einbogen. Zu spät bemerkte ich, dass Cam und Hunter draußen vor dem alten Stall standen. Jetzt blieb mir nur noch Dreistigkeit. Mit hocherhobenem Kopf winkte ich den beiden fröhlich zu, als ich durch den Hof brauste.

Im Rückspiegel sah ich, wie Cam die Arme in die Seiten stemmte und Hunter sich am Kopf kratzte, ehe beide in schallendes Gelächter ausbrachen.

KAPITEL 20

Im Haus Haven hatte Trish inzwischen Bens Akten auf dem Fußboden der Bibliothek ausgebreitet. Es sah aus, als wäre ein Tornado durch das Zimmer gefegt, aber sie versicherte mir, dass der Wahnsinn Methode hatte. Ich musste ihr das wohl glauben.

»Oh, aber das hier habe ich schon erledigt«, sagte sie und wedelte mir mit einer Karteikarte vor der Nase herum.

Ich hatte geschrieben: *Wo ist Simon Moye*?, und sie hatte mit grüner Tinte quer über die Karte *Llandudno* gekritzelt.

»Wie bitte? Llandudno?«

»Ja, Sie wollten doch wissen, wo Simon Moye ist, und ich dachte, das ist wohl der Typ auf dem Foto, das Sie drangeklammert hatten. Ich hab den auf Facebook gefunden, und mich dann auf seinem Twitter- und Instagramkonto eingeklinkt.« Tina strahlte. »Hab ich Ihnen schon gesagt, dass ich mich total gut mit Social Media auskenne? Meine zweite Leidenschaft, gleich nach Frisieren, echt.«

»Wieso glauben Sie, dass er in Llandudno ist?«

»Das glaub ich nicht, das *weiß* ich.« Trish stand mir gegenüber, die Hände in die Seiten gestemmt, die viel zu dünn gezupften Brauen in höchster Konzentration hochgezogen. »Also, ich habe eine Weile seine Tweets beobachtet. Er hat heute Fotos von verschiedenen Orten gepostet. Eines von ihm an einem Strand, wo komische Felsen aus dem Wasser rausgucken. Hat ein bisschen so ausgesehen wie der Ort, wohin mich meine Oma in Wales immer mitgenommen hat, als ich noch klein war. Dann hat er ein Bild von dem Fisch gepostet, den er heute Mittag gegessen hat. Ich habe eigentlich nichts übrig für Leute, die ihr Essen fotografieren. Ich meine, Herrgott noch mal, die sollen das einfach essen, und gut ist's.«

»In Wales gibt es sehr viele Strände«, wandte ich so geduldig wie möglich ein. »Und die meisten sehen ziemlich ähnlich aus wie der von Llandudno.«

»Ja klar. Aber es war das Restaurant, müssen Sie wissen. Das Restaurant hatte die allerscheußlichsten Plastiktischdecken, orange mit riesigen violetten Blumen drauf. So was vergisst man nicht so schnell. Ich habe die schon mal gesehen. Da, wo wir am Strand immer gegessen haben. Das war früher einfach nur eine Frittenbude, aber jetzt ist es ganz nobel geworden, so mit Webseite und allem. Ich habe nachgeschaut, und tatsächlich war das Mittagsmenü dort heute Banzino in Tequilasoße.«

»Könnte es nicht auch ein anderes Restaurant mit den gleichen Tischdecken sein?«, merkte ich an.

»Verdammt unwahrscheinlich«, sagte sie mit einem Schnauben. »Die waren so schlimm, davon hat sich einem der Magen umgedreht. Aber wenn Sie mir nicht glauben, hier ist sein letzter Tweet.«

Trish drehte ihr Smartphone herum, das nun ein Bild von Simon Moye und einer dunkelhaarigen Frau zeigte, die gerade in die Great Orme Tramway stiegen. »Davon gibt's wirklich nur eine, nicht?«

»In Llandudno«, gestand ich ihr ein. »Sehr gut, junge Frau.« Ich musste in Zukunft wohl besser aufpassen, was ich herumliegen ließ, aber schon jetzt hatte sich Trish unersetzlich gemacht.

Da übermorgen schon die Japaner eintreffen würden, hatte ich keine Zeit, mich nach Wales aufzumachen und dort Simon Moye zu suchen. Nachdem ich Trish aus dem Haus gescheucht hatte, machte ich einen Screenshot von dem Foto, das Trish gefunden hatte, und schickte es an Michaelson. Er würde seine Leute rasch auf diese Spur ansetzen, und hoffentlich konnten die Simon finden und einiges klären. Am besten noch vor Samstag.

Ich schenkte mir einen Drink ein und begann etwas fürs Abendessen zuzubereiten. Da klopfte es an der Tür. Ich schaute vorsichtig durch den Spion, weil ich nicht einem weiteren aufdringlichen Pressefritzen aufmachen wollte, doch Reverend Craig stand auf der Schwelle.

»Ich hoffe, ich komme nicht ungelegen?«, fragte er. »Fiona und ich haben uns durch den Rest der Übersetzung gewühlt. Es sind ein paar wirklich wunderbare Geschichten aus der Vergangenheit des Städtchens dabei. Dies hier ist die letzte. Wir dachten, die sollten sie unbedingt lesen.«

»Toll, kommen Sie rein.« Ich brauchte eine kleine Pause von den zeitgenössischen *Rebels*, da kamen mir die historischen Rebellen gerade gelegen. Ich holte ein weiteres Glas und eine Flasche Abbey Glen von der Bar und schenkte dem Pfarrer einen Whisky ein. Reverend Craig zog eifrig einen Stuhl heran und nahm das Glas entgegen.

»Steht dadrin, was mit Angus Fletcher passiert ist?«

»Leider nein, aber ein anderes Geheimnis des Städtchens wird gelüftet.«

Reverend Craig saß am Küchentisch, nippte bedächtig an seinem Drink und schaute mich erwartungsvoll an. Also zog ich das Papier zu mir und begann zu lesen.

Liebe Abi,
zwischen diesem Abschnitt und dem letzten fehlen ein paar Seiten. Leider ist die Geschichte über Angus' Tod nirgends zu finden. Wir haben aber herausbekommen, dass Jack Gor-

dons Sohn Russell in den Jahren nach Daniels Tod in unsere Gegend zurückgekommen ist und sich hier den Beinamen Red Russell verdient hat. Ich habe in einigen meiner Bücher nachgeschlagen. Er war erbarmungslos und arrogant und trug weiterhin den roten Uniformrock seines Vaters. Versuchte nicht einmal, seine Anwesenheit zu verheimlichen. Leichen säumten seinen Weg, und er und seine Männer waren die Geißel der ganzen Gegend.

Die Fletcher-Jungs und ihre Unterstützer kämpften weiterhin für ihre Sache, so gut sie eben konnten. Faszinierend zu lesen, wenn Sie mal die Gelegenheit haben. Inzwischen hoffe ich, dass der folgende Abschnitt zumindest eine Ihrer Fragen beantwortet.

Fiona

November 1814

Cooper, ohne deinen Vater war mir, als fehlte ein Stück von mir. Ich spürte seine Gegenwart weiter, so wie einem manchmal ein Bein, das man in der Schlacht verloren hat, noch ein gespenstisches Kribbeln verursacht. Sein Tod hat in unser aller Leben eine riesige Lücke hinterlassen, besonders aber in deinem und dem deiner Mutter.

Dein Vater war ein guter Mensch. Es ist wichtig, dass du das in deinem Herzen und deiner Seele bewahrst. Sein Leben lang war er stets bereit, seine eigenen Bedürfnisse hintanzustellen, um seinen Nachbarn und Freunden zu helfen. Kein Opfer ist ehrenwerter und tapferer.

Jahrelang haben wir unter den Schrecken gelitten, die Red Russell über dieses Tal gebracht hat. Wir hätten ihn viele Male umbringen können, dein Vater und ich. Zweifellos hast du dich gefragt, warum wir das nicht getan haben. Die Versuchung war groß, das kann ich dir versichern, aber man hätte uns dafür auf-

geknüpft – einen von uns oder alle beide. Wir hassten Russell aus tiefster Seele, doch unsere Leute liebten wir mehr. Und wir trugen eine Verantwortung für unser Städtchen und die Menschen, die hier lebten. Nachdem dein Großvater gestorben war, schworen wir einander, dass wir seinem Erbe bis zu unserem letzten Atemzug treu dienen würden. Das bedeutete auch, dass wir unseren Stolz herunterschlucken und die Bedürfnisse der vielen über unsere eigenen stellen mussten. Wir haben für dich und deine Mum gesorgt. Wir haben uns um die gekümmert, die verletzt wurden, während sie für uns Whisky geschmuggelt haben, und um die Familien derer, die ihr Leben verloren hatten. Wir hatten Gefahr in ihr Leben gebracht, und nun war es an uns, so gut wir konnten, für sie zu sorgen.

Aber es waren immer wir beide, dein Da und ich. Zusammen. Als er uns genommen wurde, war nichts mehr wie vorher. Niemand sonst hat mit mir so zusammengearbeitet wie Angus. Wir brauchten keine Worte, unsere Gedanken und Bewegungen waren eins. Nach seinem Verlust war ich verbittert und wütend. Am Tag tobten mir Rachegelüste durch die Gedanken, bei Nacht suchten sie meine Träume heim. Ich wusste, dass Russell mir auflauerte, dass er stets auf eine Gelegenheit wartete, mich zu erwischen. Eine Gelegenheit, das hatte ich mir geschworen, die ich ihm niemals bieten würde. Letztendlich ist ja nicht Besitz oder Land oder Geld, sondern der das Herz zutiefst betrübende Verlust eines geliebten Familienmitglieds der Auslöser für die Leidenschaft, die das Blut in Wallung bringt und jemanden morden lässt. Der Schmerz, der nie vergeht. Ich wollte mich an Russell nicht für die verlorenen Ländereien oder den Whisky rächen, den er uns gestohlen hatte, sondern für meinen Vater und für deinen Vater. Es mag ja sein, dass die Rache dem Herrgott vorbehalten ist, aber damals bestrafte der Herrgott die Bösewichte nicht. Sie schienen vielmehr prächtig zu gedeihen. Ich konnte nicht mehr länger warten. Die Zeit war reif, Russell musste büßen.

Deine Mutter flehte mich an, das nicht zu tun. Sie war sich sicher, dass ich dabei mein Leben lassen müsste. Ich wartete nach dem Tod deines Vaters eine geraume Zeit, um nicht den Verdacht zu erregen, die beiden Ereignisse könnten etwas miteinander zu tun haben. Aber während ich wartete, nahm das Gift in meinem Herzen nur an Stärke und Macht zu. Das Städtchen hielt bis zum letzten Mann Wort. Alle würden die Geschichte vom Tod deines Vaters und von dem Ort, wo wir ihn beerdigt hatten, mit ins Grab nehmen. Russell konnte sie so sehr foltern, wie er wollte. Ihre Treue galt uns.

In diesem Wissen begreife ich heute, dass ich seinerzeit waghalsig vorging. Mich machte die Wut blind, die in meinem Herzen brannte. Ich zürnte über die widerliche Ungerechtigkeit. Irgendwann wusste ich, dass die Zeit reif war. Man hatte Russell mit seinen Männern in der Gegend gesehen. Sie hatten ihr Lager am üblichen Ort nördlich vom Städtchen aufgeschlagen. An diesem Tag hatten sie bereits drei Brennereien überfallen, dort die Gerätschaften zerschlagen, nachdem sie fortgeschafft hatten, was sie für sich selbst behalten wollten. Seine Männer hatten den ganzen Abend lang am Flussufer den erbeuteten Whisky getrunken. Sie waren unvorsichtig geworden, und sie prügelten sich untereinander. Russell war allein im Lager. Er rauchte seine Pfeife und trug wie immer den roten Rock seines Vaters. Als Tribut an den Mann, der ihn aufgezogen und unseren Leuten solche schrecklichen Dinge angetan hatte. Ich lockte ihn fort auf eine Verfolgungsjagd in die Berge hinein. Er war so übermütig wie immer. Sich seiner Fertigkeiten allzu bewusst. So selbstsicher, dass er nicht einmal seine Leute dazurief.

Wie unsere Väter kämpften wir mit Messern gegeneinander.

Er war ein gnadenloser Gegner, aber ich hatte einen sicheren Stand. Ich kannte das Gelände sehr viel besser. Wir brachten einander mit wilden Schnitten blutende Wunden an Armen und Beinen bei. Schließlich geriet Russell ins Stolpern. Ich blick-

te ihm ins Auge und stieß ihm mein Messer ins Herz: für Angus, für Daniel, für Cora und für all die Leben, die sein Vater im Laufe der Jahre zugrunde gerichtet hatte. Die Geißel würde kein Ende finden, Red Russell jedoch heute Nacht das seinige.

Als das Donnern in meinen Ohren verebbte, gefror mir das Blut in den Adern. Ich wusste, dass wir schrecklich dafür bezahlen müssten, wenn man seine Leiche fand. Niemand wäre mehr in Sicherheit. Ich versuchte, ihn fortzutragen, aber ich war selbst verwundet und verlor viel Blut. Mühsam schleppte ich mich vom Berg hinunter, traf auf dem Weg Billy Mann und seinen Sohn. Deine Mum hatte sie hinter mir hergeschickt.

Gemeinsam gelang es uns, die Leiche ungesehen ins Städtchen zu schleifen. Wir hatten uns alle Mühe gegeben, nach dem Feuer, das meine Scheune am Fluss bis auf die Grundfesten zerstört hatte und eine unserer besten Destillierblasen aus Kupfer gleich dazu, gemeinsam neu anzufangen. Billy und ich bauten gerade alles neu auf.

Wir begruben Russell unter dem Fundament unserer Brennerei und wollten einfach wie gewohnt weitermachen. Aber es waren schlimme Monate. Die Engländer suchten unablässig nach Red Russell. Alle paar Tage tauchten sie im Städtchen auf und schlugen jemand anders zusammen, weil sie hofften, uns so zum Reden zu bringen. Ich musste Tag um Tag mit dieser Schuld leben. Aber wie immer hielten alle den Mund, Männer, Frauen und Kinder; alle blieben unerschütterlich felsenfest in ihrer Treue.

Das ist dein Erbe, Cooper, das Erbe deines Vaters und deines Großvaters: Ehre, Loyalität und Mitgefühl. Ich erzähle dir diese Geschichten, weil die beiden nicht hier sind, um mit dir zu reden. Ich erzähle sie dir, obwohl auch ich nicht immer richtig gehandelt habe. Ich möchte, dass du ihrem Beispiel folgst, nicht meinem. Ich möchte dir klarmachen, wie wichtig es ist, richtig zu handeln, selbst wenn es nicht angenehm oder bequem ist. Wenn du Ehre und Mitgefühl beweist, dann verdienst du dir die Loyalität deiner

Familie, deiner Freunde und der Männer, die für dich arbeiten. Tu all das, und so wirst du deinen Vater mit Stolz erfüllen und kannst mit hocherhobenem Haupt unter den Menschen stehen.

»Die Leiche beim Goldenen Hirsch war also Red Russell«, sagte ich. »Das erklärt die Uniformknöpfe. Sicherlich ein besseres Grab, als er es verdient hätte. Aber wir wissen immer noch nicht, wie und warum Angus gestorben ist. Dem Geist der Geschichten nach zu urteilen, würde ich wetten, dass Brodie nicht die Schuld am Tod seines Bruders trug. Aber warum hat jemand diesen Teil aus dem Buch entfernt? Oder ist diese Geschichte niemals aufgezeichnet worden?«

»Interessante Frage. Auf jeden Fall sieht es so aus, als hätte das Städtchen das Geheimnis bist heute gewahrt.«

»Doch wie konnten so viele Leute ein Geheimnis wahren, ohne dass jemandem etwas herausgeschlüpft ist?«

»Loyalität«, antwortete Reverend Craig lächelnd. »Die muss man sich verdienen, genau wie den Respekt der Menschen, aber wenn man sie einmal besitzt, ist sie beinahe unerschütterlich. Vergessen Sie nicht, Brodie hat für die Leute im Ort hier weiterhin den Robin Hood gespielt, hat ihre ›Entschädigung‹ unter dem Fußboden von Angus' Bauernhaus aufbewahrt. Sie verdankten ihm ihr Leben und ihren Unterhalt. Das ist Motivation genug.«

Ich brachte Reverend Craig zur Tür. Das Wort Loyalität ging mir nicht aus dem Kopf. Loyalität. Ein machtvolles Gefühl. Ehemänner, Ehefrauen, Liebende, Freunde. Deckte Simon Moyes Frau ihren Mann? Hätte er heute Morgen in Stirling gewesen sein können? Ich musste mich darauf verlassen, dass Michaelson ihn mit seinen Möglichkeiten aufspüren würde, aber ich konnte mir ja zumindest mal anhören, was die Jungs in Ravenscourt über ihren abwesenden Kollegen zu sagen hatten.

KAPITEL 21

Ich würde mir nicht gerade Freunde damit machen, dass ich mich für einen Tag nach London verkrümelte. Denn inzwischen waren es nur noch zwei Tage bis zur japanischen Invasion, und die Vorbereitungen hatten das hektische Stadium erreicht. Insgeheim freute ich mich, dass ich den wilden Aktivitäten kurz entkommen würde. Ich nahm den allerersten Flug von Edinburgh und war um halb zehn in London. Ich ging kurz bei Bens Rechtsanwalt vorbei und unterschrieb die nötigen Dokumente für die Stiftung, ehe ich mit der U-Bahn ans andere Ende der Stadt fuhr.

Die Ravenscourt Studios hatten sich in einem neogotischen Gebäude an der Tower Road eingenistet und es in Aufnahmestudios und Büros umgewandelt. Das rote Backsteingebäude hatte im Obergeschoss Spitzbogenfenster mit wunderschön gemeißelten Steinumrahmungen. Sie blickten wie strenge Augen auf die Straße hinunter. Plötzlich wünschte ich mir, ich hätte meine Kamera mitgebracht, um die Atmosphäre dieses Hauses einzufangen: Es war prächtig verziert und doch ein bisschen gespenstisch; fehl am Platze inmitten der renovierten Gebäude ringsum.

Die Empfangsdame war ein Goth und trug nicht dazu bei, die allgemein düstere Atmosphäre aufzuhellen, aber ich schritt entschlossen auf ihren Tisch zu und fragte nach John Reynolds.

»Noch nicht da«, sagte sie. »Haben Sie einen Termin?«

»Ja«, flunkerte ich. »Was ist mit Jai Kapur? Ich könnte ein bisschen mit ihm plaudern, während ich warte.«

Das Goth-Mädel musterte mich vom Scheitel bis zur Sohle, tippte mit ihren langen schwarzen Fingernägeln auf die Tischplatte, als könne sie so besser entscheiden, ob ich eine Bedrohung darstellte. »Momentchen«, sagte sie schließlich. »Ich schau mal nach, ob er Zeit hat.«

Sie führte ein leises Gespräch mit jemand am anderen Ende der Leitung, legte auf und erhob sich widerwillig, um mich ins Allerheiligste zu begleiten. Als wir uns der Treppe näherten, klingelte das Telefon am Empfangstisch. Das Goth-Girl war hin und her gerissen. Ihre zehn Zentimeter hohen spitzen Stöckelabsätze waren eindeutig nicht dazu geeignet, lange Treppen hochzusprinten. Nach kurzem Zögern wandte sie sich dem Telefon zu und deutete über die Schulter. »Oben an der zweiten Treppe links.«

Ich folgte dem prächtig geschnitzten Treppengeländer in den zweiten Stock und fand Jai Kapur gleich neben einem kleinen Studio in einer verglasten Tonkabine, die vom Boden bis zur Decke mit schallschluckenden Elementen bedeckt war und ein bisschen wie eine Gummizelle aussah. Jai war ganz auf die Tastatur konzentriert, die vor ihm auf dem Tisch lag, und ich hatte einen Augenblick Zeit, um ihn zu beobachten, ehe er meine Anwesenheit bemerkte. Er war rank und schlank. Seine wie gemeißelt wirkenden Wangenknochen verliehen ihm eine gewisse exotische Sinnlichkeit, und die seidigen dunklen Locken im Nacken waren seltsam attraktiv. Eines musste man Tina lassen, sie hatte einen ausgezeichneten Geschmack in Sachen Männer. Jai blickte auf und merkte, dass ich ihn beobachtete. Er fuhr erschrocken auf.

»Man hat mich von unten hochgeschickt. Ich bin Abi Logan. Eine Freundin von Tina«, log ich. Jai schaute ein wenig besorgt drein. »Ich bin eigentlich hier, um mich mit JR zu treffen, aber Tina meinte, wenn ich schon mal in der Stadt bin, sollte ich auch bei Ihnen vorbeischauen, Sie könnten mich vielleicht ein bisschen durch das Hauptstudio führen.«

»Ja, das kann ich machen. Hier geht's zu wie in einem Taubenschlag. Wenn gerade niemand das Studio benutzt, können wir schnell mal rein«, antwortete Jai mit einem Schulterzucken. »Lassen Sie mich nur kurz das hier fertig machen.«

»Darf ich zusehen?«

»Wenn Sie möchten.«

»Sie haben es bei der Arbeit bestimmt mit vielen berühmten Musikern zu tun?«

»Nö, ich komme erst ins Spiel, wenn alle Titel aufgenommen sind, und dann bereite ich die Nummern so auf, wie sie der Produzent haben will.«

»Ich kenne nicht viele Produzenten«, merkte ich an. »Außer Simon Moye.« Ich beobachtete Jais Gesicht, um eine Reaktion zu entdecken.

»Simon ist echt in Ordnung. Der hat auf beiden Seiten Erfahrungen gesammelt. Er weiß, wovon er redet, und er ist nicht geldgierig. Und echt phantastisch im digitalen Mixen. Keiner kommt besser mit all dem High-Tech-Equipment klar.«

Ist er wohl auch phantastisch genug, um einen Computervirus zu verschicken?, überlegte ich. »Ich hatte gehofft, Simon zu treffen, solange ich in der Stadt bin. Haben Sie eine Ahnung, wo er sein könnte.«

»Ich habe ihn seit der Show in Stirling letzte Woche nicht mehr gesehen. Ich glaube, das hat ihn alles ziemlich mitgenommen. Er und Lion Man sind schon seit Jahren befreundet. Wirklich traurig, diese Sache.«

»Sie waren also auch da?«

»Ja, wir haben die Tonaufnahmen für ein Video von *Mayhem* gemacht. Ich war hinter der Bühne, als der Wahnsinn anfing. Hab erst gesehen, was passiert war, als das Licht wieder anging.«

Das beantwortete schon meine nächste Frage. »War Tina bei Ihnen?«

Jai wurde auf einmal wieder recht zappelig. »Hören Sie, ich möchte keinen Ärger bekommen«, sagte er leise. »Ihr Mann hat sein Büro eine Treppe tiefer. Wenn er das mit Tina und mir mitkriegt, bin ich erledigt.«

»Von mir wird er nichts erfahren«, versprach ich. »Aber Sie müssen doch zugeben, dass da irgendwas Seltsames im Gang ist. Das Video war echt gruselig. Ich habe nach der Show mit Gerry Wilson geredet, und der hatte keine Ahnung, wer das gemacht haben könnte.«

»Na ja, Tina war's auf gar keinen Fall. Sie ist zwar nicht gerade ein Fan von Rory, aber alles, was mit Computern zu tun hat, bringt sie vollkommen durcheinander.«

Aber dich nicht, dachte ich für mich und beobachtete Jai aufmerksam. *Verunsichert, unterschätzt*, aber *kompetent* kam mir in den Sinn. Jai hatte in Stirling Zugang zur Tonkabine und zu allen Bereichen hinter der Bühne einschließlich des Bereichs um Rorys Garderobe. Niemand hätte sich über seine Anwesenheit gewundert. Benutzte Tina ihn etwa für ihre üblen Zwecke? Könnte es sein, dass sie ihn dazu gebracht hatte, den Virus einzuschleusen, die Botschaft an die Tür zu sprühen und dann im entscheidenden Moment alle Lichter auszuschalten?

Jai schaute mich aus dem Augenwinkel an. »Glauben die bei der Polizei wirklich, dass Tina das getan hat?«

»Na ja, Tina nicht allein«, sagte ich und behielt Jais Miene im Auge. »Ich nehme an, die gehen davon aus, dass sie Helfer hatte.«

Jai machte große Augen. Er sprang auf und begann unruhig auf und ab zu gehen. »Ich bin dieser Helfer nicht, wenn die das meinen. Auf keinen Fall. Hören Sie, Tina tut mir leid, okay? Sie hat ein Mistleben mit diesem Scheißkerl von Ehemann. Der verprügelt sie wie einen Boxsack, aber für so 'n Scheiß wie in Stirling halte ich den Hals trotzdem nicht hin.«

»Ich bin mir sicher, dass die Polizei keine Ahnung von Ihnen und Tina hat«, beschwichtigte ich ihn. »Wer könnte es denen denn schon verraten haben? Ich war's jedenfalls nicht, und Tina bestimmt auch nicht.« Ich erwähnte nicht, dass sich die beiden während der Show nicht gerade diskret verhalten hatten, aber Jai schien die Logik meiner Argumentation zu überdenken.

Bald ließ er sich wieder schwer auf seinen Stuhl sinken und rieb sich die Schläfen, als wolle er damit den Schmerz vertreiben. »Ich denke, Sie haben recht. Ich bin nur im Augenblick ein bisschen angespannt. Wir haben die letzten achtundvierzig Stunden beinahe ununterbrochen an diesem Projekt gearbeitet. Ich hab seit Dienstag kaum Tageslicht gesehen.«

Das bedeutete, dass Jai zum Zeitpunkt von Penroses Tod nicht in Stirling gewesen sein konnte. »Haben Sie eine Ahnung, wo Tina gerade ist?«, fragte ich. »Ich würde mich gern mit ihr treffen, solange ich noch in London bin.«

»Die ist in Mailand wegen irgend so einer Modesache. Hab sie die ganze Woche nicht gesehen. Hören Sie, wenn Sie einen Rundgang durch Studio A möchten, sollten wir losgehen. Ich habe in zwanzig Minuten die nächste Aufnahme.«

Jai führte mich in den dritten Stock. Das Hauptstudio war kaum größer als das, in dem Jai arbeitete. Eine erhöhte Bühne stand einem Glaskasten voller Technik gegenüber, der aussah wie das Cockpit eines riesigen Passagierjets.

»Hier hat Hamish Dunn seine Aufnahmen gemacht, nicht?«

»Ja.« Jai kniff die Augen zusammen.

»Ich war ein großer Fan von ihm.« Ich versuchte, als vernarrter Fan rüberzukommen. »Und hier ist er auch gestorben, ja?«

Jai nickte.

Ich streckte den Arm aus und berührte ehrfürchtig das Keyboard. »Was für eine Tragödie und was für eine Schande, dass dieses Talent verloren gegangen ist.«

Jai wandte sich zum Gehen, und ich öffnete leise die Tür zu einem schmalen Schrank hinter mir. Er war leer. Hamishs Getränkevorrat war längst abtransportiert. Michaelson hatte recht gehabt: Die Computer waren für jedermann im Studio leicht zugänglich. Man schien hier nie Türen abzuschließen, und wie Jai gesagt hatte, gingen zu jeder Zeit alle möglichen Leute ein und aus. Es würde so gut wie unmöglich sein, einen Schuldigen zu finden. Ich blickte zur Zimmerdecke und konnte keinerlei Anzeichen für eine Überwachungskamera feststellen. Sogar davor war derjenige, der den Virus auf Gerrys Computer geschleust hatte, sicher gewesen.

»He, wo ich gerade hier bin, würde ich gern Simon eine Nachricht hinterlassen. Macht es Ihnen was aus, wenn wir einen Umweg über sein Büro nehmen?«

Jai schaute auf die Uhr. »Das ist da hinten links«, antwortete er und deutete den Flur entlang. »Könnten Sie selbst hinfinden? Meine Jungs kommen jetzt jeden Augenblick im Studio an.«

»Klar, kein Problem.« Ich machte mich auf den Weg zu Simons Büro. Es erstaunte mich zum wiederholten Mal, wie einfach es war, hier völlig unbeaufsichtigt herumzuspazieren, wenn man es einmal am Empfangstresen vorbei geschafft hatte. Simons Büro war klein und wirkte noch kleiner, weil auf jeder nur möglichen Fläche Unmengen von Zeug herumlagen. CD-Stapel lehnten an den Wänden wie schiefe Wolkenkratzertürme aus Legosteinen. Verschiedene hohe Ehrungen der Musikindustrie waren ganz lässig in einem offenen Aktenschrank untergebracht. Die Wände waren mit jeder Menge Tour-Plakaten und Zeitplänen für Tonaufnahmen zugepflastert. In der Mitte prangte ein Foto von Simon und seiner Frau an irgendeinem Strand. Sie war eine zierliche Brünette mit einem lebhaften Lächeln, die stolz ihren sehr schwangeren Bauch zur Schau stellte.

Schwer zu glauben, dass Simon seine Frau und seine Familie nach all dieser Zeit wegen eines Rachefeldzugs gegen die *Rebels* aufs Spiel setzen würde. Begriff er nicht, dass er schon die beste Rache genommen hatte? Es sah nämlich so aus, als führte er ein glückliches und erfülltes Leben, wie Rory und Hamish es nie gekannt hatten. Außer dem Foto mit seiner Frau gab es keine anderen. Keine Fotos von Kollegen oder Kunden. Nach dem Gespräch mit Simon hatte ich den Eindruck, dass er selbstbestimmt und nach seinem eigenen Zeitplan arbeitete. Mein ursprüngliches Gefühl, dass er im Grunde verschlossen und misstrauisch war, schien sich auch hier zu bestätigen.

Es war niemand auf dem Flur, als ich Simons Büro verließ. Ich nutzte die Gelegenheit und wanderte langsam weiter. Das letzte Büro auf der rechten Seite gehörte Gerry Wilson. Für einen Mann in seiner Position war der Raum recht klein, aber andererseits befand sich sein Hauptbüro wohl in Southfields. Ich schlüpfte rasch hinein und schloss die Tür hinter mir. Gerrys Büro war das genaue Gegenteil von Simons. Extrem ordentlich, an einer Wand nichts als säuberlich beschriftete, chronologisch geordnete Videobänder. Der Aktenschrank wurde hier auch eher traditionell genutzt und war vollgestopft mit Spesenabrechnungen und Location-Berichten für verschiedene Videoaufnahmen.

Eine Montage aus mehreren Fotos zierte die Wand hinter

dem Schreibtisch: Gerry, posierend mit Stewart Copland, Bob Geldof, Adele und Eric Clapton. Es gab eine Reihe von Bildern von Bonnie und Patty, auch von Summer. Das alles passte jedenfalls zu Pattys Berichten, wie viel Spaß sie in Southfield bei der Arbeit mit Gerry gehabt hatten. Auf dem Schreibtisch stand in einem vergoldeten Rahmen ein Foto von Gerrys Frau und einem blonden Mädchen von etwa acht Jahren mit einem süßen Gesichtchen, wahrscheinlich war das seine Tochter. Das Büro ließ auf einen Mann mit Disziplin und Routine schließen. Einen Anker in der wild bewegten und verrückten Rock-and-Roll-Welt ringsum.

Ich schlüpfte rasch aus dem Raum und ging den Weg zurück, den ich gekommen war. Dabei wäre ich um ein Haar mit John Reynolds zusammengestoßen, der zwei Stufen auf einmal die Treppe heraufgeeilt kam.

»Ich habe gehört, dass Sie hier sind«, sagte er. »Kommen Sie mit rauf in meine Bude.«

Ich folgte ihm eine weitere Treppe hinauf durch eine Tür und über einen langen schmalen Gang zu einem großen Zimmer, das voller Scheinwerfer und Reflektoren stand und dessen Wände nicht mit Tournee-Plakaten, sondern mit Schaltdiagrammen verziert waren. John schloss die Tür hinter uns und sagte: »Rory hat mir erzählt, dass Sie versuchen, ihm ein bisschen zu helfen, und das freut mich.« Er räumte einen wackeligen Holzschemel frei und bot ihn mir als Sitzgelegenheit an. »Willkommen unter dem Dach.«

Das schmutzige Mansardenfenster an der Hinterseite des Gebäudes machte den Raum nicht gerade viel heller. Die Neonröhren, die längs der Mitte verliefen, ließen das Ganze sehr industriell wirken.

»Hat Leo Moore hier oben auch ein Büro gehabt?«

»Er ist nebenan. Ich meine, er war nebenan.« JR ließ sich hinter dem Schreibtisch auf einem abgewetzten Ledersessel nieder und machte sich mit einigen Papieren zu schaffen, um die Emotionen in seinen Augen zu verbergen.

»Es tut mir wirklich schrecklich leid«, sagte ich. »Wie lange haben Sie beide zusammengearbeitet?«

»Fünfundzwanzig Jahre oder länger. Wir waren bei der ersten *Rebels*-Tour dabei.«

»Die muss ja der Wahnsinn gewesen sein.«

»O Mann, Sie haben ja keine Vorstellung!« JR verdrehte die Augen zur Decke. »Beinahe jeden Abend ein neuer Auftrittsort. Aufbauen, losrocken, abbauen, aufladen, ein paar Stunden schlafen und dann das Ganze wieder von vorne. Völlig verrückt, aber es hat irre Spaß gemacht. Am Ende waren wir uns alle sehr nahegekommen.«

»Auch der Band?«

JR nickte. »Zumindest Ian und Rory. Hamish und Stewart, die waren auf einer ganz anderen Ebene abgefahren. Aber Rory und ich, wir kannten uns noch aus Jugendzeiten. Später waren wir Trinkkumpane. Haben uns die Hälfte aller Hirnzellen weggesoffen, die der Herrgott uns mitgegeben hatte, aber wir waren glückliche Säufer.«

»Rory ist ziemlich jähzornig«, merkte ich an. »Ist das auch mal rausgekommen, wenn er betrunken war?«

JR zögerte. »Nicht mehr als bei den meisten. Rorys Zorn flammt plötzlich auf, aber er verraucht auch schnell wieder.«

»Wie lange sind Sie bei den *Rebels* geblieben?«

»Wir sind mit den ersten drei Platten Vollzeit mit ihnen auf Tournee gegangen, danach ab und zu.«

»Da wette ich, Sie haben jede Menge Höhen und Tiefen erlebt.«

»Tolle Musik und ein paar lausige Frauen.«

»Bonnie?«

»Nein. Bonnie nicht.« JR lächelte leise. »Die war ein total liebes Mädel, aber einfach nicht stark genug, um mit Rory fertigzuwerden. Bei Rory musste man sich wehren, sonst wurde man einfach überrannt.«

»Von außen gesehen scheint dieses Leben ein ständiger Strom von Alkohol und Drogen gewesen zu sein. War es wirklich so schlimm?«

»Schlimmer. Rory stand die Hälfte der Zeit betrunken auf der Bühne. Hamish war immer völlig von der Rolle. Die Crew hat ihm den Spitznamen Heroinfee verpasst. Er war total abhängig und gab sich alle Mühe, dafür zu sorgen, dass auch andere abhängig wurden. Nur damit er sich wegen dem Scheiß, den er da anstellte, besser fühlen konnte.«

Ich stand auf und ging zum Fenster. »Er muss sich dabei allerhand Feinde gemacht haben.«

»Wenn man sich mit Hamish anlegte, wusste man, worauf man sich einließ, schon in den Anfangszeiten«, antwortete JR. »Der war schlicht und einfach drogensüchtig. Unberechenbar. Man konnte sich nicht auf ihn verlassen. Wir hatten zwei Leute in der Crew und einen Arzt unter Vertrag, die sich nur darum kümmern mussten, dass er aufrecht stehen und jeden Abend auf die Bühne konnte.«

»Das muss für Simon Moye eine bittere Pille gewesen sein«, meinte ich und wandte mich JR zu.

»Das war es wohl, aber er war schlau genug, sich von allem fernzuhalten. Er hat eine eigene Band gegründet und ist mit der durch Europa getourt. Die waren zwar nicht so erfolgreich wie die *Rebels*, aber andererseits führten sie das normalere Leben.«

»Simon hatte also allen Grund, sich von Bruce Penrose und den *Rebels* mies behandelt zu fühlen.«

»Ich denke schon.«

»Könnte es sein, dass er wütend genug war, um sich jetzt noch rächen zu wollen?« Das hatte ich auch Rory schon gefragt, aber JR kannte den Simon von heute besser.

JR dachte einen Augenblick nach, tippte sich mit einem Schraubenzieher an den Zeigefinger. »Vernünftige Frage, aber ich muss das verneinen. Er ist stur und anstrengend, aber grausam ist er nicht. Ich kann mir nur schwer vorstellen, dass er irgendjemandem wehtut. Er würde eher weggehen, wie er es damals auch gemacht hat.«

»Er hat Familie, ja?«

JR nickte. »Er ist völlig vernarrt in seinen Sohn. Ein weiterer Grund, warum ich Nein sagen würde. Er würde es niemals riskieren, seiner Familie zu schaden.«

»Sie kennen all die Typen, die in diesen Schlamassel verwickelt sind. Wenn Sie eine Wette abschließen müssten, wer es auf die *Rebels* abgesehen hat, auf wen würden Sie setzen?«

»Auf Penrose.«

Ich seufzte schwer. »Ich hätte Ihnen zugestimmt, aber leider hat man den gestern tot aufgefunden.«

»Tot?« JR richtete sich kerzengerade auf. »Wie?«

Ich beobachtete seine Reaktion genau und hätte schwören können, dass das eine Neuigkeit für JR war. »Jemand hat ihm mit einer Gitarre den Schädel eingeschlagen.«

»Hat man schon eine Ahnung, wer das war?«

»Die Mordwaffe war eine Sonderanfertigung, eine rotschwarze Fender Stratocoaster. Eines von Rorys Lieblingsinstrumenten, glaube ich.«

»Die können doch unmöglich denken …«

»Sie haben gerade selbst gesagt, dass Rory jähzornig ist. Ist die Idee so verrückt?«

»Ich dachte, Sie arbeiten *für* Rory, nicht *gegen* ihn«, sagte JR wütend.

»Das tue ich, aber solange ich nicht beweisen kann, wer es war, bleibt mir nur die Option, zu beweisen, wer es *nicht* war. Helfen Sie mir, zu beweisen, dass Rory es nicht war.«

»Wenn Sie Ihre Zeit damit verschwenden, gegen Rory zu

ermitteln, geht Ihnen der wahre Schuldige durch die Lappen.« An der Wut in seinen Augen erkannte ich, dass ich JRs Mitarbeit verspielt hatte. Mit verschlossener Miene stand er hinter seinem Schreibtisch auf. »Ich habe jetzt eine Teambesprechung. Ich bringe Sie raus.«

Ich erhob mich, um zu gehen, drehte mich dann noch einmal um. »Eine letzte Frage: Wo waren Sie gestern?«

»In Southfields, da habe ich an einem Video gearbeitet. Vor Zeugen«, fügte JR hinzu und geleitete mich zur Treppe. Ich spürte seine wütenden Blicke förmlich im Rücken, als ich die Stufen hinunterging.

Ich trat auf die Straße und schaute wieder an der neogotischen Fassade der Ravenscourt Studios hinauf. So viele talentierte Musiker waren schon durch diese Flure gegangen. Die meisten von ihnen wurden inzwischen von den Gespenstern ihres Erfolgs heimgesucht: von Wut, Schmerz und Selbsthass. Rory war der beste Beweis dafür.

Aber welcher von ihnen war schließlich ausgerastet?

KAPITEL 22

Ich nahm mir ein Taxi vom Studio zum London Bridge Hospital und erkundigte mich dort nach dem Weg zur Intensivstation. Am Eingang hielt man mich auf und erklärte mir, nur Familienmitglieder dürften Intensivpatienten besuchen. Ich hatte jedoch Glück, denn die diensthabende Krankenschwester verriet mir, dass Ian Waters' Frau gerade ins Café gegangen war.

Patty saß an einem Ecktisch am Fenster und starrte auf die Touristen, die am Flussufer entlangflanierten. Sie wirkte überrascht, mich zu sehen, deutete aber auf den Stuhl ihr gegenüber.

»Die da haben keine Sorgen«, sagte sie traurig, »und den Leuten hier bricht ihre Welt zusammen.«

»Ich bin einen Tag in London«, erklärte ich, »und habe Summer versprochen, vorbeizuschauen und zu fragen, ob es was Neues zu Ian gibt.«

»Leider nichts Positives.« Patty drehte ihre Serviette um die Finger. »An den meisten Tagen lese ich ihm vor: Fachzeitschriften, Zeitungen, eigentlich alles. Die Ärzte meinen, das könnte helfen, aber bisher hat es nichts genutzt.«

»Haben Sie Verwandte in der Nähe?«, erkundigte ich mich sanft. »Jemanden, der Ihnen Gesellschaft leisten kann?«

»Gerry ist anfangs beinahe jeden Tag vorbeigekommen, aber der ist noch oben in Stirling. Gott sei Dank hat er alle möglichen Entschuldigungen dafür, dass er dableiben muss: Er will Summer nicht aus den Augen lassen. Ich habe sonst niemanden hier. Keine Verwandten, keine Kinder.« Patty wischte sich mit einer brüsken Bewegung eine Träne fort, die ihr über die Wange kullerte.

»Summer kommt bald wieder«, meinte ich tröstend.

Patty tupfte sich mit der zusammengefalteten Serviette die Augenwinkel.

»Sie und Ian wollten keine Kinder?« Es war ein heikles Thema, aber ich hatte das Gefühl, die Frage stellen zu müssen.

»Doch, wir wollten welche«, sagt Patty leise. »Aber die Sünden der Vergangenheit holen einen ein.«

Ich schaute Patty mitfühlend und erwartungsvoll an, hoffte, dass sie weiterreden würde.

»Ich war einmal schwanger, ehe Ian und ich geheiratet haben«, gab sie schließlich zu. »Verpfuschte Abtreibung, und das war's dann für mich. Ian wusste davon. Er hat sich in der ganzen Sache einfach wunderbar verhalten und nie gefragt, wer der Vater war.«

Pattys Gesicht war bleich und abgehärmt, und in ihren Augen lag eine tiefe Trauer. Der Vater des Kindes bedeutete ihr offensichtlich noch viel. Patty liebte Ian, und daraus leitete ich ab, dass nur Rory dieser andere Mann gewesen sein konnte. Ich wollte mich nur ungern in ihre Trauer drängen, musste aber fragen: »Wusste Rory davon?«

Pattys Augen flogen zu meinem Gesicht. »Rory hat Ihnen das erzählt?«

Richtig geraten. »Nicht das von dem Baby. Nur dass Sie beide eine kurze Affäre hatten.«

»Er hat das mit dem Kind erst kürzlich erfahren«, sagte Patty traurig.

»Wie hat er es rausbekommen?«

»Jemand hat ihm einen anonymen Brief geschrieben.«

»Wer könnte es gewusst haben?«

»Das ist es ja gerade. Nur ich und Bonnie.«

»Hätte Bonnie es vielleicht Summer erzählen können?«

»Nein. Das hätte sie nicht gemacht. Summer hatte schon genug am Hals; sie musste nicht auch noch wissen, dass ihre Patentante mit ihrem Vater geschlafen hat.« Patty begann die feuchte Serviette in winzige Schnipsel zu zerfetzen. »Der Brief war zu Händen von JR im Ravenscourt Studio adressiert. JR glaubte, es wäre Fanpost, und hat ihn weitergereicht.«

»Wie hat Rory die Nachricht aufgenommen?«

»Zuerst war er wütend, dann verletzt. Wirklich verletzt.«

In meinen Gedanken hallte Michaelsons Verdacht wider. »Verletzt genug, um auf Ian loszugehen?«, fragte ich.

Patty schaute völlig entsetzt.

»Ich muss das fragen. Die Polizei würde das auch tun. Rory ist jähzornig. Könnte es sein, dass er Ian vorwirft, er sei zwischen Sie beide gekommen?«, vermutete ich.

»Nein.« Diese Antwort klang sehr entschieden, trotzdem wirkte Patty verängstigt. »Das würde er nicht tun. Sie dürfen nicht zulassen, dass die Polizei glaubt, er würde so was machen. Außerdem ist, wer immer Hamish umgebracht hat, auch derjenige, der Ian angegriffen hat, und Hamish ist lange vor dem Tag gestorben, an dem Rory von dem Baby erfahren hat. Die Polizei muss jemanden suchen, der auf alle von den *Rebels* eine Wahnsinnswut hatte, zum Beispiel diesen Schweinehund Penrose.«

»Leider wurde Bruce Penrose gestern ermordet.«

Patty wurde kreidebleich. »Glaubt die Polizei, dass Rory das getan hat?«

»Er ist einer der Verdächtigen. Aber die Polizei wird feststellen, dass er ein Alibi hat, da bin ich mir sicher. Was können Sie mir über Simon Moye erzählen?«

»Simon? Er ist ein talentierter Musiker. Ein toller Produzent. Aber eigentlich kenne ich ihn gar nicht.«

»Könnte es sein, dass er so viele Jahre lang einen Groll gegen die *Rebels* gehegt hat?«

»Ja, schon.« Patty schien in der vergangenen Woche um Jahre gealtert zu sein. »Aber all das ist so lange her.«

Ich schrieb meine Telefonnummer auf eine Serviette und reichte sie Patty. »Rufen Sie mich an, wenn Ihnen noch etwas einfällt, das uns weiterhelfen könnte.« Ich stand auf, um zu gehen. Patty packte mich am Arm.

»Sagen Sie Summer, sie soll sich mal wieder melden«, bat mich Patty. »Ich mache mir Sorgen um sie, jetzt noch mehr als zuvor.«

Auf dem Weg zum Flughafen kämpfte ich mit mir, ob ich Michaelson von dem anonymen Brief erzählen sollte, den Rory bekommen hatte. Ich hatte das Gefühl, damit Patty und Rory zu verraten, doch der Brief konnte ungeheuer wichtige Anhaltspunkte geben. Wenn er etwas mit den Anschlägen auf die *Rebels* zu tun hatte, würde dies den Kreis der Verdächtigen sehr einschränken. Nur wenige Menschen konnten überhaupt etwas von dem Baby gewusst haben, und die meisten davon waren inzwischen tot. Der Schreiber des anonymen Briefs könnte der Mörder sein. In meinen Augen war allerdings immer noch Simon der Hauptverdächtige. Wie konnte er etwas von dem Baby gewusst haben?

Vielleicht hatte Pattys Schwangerschaft aber gar nichts mit alldem zu tun. Was wäre, wenn Patty den Brief selbst geschrieben hätte? Sie hatte vielleicht entschieden, es wäre an der Zeit, es Rory endlich zu sagen. Und ihr war womöglich keine andere Möglichkeit eingefallen, das zu tun. Dann gab der Brief überhaupt keine wichtigen Hinweise. Ich steckte mein Telefon wieder weg. Ich würde Michaelson davon erzählen, wenn es sein musste, aber ich wollte nicht, dass er sich noch mehr als bisher auf Rory einschoss. Der Brief konnte warten.

Als ich im Haus Haven ankam, wurde ich von Liam und Oscar freudig begrüßt. Da Hunter und ich ständig unterwegs waren, hatte Liam eine starke Bindung zu seinen neuen Schützlingen aufgebaut, und das freute mich. So war er wenigstens nicht einsam. Patrick teilte mir auf einem Zettel am Kühlschrank mit, dass er bei Grant war und mit Gerry und Summer die Videoaufnahmen durchging. Also wärmte ich mir eine Portion Suppe auf und aß allein.

Der Brief ging mir nicht aus dem Kopf. Patty konnte die Vorstellung nicht ertragen, dass Rory versucht haben könnte, Ian etwas anzutun. JR ging es ebenso, aber er war die einzige andere Person, die Rory nah genug stand und ein wenig mehr Klarheit in die Sache bringen konnte. Er wäre bestimmt nach meinem Auftritt heute Morgen nicht gerade entzückt, schon wieder von mir zu hören, aber ich musste es versuchen. Es war acht Uhr vorbei, doch ich erreichte ihn noch im Studio. Ich musste ihn irgendwie dazu bringen, nicht gleich wieder aufzulegen.

»JR, ich muss mit Ihnen reden. Erzählen Sie mir bitte von dem Brief, der zu Ihren Händen für Rory gekommen ist.«

»Den hab ich Rory gegeben«, blaffte er.

Das würde lustig werden. »Wussten Sie, was darin stand?«

»Ging mich nichts an.«

»Okay, dann versuchen wir es mal anders. War der Umschlag handgeschrieben?«

»Getippt.«

»In London aufgegeben?«

»Persönlich abgegeben.«

»Wie hat Rory die Neuigkeit aufgenommen?«, fragte ich.

»Er ist sofort zu Patty gegangen.«

»Und? Kommen Sie schon, ich versuche wirklich, Rory zu helfen. Helfen Sie jetzt mir.«

Ich hörte, wie JR am anderen Ende seufzte. »Na gut. Es war kein einfaches Gespräch. Als er zurückkam, war er völlig fertig. Dann hatte Ian den Unfall, und Rory hat sich in sein Haus in Schottland verzogen. Er wollte eigentlich wegen Summer in der Nähe bleiben, aber als er Patty so leiden sah, hat er es einfach nicht mehr hier ausgehalten.«

»Wussten Sie von dem Baby?«

»Nicht, bis Rory mir davon erzählt hat.«

Ich spionierte nur ungern so in Rorys Privatleben herum. Aber falls es da irgendwo einen Anhaltspunkt gab, musste ich fragen. »Wer sonst hätte es gewusst haben können?«

»Jemand, dem Patty vertraut hat. Mit mir hat sie jedenfalls nicht über diese Sache gesprochen.«

»Empfindet Rory noch etwas für Patty?«, fragte ich vorsichtig.

»Das geht niemand außer Rory was an.«

»Ich versuche, einen Mörder zu finden. Also bitte.«

»Er war in Patty verliebt. Auf den allerersten Blick. Er hätte alles für sie getan.«

Ich holte tief Luft. »Hätte er auch ihren Ehemann umgebracht?«

»Das reicht jetzt aber!«

»Nein, nein. Legen Sie nicht auf. Es tut mir leid. Ich will nur Ihre Antwort darauf hören. Ich glaube Ihnen, aber ich muss das fragen.«

»Sie hätte ihn nie darum gebeten«, sagte JR leise. »Patty liebt Ian. Hat ihn immer geliebt und wird ihn immer lieben. Sie mochte Rory, aber das war ganz etwas anderes.«

»Wie hat Ian von der Affäre erfahren? Hat Patty es ihm erzählt?«

»Nein, das war Hamish. Er war immer schon ein Unruhestifter. Einfach nur so zum Spaß. Er hat zufällig mitgehört, wie Rory und ich darüber geredet haben, und es Ian aus reiner Boshaftigkeit erzählt. Es gab einen Riesenkrach. Rory hat Hamish und Stewart gehörig die Meinung gegeigt. Er hat erst die Klappe gehalten, nachdem Ian ihm bei der Prügelei, die sich aus dem Zank entwickelt hatte, den Kiefer gebrochen hat.«

»Und das war dann das Ende der Band?«

»Rory hat noch im Krankenhaus alle Papiere unterschrieben, um die Band aufzulösen, und einen Flug nach São Paulo gebucht. Er wollte all den schmerzlichen Erinnerungen entkommen. Außerdem wollte er Ian und Patty wohl auch eine Chance geben, ihre Beziehung wieder zu kitten. Wie gesagt, er hat Patty geliebt. Wenn sie Ian wollte, würde sich Rory eben zurückziehen. Er war zwar völlig von der Rolle und verrückt, aber immer ein Ehrenmann.«

Ich legte auf und war verwirrter denn je. In meinem Kopf führte ich JR unter *sentimental, einsam* und *loyal*. Rory hatte ihn selbst als einen seiner engsten Freunde bezeichnet. Wieder dieses Wort Loyalität. War es möglich, dass JR Rory deckte?

So viel konnte mein überladenes Gehirn nicht verarbeiten. Zeit für ein großartiges Schmiermittel. Ich holte eine Flasche des uralten Fletcher's und schenkte mir ein Glas ein. Ich hatte gerade den ersten luxuriösen Schluck genommen und genoss das Aroma von Trockenfrüchten und Zimt, als die Haustür aufging und Patrick hereingeschlichen kam.

»Wenn ich es nicht besser wüsste, würde ich sagen, du hast den Whisky gerochen.«

»Das ist genau, was ich brauche«, sagte Patrick, ließ sich mir gegenüber auf die Couch fallen und hob schlaff eine Hand. »Es war ein Scheißtag.«

Ich schenkte Patrick ein und stellte den Whisky neben ihn auf ein Tischchen. »Erwarte bloß nicht, dass der Service immer so weitergeht.«

»Wie war es in London?«

»Verwirrend. Ich bin nicht sicher, in welche Richtung sich das alles entwickelt. Je mehr ich herausfinde, desto mehr gerate ich durcheinander.«

»Hast du was zu Simon Moye rausgekriegt?«

»Michaelson versucht ihn aufzuspüren, aber er hat immer noch diesen Floh im Ohr, dass Rory ein Tatverdächtiger ist.«

Patrick nippte an seinem Whisky und seufzte zufrieden. Ich wusste genau, wie er sich fühlte: wenn die Wärme sich einem tief in den Körper schlich, wenn sie die Ecken und Kanten des Lebens abrundete mit einem Geschmack, der so süchtig machte wie die Küsse eines Geliebten.

»Ah, schon viel besser.« Er seufzte erneut. »Okay. Jetzt lass mal hören, was du rausbekommen hast.«

Genau das brauchte ich. An Patrick konnte ich meine Ideen schon immer am besten ausprobieren. »Okay, logisch gesehen sollte Simon Moye der Täter sein. Von all den Leuten, die eine Wut auf Rory und die *Rebels* haben, ist er der Einzige, der auch eine Mordswut auf Penrose hat. Der hat ihn um Ruhm und Reichtum geprellt, und jetzt hockt Simon da und produziert andere junge Bands, die seinen Traum leben. Er verbringt viel Zeit bei Ravenscourt, hatte mühelos Zugang zu allen Computern und zu Hamishs Vorrat an Red Bull. Er hat kein eindeutiges Alibi für die Zeit von Ians Unfall, und wir haben nur die Aussage seiner Mutter und ein paar Posts vom Smartphone, die beweisen, dass er sich in Wales aufgehalten hat, als Penrose ermordet wurde.«

»Es wäre zwar eine Mordstour von Wales nach Stirling und zurück, doch ich denke, das ließe sich schaffen.«

»Ja, aber Simon war unter Umständen gar nicht in Wales. Vielleicht war sein Handy ohne ihn dort. Nur auf dem letzten Foto ist Simon zu sehen, und selbst das hätte man ja früher aufnehmen können. Er könnte einfach seine Frau dazu gebracht haben, ihm auf die Weise ein Alibi zu verschaffen.«

»Das schlimmste Wort, das dir zu Simon Moye eingefallen ist, war *angespannt*«, sagte Patrick und deutete auf die Karteikarte auf dem Tisch. »Das ist kaum verdammenswert – angespannt sind wir alle. Besonders jetzt.«

»In gewisser Weise, aber wenn die Spannung sich aufbaut, ist das wie mit Dampf in einem Druckkochtopf. Vielleicht war es bei Simon einfach ein Quäntchen zu viel Druck.« Die Spannung, die ich an ihm beim Konzert wahrgenommen hatte, erschien mir jetzt wie eine Wut, die drauf und dran war, sich in einem mörderischen Angriff zu entladen.

»Bist du sicher, dass dein Urteil nicht durch deine persönliche Besessenheit von Mickey Dawson getrübt ist?« Patrick nahm Rorys Karteikarte vom Tisch auf. »Du sagst selbst, dass er sprunghaft ist. Eine tickende Zeitbombe. Und jemand hält ihn für einen Mörder. Das hat dieser Jemand in großen bluttriefenden Buchstaben mehr als deutlich gemacht.«

Ich schüttelte den Kopf. »Als das Wort ›Mörder‹ über die Leinwand flimmerte, dachte Michaelson sofort an die Morde aus der letzten Zeit, ich allerdings überhaupt nicht. Meine Gedanken wanderten zu Begebenheiten aus der fernen Vergangenheit. Zu alten Wunden.« Ich umfasste mein Glas mit beiden Händen, sah zu, wie der Feuerschein auf der Oberfläche der Flüssigkeit tanzte. »Vielleicht liegt es daran, dass ich mich im Augenblick auch mit anderen Geheimnissen aus der Vergangenheit beschäftige, aber ich habe nicht das Gefühl, dass Rory irgendwas mit den jüngsten Morden zu tun hat.«

»Allerdings gibt es jede Menge Indizien dafür«, beharrte Patrick. »Rory hatte nach seiner Rückkehr aus Brasilien einige Besprechungen in Ravenscourt. Er wusste, dass Hamish noch im Studio war. Er hätte sich an dessen Red-Bull-Vorrat zu schaffen machen können.«

»Woher hätte er denn von Hamishs Gewohnheiten wissen sollen? Er war doch jahrelang weg.«

»Vielleicht hatte er einen Komplizen.«

Sofort fiel mir JR ein. Hatte dessen Loyalität zu Rory ihn dazu gebracht, ihm bei einer Art Vendetta zu helfen? Rory hatte wahrhaftig Grund genug, sie alle zu hassen: Hamish, weil er Ian von seiner Affäre mit Patty erzählt hatte. Ian, weil er Pattys Herz zurückerobert hatte, die Rorys große Liebe war. Und Penrose, weil er Bonnie ins Abseits geschoben und das Geld der Band gestohlen hatte. JR war immer Rorys Freund geblieben, in guten wie in schlechten Zeiten. Ich konnte Patrick nicht von Rorys Affäre mit Patty erzählen, aber das hätte ihn ohnehin nur in dem Gefühl bestärkt, dass Rory der Schuldige war.

Patrick steigerte sich allmählich in seine Thesen hinein. »Rory war nur zwei Häuserblocks von dem Ort entfernt, wo Ian seinen Unfall hatte. Niemand in der Anwaltskanzlei kann bezeugen, wo er sich in jedem Augenblick aufgehalten hat. Er hätte unter dem Vorwand, sich eine Tasse Kaffee zu holen oder ein privates Telefonat zu führen, kurz aus dem Zimmer gehen können. Und er hat kein Alibi für die Zeit, als jemand Penrose seine Gitarre über den Schädel geschlagen hat.«

Plötzlich verspürte ich unendliche Erleichterung. Endlich ein Augenblick der Klarheit. »Deswegen bin ich ja so sicher, dass er es nicht war. Wenn er Penrose umgebracht hätte, hätte er doch ein Alibi parat gehabt. Ein wasserdichtes. Und wieso sollte er Penrose mit seiner eigenen Gitarre töten, die voll mit seinen Fingerabdrücken ist, und das Ding einfach am Tatort zurücklassen, zusammen mit einer Zeile aus einem Song, den er und Simon zusammen geschrieben haben? Er ist alles Mögliche, aber so blöd ist er nicht.«

»Sonst noch irgendwelche Kandidaten?«

»Mir fällt keiner ein. Summer war die ganze Zeit über mit dir und Louisa in The Larches. Tina und ihr jugendlicher Liebhaber Jai haben beide Alibis für die Zeit von Penroses Tod. Obwohl Jai jede Menge Zugriff auf die Computer hatte, hätte er gestern Morgen nicht in Stirling sein können. Außerdem kann ich mir nur schwer vorstellen, dass er bereit wäre, für Tina jemanden umzubringen. Er hat ein kleines Techtelmechtel mit ihr, scheint aber nicht sonderlich an ihr zu hängen. Nicht mit der Art von Besessenheit, die einen zu einem Mord treiben würde.«

»Dann wären wir also wieder bei Simon Moye.«

»Stimmt.« Liam knurrte unwillig, als ich ihn vom Schoß schubste, um mich zu Patrick hinüberzulehnen. »Wenn jemand so viele Leute umbringt, muss sein Motiv etwas ungeheuer Persönliches sein, und es muss aus den tiefsten Tiefen kommen. Ich kann mir vorstellen, dass Simon Penrose gegenüber solche Gefühle gehegt hat, aber wenns um die praktische Ausführung geht, kommen mir Zweifel. Penrose hätte Simon auf keinen Fall in sein Zimmer gelassen.«

»Er hätte sich ja gewaltsam Zutritt verschaffen können.«

»Aber davon war da nichts zu sehen.«

»Vielleicht hat sich Simon mit Penrose unter einem falschen Namen verabredet, um den Verdacht auf Rory zu lenken, und hat dann Penrose vorgegaukelt, dass er tatsächlich gekommen war, um ihm die Gitarre zu verkaufen, die er beim Konzert gestohlen hatte«, schlug Patrick vor. »Mickey Dawsons Comeback-Gitarre wäre doch für einen Souvenirhändler ein sehr verlockendes Angebot.«

»Stimmt.« Ich nippte noch einmal an meinem Fletcher's Whisky. »Es muss einfach Simon sein. Kein anderer passt zu den Fakten. Auf niemand sonst trifft das alles zu.«

»Deine Argumentation ist wie immer logisch. Da wollen wir nur hoffen, dass Michaelson Simon vor Samstag aufspürt und so eine weitere Katastrophe von epischen Ausmaßen verhindert.«

Patrick hatte recht. Der Mörder hatte lange genug mit Rory Katz und Maus gespielt. Mein Bauchgefühl sagte mir, dass sein nächster Angriff tödlich sein würde.

Am frühen Freitagmorgen verfrachtete ich Liam auf Hopes Rücksitz und folgte Patrick nach The Larches, um mich an den letzten Vorbereitungen für den Empfang der japanischen Besucher zu beteiligen. Als ich vor dem Haus vorfuhr, sah ich, dass Summer schon fleißig gearbeitet hatte. Die Eingangstür war von fließend drapierten karierten Stoffbahnen umrahmt, vermutlich mit dem Tartan der MacEwans. Die steinernen Pflanztöpfe auf der Treppe quollen über vor Lavendel und weißem Heidekraut.

Zu meiner Überraschung kam mir auf dem Vorplatz Michaelson höchstpersönlich entgegen.

»Auf ein Wort«, sagte er und deutete vom Haus weg. Liam folgte uns, als wir die Einfahrt hinuntergingen, um außer Hörweite eines Gärtners zu sein, der die Büsche bei der Tür beschnitt.

»Wussten Sie, dass Hendricks jeden Morgen eine lange Wanderung durch die Berge macht?«

»Nein«, sagte ich misstrauisch.

»Ich habe versucht, ihn erneut auf ein Alibi für den Zeitpunkt von Penroses Tod festzunageln, und er konnte nur vorbringen, dass er spazieren war, und zwar allein.«

»Er hatte keinen Sicherheitsmann dabei?«

»Die Wachleute hatten die Anweisung, nah beim Haus zu bleiben. Diesmal ist Hendricks laut eigener Aussage mit dem Auto zum anderen Ende des Tales gefahren, um am südlichen Berghang zu wandern.«

»Allein«?

»Allein. Genauso gut hätte er die halbe Autostunde nach Stirling fahren, Penrose ermorden und zurückkommen können.«

Scheiße, das sah nicht gut aus. Was zum Teufel hatte sich Rory dabei gedacht?

»Ich weiß, dass Sie mir nicht glauben, aber mein Bauchgefühl sagt mir, dass er es nicht war.«

»Wir werden mehr als Ihr Bauchgefühl brauchen. Besonders da sich die Indizien langsam häufen, zumindest was den Mord an Penrose angeht. Ihr lieber Hendricks besteht darauf, dass die Gitarre am Freitag nach der Show aus dem Backstage-Bereich verschwunden ist, aber außer seinen sind keine Fingerabdrücke drauf.«

»Natürlich sind seine Fingerabdrücke auf einer Gitarre, die er gespielt hat, und wenn jemand vorhatte, ihm diesen Mord anzuhängen, wäre es die perfekte Tatwaffe.«

»Er ist auch vor Hamish Dunns Ermordung ein paarmal bei Ravenscourt aufgetaucht. Da hätte er Gelegenheit gehabt, einen Computervirus einzuschleusen und eine Getränkedose zu impfen.«

»Er war Jahre nicht im Lande. Woher sollte er die Passwörter kennen und wissen, wo Hamish seinen Getränkevorrat aufbewahrte?«

»Er hatte vielleicht einen Komplizen«, sagte Michaelson. »Wir haben mit einem Typen namens JR geredet.«

Das hatte Michaelson ja rasch herausgekriegt. Kein Wunder, dass JR so empfindlich reagierte. Er dachte vielleicht, ich hätte die Polente in seine Richtung geschubst.

»Trotz der Indizien, die gegen Rory sprechen, habe ich meine Leute noch nach Wales geschickt, um mit Simon Moye zu reden«, sagte Michaelson.

Zumindest hatte er meine Tipps nicht völlig ignoriert. »Wissen Sie jetzt genau, wo er ist?«

»Wir haben ihn in einem Ferienhaus am Strand zwischen Ryl und Llandudno aufgespürt. Er sagt, dass er seit letztem Samstag mit seiner Familie da ist.« Liam trottete neben Michaelson her, als hörte er aufmerksam zu. »Sie wollten morgen wieder in Richtung London aufbrechen, aber er hat sich einverstanden erklärt, erst noch nach Stirling hochzukommen und ein paar Fragen zu beantworten. Er wird heute im Laufe des Nachmittags dort eintreffen.«

»Haben Sie sein Alibi überprüft?«

»Wir suchen nach Zeugen, die ihn in Llandudno gesehen haben.«

»Das würde ihm ein Alibi verschaffen, aber wasserdicht wäre es nicht. Mit dem Auto braucht man weniger als fünf Stunden in jede Richtung«, wandte ich ein. »Schwierig, aber machbar. Simon hätte in den frühen Morgenstunden nach Stirling fahren, Penrose mit der beim Konzert geklauten Gitarre erschlagen und nach Wales zurückkehren können. Wenn er sein Handy dort gelassen hätte, hätte seine Frau weiter für ihn Fotos posten und ihm so zumindest ein oberflächliches Alibi verschaffen können.« Ich blieb stehen, um eine perfekte pfirsichfarbene Rosenblüte zu betrachten, die vor uns über den Pfad hing. »Gibt es eine Möglichkeit, ihn weiterhin zu überwachen?«

»Das haben wir vor, aber wir brauchen hier ebenfalls Leute. Wir schicken ein paar Jungs her, die Rothes helfen sollen.« Michaelson drehte sich um und ging mit forschen Schritten die Einfahrt entlang. »Ich kann auch schnell wieder vor Ort sein, wenn ich gebraucht werde.«

Nachdem Michaelson in sein Auto gestiegen und weggefahren war, zog ich mein Handy heraus und rief Rory an.

An der Art, wie er Hallo sagte, merkte ich sofort, dass er sehr schlechte Laune hatte. Da war er nicht der Einzige. »Was zum Teufel denken Sie sich dabei, jeden Morgen allein im Tal rumzustiefeln?«, wollte ich wissen. »Da könnten Sie sich gleich eine Zielscheibe auf die Stirn malen und fertig.«

»Ich kann nicht vierundzwanzig Stunden am Tag hier eingesperrt sein, während mich Leute wie einen Käfer unter dem Mikroskop beobachten.«

»Und das ist es wert, dass Sie jeden Morgen Ihr Leben riskieren?«

»Ich bin immer bewaffnet.«

»Es könnte Sie jemand mit einem Jagdgewehr abknallen, und Sie würden das nicht mal ahnen.«

»Wenn sie das wollten, hätten sie es schon längst getan. Sie haben mich neulich mit Ihrer Meinung überzeugt. Aus irgendeinem Grund spielen die Katz und Maus mit mir. Jetzt soll es endlich losgehen.«

»Das macht mir den Beweis, dass Sie unschuldig sind, auch nicht leichter. Daran sollten Sie vielleicht denken«, erwiderte ich wütend. »Und es ist höchste Zeit, dass Sie selbst anfangen, Ihre Unschuld zu beweisen, und es nicht nur mir überlassen, einen anderen Schuldigen zu finden. Falls Sie mir noch irgendwas verheimlichen, andere Bedrohungen«, deutete ich an, »oder weitere Nachrichten von einem Mörder, wäre jetzt die beste Zeit, mir davon zu erzählen.«

»Ich habe es satt, vor der Polente meine Privatangelegenheiten auszubreiten.«

»Nun, vielleicht muss es erst noch schlimmer kommen, ehe es wieder besser wird«, sagte ich grimmig und beendete wütend das Gespräch.

Ich drehte mich um und stapfte auf das Haus zu; viel zu spät bemerkte ich, dass Grant auf der Treppe stand und mich beobachtete.

KAPITEL 23

Ärger mit dem Wunderknaben?«, fragte er.

Ich folgte Grant ins Haus, ohne ihm zu antworten. Wie gewöhnlich flitzte Liam gleich zu Louisa in die Küche.

»Michaelson hat mir gesagt, dass Rory inzwischen einer der Hauptverdächtigen ist. Wieso darf er dann als Gast hierherkommen?«, wollte Grant wissen. »Summer hat es nicht verdient, dass man sie einem solchen Risiko aussetzt, nur wegen diesem Idioten von Vater.«

»Er ist kein Idiot, und ganz egal, was die Polizei sagt, Rory ist kein Mörder.« Die Frustration schwang in meiner Stimme deutlich hörbar mit.

»Bist du dir da sicher?« Grant schaute mich geradewegs an, und seine Augen blitzten dunkelgrün. »Sicher genug, um das Leben seiner Tochter zu riskieren und dazu das Leben aller, die in meinem Haus zu Gast sind?«

»Ich kann es noch nicht beweisen, aber ich weiß, dass Rory unschuldig ist.«

»Herrgott noch mal! Nur weil du völlig in diesen bösen Buben des Rock and Roll vernarrt bist und auf seine verführerische Masche reinfällst, kannst du doch nicht ignorieren, dass er in Wirklichkeit eine wandernde tickende Zeitbombe ist.« Grant hatte eine Donnermiene aufgesetzt.

Ich entschied mich, die letzte Bemerkung zu übergehen. »Vor einer Woche wolltest du noch keinen von diesen Leuten im Haus haben; inzwischen machst du dir unendlich Sorgen um deine Gäste und die ach so liebe Summer«, konterte ich.

»Ich wollte diese Leute auch nicht im Haus haben, aber jetzt habe ich mich auf Patricks verrückte Idee eingelassen, und da trage ich die Verantwortung für die Leute, die teilnehmen.« Grant baute sich vor mir auf, und Funken sprühten aus seinen Augen. »Ich wohne hier schon mein ganzes Leben. Die Mitglieder der Whisky Society sind Kollegen, die ich respektiere, und die Menschen in diesem Haus und diesem Städtchen sind wie meine Familie. Du setzt sie alle einer großen Gefahr aus.«

Er war genau wie die Fletcher-Jungs: Verantwortung für das Städtchen und die Leute, die seiner Obhut anvertraut sind. Loyalität. Grants Augen blitzten mit einer Leidenschaft, die ich nicht mehr in ihnen gesehen hatte, seit er mich damals in der Höhle in den Bergen gefunden hatte, wo man mich eingesperrt hatte und sterben lassen wollte. Jetzt galt diese Leidenschaft jedoch Summer. Grant schien völlig entsetzt von dem Gedanken, dass sie zu Schaden kommen könnte. Aber es war blöderweise meine eigene Schuld; ich hatte die beiden ja überhaupt erst zusammengebracht.

»Sieh mal, ich habe es mir auch nicht ausgesucht, wie das alles hier läuft. Ob du mir nun Rorys Unschuld abnimmst oder nicht, es gibt jemanden, der sehr viel verdächtiger ist und der ist ab heute Abend in Polizeigewahrsam. Wenn ich recht habe, sollte es gar keinen Grund zur Sorge geben. Und selbst wenn etwas passiert«, fuhr ich rasch fort, weil ich spürte, dass Grant gleich ein paar Einwände vorbringen würde, »haben wir private Sicherheitsleute und Michaelsons Leute, und Bill Rothes kommt ja auch noch. Deine Gäste sind in Sicherheit, und vielleicht können wir das alles hier zu einem guten Ende bringen.«

»Ich hoffe, du hast recht, aber ehe die Polizei sicher ist, dass sie den Richtigen gefunden hat, bleibe ich in Summers Nähe. Während sie sich in meinem Haus aufhält, bin ich für sie verantwortlich, und ich werde, verdammt noch mal, nicht zulassen, dass ihr was zustößt.«

Wir starrten einander wortlos an, beide fest und leidenschaftlich von dem überzeugt, was wir gerade gesagt hatten. Irgendwie wussten wir nicht, wie wir von den Positionen, die wir so vehement vertreten hatten, wieder wegkommen sollten. Zum Glück rief Patrick aus dem anderen Zimmer nach Grant, und der marschierte auf sein Büro zu. Ich stapfte beleidigt in die Küche, um nachzusehen, wie Louisa klarkam. Sie machte gerade Tee für Gerry und Summer. Liam und Luke lümmelten sich auf dem Fußboden herum und teilten sich ein Käsebrot: Luke aß das Brot, Liam fraß den Käse. Ich nahm dankend eine Tasse starken Tee an und ließ mich an dem polierten Eichentisch auf einen Stuhl fallen.

»Wie geht es Grant?«, fragte Louisa.

»Wie einem Bär mit Kopfweh.« Ich wandte mich an Summer. »Er hasst Menschenmengen und all diesen Firlefanz.«

»Der wird schon wieder, wenn er sieht, wie alles schließlich zusammenkommt«, sagte Summer selbstbewusst.

»Wie genau sehen die Pläne für morgen denn aus?«, fragte ich müde.

Summer nahm ein Klemmbrett vom Stuhl neben sich. »Patrick und die japanischen VIPs sollten planmäßig um zwei Uhr in Abbey Glen eintreffen. Dort bekommen sie einen schnellen Rundgang durch die Gebäude, danach gibt es eine Verkostung im neuen Besucherzentrum und Präsentationen von Cam und Grant. Anschließend kommen sie nach The Larches, und hier stoßen Vertreter der Whisky Society und Patricks andere Gäste dazu.« Summer blickte von ihren Notizen auf. »Grant sagte, Sie möchten gern ein paar Minuten über die Bennet-Logan-Erinnerungs-Stiftung reden. Er meinte, das könnten Sie am besten machen, sobald sich alle Gäste im Wohnzimmer versammelt haben. Wir bieten Cocktails und Spießchen an, das sollte sie bei Laune halten, während Sie Ihr Sprüchlein aufsagen.«

»Klingt toll«, sagte ich matt. Ich hatte vollkommen vergessen, dass ich mein Image als Partner in diesem ganzen verrückten Zirkus wiederbeleben musste. Eigentlich hatte ich noch gar nichts über die Stiftung zusammengestellt. Jetzt wusste ich, was ich heute Abend zu tun hatte.

»Danach zeigen wir Gerrys Video, dann folgt das Dinner. Louisa hat sogar organisiert, dass ein Dudelsackspieler die Gäste zu Tisch geleitet.«

Louisa grinste und verdrehte hinter Summers Rücken die Augen zur Decke.

»Ich denke, das haut alle völlig um«, fuhr Summer fort. »Louisa hat ein wunderbares Menü zusammengestellt. Sie ist eine phantastische Köchin. Ich kann nicht versprechen, dass ich nicht versuchen werde, sie mit zu mir nach Hause zu nehmen.«

Ich stellte die Ohren auf. »Sie haben vor, schon so bald nach London zurückzukehren?«

»Natürlich. Rory kann mich nicht ewig hier festhalten. Ich würde durchdrehen. Nichts für ungut! Es ist schön in Balfour und überhaupt, aber es ist einfach so … äh … ruhig. Ich meine, sehen Sie sich an, Sie sind doch auch dauernd woanders. Da kommt es erst gar nicht dazu, dass diese Ruhe sich in Ihren Kopf frisst.« Summer schauderte ein wenig.

Ich fragte mich, ob Grant wusste, wie sie dachte. Ich wandte mich an Gerry, der Luke und Liam mit liebevollem Lächeln betrachtete.

»Was ist mit Ihnen? Das hier muss Ihnen doch auch verdammt ungelegen kommen.«

»Ein bisschen«, gab er zu, »aber es hat auch seine guten Seiten.« Er tätschelte sich den Magen. »Dieses Jahr habe ich bisher ein Junggesellendasein gefristet. Hier verwöhnt mich

Louisa mit allen möglichen selbst gemachten Leckereien. Ich habe bestimmt hier schon gute drei Kilo zugenommen.«

»Du solltest das Menü für den Empfang am Samstagabend sehen«, sagte Summer voller Begeisterung zu ihm. »Wir tischen das Beste auf, was Schottland zu bieten hat, aber mit einer feinen asiatischen Note.«

Summer zog das Blatt mit der Speisenfolge für die Veranstaltung heraus und schob es mir über den Tisch zu. »Als Horsd'œuvre gibt es Oatcakes und vor Ort geräucherten Lachs mit einer Wasabi-Crème-fraîche, dazu Shiitake-Pilze, die mit whiskygetränktem Haggis gefüllt sind.«

»Na, ob das denen allen schmeckt?«, meinte Gerry und verzog das Gesicht. »Haggis ist ziemlich gewöhnungsbedürftig. Und nicht jeder gewöhnt sich dran.«

»Unsinn«, erwiderte Louisa forsch. »Mein Haggis ist eher wie eine grobe Pâté mit einem in Portweinfässern gereiften Whisky anstelle des Kognaks. Wartet nur ab. Er wird euch hervorragend schmecken.«

»Was machen Sie zum Abendessen?«, fragte ich Louisa.

»Jakobsmuscheln als Vorspeise, in Butter geschwenkt, dazu Zitrone an Seetangsalat.«

»Woher bekommen Sie hier Seetang?«

»Von Ken Nakimoto aus der Stadt«, mischte sich Summer ein. »Grant hat mich neulich zum Abendessen in sein Restaurant ausgeführt. Er hat uns so sehr geholfen. Er hat uns den Seetang besorgt und für Patrick einen Teil der Informationen über Glen Abbey ins Japanische übersetzt. Er hat auch einen Haufen Lampions für die Deko gestiftet. Ich weiß nicht, was ich ohne ihn gemacht hätte.«

War das der einzige Grund, warum Grant und Summer bei Ken Nakimoto gegessen hatten? Ich fühlte mich blödsinnig erleichtert, weil es vielleicht doch kein richtiges Rendezvous gewesen war.

»Das Hauptgericht ist Wild aus der Region, dazu Ofenkartoffeln und Gemüse«, fuhr Louisa fort. »Und als Nachtisch reiche ich einen traditionellen Sticky Toffee Pudding, dazu Mochi* mit Schwarzen Johannisbeeren. Cam hat sich große Mühe gegeben, zu jedem Gang den passenden Whisky zu finden, und Gerry hat sich freundlicherweise bereit erklärt, bei der Verkostung und überhaupt zu helfen.«

»Mein bester Auftrag seit langer Zeit«, kommentierte Gerry.

»Ich kann Ihnen gar nicht genug danken, dass Sie das Video gedreht haben«, sagte ich.

»War mir ein Vergnügen«, erwiderte er. »Ich habe dabei eine Menge darüber gelernt, wie Whisky hergestellt wird, und die Brennerei ist wesentlich weniger anspruchsvoll als die Leute, mit denen ich sonst arbeiten muss. Nur das Wetter war ein bisschen problematisch. Ich bin am Mittwochmorgen noch mal hergekommen, als die Sonne endlich wieder draußen war, und habe noch ein paar Außenaufnahmen gemacht. Insgesamt denke ich, der Film wird Ihnen gut gefallen.«

Ich merkte mir, dass Gerry also am Mittwochmorgen zu Filmaufnahmen hier gewesen war. Schade, dass er nicht auch noch Rory in den Bergen begegnet war, um ihm ein Alibi für Penroses Todeszeitpunkt zu verschaffen.

»Was haben Sie heute noch vor?«, fragte Louisa mich.

»Ich bin gekommen, um meine Hilfe anzubieten. Was kann ich tun?«

»Wir machen heute Nachmittag die Deko im Haus fertig. Und dann müssen wir noch die Geschenke für unsere japanischen Besucher vorbereiten.«

»Gute Idee«, sagte ich. Daran hatte ich nicht einmal ge-

* Traditioneller japanischer Reiskuchen.

dacht. Ich hatte auch schon in Japan gearbeitet und erinnerte mich daran, wie wichtig Geschenke und deren Verpackung für Geschäftsbeziehungen waren. »Was schenken wir ihnen?«

»Die Whisky Society hat uns ein paar ungewöhnliche Whiskys zum Verschenken überlassen.«

»Die müssen wir einpacken«, meinte ich. »Die Verpackung ist für Japaner ein unverzichtbares Element. Die Aufmachung ist so wichtig wie das Geschenk selbst. Normalerweise benutzt man irgendeine Textilverpackung.«

Summer runzelte die zarte Stirn. »Verdammt, das hatte ich nicht eingeplant.«

Es fühlte sich gut an, die große Eventplanerin auf dem falschen Fuß erwischt zu haben. »Haben wir noch irgendwelchen Stoff mit Schottenkaro?«

»Ich glaube, auf dem Dachboden gibt's noch was, das wir mal für eine Weihnachtsparty verwendet haben. Grün und schwarz. Wäre das was?«

»Klingt perfekt.«

»Gerry, könnten Sie uns helfen, die richtige Kiste zu finden?«, fragte Louisa.

»Klar doch.« Gerry trank seinen Tee aus, und wir gingen hinter Louisa die Treppe neben der Küche hinauf in den zweiten Stock, in dem sich früher die Dienstbotenzimmer befunden hatten.

»Früher, als sie hier noch echte Dienstboten hatten«, sagte Louisa mit einem Lächeln. »Die hätten unser Wohnarrangement gewiss skandalös gefunden. Die Köchin hätte damals sicher nicht im Hauptgeschoss einziehen dürfen. Aber Luke war noch so klein, als ich hier angefangen habe. Da hat mir Grant die Suite mit dem Kinderzimmer gegeben«, erklärte sie. »Das war genau das Richtige. Die ist wie unsere eigene kleine Wohnung, und Luke bekam alle Spielsachen von Grant und seinem Bruder, mit denen konnte er sich vergnügen, als wir für so was noch kein Geld hatten.«

Am Ende des Korridors verbarg sich hinter einer Tür eine schmale Holztreppe, die auf einen riesigen Dachboden führte, der die gesamte Länge des Hauses einnahm. Er war bis obenhin vollgestopft mit Kleiderständern voll alter Kleidungsstücke und mit Hüten, Sätteln und Reitstiefeln und Kisten und Kasten.

»Wir suchen eine alte, mit Zedernholz ausgeschlagene, schwarz angestrichene Kiste. Die müsste irgendwo in der Nähe der Weihnachtssachen sein.«

Wir drei machten uns daran, die Überreste mehrerer Leben durchzuschauen. Dabei wirbelten wir in gleichen Mengen Staub und alte Erinnerungen auf.

»Könnte die Kiste dadrin sein?«, fragte Gerry und deutete auf eine Tür an der gegenüberliegenden Wand.

»Nö, da kommt man aufs Dach«, antwortete Louisa. »Die Tür haben wir früher öfter benutzt, als wir die Wassertanks noch da oben hatten. Mussten ab und zu Tauben rausfischen, die reingefallen und ertrunken waren. Gott sei Dank wird das Wasser jetzt im Haus erhitzt.«

Wir wühlten weiter. Gerry alberte herum und setzte sich einen alten Lampenschirm auf den Kopf. Er half mir, einen Stapel Kartons zur Seite zu räumen, damit ich in die hinterste Ecke gelangen konnte. Da stöberte ich unter einem Karton mit Christbaumbeleuchtung eine staubige Kiste mit Messingbeschlägen auf. »Ist sie das?«, fragte ich.

»Könnte sein«, antwortete Louisa und kam nachschauen. »Ja, das ist sie.« Sie hielt ein quadratisches Stück Schottenstoff in Grün und Schwarz in die Höhe. »Die haben wir damals als Unterlage für die Tafelaufsätze benutzt. Ich kann die schnell waschen, wenn es das Richtige für euch ist.«

»Perfekt.«

Den Rest des Nachmittags verbrachte ich damit, auf Summers Anweisung Möbel zu rücken, ehe ich mich nach Abbey Glen aufmachte, um mitzuhelfen, dort im frisch renovierten Stall Tische aufzustellen. Auf seine rustikale Art wirkte der Verkostungsraum, wie er nun hieß, recht professionell. Man hatte den Fußboden gründlich gefegt und mit Dampfstrahl gereinigt, und es war ein wunderbarer Steinplattenboden zum Vorschein gekommen. Hinter einem Stapel Strohballen hatten Hunter und Cam die rußigen Überreste einer offenen Feuerstelle entdeckt, die man so lange geschrubbt hatte, bis die natürlichen Feldsteine sichtbar wurden. Das Ganze war nun eine überraschend modern wirkende Wärmequelle für den Raum.

Hinten hatte man ein halbes Dutzend ausgemusterte Whiskyfässer aufgestellt und mit dunkel gebeizten Holzplatten, die Hunter von Renovierungsarbeiten in The Larches übrig hatte, in Tische verwandelt. Einzeln gaben sie schöne Stehtische ab, und wenn man sie dicht nebeneinanderschob, bildeten sie eine perfekte Verkostungstheke. Die Fotos von den wichtigsten Stufen des Destilliervorgangs, die ich vergrößert hatte, waren hinter Plexiglas gerahmt und hingen an der Längswand. Der Text darunter war für diesen Anlass in englischer und japanischer Sprache verfasst. Cam arrangierte gerade die Gläser für die Verkostung und machte viel Aufhebens um die Auswahl der Whiskys. Er wirkte ein wenig nervös, aber wenn es um seine Whiskys ging, war er in seinem Element. Was morgen betraf, machte ich mir um ihn keine Sorgen.

Patrick ließ uns alle vorab schon einmal Gerrys Video anschauen. Abbey Glen sah darin einfach zauberhaft aus. Gerry hatte wirklich den Geist des Ortes eingefangen. Den Abend verbrachte ich damit, eine Präsentation über die Logan-Stiftung zusammenzustellen, während sich Patrick im Internet einen Schnellkurs über die japanische Kunst des Verpackens mit Textilien anschaute.

Mir war ein wenig wohler zumute, als Michaelson anrief, um mir mitzuteilen, dass Simon Moye auf dem Polizeirevier eingetroffen war und sich kooperativ verhielt.

Endlich kam alles zusammen. Morgen Abend würde die Sache ausgestanden sein.

Hoffte ich.

KAPITEL 24

Bis Samstagmittag hatte ich die Geschenkflaschen zum Empfang gebracht und noch ein letztes Mal alles in Abbey Glen überprüft. Die Destillerie sah wunderschön aus. Eine steife Brise ließ die Fahne am Mast im Hof flattern, und die Sonne hatte sich tatsächlich herabgelassen, zu scheinen und die Brennerei im schönsten Licht erstrahlen zu lassen. Ich schoss ein paar Fotos von der anderen Seite der Holzbrücke, die am Eingang über den Bach führte. Die weiß getünchten Gebäude vor den lavendelfarbenen Bergen, die glänzenden Messingbeschläge und die kleinen Rosen in den zu Pflanztöpfen umfunktionierten halben Fässern hätten jeder Werbebroschüre alle Ehre gemacht.

Ich blieb noch da, um unsere japanischen Gäste zu begrüßen und sie auf dem Rundgang zu begleiten, ehe ich zu The Larches aufbrach. Summer spielte in der Brennerei die Gastgeberin und war in ihrem Element, und die japanischen Herren waren fasziniert von der jungen Frau mit dem schimmernden Haar. Ich hörte, wie einige sich erkundigten, ob es echt sei. Ihre feinen Gesichtszüge und das kupferne Haar waren der perfekte Kontrast zu Grants eher markantem gutem Aussehen. Zweifellos gaben die beiden ein sehr hübsches Paar ab, und mehr als einer unserer Gäste hielt sie irrtümlich für Eheleute. Ich war ganz entschieden das fünfte Rad am Wagen.

Rory sollte nach unserem Plan so rechtzeitig in The Larches eintreffen, dass er die restlichen Gäste begrüßen konnte, die zum Empfang kamen. Michaelson hatte darauf bestanden, dass Rory sich während der gesamten Party im Haus aufhalten musste. Und als zusätzliche Vorsichtsmaßnahme hatte Bill Rothes noch mit Grant ausgemacht, dass alles Essen, das Rory gereicht wurde, strikt vom Essen für alle anderen Gäste getrennt werden sollte. Nur Louisa und ich kamen damit in Berührung, und Rory wusste, dass er nichts essen oder trinken durfte, das nicht eine von uns beiden ihm gereicht hatte.

Mir schienen die Vorsichtsmaßnahmen ein wenig übertrieben, besonders da Simon Moye gerade eben in Stirling von Michaelson befragt wurde. Als Trostpreis für Rory hatte ich eine Flasche von dem vierzig Jahre alten Fletcher's Reserve mitgebracht, den wir letztes Jahr in einem Versteck entdeckt hatten. Es war ein lächerlich teures Geschenk. Mickey hätte seinerzeit den Whisky runtergekippt, ohne ihn auch nur zu schmecken, Rory dagegen nicht. Er würde ihn ... und mich ... wirklich zu schätzen wissen. Nicht dass ich versuchte, ihn zu beeindrucken. Dass ich mich sechsmal umgezogen hatte, ehe ich mich für das königsblaue Etuikleid entschied, nach dem sich immer alle die Köpfe verrenkten, hatte nur mit dem wechselhaften Wetter zu tun, nicht etwa mit Eitelkeit. Das redete ich mir jedenfalls ein, und dabei würde ich bleiben.

In der Eingangshalle begrüßte mich Louisa und reichte mir sofort ein Tablett mit Weingläsern. »Könnten Sie die ins Esszimmer bringen und auf die Theke an der Seite stellen?«

Ich trug das Tablett vorsichtig ins Esszimmer, wo Gerry gerade die restlichen Gläser anordnete.

»Ich sehe, Sie hat man auch gleich eingespannt«, sagte er. »Wie geht's in Abbey Glen?«

»Die Japaner scheinen ihre Zeit dort zu genießen. Summer hat sie jedenfalls völlig bezaubert. Ich wollte nur hier sein, ehe ihr Vater eintrifft.«

»An Ihnen ist wohl die Aufgabe hängen geblieben, auf ihn aufzupassen, was?«

»So ähnlich«, antwortete ich und schaute zu, wie Gerry eines der Gläser polierte, ehe er es ordentlich in die Reihe stellte. Er hatte genauso ein Auge für Details wie ich. Dinge, die man in einer Reihe aufstellte, mussten dann auch wirklich genau in einer Reihe stehen. In einer geraden Linie. »Sie sind hier, um ein Auge auf Summer zu haben?«

Er errötete ein wenig. »Ist das so offensichtlich?«

Gerry traute Rory wohl nicht zu, dass er diese Aufgabe ordentlich erfüllte. Könnte Gerry von Pattys Schwangerschaft gewusst haben? Könnte er den Brief an Rory geschickt haben, um ihm mitzuteilen, was er da angerichtet hatte? Wenn ja, dann würde das einiges erklären. Pattys Verzweiflung. Meine Probleme damit, Simon einerseits als Mörder zu verdächtigen, obwohl er andererseits kaum etwas von dem Baby gewusst haben konnte. »Rory gibt sich alle Mühe, auf Summer aufzupassen. Er hat ja nur dieses eine Kind.« Ich beobachtete Gerry genau, bemerkte aber keine Spur von Reaktion.

»Nur dieses eine Kind, von dem er weiß«, erwiderte Gerry philosophisch. »Während seiner wilden Jahre hätte es da wohl jede Menge Möglichkeiten gegeben. Aber er findet ja erst jetzt raus, was es bedeutet, Vater zu sein.«

Je mehr ich darüber nachdachte, desto wahrscheinlicher erschien es mir, dass Gerry den anonymen Brief geschrieben hatte. Es konnte sehr gut sein, dass Patty damals Stella davon erzählt und Stella es ihrem Mann berichtet hatte. Gerry hatte hohe Prinzipien und ein starkes Verantwortungsgefühl. Er wäre der Meinung gewesen, Rory müsse von dem Baby wissen.

»Ich glaube, Rory versucht, ein guter Vater zu sein«, sagte ich.

»Das ist nicht leicht«, merkte Gerry an. »Wenn die Kinder klein sind, versucht man, sie vor jedem Stups und blauen Fleck zu beschützen. Und wenn sie endlich alt genug sind, stößt man einen Seufzer der Erleichterung aus, dass man sie ohne größere Verletzungen großgekriegt hat, doch selbst dann ist man nicht aus dem Schneider. Sie werden sogar irgendwie noch verletzlicher, wenn sie älter werden. Da geht es um mehr. Eltern sein, das ist nichts für Schwächlinge.«

Louisa kam mit mehr Whisky herein, der zum Essen serviert werden sollte. Sie wirkte ein wenig gestresst, und ich folgte ihr und half, wo ich konnte.

»Es war wirklich nett von Ihnen, Gerry einzuladen.«

»Er hat uns so viel geholfen, dass es unhöflich gewesen wäre, ihn nicht dazuzubitten. Außerdem glaube ich, dass es gut für ihn ist, wenn er zu tun hat. Er hatte in seinem Leben viel Kummer. Seine Tochter ist den Drogen zum Opfer gefallen und dann Bonnie und seine Frau dem Krebs. Das alles hat ihn völlig fertiggemacht, den armen Kerl. Und jetzt versucht er, ein Auge auf Summer zu werfen. Mit alldem muss man erst mal fertig werden.«

Nachdem er die Frauen in seinem Leben eine nach der anderen verloren hatte, war es kein Wunder, dass er sich so darauf stürzte, Summer zu behüten. Sie und Patty waren alles, was ihm noch geblieben war.

Ich half Louisa bei den letzten Vorbereitungen im Salon und baute meinen Computer neben dem von Gerry auf. Er könnte schnell ein paar Bilder über die Logan-Stiftung zeigen. Ich schaute auf und sah, dass er ins Zimmer kam und Liam am Halsband hinter sich herzerrte.

»Ich habe ihn mit der Schnauze in einem Whiskyglas erwischt, das jemand am Kamin abgestellt hatte. Leider hatte er es schon ausgetrunken, ehe ich ihn erreicht habe.« Gerry schaute Liam besorgt in die Augen. »Sollten wir den Tierarzt rufen?«

»Nein«, sagte ich mit einem Seufzer. »Er ist ein ziemlich begeisterter Fan von gutem Whisky. Je torfiger, desto besser, muss ich leider sagen.«

Gerry schaute ungläubig.

»Können Sie mir einen Gefallen tun und ihn in Louisas Wohnung bringen? Liam soll während der Party bei Luke bleiben. Man kann sich nur zu gut vorstellen, was für eine Katastrophe es wäre, wenn wir ihn unbewacht herumstreunen lassen, während hier so viel Whisky und Fleisch angeboten wird.«

Ich steuerte Gerry und Liam die Treppe hinauf. Als ich mich umdrehte, sah ich Bill Rothes mit Rory zur Haustür hereinkommen.

»Ah, da sind Sie ja, Abi. Ich wäre Ihnen sehr dankbar, wenn Sie dafür sorgen könnten, dass er im Haus bleibt, damit wir den Bereich begrenzen können, den wir abzudecken haben. Ich habe gerade einen Reporter aus der Einfahrt verjagt.«

»Ich bin kein Hund«, blaffte Rory und schüttelte Bills Hand ab. »Wo ist Summer?«

»Sie kommt bald«, beruhigte ich ihn. »In der Brennerei sind sie gleich so weit.«

»Und wo ist Michaelson?«, fragte er.

»Er befragt in Stirling einen Tatverdächtigen. Entspannen Sie sich. Bill Rothes ist hier, und Michaelsons Leute haben das ganze Haus umstellt.«

»Wir halten ein Auge auf Ms Lindley«, versicherte ihm Bill, während er sich in Richtung Hintertür bewegte.

Rory schaute ihm mit grimmigem Blick nach. »Wo ist die Bar?«

»Haben Sie, wie versprochen, Ihren Revolver zu Hause gelassen?«, erkundigte ich mich.

»Ich habe einen Waffenschein und darf einen Revolver tragen«, erwiderte er trotzig.

»Hier nicht. Das war die Abmachung. Kein Herumfuchteln mit Schusswaffen unter Alkoholeinfluss. Kommen Sie schon, ich biete ihnen einen Tauschhandel an. Ich habe Ihnen einen ganz besonderen Whisky mitgebracht.« Ich hielt ihm die Flasche Fletcher's Reserve hin und streckte die andere Hand nach dem Revolver aus. »Es sind jede Menge bewaffnete Sicherheitsleute hier. Verlassen Sie sich auf die.«

Rory schaute wie ein missmutiges Kind, griff in seine Jacke und reichte mir die Pistole. Ich konnte nur hoffen, dass er nicht noch irgendwo eine andere versteckt hatte.

Als die Gäste eintrudelten, brachte ich Rory mit einem großen Whisky in die Bibliothek, versteckte die Pistole im Brotkasten in der Speisekammer und ging hinaus, um unsere japanischen Besucher willkommen zu heißen. Der Rundgang durch Abbey Glen und die Verkostung hatten sie begeistert. Nun waren sie starr vor Staunen, als sie Grants Familienstammsitz erblickten. Trotz seiner Proteste bestanden sie darauf, ihn Laird of Abbey Glen zu titulieren. Ungeachtet ihrer relativ schmächtigen Statur schluckten diese Männer beeindruckende Mengen Whisky. Selbst Cam war verdutzt und schaute mich mit großen Augen an, als er in den Keller ging, um weitere Flaschen zu holen.

Ich stand in einer Ecke und beobachtete Summer, die sich durch die Menge bewegte. Sie ignorierte Rory, der sich inzwischen zu uns gesellt hatte und Abstand zu halten versuchte, als wolle er sie dadurch schützen. Er machte mir ein Zeichen, und ich ging ihm einen neuen Drink und ein paar Appetithappen holen. Der uralte Fletcher's Reserve schien bestens anzukommen. Rory wirkte bereits um einiges entspannter.

Sobald alle etwas zu trinken in der Hand hatten, stellte mich Patrick vor, und ich hielt einen fünfminütigen Vortrag über die Bennet-Logan-Erinnerungs-Stiftung und ihre Ziele. Ich betonte, alle Einnahmen aus dem Verkauf von Flechter's

Reserve würden dafür verwendet, das Leben von Frauen und Kindern auf der ganzen Welt zu verbessern. Der Vortrag fand großen Anklang, und einige unserer japanischen Gäste meldeten Interesse daran an, eine Flasche zu ersteigern.

Mit jeder ausgeschenkten Runde Whisky wurden die Trinksprüche und Erwiderungen ausführlicher. Selbst Cam hatte sich auf den Geist der Veranstaltung – oder den Geist des Whiskys? – eingelassen und schien sich gut zu amüsieren. Speisen und Getränke wurden in den höchsten Tönen gelobt, und Gerry wollte gerade an seinem Computer das Video starten, das wir vor dem Abendessen zeigen wollten. Er versuchte, Blickkontakt mit Summer aufzunehmen, um ihr zu signalisieren, dass er bereit war. Doch sie war in ein Gespräch mit Rory und einem der japanischen Gäste verwickelt. Zu meiner Überraschung kannten viele die *Rebels* und ihre Musik gut. Sollten wir je eine andere Besuchergruppe begrüßen, hatten wir die Messlatte mit diesem Event ziemlich hoch gehängt. Summer lächelte und bezirzte die Gäste, und ihr Vater stand mit unverhohlenem Stolz neben ihr.

Ich ging zu Anrichte, um meinen eigenen Computer wegzuräumen, damit er Gerry nicht im Weg stand. Gerry zuckte überrascht zusammen. Er war völlig darin versunken gewesen, Summer zu betrachten. Als er sich zu mir umdrehte, sah ich ein Flackern in seinen Augen. Es war nur ein Augenblick, ein unbedachter Moment, aber es war da – ein Aufflackern unendlicher Verzweiflung. Es war der Blick eines Mannes, in dessen Welt alles in sich zusammengestürzt war. Er hatte seine Tochter und seine Frau verloren und dann noch Bonnie. Und jetzt hatte er Angst, auch Summer zu verlieren. Wie er gesagt hatte, wenn man meint, dass man aus dem Schneider ist, stellt man fest, dass die Kinder verletzlicher sind denn je.

Gerry wandte sich von mir ab, doch vorher sah ich noch, wie er Rory mit unverhohlenem Hass anschaute. Brodies

Worte schossen mir durch den Kopf: *Letztendlich ist ja nicht Besitz oder Land oder Geld, sondern der das Herz zutiefst betrübende Verlust eines geliebten Familienmitglieds der Auslöser für die Leidenschaft, die das Blut in Wallung bringt und jemanden morden lässt.*

Wie blöd war ich gewesen! Die ganze Zeit über hatte ich fälschlicherweise angenommen, dass Gerrys Tochter noch sehr jung war, als sie starb. Ich hatte keine Bilder von ihr als junger Frau gesehen, aber Louisa hatte mir erzählt, dass sie an einer Überdosis Drogen gestorben war. Das bedeutete, dass Summer nicht die einzige verletzliche junge Frau war, um die sich Gerry gekümmert hatte. Seine Tochter musste ungefähr um die gleiche Zeit geboren sein wie Bonnie und Patty. Sie war wahrscheinlich in der Musikszene aufgewachsen und hatte die Leute gekannt, mit denen ihr Vater arbeitete. Mein Bauchgefühl teilte mir unmissverständlich mit, dass dies das fehlende Puzzleteilchen war. Plötzlich wollte ich es unbedingt wissen. Ich zog Patrick von seinem Platz beim Getränkewagen fort und in die Eingangshalle.

»Was ist? Geht uns der Whisky aus?«

»Du musst unbedingt sofort eine Internetsuche für mich machen«, sagte ich ernst. »Ich muss herausfinden, was mit Gerry Wilsons Tochter passiert ist.«

Er schaute mich an, als hätte ich den Verstand verloren. »Jetzt gleich?«

»Ja, jetzt! Es könnte ungeheuer wichtig sein.«

»Okay, okay.« Patrick folgte mir in Grants Arbeitszimmer, wo er seinen Laptop abgestellt hatte.

Ich ging unruhig auf und ab, während Patrick tippte, bis er Olivia gefunden hatte. Olivia Wilson. Ein rascher Blick auf die Datenbank mit Pressenotizen der *Gazette* brachte einen Nachruf zum Vorschein, der aber auffallend wenig über die Todesursache berichtete.

»Manchmal kann die Boulevardpresse sehr nützlich sein«, meinte Patrick und tippte weiter.

»Interessant, aber nie sehr genau«, beschwerte ich mich.

»Die besten Artikel haben jedoch immer zumindest einen wahren Kern.« Patrick zappelte unruhig und schaute auf die Uhr. »Ich muss zurück, sieh dir das selbst an. Vielleicht ist es hilfreich.«

Patrick gesellte sich wieder zu seinen Gästen. Ich las mir die mit Datum versehenen Klatschspalten durch und fand ein Foto von Olivia Wilson. Sie war dünn und blond, aber das waren sie ja alle. Doch sie hatte das Gesicht eines Kindes, ein beinahe lebloses Gesicht. Ihre Augen lagen tief in den Höhlen und blickten ausdrucklos, ein Blick, den ich unzählige Male auf den Gesichtern von Heroinsüchtigen gesehen hatte. Ich würde meinen letzten Heller auf Heroin als Todesursache verwetten. Noch mehr verstörte mich jedoch die Gesellschaft, in der sie sich befand. Das Foto zeigte Hamish Dunn und Mickey Dawson, die der Person hinter der Kamera zuprosteten. Rory hatte Olivia eine Hand um die Taille gelegt, um sie zu stützen, aber ansonsten schien er nicht mehr mit ihr zu tun zu haben als mit dem Cocktail in seiner Hand.

Dieses Foto war eine Quelle abgrundtiefen Schmerzes, eines Schmerzes, der viel tiefer ging als ein Mangel an Geld oder verpasster Ruhm, der Grund für ein unerträgliches Gefühl des Verlustes und der Ungerechtigkeit. Die Art von Gefühl, die eine Wut schürte, die jahrelang weiterglühen würde. Unser Mörder war ein Mann, der seine Frau, seine Tochter und seine Ziehtochter verloren hatte. Ich hatte ihn als engagierten Mann mit Prinzipien kennengelernt, doch dieses Engagement war ihm zur Obsession geworden, und die Ungerechtigkeit des Lebens hatte seine Prinzipien so verzerrt, dass er nun mit eigener Hand Gerechtigkeit üben wollte. Dieser Mann hatte nichts mehr zu verlieren. Er hatte ein echtes Motiv für seine Rache: an Hamish, der Heroinfee, an Penrose, der alles möglich gemacht hatte – und an Rory.

Ich hatte Simon für den Täter gehalten und hatte in meiner Wachsamkeit nachgelassen. Nun hatten wir trotz aller Vorsichtsmaßnahmen den Mörder im Haus.

Ich ging rasch Bill suchen und erzählte ihm meine Theorie. Er verständigte Michaelsons Leute über Funk und machte sich sofort auf die Suche nach Gerry, aber der war nirgends zu finden. Er hatte das Video gestartet und war in der Dunkelheit verschwunden. Plötzlich stand Rory neben mir.

»Wo ist Summer?«

»Zuletzt habe ich sie bei Ihnen gesehen.«

»Ich glaube, sie ist zu Louisa gegangen«, meinte Grant, der zu uns getreten war. »Was ist los?«

Ich schickte Bill in Richtung Küche und erklärte Grant, dass wir Gerry suchten.

Einer von Michaelsons Leuten schaute von der Eingangshalle zu uns herein und winkte mich zu sich. »Wo ist Rothes?«

»Ich glaube, in der Küche«, antwortete ich und deutete auf die hintere Treppe. »Haben Sie Gerry gefunden?«

»Er ist draußen. Holen Sie Hendricks hier raus, so schnell Sie können. Wir haben ein Problem.«

Ich schickte Grant los, um Cam zu erklären, dass er die Aufgabe des Gastgebers übernehmen und sein Möglichstes versuchen müsste, um unsere Gäste nach dem Video im Haus zu halten. Dann geleitete ich Rory nach draußen in die Einfahrt, wo die Polizisten standen und am Haus hinaufschauten. Auf einem großen flachen Dachabschnitt zwischen zwei Türmchen stand Summer; sie zeichnete sich klar als Silhouette vor dem dunkler werdenden Himmel ab.

KAPITEL 25

Hinter Summer erschien Gerry und schaute zu uns herunter.

»Wenn ihr auf mich schießt, reiße ich sie mit in die Tiefe«, brüllte er den Männern unten zu. Summer wehrte sich kurz, aber als Gerry sie näher an die Kante schob, gab sie nach und sackte gegen ihn. Vor dem dämmerigen Himmel war es schwer zu erkennen, doch Summer war eindeutig gefesselt, und das silbern glänzende Klebeband vor ihrem Mund erklärte ihr unnatürliches Schweigen.

Bill kam mit Grant aus der Haustür gerannt und bat alle dringend, die Ruhe zu bewahren. Doch Gerrys Augenmerk war eindeutig nur auf Rory gerichtet.

»Hübsches kleines Mädchen hast du da, Dawson. So jung und so verletzlich.«

»Wenn du was gegen mich hast, hat das nur mit mir was zu tun, Wilson. Nicht mit Summer. Lass sie gehen.«

»Wieso? Ist sie zu jung, um zu sterben?«, höhnte Gerry. »Sie ist beinahe so alt, wie meine Tochter damals war. Das hat dir doch auch nichts ausgemacht, oder? Keine Spur. Frauen waren dazu da, dass man sie benutzt und dann wie Müll wegwirft. Du hast dir nicht mal die Namen oder Gesichter gemerkt. Bonnie. Olivia. Patty. Für euch war alles nur ein Spiel. Mick der Weiberheld und seine reisende Freakshow.«

»Es hat alles zur Show gehört«, bestätigte Rory. »Aber ich wollte das nicht so. Ich war genauso ein Opfer der ganzen Maschinerie wie alle anderen.«

»Opfer!«, höhnte Gerry. »Du bist kein Opfer. Du bist der Satan in Person.« Seine Stimme wurde schrill. »Du hast nie Verantwortung übernommen für die Leben, die du ruiniert hast – nicht für Bonnies Leben, nicht für Olivias Leben und auch nicht für all die anderen. Alle wurden durch die *Rebels*-Maschinerie gedreht und wieder ausgespuckt. Du bist ein Mörder. Und schlimmer noch, du erinnerst dich nicht einmal an Olivia, was?«

»Doch, natürlich«, protestierte Rory, hatte aber sichtlich Mühe, sich zu besinnen.

»Lüg mich nicht an«, schrie Gerry. »Sie war gerade mal dreiundzwanzig. Sie war noch ein halbes Kind, als Hamish Dunn ihr den ersten Schuss Heroin verpasst hat. Wie verrückt war sie nach der Droge und nach dir. Und du hast ein paar Monate mit ihr rumgespielt und bist dann weitergezogen, und sie war am Boden zerstört und süchtig. Zwei Monate später haben wir sie begraben. Du hast meinen Engel in die Finsternis gezerrt und dich niemals um sie geschert, du Schweinehund.«

»Das wusste ich nicht«, sagte Rory tonlos.

»Du hast es nicht gewusst, denn es war dir egal. Du warst nie an irgendwas schuld, oder? Bonnie war selbst schuld, dass sie schwanger wurde, und meine Olivia war selbst schuld, dass sie zu viel von dem Gift genommen hat, auf das du und Hamish sie süchtig gemacht habt. Du warst nie schuld. Dich hat nie jemand für eine deiner Untaten zur Rechenschaft gezogen.« Gerry begann zu schluchzen.

»Das mit deiner Tochter habe ich nicht gewusst«, sagte Rory flehend. »Ich bin wirklich nicht stolz auf das, was damals passiert ist, aber die haben auch eine Menge vor uns geheim gehalten.«

»Vertusch-Es-Bruce kannte alle deine Geheimnisse, nicht?«, sagte Gerry bitter. »Hat die Nachricht von der kleinen Bonnie und ihrem Baby unter den Teppich gekehrt. Nichts durfte dem raketenhaften Aufstieg der *Rebels* zu Ruhm und Reichtum im Weg stehen.«

»Bonnie wollte nichts mehr mit mir zu tun haben«, beharrte Rory.

»Bonnie war ein gutes Mädchen. Sie hat unsere Ratschläge befolgt. Halt dich von ihm fern, haben wir gesagt, und das hat sie getan. Und jetzt bist du auf einmal wieder da und versuchst, Summer in deine Krallen zu bekommen. Versuchst, ihr Leben genauso zu ruinieren, wie du so viele andere ruiniert hast. Du bist wie ein schlimmes Krebsgeschwür. Ich dachte, du wüsstest es besser, Summer, du würdest dich nicht auf ihn einlassen«, kreischte Gerry und schüttelte Summer heftig. »Mir wäre lieber, du wärst tot, als dass er dich verdirbt.«

»Nein«, schrie Rory. »Du weißt, wie es ist, eine Tochter zu verlieren. Versuche mich zu verstehen. Ich wollte nur die verlorenen Jahre ein wenig wiedergutmachen.«

»Und wie willst du meine verlorenen Jahre wiedergutmachen?«, jammerte Gerry. »Für mich gibt es keinen Weg zurück. An dem Tag, als sie gestorben ist, ist ein Teil von mir mitgestorben, und genauso soll es dir heute ergehen. Der Tod ist ein einfacher Ausweg. Das Leben, das ist die wahre Hölle. Im Tod wird Summer geschützt sein. Da ist sie mit ihrer Mutter und Stella vereint, aber nicht mit dir. Und du sollst dein Leben lang jeden Tag diesen Schmerz spüren.«

Ich merkte, wie mich Grant mit einer Hand in meinem Rücken langsam zur offenen Haustür steuerte. »Komm mit«, flüsterte er leise.

Wir schlüpften unbemerkt ins Haus. Nun versuchte Bill Rothes, mit Gerry zu verhandeln, aber es lief nicht gut. Ich merkte, dass Gerry kurz vor dem Zusammenbruch stand. Alle Logik schien ihn verlassen zu haben.

Ich verfluchte mich, dass ich so blind gewesen war. Sobald ich begriffen hatte, dass Gerry der Täter war, ergab alles einen Sinn. Er hatte natürlich leicht Zugang zu Hamishs Getränkevorrat bei Ravenscourt gehabt, er hatte das Video beim Konzert manipulieren und die Gitarre stehlen können, und Bruce Penrose hatte ihn ohne Zögern in sein Zimmer gebeten. Das einzige Rätsel betraf Ian, aber ich war überzeugt, dass es auch da irgendwo eine Verbindung gab.

»Was machen wir?«, fragte ich, während ich Grant folgte.

»Bill hat vor dem Haus alle Hände voll zu tun, aber ich glaube, ich weiß, wie wir aufs Dach kommen, ohne dass Wilson uns sieht.«

Ich ging hinter Grant in sein Büro, und er zog eine kleine handgezeichnete Karte hervor. Die Krakelschrift war die eines Kindes, und die Zeichnung alles andere als genau.

»Die haben mein Bruder und ich als Kinder gemalt. Sie zeigt die verborgenen Gänge im Haus.« Er deutete auf eine gepunktete Linie, die von der Speisekammer zum Dach führte. »Ich vermute, das war früher eine Treppe für die Bediensteten, aber es ist noch alles da. So gelangen wir aufs Dach. Gott weiß, wie Wilson so schnell da hochgekommen ist.«

»Er hat die Tür auf dem Dachboden benutzt«, sagte ich bitter. »Er war mit Louisa und mir da oben, als wir ein paar Sachen für die Party geholt haben. Louisa hat ihm die Tür zum Dach gezeigt.«

»Na, egal. Diesen Gang hier hat er bestimmt nicht gefunden.« Grant führte uns in die Speisekammer, vorüber an den ordentlichen Regalen voller Geschirr, Gläser, Schüsseln und Eingemachtem. Am hinteren Ende drückte Grant unten auf ein Holzpaneel. Ich nahm Rorys Pistole aus dem Brotkasten. Grant fuhr weitersuchend mit der Hand an der Wand entlang, aber es regte sich nichts. Ich fragte mich, ob sich die Jungs das damals nicht nur mit ihrer blühenden Phantasie ausgedacht hatten. Grant war auch ziemlich frustriert und versetzte der Wand einen ordentlichen Tritt. Mit einem Knirschen glitt das Paneel in die nebenliegende Mauer und brachte eine Treppe zum Vorschein, die scharf nach rechts abbog und steil nach oben führte.

»Komm.« Grant nahm zwei Stufen auf einmal, und ich hechtete hinter ihm her. Beim dritten Treppenabsatz drehte sich Grant um und legte den Zeigefinger an die Lippen. »Wir sind jetzt wahrscheinlich ziemlich nah dran«, warnte er mich.

Nach der nächsten Biegung war die Treppe zu Ende, und an der Wand führte eine Leiter zu einer hölzernen Falltür hoch über unseren Köpfen. Ich sah, dass Grant zu berechnen versuchte, wo wir nach unserer Kletterpartie auf dem Dach herauskommen würden.

»Ich hoffe, dass wir Glück haben und rechts von den Wassertanks sind. Dann kann er uns von da, wo er steht, nicht sehen.«

Wenn wir an der falschen Seite aufs Dach stiegen, würden wir für den Wahnsinnigen und seine Geisel bestens zu sehen sein. Der Gedanke tröstete mich nicht sonderlich, vor allem weil wir nicht wussten, ob Gerry bewaffnet war oder nicht. Ich spürte, wie mir das Herz in der Brust pochte. Grant drückte gegen die Falltür, aber sie bewegte sich keinen Zentimeter. Er kletterte noch ein Stückchen die Leiter hinauf und stemmte sich mit seinem gesamten Körpergewicht gegen die Tür. Sie rührte sich immer noch nicht. Grant bedachte sie mit gemurmelten Flüchen.

»Warte«, flüsterte ich. »Ist da hinter dir nicht ein Riegel?« Ich deutete auf einen kleinen Messinghebel.

»Verdammt.« Grant schob den Hebel zur Seite, dann an der gegenüberliegenden Seite einen weiteren. Diesmal bewegte sich die Tür ein wenig, als er Druck auf sie ausübte.

Grant lehnte sich gefährlich weit auf der Leiter zurück, schob vorsichtig die hölzerne Klappe auf, zog sie zur Seite und ließ sie lautlos neben der Öffnung heruntersinken.

»Sind wir in Deckung?«, flüsterte ich.

Grant legte den Finger an die Lippen und nickte. Er kam die Leiter herunter und beugte sich sehr nah zu meinem Gesicht. »Es ist wohl sinnlos, wenn ich dich bitte, hier unten zu warten?«, fragte er leise.

Ich nickte mit zusammengekniffenen Augen. »Völlig sinnlos«, bestätigte ich ihm und deutete auf die Pistole in meiner Hand.

»Wo kommt die denn her?«, zischte er.

»Die gehört Rory, und wir brauchen sie vielleicht.«

Ich schob Grant wieder die Leiter hoch und war erleichtert, als ich hörte, dass Gerry immer noch redete. Dieser Teil des Dachs war ganz flach und hatte ringsum eine niedrige Steineinfassung. Als ich um die Ecke des Wassertanks schaute, sah ich Summer, die die Hände hinter dem Rücken gefesselt und die Augen weit aufgerissen hatte und völlig verängstigt wirkte. Gerry presste sie mit einem Arm eng an seine Seite.

»Ich bin ihr Vater«, brüllte Rory gerade wütend.

»Du hast sie höchstens gezeugt. Ich habe deine Tochter großgezogen. Hatte sie jeden Tag bei mir am Filmset. Wir waren ihre Familie, nicht du. Und jetzt kommst du wieder in ihr Leben geschlendert und versuchst, alles an dich zu reißen. Ich hätte gedacht, dass sie schlauer ist und dich nicht wieder in ihr Leben lässt.«

»Ich habe einen Fehler gemacht. Einen schrecklichen Fehler«, flehte Rory. »Aber ich liebe sie und möchte alles tun, was in meiner Macht steht, um das, was wir verloren haben, wiedergutzumachen.«

»Du kannst nur eines: leiden«, kreischte Gerry. »So wie

ich gelitten habe. Zusehen, wie das Leben deiner Tochter vor deinen Augen vergeht.« Gerry schubste Summer von hinten, bis sie schwankend an der Steinkante des Dachs stand.

Die Lage verschlechterte sich zusehends. Ich konnte nur beten, dass Gerrys Zuneigung zu Summer ihn davon abhalten würde, seine Drohung in die Tat umzusetzen. Doch mein Instinkt sagte mir, dass er schon jenseits aller Vernunft war. Seine Handlungen hatten eine perverse Logik. Eine Logik, gegen die zu diesem Zeitpunkt alle Argumente zwecklos waren.

Grant deutete auf den Schornstein, der zwischen uns und der Stelle aufragte, wo sich Gerry mit Summer über die Brüstung lehnte. Er schlich leise um den Schornstein herum, dann verlor ich ihn aus den Augen. Ich sah, dass Summers Blick in Grants Richtung huschte und sie sich ein wenig in Gerrys Griff entspannte. Wenn Gerry sich auch nur ein kleines bisschen nach rechts drehte, würde er Grant sehen. Ich musste ihn ablenken, wenn Grant Summer unbemerkt erreichen sollte.

Ich nahm die Pistole in die linke Hand, hob neben mir ein Steinchen vom Dach auf und warf es an das Türmchen links von Gerry. Es krachte laut dagegen. Gerry fuhr herum und zerrte seine Geisel mit sich. Das reichte schon aus, Grant konnte hinter dem Schornstein hervorspringen und Summer packen. Die beiden Männer rangen miteinander. Summer trat heftig nach Gerry, versuchte ihn dazu zu bringen, seinen Griff zu lockern.

Endlich schaffte Grant es, Summer aus Gerrys Umklammerung zu befreien und von der Dachkante wegzuzerren. Ich ließ die Pistole fallen und rannte auf Gerry zu, der schwankend an der Kante entlangbalancierte. Er verlor den Halt und bekam im Fallen den Treppengiebel zu fassen. Ich packte ein Handgelenk, Grant das andere. Wir beugten uns über das Dach und blickten in das verzweifelte Gesicht des gebrochenen Vaters.

»Es ist alles vorbei«, sagte Grant besänftigend. »Kommen Sie einfach hoch, ehe noch jemand verletzt wird.«

»Es ist schon längst alles vorbei«, sagte Gerry, dem die Tränen über das Gesicht strömten. »Der größte Teil von mir ist damals mit Olivia gestorben. Sie war meine Welt. Jetzt ist Stella fort und Bonnie auch. Mir ist nichts mehr geblieben. Lasst mich einfach los.«

»Was ist mit Summer?«, fragte ich. »Die ist noch da. Sie braucht Sie.«

»Die ist jetzt genauso verloren. Die wäre besser auch tot. Er wird ihr Leben vergiften und sie im Stich lassen wie all die anderen. Lasst mich einfach los«, flehte er uns an.

Gerry ließ sich schlaff hängen, und wir fingen an, ihn über die Brüstung zurückzuzerren. Ich spürte, wie der raue Stein der Brüstung die Seide meines Kleides zerfetzte und mir darunter in die Haut schnitt. Ich biss die Zähne zusammen und hielt fest, auch als der Stein unter Gerrys Gewicht wie ein Messer in mich drang. Grant trug den größten Teil der Last, und ich glaubte, wir könnten es schaffen und Gerry hochziehen, auch wenn er uns nicht dabei half. Ich blickte ihm in die Augen, wie er da unterhalb von mir hing. Er schüttelte nur traurig den Kopf. In der Ferne hörte ich die melancholischen Töne des Dudelsacks, der die Gäste zum Abendessen rief. In diesem Augenblick ruckte Gerry gewaltig an beiden Händen. Die unerwartete Bewegung erschreckte uns, und wir lockerten unseren Griff. Ich sah mit Entsetzen, wie Gerry wie in Zeitlupe fiel und vor dem Haus zu einem krumpligen Häuflein zusammensackte.

Die Polizisten eilten zu ihm hin, aber ich wusste, dass ihm niemand mehr helfen konnte.

Bill kam, dicht gefolgt von Rory, durch die Falltür auf das

Dach gestürzt. Ich hörte, wie Summer »Dad« rief, ehe sie zu ihm rannte und ihm um den Hals fiel.

»Das war verdammt dämlich«, sagte Bill und funkelte uns beide böse an. »Sie hatten Glück, dass er keine Waffe hatte, sonst wären Sie alle drei tot.«

»Sind wir aber nicht«, erwiderte ich. Ich hob die Pistole vom Boden auf und sackte gegen den Schornstein, körperlich und emotional am Ende meiner Kräfte. »Wir haben versucht, ihn zu retten, aber er wollte nicht gerettet werden. Für ihn war alles zu Ende.«

Michaelson kam die Einfahrt hochgerast, dass der Kies nur so spritzte, als die Sanitäter gerade den Leichnam in den Krankenwegen luden. Schon bald war er in ein Gespräch mit Bill vertieft. Grant war ins Haus gegangen, um nach unseren Gästen zu sehen, und ich stand, noch immer bibbernd, in der Einfahrt und wartete auf die Fragen, von denen ich wusste, dass sie kommen würden. Als die beiden Polizisten auf mich zutraten, legte mir Bill schweigend seine uralte Barbour-Jacke um die Schultern, ehe er mich Michaelson überließ. Dem beantwortete ich beinahe eine Stunde lang Fragen, ehe er mir erlaubte, ins Haus zurückzugehen.

Patrick, Cam und Louisa hatten ihr Möglichstes getan, um die Gäste von der Tragödie abzuschirmen, die sich draußen ereignete. Die Besucher waren alle noch im Speisezimmer und genossen ihr Abendessen, aber mir war der Appetit vergangen, und ich war in keinem Zustand, in dem ich mich sehen lassen konnte. Mir war kalt bis ins Mark, und ich fühlte mich steif am ganzen Leib. Ich begann die Treppe hinaufzusteigen, um mich sauber zu machen, und verzog bei jedem Schritt das Gesicht. Hinter mir hörte ich, wie die Tür zu Grants Büro aufging. Er kam zum Fuß der Treppe.

»Alles in Ordnung bei dir?«

»Ich dachte, du wärst beim Abendessen.«

»Mir ist nicht nach essen. Patrick und Ken Nakimoto haben die Gastgeberrolle übernommen, und alles andere hat Louisa im Griff.«

»Wo ist Summer?«

»Bei ihrem Vater.«

»Ich mach mich nur schnell sauber«, sagte ich und deutete auf das zerfetzte und blutverschmierte Vorderteil meines Kleides.

Ich drehte mich um und stieg weiter die Treppe hinauf. Jedes Mal, wenn ich stehen blieb, schienen sich all meine Muskeln zu verspannen, und ich geriet leicht ins Taumeln.

Grant war sofort an meiner Seite und reichte mir einen Arm, auf den ich mich stützen konnte. »Du brauchst einen Arzt.«

»Es ist nichts Ernstes, ich habe nur nicht sonderlich darauf geachtet, worauf ich lag, als wir versucht haben, Gerry hochzuziehen.« Ich sah immer noch sein Gesicht vor mir, als er fiel. Dieses Bild würde ich nie vergessen. Nicht die verzerrte Maske des Hasses, sondern den Blick des niedergeschmetterten Vaters, dem sein einziges Kind genommen wurde und der das Leben verloren gibt.

Grant blieb bei mir, als wir das Gästezimmer erreichten. Ich ließ mich vorsichtig aufs Bett nieder und hob den Saum meines Kleides an. Ich sah die tiefen Schnitte, die die raue Steinmauer der Brüstung mir von den Knien bis zur Taille beigebracht hatte. Wenn ich nicht vorsichtig war, würde ich Narben zurückbehalten. Ich hörte, wie Grant entsetzt die Luft einsog, und sah die Besorgnis in seinen Augen.

»Ich geh was holen.«

Er verließ das Zimmer. Ich zog mir das zerfetzte Kleid über den Kopf, schlüpfte in den Morgenmantel, der im Bad hing, und begann mir mit einem Waschlappen den Schmutz aus den Schrammen zu waschen. Es brannte wie verrückt, aber meine Wunden würden wenigstens heilen.

Ich hörte, wie die Tür aufging und Grant mit dem Erste-Hilfe-Kasten zurückkam. Er führte mich sanft zum Bett und schob mich auf die aufgetürmten Kissen. Er beugte sich über die feuerroten Striemen auf meiner Haut und begann die Schnitte und Schrammen vorsichtig mit einer antiseptischen Tinktur zu betupfen.

»Wieso hast du das nicht gleich behandeln lassen?«

»Michaelson hatte viele Fragen, und ich wollte sicher sein, dass es Summer gut geht.« Ich zuckte zusammen, als Grant eine besonders schmerzhafte Stelle in der Nähe meines Beckenknochens erreicht hatte.

»Wir sollten einen Arzt holen.«

»Nein, es ist nichts, was genäht werden müsste«, sagte ich. »Das heilt bald wieder. Vertrau mir. Ich hab schon Schlimmeres gehabt.«

Grant legte sanft einen Finger auf eine weiße Narbe, die sich über meine rechte Hüfte zog. »Das sehe ich. Wie ist das passiert?«, fragte er und versuchte mich damit abzulenken.

»Vor ein paar Jahren hat mich bei einem Einsatz eine Kugel gestreift. Die Mediziner dort waren nicht gerade Schönheitschirurgen, und so habe ich eben ein Souvenir zurückbehalten.« Trotz der Schmerzen spürte ich, wie mir eine beinahe elektrisierende Spannung über den Rücken lief, als Grant weiter die Tinktur auftupfte, und ich erschauderte unwillkürlich.

»Tu ich dir weh?«, erkundigte sich Grant.

Ich schüttelte den Kopf und biss mir auf die Lippen.

Grant war fertig und legte noch ein paar Mullstreifen auf das ganze Elend. »Du musst eine Weile liegen bleiben.«

»Nein, ehrlich, mir geht's gut.« Ich versuchte, die Beine

über die Bettkante zu schwingen, aber ich musste feststellen, dass ich mich nicht regen konnte.

Grant legte meine Füße mit festem Griff wieder aufs Bett und breitete die Decke über mich. »Du hast deinen Beitrag geleistet. Jetzt musst du dich ausruhen.«

»Aber ...«

»Kein Aber. Hast du Hunger?«

»Nein, mir ist nur ein bisschen kalt.«

»Ich hol dir eine Decke.«

Ich zuckte zusammen, als er versuchte, mir das zusätzliche Gewicht über die Beine zu breiten.

»Kannst du ein bisschen zur Seite rutschen?«

Ich bewegte mich ein wenig von der Bettkante weg, und Grant setzte sich neben mich, lehnte sich an das Kopfende. Er legte mir einen Arm um die Schultern und zog mich in die Wärme seines Körpers. Da wurde mir sehr schnell wärmer, das musste ich zugeben.

»Besser?«

»Ja, aber du musst zu deinen Gästen zurück.«

»Die werden nicht mal merken, dass ich weg bin. Die picheln sich in atemberaubendem Tempo durch meine Whiskyvorräte.«

Ein Whisky, das klang gut, aber ich wollte mich nicht bewegen.

»Soll ich lieber Rory holen?«, fragte er.

»Wieso das denn?«

»Na ja, du und er, ihr scheint euch ja recht nahgekommen zu sein. Ich dachte, vielleicht ...«

»Da hast du falsch gedacht«, sagte ich entrüstet. »Der ist in eine andere verliebt, und zwar schon seit Jahren.«

»Oh.« Ich konnte nicht erkennen, ob er das schlicht zur Kenntnis nahm oder davon überrascht war.

Ehe ich es mir anders überlegen konnte, sagte ich: »Aber

wäre Summer nicht sauer, wenn sie dich hier finden würde?«

»Vielleicht, aber die ist genau da, wo sie hingehört, bei ihrem Vater. Sie folgte mir die letzten anderthalb Wochen wie ein verlorenes Hündchen auf Schritt und Tritt. Das Mädchen hat ernsthafte Vaterprobleme. Wieso sonst sollte sie sich zu einem Dinosaurier wie mir hingezogen fühlen?«

»Du bist doch kein Dinosaurier.«

»Verglichen mit ihr, schon.« Grant schaute mir ins Gesicht. »Du kannst doch nicht ernsthaft glauben, dass ich dumm genug wäre, mich in diesen ganzen schrecklichen Schlamassel hineinziehen zu lassen?«

»Du hast sie außerordentlich zuvorkommend behandelt.«

»Du hast sie mir doch ins Haus geschleppt. Ich habe mich nur als Babysitter betätigt. Du und Louisa, für was für einen Menschen haltet ihr mich eigentlich?«

Das Wort *anständig* kam mir in den Sinn. Endlich hatte ich Grants zweites Wort.

»Du bist ein guter Kerl«, sagte ich. »Es tut mir leid, dass du in all das hereingezogen worden bist.«

»Wenn du da bist, kommt jedenfalls keine Langeweile auf«, sagte Grant mit einem leisen Lachen.

Er zog mich näher an sich und legte mir die Decke eng um die Schultern. Die Anspannung der vergangenen Tage forderte ihren Tribut. Grant fing an, mir von den Japanern und der Verkostung in der Destillerie zu erzählen, und ich merkte, wie mir die Augen zufielen.

Als ich mich endlich wieder rührte, war es draußen dunkel, und Grant hatte den Kopf an meinen gelehnt. Sein Körper war entspannt, und jeder seiner Atemzüge ließ mein Haar leicht flattern. Ich blieb reglos liegen, teils weil meine Muskeln so steif waren und teils weil ich mich einfach nicht rühren wollte. Ich lag da, spürte seinen regelmäßigen, beruhigigenden Herzschlag neben mir, war zufrieden, doch andererseits abgrundtief traurig, wenn ich an Patty und Summer dachte. Gerrys Verrat würde für beide ein niederschmetternder Schlag sein.

Ich konnte einfach nicht begreifen, dass der Mann, von dem ich wusste, dass er seine Mädels so gut behandelt hatte, bereit gewesen wäre, Summer umzubringen, nur um sie von dem Mann fernzuhalten, den er für verderblich hielt.

Plötzlich regte sich Grant im Schlaf und schaute verwirrt auf mich. »Tut mir leid, du bist eingeschlafen, und ich wollte dich nicht durch Bewegungen stören. Da muss ich selbst eingenickt sein.«

»Schon gut. Ich bin nur ein bisschen steif in allen Knochen«, sagte ich und bemühte mich sehr, mich ein wenig aufzurichten.

Grant zog mich hoch und schob mir ein weiteres Kissen unter den Kopf, ehe er sich wieder auf die Bettkante setzte, sich zu mir neigte und mich sanft küsste.

KAPITEL 26

Du musst besser auf dich aufpassen«, murmelte Grant. »Viel mehr halten meine Nerven nicht aus.«

Ich hob die Hand und schob meine Finger in sein Nackenhaar, wollte ihn zu mir herunterziehen, aber leider war ich dazu nicht in der Lage.

Grant strich mir eine widerspenstige Locke hinters Ohr und hauchte einen Kuss auf meine beiden geschlossenen Lider. Eine schlichte Geste, die aber tief in meinem Inneren einen Seufzer entfesselte.

Ich schlug die Augen auf und erwiderte seinen Blick. Seine Augen waren von einem tiefen Smaragdgrün, deuteten die Leidenschaft an, die ich schon vorher gespürt hatte. Mein Kopf riet mir, wir sollten das besser jetzt nicht tun, aber meine Lippen gehorchten ihm nicht. Lange Zeit waren wir still, verloren uns ineinander, bis Grant auf meinen Bauch schaute und bemerkte, dass Blut durch den Verband und auf das Laken sickerte.

Er rutschte seitlich vom Bett und küsste mich auf die Stirn. »Das muss sich jemand ansehen. Du kannst nicht einfach so daliegen und leiden.«

»So weh tut es nicht«, sagte ich mit einem winzigen Lächeln. Aber das war gelogen. Die Schmerzen wurden schlimmer, und ich merkte, wie mich die Kälte packte, nun, da Grant nicht mehr an meiner Seite war.

Er schlüpfte aus dem Zimmer, und schon bald erschien Louisa an der Tür. Es war beinahe Mitternacht. Die Gäste waren alle fort. Bill hatte Rory und Summer nach Hause gebracht. Michaelson hatte eine Nachricht hinterlassen, dass er sich morgen melden würde. Und Louisa hatte Patrick und Cam in der Küche zum Spüldienst eingeteilt.

»Dann wollen wir uns das mal ansehen«, sagte Louisa und zupfte vorsichtig den Mull von den Wunden. »Großer Gott, das sieht ja schlimm aus. Und Grant hat einfachen Mull verwendet«, sagte sie, schüttelte den Kopf und zog den Verband langsam von den Schnitten und Schrammen. »Männer. Warum hat er nicht das Zeug genommen, das nicht klebt?« Mit Louisas Hilfe schaffte ich es ohne Stolpern ins Badezimmer und zurück. Sie entfernte die restlichen Verbände und türmte rechts und links von mir Kissen auf, damit die Bettdecke nicht mit meiner Haut in Berührung kam.

»So sollte Ihnen warm genug sein«, sagte sie mit einem Funkeln in den Augen.

Als Louisa gerade das Zimmer verlassen hatte, kam Liam hereingesaust, sprang aufs Bett und begann mir das Kinn zu lecken. Ich vergrub das Gesicht in seinem weichen Fell und kämpfte mit den Tränen. Ich war froh, dass Rory nicht der Mörder war, und freute mich, dass sich Summer in Sicherheit befand, aber um Gerry tat es mir unendlich leid. Er war ein guter Mensch gewesen, dessen Prinzipien Schmerz und Trauer völlig verzerrt hatten. In ihm war ein leidenschaftlicher Hass so lange gewachsen, bis er aus ihm herausbrach und Tod und Zerstörung brachte.

In den Tagen nach dem Horror auf dem Dach hatten sich Rory und Summer auf die Fell Farm zurückgezogen. Jetzt hatten die Sicherheitsleute die Aufgabe, die Presse zu vertreiben. Robert Llewellyn-Jones hatte auf der Straße vor dem Grundstück Posten bezogen und bettelte um ein Exklusivinterview, hatte aber zumindest so viel Grips, dass er schleunigst verschwand, als ich bei der Fell Farm vorfuhr.

Michaelson und die Metropolitan Police hatten schnell reagiert und Fakten über Gerry zusammengetragen. Ihre Ermittlungen ließen keinen Zweifel daran, dass Gerry für die Morde an Hamish Dunn und Bruce Penrose verantwortlich war, ebenso für den Autounfall mit Fahrerflucht, der Ian Waters verletzt hatte. Nachdem Michaelson irrtümlich Rory beschuldigt hatte, überließ er es nur zu gern mir, Rory die Einzelheiten des Polizeiberichts mitzuteilen. Er vermutete zu Recht, dass er im Zuhause der Hendricks im Augenblick nicht gerade die beliebteste Person des Monats war.

Rory, Summer und ich saßen am Küchentisch, schauten auf den Nebel, der die Berge im östlichen Teil des Tales einhüllte, und tranken Tee aus Rorys Keramiktassen.

Rory lehnte sich auf seinem Stuhl zurück und verschränkte wie ein schmollendes Kind die Arme vor der Brust. »Die sind also zu dem Schluss gekommen, dass ich doch kein Mörder bin«, grummelte er.

»Ja, obwohl Gerry wirklich versucht hat, Ihnen die Morde anzuhängen.«

»Was hat Michaelson dazu bewogen, seine Meinung zu ändern?«

»Bei der Durchsuchung von Gerrys Räumen bei Ravenscourt und in Southfields haben sie ein Album gefunden, in das er alle möglichen Erinnerungsstücke aus Olivias Leben geklebt hatte. Sie hatte ein Stipendium für eine Londoner Kunsthochschule erhalten und kam da recht gut voran, bis sie Hamish kennenlernte. Es waren auch ein paar Fotos von ihr und den *Rebels* aus den Klatschspalten dabei, und dann plötzlich ihre Todesanzeige. Für Gerry und Stella muss das ein schrecklicher Schlag gewesen sein, aber Stella scheint damit besser zurechtgekommen zu sein. Sie hat sich danach ganz auf Patty und Bonnie und Summer konzentriert und schließlich nur noch auf ihre eigene Krankheit.«

»Die Ärmste. Die Chemo hat ihr so zugesetzt, und trotzdem hat sie nie geklagt«, sagte Summer leise.

»Nach Stellas Tod hat Gerry angefangen, etwas auf die leeren Seiten von Olivias Album zu schreiben. Eine Art gruseliger Nachtrag zu ihrer Lebensgeschichte. Es waren nur wirre Gedanken, und mit jeder Woche wurden die Einträge bruchstückhafter und verworrener. Bonnies Krankheit belastete ihn sehr, und auch daran hat er Ihnen die Schuld gegeben.«

»Mir?«

»Seiner Meinung nach waren Sie das Krebsgeschwür, das all diese Leben zerstört hat.« Ich schenkte mir noch eine Tasse Tee ein. »Dann waren Sie plötzlich wieder im Land, und das hat seine Wut neu entfacht. Er konnte das Krebsgeschwür nicht aufhalten, das Bonnie tötete, also war er wild entschlossen, wenigstens Sie aufzuhalten. Zunächst hat er Hamish umgebracht. Er wollte, dass der an demselben Gift starb, das Olivia getötet hatte. Er hat genug Zeit in Ravenscourt verbracht, um zu wissen, wo Hamish seine Vorräte an Red Bull und Wodka aufbewahrte. Es war nicht viel nötig, um Hamish zu Fall zu bringen, und Gerry hatte großes Glück, dass er zur fraglichen Zeit in Paris war. Ein wasserdichtes Alibi. Aber nachdem Sie wieder auf der Bildfläche erschienen waren, reichte es ihm nicht aus, nur Hamish umzubringen. Ian war der nächste auf seiner Liste.«

»Aber warum? Ian war Summers Taufpate, und er und Patty haben sie immer wunderbar behandelt.«

»Ian hat Hamish öffentlich dafür gelobt, dass er sich Mühe gegeben hat, clean zu werden. Dass er sich Hilfe gesucht hat, um vom Heroin wegzukommen. Gerry konnte ihm nicht verzeihen, dass er Hamish unterstützt hat und ihm geholfen hat, diese dunkle Zeit durchzustehen, die Olivia nicht überlebt hatte.«

»Steckte er auch hinter dem Einbruch in der Galerie?«, fragte Rory.

Ich wandte mich nun an Summer, die über diese neue Sicht auf Gerry völlig erschüttert war. »Das habe ich zunächst völlig falsch gesehen«, sagte ich, schaute Summer in die Augen und verzog das Gesicht. »Gerry hat Ihnen in der Galerie mit der Überwachungskamera geholfen, nicht? Ich habe diese Verbindung nicht erkannt, aber sie hätte mir auffallen sollen. Gerry wusste, dass die Kamera nicht funktionierte, als er den Einbruch in der Galerie verübte. Er wusste auch, dass Sie finanzielle Probleme hatten. Er wollte Ihnen helfen. Er dachte, Sie könnten das Geld von der Versicherung einstreichen, wenn man dort glaubte, dass alles ein Rachefeldzug gegen die *Rebels* war. Es war für ihn ein Leichtes, in die Galerie zu gelangen, die Worte an die Wand zu sprühen und die Sprinkleranlage anzustellen.«

Summer begann leise zu weinen. »Er war uns allen so verbunden, mir ganz besonders. Wie konnte das nur so aus dem Ruder laufen?« Rory legte ihr den Arm um die Schultern, und ich bemerkte, dass sie sich nicht zurückzog.

»Ich nehme an, er hat auch beim Konzert das Video eingespielt?«

»Ja. Leider war er auch derjenige, der die Stromversorgung für die Beleuchtung überbrückt und dadurch die Stromspitze erzeugt hat, die den Technikturm ins Wanken brachte.«

»Aber die Stromspitze war keine Absicht?«

»Michaelson meint, dass wir das wohl nie sicher rausfinden können. Man kann weder das eine noch das andere beweisen. Gerry hat die Videoeinspielungen und die Beleuchtung gesteuert. Vielleicht ist Leo was aufgefallen, aber ich hoffe es nicht.«

»War das dann Gerry, den ich gesehen habe, wie er das Haus beobachtet hat?«, fragte Summer.

Ich nickte. »Er war ziemlich oft hier oben, um Sie beide im Auge zu behalten. Er hat mitbekommen, dass Penrose in die Scheune eingebrochen war. Ich glaube, er fürchtete, dass die Polizei ihn und nicht Rory für den Hauptverdächtigen halten würde. Gerry hat sich unter dem falschen Namen Ricky Henderson an Penrose gewandt und angeboten, ihm eine von Mickey Dawsons Gitarren zu verkaufen. Am frühen Morgen ist er zu ihm ins Hotelzimmer gegangen und hatte Rorys Gitarre dabei, die er während der Show gestohlen hatte. Er hat Penrose umgebracht – zweifellos um Rache für Bonnie zu nehmen – und dann die Gitarre und den Songtext hinterlassen. Er hat wohl erwartet, dass das Rory nun unwiderruflich belasten würde. Er hatte nicht damit gerechnet, dass die Sache mit Simon Moye alles wieder sehr viel weniger eindeutig machen würde.«

»Aber er hat doch an diesem Morgen in Abbey Glen gefilmt«, wandte Summer ein.

»Später am Morgen, ja. Er ist direkt aus Stirling hierhergekommen und hat mit den Aufnahmen begonnen. Das hätte mir eigentlich auffallen müssen. Irgendwas an dem Video ist mir seltsam vorgekommen, als ich es mir angeschaut habe. Aber meine Gedanken liefen zu sehr in eine andere Richtung, um genau auszumachen, was anders war. Die Außenaufnahmen stammten nicht vom frühen Morgen, wie Gerry behauptet hat. Der Nebel hatte sich bereits verzogen, und die Schatten waren kürzer und schärfer.« Ich seufzte. »Manchmal konzentriere ich mich zu sehr auf die Nahaufnahmen und verliere das große Ganze aus dem Blick.«

»Ihnen entgeht sonst selten ein Detail«, sagte Rory leise.

»Am Samstagabend stand Gerry schließlich kurz vor dem Zusammenbruch. Dass er Sie und Summer zusammen sehen musste, hat ihm den Rest gegeben. Er glaubte, die Stunde der Rache sei gekommen, und er hat die Gelegenheit ergriffen.«

Tränen rollten Summer übers Gesicht. »Ich habe ihn geliebt. Ich kann einfach nicht glauben, dass er mir das antun konnte.«

»Er hat Sie auch geliebt«, sagte ich. »Er war einfach nicht mehr er selbst.«

Rory hielt weiter den Arm um Summer gelegt; er war aufrichtig erschüttert. Der schreckliche Vorfall auf dem Dach hatte ihn und seine Tochter einander nähergebracht, als das sonst vielleicht je möglich gewesen wäre.

»Ich kann Ihnen gar nicht genug für alles danken, was Sie für uns getan haben«, sagte Rory. »Ich stehe so tief in Ihrer Schuld, dass ich es kaum jemals wiedergutmachen kann.«

»Sie schulden mir gar nichts. Vor allem weil ich lange völlig falsch lag. Mir wird ganz anders, wenn ich mir vorstelle, was alles hätte passieren können, wenn Grant nicht rechtzeitig einen Weg aufs Dach gefunden hätte.«

»Aber Sie waren beide da, und Sie haben sie gerettet. Es muss doch einen Möglichkeit geben, Ihnen zu danken?«

»Wie wäre es mit einer Spende für die Bennett-Logan-Erinnerungs-Stiftung? Wir könnten einen AIDS-Fond in Ians Namen einrichten.« Ich hatte vorhin mit Patty gesprochen. Es sah zumindest so aus, als müsste es kein Gedächtnisfond für Ian sein. Er fing an, auf Reize zu reagieren, und die Ärzte waren vorsichtig optimistisch.

KAPITEL 27

Nachdem das Rätsel um die *Rebels* gelöst war, konnte ich zwei Rätsel von dreien abhaken, und in beiden Fällen hatten Tagebücher wichtige Hinweise geliefert, allerdings hatten sie das für die Geschichte von Angus Fletcher noch nicht getan. Das war eine Geschichte voller Leidenschaft und Großzügigkeit, Schmerz und Wiedergutmachung; aber auf die Frage, was Angus widerfahren war, hatten wir bisher keine Antwort gefunden.

Damals hatte es die Familie gewusst, das ganze Städtchen auch. Wie konnte es sein, dass nirgendwo etwas festgehalten worden war? Ich hatte Manns Buch über die Ortsgeschichte von Balfour von vorn bis hinten gelesen und auch darin nicht den kleinsten Hinweis gefunden.

Aber die Manns mussten es wissen. Sie waren die engsten Freunde und Verbündeten der Fletchers gewesen. Ich beschloss, ein letztes Mal Hunter Mann, »meinen« Nachkommen der Manns, nach einer Erklärung dafür zu fragen, dass Brodie die Schuld für den Tod seines Bruders auf sich genommen hatte und das ganze Städtchen eine solch hanebüchene Lüge deckte.

Hunter hatte sich sehr darüber amüsiert, dass ich meine Schafherde adoptiert hatte. Doch ich merkte bald, dass er genau wie ich die Gegenwart der Schafe beruhigend fand. Oft saß er auf der Gartenmauer, rauchte seine Pfeife und schaute ihnen beim Grasen zu. So auch heute. Ich kletterte so anmutig, wie ich konnte, zu ihm auf die Steinmauer. Ich musste nämlich immer noch lockere Kleidung tragen, während die Schnitte und Schürfwunden an meinem Körper langsam abheilten. Ich setzte mich neben Hunter und ließ die Beine baumeln. Liam zwängte sich zwischen den Zaunpfählen hindurch und flitzte geradewegs zu Oscar, den er spielerisch in die Waden zwickte. Fitz und Beatrix drängten sich vor und bettelten um Leckerli, und Hunter schüttete in gespielter Verzweiflung den Kopf.

»Aus Ihnen wird nie eine richtige Bäuerin, wenn Sie die so verwöhnen, Mädel.«

»Zum Glück will ich das auch gar nicht werden. Aber eine Frage hätte ich noch.«

»Ach ja? Sie sind wohl auf viele weitere Geheimgänge aus, was?«

»Nein, ich suche nach wie vor Antworten. Ich habe die Geschichte des Städtchens gelesen, die Ihr Großvater geschrieben hat, und Fiona und Reverend Craig haben Brodies Tagebücher durchforstet. Aber nirgends steht etwas darüber, wie Angus ums Leben gekommen ist. Ich glaube, Sie wissen, was damals geschehen ist, und ich hoffe, Sie haben nichts dagegen, es mir zu erzählen.«

Hunter saß da, starrte auf die Berge und kaute am Stiel seiner Pfeife. »Sie haben mir in letzter Zeit mehr als genug Anlass zur Sorge gegeben. Wie Sie da mit den wilden Jungs durch die Gegend gezogen sind und sich wieder mal mit einem Mörder abgegeben haben. Ich bin zu alt für solche Sperenzchen, wissen Sie.«

»Das ist wirklich sehr nett von Ihnen, doch um mich müssen Sie sich keine Sorgen machen.«

»Ja, das muss ich nicht, aber ich mach's trotzdem. Ben war für mich wie Familie, und jetzt sind Sie's eben. Und leicht machen Sie es einem nicht, auf Sie aufzupassen.«

In Hunters sonst so fröhlichen Augen blitzte eine Spur Melancholie auf, und es machte mich traurig, dass ich der

Grund dafür war. Ich ergriff seine schwielige Hand, um sie beruhigend zu drücken. Vor nicht allzu langer Zeit hätte ich mich über den Gedanken geärgert, dass jemand meinte, auf mich aufpassen zu müssen, aber nun schien es mir nur natürlich und richtig.

Wir hörten Schritte auf der Einfahrt knirschen, und ich drehte mich um und sah Grant näher kommen. Er gesellte sich zu uns. »Was ist hier los?«

»Ich versuche Hunter davon zu überzeugen, mir von Angus Fletchers Tod zu erzählen«, antwortete ich.

Hunter schaute uns beide an. »Ich bin zwar schon mein Leben lang als Quelle aller wissenswerten Informationen über das Städtchen bekannt, aber dieses Geheimnis habe ich immer bewahrt, genau wie mein Vater und sein Vater und Großvater vor ihm.«

»Die Geschichte von Angus und Brodie.« Grant machte ein neugieriges Gesicht und kletterte zu uns auf die Mauer. »Warum jetzt?«

»Ich werde nicht jünger, und die Frau und ich, wir haben keine Kinder, die die Geschichte weiter hüten könnten«, sagte Hunter schlicht.

»Sie haben uns«, meinte ich.

»Das stimmt.« Hunter fing leise zu reden an, aber während des Erzählens wurde seine Stimme lauter. »Als Angus damals gestorben ist, musste man im Städtchen eine Geschichte erfinden, um die Fletcher-Jungs und ihre nächtlichen Überfälle zu decken. Eine Geschichte, die andeutete, dass ein Bruder den anderen getötet hatte, aber nicht die Spur von einem echten Beweis enthielt. Alle haben sie auswendig gelernt, diese Geschichte, die jeder bis heute beinahe Wort für Wort wiederholt. Mit der Zeit wurde die Lüge, die man sich ausgedacht hatte, im Städtchen zu einer Legende, und die meisten haben vergessen, dass es nicht die Wahrheit ist. Nur die Familie Mann hat die wahre Geschichte am Leben gehalten, sie wie ein kostbares Gut vom Vater auf den Sohn vererbt.«

»Und niemand sonst kennt sie?«, fragte ich.

Hunter runzelte die Stirn. »Pst, Sie stören meine Erzählung. Sie haben das Gewölbe unter den Steinen in The Haven gefunden. Viele Jahre lang war dieses Gewölbe eine Quelle des Trosts und der Wiedergutmachung für die Familien von Glenmorrow. Die Fletcher-Jungs haben dafür gesorgt, dass es immer ein, zwei schöne Dinge zu verscherbeln gab, die den Leuten halfen, etwas zum Essen und zum Heizen zu kaufen. In den Monaten vor Angus' Tod arbeiteten die Jungs als Steinmetze auf einem Landgut in der Nähe. Ein paar Wochen nachdem sie dort fertig waren, gingen sie dorthin zurück, wie sie das immer machten, und erleichterten den Gutsherrn um ein paar wertvolle Gegenstände. Beinahe hätten sie es mit dem Silber bis nach Balfour zurück geschafft, da gerieten sie in einen Hinterhalt des Roten Russell und seiner Männer, die in Scharen ausgeschwärmt waren, um Schmuggler zu fangen. Es wurden Schüsse abgefeuert, aber die Jungs entkamen durch einen der Gänge in den Bergen und schafften es ins Dorf zurück.

Sie waren schon viele Male entkommen, diesmal war es allerdings nicht so einfach. Angus war von einer Kugel im Rücken getroffen worden. Der Arzt kümmerte sich um ihn, doch es half nichts. Er starb an der Verletzung, während Rose und Brodie an seiner Seite wachten. Die Morgendämmerung kam, und Brodie wusste, dass Russell im Städtchen auftauchen und Fragen zu dem Hinterhalt in der Nacht stellen würde. Russell war bösartig, aber schlau. Sobald der Diebstahl gemeldet wurde, würde er zwei und zwei zusammenzählen und den Raub mit den Fletchers in Verbindung bringen.

Jetzt saß Brodie wirklich in der Klemme. Sollte Russell herausfinden, dass Angus an einer Schussverletzung gestorben war, hätte er das als Beweis benutzt, um dafür zu sorgen, dass Brodie als Dieb vor Gericht gestellt und gehängt würde. Wenn aber jemand anders behauptete, auf Angus geschossen zu haben, würde man den ins Gefängnis stecken und aufhängen. Brodie begriff, dass Angus auf irgendeine Weise spurlos verschwinden musste.

Um Angus und Brodie für all das zu ehren, was sie für Balfour getan hatten, waren alle Leute im Städtchen bereit, zu schwören, dass sich Angus und Brodie in jener Nacht im Ort aufgehalten hatten. Sie erzählten, es hätte im Pub einen Streit wegen des Feuers gegeben, das kürzlich in Brodies Scheune ausgebrochen war. Viele Augenzeugen schworen, die Brüder wären betrunken gewesen und hätten sich zur Zeit des Hinterhaltes auf der Wiese vor der Kneipe geprügelt. Sie hätten sich laut und erbittert darüber gestritten, wer für das Feuer verantwortlich war. Alle schworen auch, Angus sei danach noch am Leben gewesen und in die Berge gerannt, sei aber von dort nicht zurückgekehrt. Manche äußerten die Vermutung, dass vielleicht das Untier von Balfour erneut zugeschlagen hatte. Keine Leiche, also kein Verbrechen, das man Brodie oder sonst jemandem anhängen konnte. Die Geschichte war frei erfunden, doch die Leute von Balfour wichen keinen Zentimeter davon ab. Sie schuldeten den Fletchers zu viel. Russell war darüber sehr verbittert, aber die Zeiten änderten sich, und schon bald sollte die Macht der Steuereintreiber schwinden. Schließlich hatte er keine andere Wahl, als die erfundene Geschichte zu akzeptieren, obwohl er noch viele Jahre lang Brodie ständig auf den Fersen war.«

»Und in der Zwischenzeit hat man Angus in dem Raum hinter dem Altarraum begraben und sein Grab versiegelt, um das Geheimnis sicher zu wahren«, fügte ich hinzu. »Was für eine tolle Geschichte von Loyalität und Freundschaft! Meinen Sie nicht, dass es an der Zeit wäre, sie zu erzählen?«

»Ja, ich denke, es ist allmählich an der Zeit. Es lebt ja niemand mehr, dem sie schaden könnte.« Hunter ließ sich von der Mauer gleiten. »Ich mach mich jetzt besser auf den Heimweg«, sagte er, die Stimme rau von den Gefühlen, die die Erzählung in ihm wachgerufen hatte.

Grant und ich schauten ihm hinterher, als er in Richtung Glen Abbey fortwanderte.

»So ist das immer, wenn man gerade meint, man wüsste nun alles«, sinnierte Grant.

»Dieser Ort steckt eben voller Überraschungen«, sagte ich und stützte meine Beine auf Hemingways Rücken ab, während er unter uns Gras knabberte.

Grant legte mir einen Arm um die Schultern. »Geht's dir besser?«

»Ein bisschen, aber es tut doch noch ziemlich weh«, gab ich reumütig zu.

»Was steht bei dir als Nächstes auf dem Plan?«

»Die Stiftung so auf die Beine zu stellen, dass sie unabhängig funktioniert.«

»Ich dachte, du hattest vor, sie selbst zu leiten?«

»Manchmal, aber ich werde ja nicht immer hier sein.«

»Dann willst du wieder fort?«

Ich nickte, traute mich jedoch nicht zu sprechen.

Grant schaute mich forschend an, seine Augen hatten ein tiefes Waldgrün. »Darf ich fragen warum?«

»Ich muss weg. Ich bin grottenschlecht in diesem ganzen Beziehungskram.«

»Wenn das deine übliche Reaktion ist, kann ich dir da nicht widersprechen. Ich denke, du würdest besser darin, wenn du mal versuchen würdest, mehr als nur ein paar Wochen an einem Ort zu bleiben.«

»Ich kann das nicht.« Ich zog mich ein wenig zurück, und Grants Arm rutschte von meiner Schulter.

»Du bringst einen Haufen Entschuldigungen vor, warum das hier nicht funktionieren wird«, sagte er und drehte mich so, dass ich ihm ins Gesicht schauen musste. »Hast du eigentlich schon mal drüber nachgedacht, dass es funktionieren könnte?«

»Ich kenne mich doch. Ich bin stur und rechthaberisch, habe eine scharfe Zunge, bin stachelig und unabhängig.«

Ein leises Lächeln spielte um Grants Mundwinkel. »Das bist du wirklich.«

»Ich bin nicht besonders begabt für Langzeitprojekte. Ich haue immer ab. Gefühle werden verletzt, meine Aufmerksamkeit zieht weiter, und dann kommen der Schmerz und die Vorwürfe.« Ich zog die Knie unters Kinn und schlang die Arme um die Beine, verkroch mich unbewusst körperlich und emotional. »Hier will ich so was nicht erleben. Bitte versuche das zu verstehen. Das hier ist nämlich der einzige Ort, an dem ich mich seit meiner Kindheit wieder zu Hause fühle. Das will ich nicht verlieren.«

»Also ist dir das Zuhause wichtiger als das Herz.«

Ich konnte Grant nicht anschauen. »Im Augenblick ... ja. Tut mir leid.«

»Mir auch.«

Ich hatte das Gefühl, einen Blick auf den wahren Grant erhascht zu haben, aber nun war es, als wäre eine Tür zugeschlagen worden. Es war meine Schuld; wieder einmal war ein merklicher Abstand zwischen uns entstanden. Als wäre die Mauer, die in der Nacht von Gerrys Tod zwischen uns eingerissen worden war, hier im kalten Licht des Tages mit atemberaubender Geschwindigkeit wieder neu errichtet worden. Ich hatte Grant verletzt, weil ich mir später Schmerz ersparen wollte.

Ich hatte ein schlechtes Gewissen, aber im Augenblick konnte ich nur zusehen, wie die Kluft zwischen uns wuchs.

KAPITEL 28

Seit dem Tag auf der Mauer waren erst zwei Wochen vergangen, aber schon jetzt wehten die ersten kühlen herbstlichen Brisen von den Bergen herunter. Es war spät am Nachmittag, und wir fuhren mit Hope spazieren. Das Verdeck war fest geschlossen, und ich hatte Liam auf den Rücksitz verbannt. Gerade hatte ich Fergie zu einem versprochenen Ausflug zum Goldenen Hirsch abgeholt. Sie hatte auf dem Beifahrersitz Platz genommen, prächtig mit einem Argyle-Pullover in allen Regenbogenfarben und einem blau-grünen Schottenrock herausgeputzt. Auf ihrem lockigen weißen Haar thronte eine scharlachrote Baskenmütze, und sie strahlte wie ein kleines Kind, das man zu einem Strandtag in den Süden kutschierte.

»Ich war schon seit Monaten nicht mehr zu einer fröhlichen Runde im Pub«, sagte sie.

Ich fand es großartig, dass sie mit über neunzig überhaupt noch abends ausging, aber Fergie war anders als andere Neunzigjährige. »Gönnen Sie sich noch ab und zu ein kleines Gläschen?«, fragte ich neugierig.

»Seien Sie nicht albern, Mädel, ich gönne mir ein *großes* Gläschen. In meinem Alter ziehe ich an, was ich will, und ich trinke, was ich will. Schließlich bin ich viel zu alt, um noch jung zu sterben.«

Ich fuhr auf den Parkplatz des Goldenen Hirschs und hoffte, dass ich so lange durchhalten würde wie Fergie und dabei auch so viel Spaß haben würde wie sie. Auf dem Weg zum Pub blieben wir noch kurz stehen, um Siobháns Anbau zu mustern. Der Rohbau stand, und auf dem Dach lagen bereits Schindeln. Jetzt mussten noch Wasser und Strom gelegt werden. Zum Glück beeinträchtigte nichts davon das laufende Geschäft im Innern des Pubs.

Fergie und ich wurden herzlich begrüßt, als wir zur Tür hereinwehten. Patrick winkte uns von der Theke zu, und drüben beim Kamin sah ich, wie Reverend Craig und Fiona die Köpfe zusammensteckten. Es war schön, Fiona so entspannt zu sehen; sie trug einen hellrosa Pullover, und das offene Haar umrahmte locker ihr Gesicht. Der Pfarrer war sichtlich von ihr bezaubert, sprang aber trotzdem auf, um einen Sessel für Fergie herbeizuschaffen, und machte sich dann rasch auf den Weg, um uns Getränke zu holen.

»Sieht so aus, als verstünden Sie und Reverend Craig sich blendend«, flüsterte ich Fiona zu, als ich mich auf einer Bank beim Kamin niederließ.

Fiona schaute verlegen, aber Fergie mischte sich rasch ein. »Das ist ein feiner junger Mann, ehrenwert, intelligent und sehr attraktiv.« Fergie zwinkerte spitzbübisch. »Wirklich außerordentlich attraktiv. Ich würde da nicht lange fackeln, junge Frau, an den sollten Sie sich schleunigst ranpirschen, wenn Sie das nicht längst gemacht haben. Der ist, wie man so sagt, einer fürs Leben.«

Inzwischen war Fionas Gesicht um vier Schattierungen dunkler als ihr Pullover, aber sie schien trotzdem erfreut zu sein. Sie wandte sich schüchtern an mich. »Und Sie meinen, er interessiert sich für mich?«

»Daran gibt's keinerlei Zweifel«, erwiderte ich lächelnd.

»Woran gibt's keinerlei Zweifel?«, fragte Patrick, der gerade mit Reverend Craig und unseren Getränken erschien.

»Es gibt keinerlei Zweifel daran, dass wir Brodies Geschichten veröffentlichen sollten«, antwortete ich rasch. »Fiona hat sie wirklich fabelhaft übersetzt. Ich habe ihr gerade gesagt, wie sehr wir ihre Arbeit zu schätzen wissen.« Ich hob mein Glas und prostete Fiona zu.

»Genau«, stimmte mir Reverend Craig zu. »Wir trinken auf Brodie und Angus und all die Rebellen, die in Balfour zu Hause waren.«

»Auf die Rebellen«, sagte ich, »die von damals und die von heute.«

Die Tür ging auf, und Grant und Cam traten ein und schüttelten sich die Kälte aus den Kleidern. Grant hob zum Gruß die Hand, setzte sich aber mit Cam an einen Tisch am Rand unserer Gruppe. Siobhán brachte den beiden je ein großes Glas Whisky und gesellte sich zu uns. Sie ließ sich auf der Lehne von Patricks Stuhl nieder. Mir war aufgefallen, dass sie in letzter Zeit ihr besonderes Augenmerk auf ihn richtete. Ich war mir nicht sicher, ob das ein mütterlicher Blick auf Jungs war, die öfter mal Schwierigkeiten machten, oder ob Patrick zumindest ansatzweise die Riesenlücke füllte, die der Verlust ihres Sohnes in ihrem Leben hinterlassen hatte. Jedenfalls hatte sich zwischen den beiden eine enge Freundschaft entwickelt, und sie schienen auch bei den Plänen für die kleine Pension gut zusammenzuarbeiten.

Das brachte mich auf einen Gedanken. »Siobhán, ich habe was für Sie«, sagte ich und wühlte in meiner viel zu großen Handtasche. »Ein verfrühtes Geschenk zur Eröffnung der neuen Pension.«

Ich reichte ihr ein viereckiges Päckchen, das in braunes Papier eingeschlagen war. Sie wickelte es vorsichtig aus und las die Beschriftung.

»Es ist eine Plakette, die an Brodies Destillerie erinnert, die früher da stand, wo heute der Goldene Hirsch ist«, sagte sie und reichte die Plakette herum, damit alle anderen sie auch bewundern konnten. »Wunderbar, vielen Dank.«

»Vielleicht können wir uns als historisches Gebäude registrieren lassen«, schlug Patrick eifrig vor. »Da hat man Steuervorteile, nicht wahr?«

»Wir sollten damit zufrieden sein, dass wir mehr über Balfours Zeiten als Schmugglerzentrum rausgekriegt haben«, erwiderte ich. »Da lass mal die Steuervorteile außen vor.«

»A propos Geschichte«, sagte Patrick. »Fiona und ich haben ein wenig über die neuere Geschichte der Familie Fletcher geforscht. Wir hatten gehofft herauszufinden, ob es jemanden gibt, der Ansprüche auf das Silber hat, das ihr in Brodies Gewölbe entdeckt habt.«

»Das ist nicht viel«, sagte ich. »Reverend Craig hat Fotos an einen Freund in London geschickt, der Antiquitätenhändler ist. Der Quaich war ziemlich einzigartig, und anscheinend hat er einmal einem Mann namens Cyrus MacNamara gehört. Der hat lange Zeit die englische Herrschaft unterstützt und besaß einen kleinen Landsitz in der Nähe des heutigen Dunfermline. Um 1800 ist die Schale verschwunden und seither nicht mehr gesehen worden. Es ist möglich, dass es jemanden gibt, der Anspruch darauf anmelden kann. Die restlichen Gegenstände waren zu unwichtig, als dass es irgendwelche Aufzeichnungen über sie gäbe.«

»Trotzdem meine ich, dass es euch interessieren könnte, was wir herausgefunden haben«, sagte Patrick und nickte Fiona zu.

»Ich habe die Spur bei Cooper Fletcher aufgenommen«, begann Fiona. »Wie Sie vielleicht wissen, hat Cooper 1835 Fletcher's als legale Destillerie gegründet und in dem Bauernhaus Whisky gebrannt, das heute The Haven ist. Mit beinahe zweiundvierzig Jahren hat er noch geheiratet und hatte ein Kind, einen Sohn namens Robert. Robert seinerseits hatte drei Söhne, verlor aber zwei von ihnen im Ersten Weltkrieg. Nach dem Tod der beiden Söhne lief Roberts

Brennereigeschäft nicht mehr so gut, und 1912 hat er Fletcher's an Central Spirits verkauft und denen die Führung der Geschäfte überlassen.«

Ich nickte und genoss das warme Gefühl, das mir der Whisky und das Kaminfeuer schenkten. Bisher war mir die Geschichte von meinen Nachforschungen zu Abbey Glen vertraut.

Fiona fuhr fort: »Roberts einziger überlebender Sohn hat auch geheiratet und hatte eine Tochter namens Caroline.«

»Ein süßes Mädel war die«, meldete sich Fergie zu Wort und hielt Patrick ihr Whiskyglas hin, damit er ihr nachschenkte. »Diesmal aber einen doppelten, mein Junge«, forderte sie ihn auf.

Patrick schaute mich mit weit aufgerissenen Augen an, ehe er zur Theke ging, tat aber, was ihm aufgetragen war.

»Leider war Caroline die letzte Fletcher«, sagte Fergie.

»Sie kannten sie?«, fragten Fiona und ich wie aus einem Munde.

»Natürlich, meine Lieben. Sie war etwa zehn Jahre jünger als unser Martin. Ein Frühlingsbaby, wenn ich mich recht erinnere. Muss etwa um 1940 herum gewesen sein. Sie ist in Balfour aufgewachsen. Ist hier zur Schule gegangen, aber nach dem Krieg gab es im Ort für schlaue junge Dinger wie sie keine Arbeit. Sie ist nach Glasgow gegangen und hat dort irgendeinen Sekretärinnenkurs gemacht. Dort hat sie einen Iren namens Kelley kennengelernt und geheiratet. Sie sind nach Dublin gezogen, und wir haben danach nie wieder was von ihr gehört.«

»Genau da habe ich sie auch aus den Augen verloren«, sagte Fiona. »Aber ich habe mich daran erinnert, dass Abi erzählt hatte, was für ein Zauberkünstler Patrick am Computer ist, wenn es darum geht, Leute aufzuspüren. Also habe ich ihn auf die Fährte angesetzt.«

Wir alle wandten uns erwartungsvoll Patrick zu. Der verneigte sich leicht spöttisch, reichte Fergie ihren doppelten Whisky und erzählte da weiter, wo Fiona aufgehört hatte. »Ich habe Caroline Kelley ziemlich leicht gefunden«, gestand er ein.

»Wo ist sie?«, fragte Reverend Craig.

»Inzwischen leider verstorben. Wie Fergie schon sagte, hat sie einen Herrn namens Kelley geheiratet und ist nach Dublin gezogen. Er ist dort irgendwie in finanzielle Schwierigkeiten geraten und hat sich aus dem Staub gemacht, und Caroline war völlig auf sich allein gestellt. Sie hat danach in England, und zwar in Manchester Arbeit als Sekretärin gefunden. Dort ist sie irgendwie aus dem Raster verschwunden. Man bedenke, dass sie, genau genommen, immer noch mit Kelley verheiratet war, also habe ich nach einer Caroline Kelley gesucht. Fünfzehn Jahre keine Spur von ihr, bis sie wieder auftauchte und einen gewissen Luke Hendricks heiratete.«

Ich beugte mich vor. »Hendricks?«

»Sobald ich diesen Namen hatte, habe ich rückwärts recherchiert und herausgefunden, dass sie sich schon beinahe zwölf Jahre Caroline Hendricks nannte, ehe sie geheiratet hat. Sie hat auch auf der Geburtsurkunde ihres Sohns Rory bereits diesen Namen angegeben.«

Ich war wie vor den Kopf geschlagen. »Willst du damit sagen, dass Rory ein Fletcher ist?«

»Genau«, antwortete Patrick und schaute sehr selbstgefällig drein. »Das erklärt, warum seine Familie immer hier Ferien gemacht hat, als Rory ein Kind war. Caroline wollte zwar gern nach Hause zu Besuch kommen, sich aber den Leuten im Ort nicht zu erkennen geben, damit sie denen nicht erklären musste, dass sie und Hendricks nicht verheiratet waren.«

»Dann hat, genau genommen, also Rory Anspruch auf die Gegenstände aus Brodies Gewölbe.« Er mochte ja hergekommen sein, um sich vor der Welt zu verstecken, hatte aber am Ende seine Tochter und seine Familie wiedergefunden. Ich fragte mich, ob er sich hier für immer niederlassen würde.

Ich schaute mich am Kamin um und betrachtete *meine* neu gefundene Familie mit großer Zuneigung. Ich hätte es wahrhaftig schlimmer treffen können.

Liam war an meine Seite gekommen, legte mir die Schnauze aufs Knie und winselte leise. Ich wusste, was das zu bedeuten hatte. Ich entschuldigte mich und ging mit ihm nach draußen. Die Luft war frisch und klar. Ich spazierte bis an den Rand der Steinterrasse und blickte auf den Fluss hinunter, der auf seiner endlosen Reise zum Meer vorübereilte. In Gedanken verloren, hörte ich Grant nicht, bis er unmittelbar neben mir stand.

»Du fährst wieder weg, nicht?«, fragte er.

»Nicht gleich, aber bald«, gab ich zu.

»Wohin diesmal?«

»Ich habe einen Auftrag für einen Monat in Island angenommen. Weniger stressig als meine sonstigen Einsätze, und das wird mir ein bisschen Zeit zum Nachdenken geben.« Ich drehte mich zu Grant um. »Ich muss für mich rausfinden, wie mein neues Leben funktionieren könnte. Das ist alles für mich so unwirklich. Ich kann mich noch nicht mit dem Gedanken anfreunden, dass ich jetzt eine Destillerie besitze und ein Haus und Schafe, Herrgott noch mal. Soll ich weiter kreuz und quer durch die Welt reisen und Aufträge übernehmen? Oder reicht es schon, wenn ich mich als Menschenfreundin und Teilzeitschäferin betätige? Bin ich wirklich bereit, den Wirbelwind, der mein Leben bis jetzt war, hinter mir zu lassen? Na ja und viele andere Fragen.« Ich mochte nicht zugeben, dass ich auch herausfinden wollte, wie Grant in mein Leben passen könnte. Als Freund, Geschäftspartner, Geliebter? Und es fiel mir schwer, klar zu denken, wenn er in der Nähe war.

»Du hast dich doch aber hier schon ganz gut eingerichtet. Du hast Freunde und dann die Stiftung, die du betreuen musst, und natürlich Abbey Glen.«

»Abbey Glen, das ist deine Sache, und das ist gut so«, erwiderte ich hastig und legte Grant eine Hand auf den Arm. »Und versteh mich bitte nicht falsch, ich bin wirklich gern hier, es macht mir nur ein bisschen Angst, wenn ich denke, dass ich all die Dinge dafür aufgeben soll, die ich mit so viel Mühe aufgebaut habe. Einen Beruf, über den ich mich für die meiste Zeit meines Erwachsenenlebens definiert habe.«

Grant nahm meine Hand in seine und schaute mich an. »Ich verstehe das. Und es ist gut, wenn du über deine Möglichkeiten nachdenkst. Manchmal ist das Leben ein Geheimnis. Es zeigt sich dir nur stückweise, und du musst im richtigen Moment die Antworten finden. Aber du hast Glück. Du kannst ausziehen, um Abenteuer zu erleben und nachzudenken. Balfour wird immer für dich da sein, wenn du zurückkommst.«

Er hatte recht. Aber tief in meinem Herzen wusste ich, dass ich mich auf ein Glücksspiel einließ. Ich schaute Grant tief in die Augen. »Und was ist mit dir?«, fragte ich. »Wirst du auch noch da sein, wenn ich zurückkomme?«

Er lächelte leise. »Das ist noch eines der vielen Geheimnisse des Lebens.«

DANKSAGUNG

Show me the way
To the next whisky bar

BERTOLT BRECHT UND KURT WEILL
ALABAMA-SONG

Zwischen Rock and Roll und Whisky gibt es eine tiefe spirituelle Harmonie. Bei beiden fließt in die Herstellung jene geheimnisvolle Mischung aus Kunst und Alchemie ein, die dem Lebensrhythmus einen überschäumenden Puls verleiht. Sie sprechen den Rebellen in uns allen an und erinnern uns an das elementare Entzücken, wenn man das Leben voll auskostet.

Ich koste das Leben voll aus, wenn ich schreiben kann, und ich möchte all denen von ganzem Herzen danken, die mir helfen, meine Phantasie in Realität umzusetzen. Zunächst einmal meiner Familie, die mich mit ihrer unendlichen Liebe, Unterstützung und Ermutigung umgibt.

Dank an Abby Saul von der Lark Group, die eine so unermüdliche Fürsprecherin ist, ganz zu schweigen von ihrer Rolle als endlos geduldige, talentierte und freundliche Lektorin.

An Julia, Junessa, Madeleine, Erika und all die guten Leute bei Alibi für ihre Unterstützung mit Werbung, Lektorat und Layout. Die Lektoren, Coverdesigner, Marketingleute und alle, die bei der Veröffentlichung von *Whisky für den Mörder (Death Distilled)* mitgewirkt haben, waren wunderbar.

Besonderen Dank an meine Leser, die mir von ihren eigenen Abenteuern beim Whisky-Verkosten erzählt haben. Bitte bleiben Sie über E-Mail (Melinda@melindamullet.com) und auf Twitter (@mulletmysteries) mit mir in Verbindung.

Slàinte mhath!